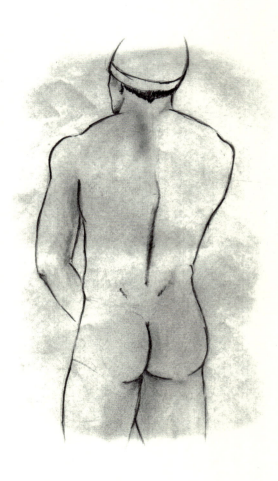

PARA A SUA JUKEBOX

Dados Internacionais de Catalogação na Publicação (CIP)
(Câmara Brasileira do Livro, SP, Brasil)

El-Jaick, Márcio
Para a sua jukebox / Márcio El-Jaick. — São Paulo : GLS, 2011.

ISBN 978-85-86755-56-9

1. Ficção brasileira 2. Homossexualismo I. Título.

11-07186   CDD-869.93

Índice para catálogo sistemático:
1. Ficção : Literatura brasileira   869.93

EDITORA AFILIADA

Compre em lugar de fotocopiar.
Cada real que você dá por um livro recompensa seus autores
e os convida a produzir mais sobre o tema;
incentiva seus editores a encomendar, traduzir e publicar
outras obras sobre o assunto;
e paga aos livreiros por estocar e levar até você livros
para a sua informação e o seu entretenimento.
Cada real que você dá pela fotocópia não autorizada
de um livro financia um crime e ajuda a
matar a produção intelectual em todo o mundo.

Márcio El-Jaick

PARA A SUA JUKEBOX

edições

PARA A SUA JUKEBOX
Copyright © 2011 by Márcio El-Jaick
Direitos desta edição reservados por Summus Editorial

Editora executiva: **Soraia Bini Cury**
Editora assistente: **Salete Del Guerra**
Projeto gráfico e diagramação: **Acqua Estúdio Gráfico**
Ilustrações: **Kiko Oliveira**
Capa: **Gabrielly Silva**
Imagem da capa: **Marvy!/ Corbis (DC)/ Latinstock**
Impressão: **Sumago Gráfica Editorial Ltda.**

Edições GLS

Departamento editorial
Rua Itapicuru, 613 – 7º andar
05006-000 – São Paulo – SP
Fone: (11) 3862-3530
http://www.edgls.com.br
e-mail: gls@edgls.com.br

Atendimento ao consumidor
Summus Editorial
Fone: (11) 3865-9890

Vendas por atacado
Fone: (11) 3873-8638
Fax: (11) 3873-7085
e-mail: vendas@summus.com.br

Impresso no Brasil

no escuro

Se não fosse o caso vá lá, mas a real é que sou um cara megaestranho, capaz de uns lances bizarros tipo ler um livro inteiro, mergulhar de cabeça na história, chegar ao fim e não conseguir explicar qual é o enredo se me perguntam algum troço tipo do que trata o livro, ou não conseguir me lembrar de nada, a não ser uns momentos, tipo cenas determinadas e o feeling do livro, que também é um lance que eu não saberia explicar o que é, como se explica o feeling de um livro. E não é que eu não tenha entendido a história enquanto estava lendo, porque mergulho de cabeça e entendo as paradas, consigo me emocionar e tal, quando é o caso de se emocionar, e rir, quando rola uma piada, mas depois é como se não tivesse ficado nada registrado e eu partisse do zero.

Ou ser capaz de pensar uns lances bem sinistros, como "Eu não sei conversar" ou qualquer outro troço assim bem barra-pesada, e depois não conseguir mesmo conversar, aí a Nara me deixa sozinho com a mãe dela na mesa de jantar e pareço débil total porque não consigo responder às perguntas mais idiotas. É superlouco e começa do nada, quando surge na cachola por exemplo qualquer coisa tipo "Não sou uma pessoa interessante", então viro o cara menos interessante do universo porque me transformo num bolha que não sabe responder às perguntas mais imbecis nem consegue explicar o enredo de nenhum livro, por mais livros que tenha lido. Porque sou um cara que lê bastante e tal, mas é o caso de me perguntar se vale a pena, se depois volto à estaca zero porque não ficou nada.

Na boa que chega a ser engraçado.

Sou capaz de dizer "Não vou conseguir dormir", mano, a parada vai a esse cúmulo. Quer dizer, não digo mesmo "Não vou conseguir dormir", que seria sinistro demais, mas meio que sugiro ou meio que pergunto a mim mesmo, tipo na cachola: "E se eu não conseguisse mais dormir?" Aí amargo várias horas tentando pegar no sono, mas o sono é um troço que só vem quando a gente não para pra pensar no assunto, porque se tu fica pensando no momento em que passa do estado acordado para o estado dormindo fodeu. Sei disso por experiência.

Aí tenho que tomar um comprimido roubado da farmácia do meu pai, o que pode ser deprimente pra burro.

Mas o caso é que tenho esses lances, umas doideiras.

Sou capaz de passar o dia inteiro tentando estudar, com o caderno aberto na mesma página, e não conseguir passar daquele ponto, tipo a fecundação cruzada das planárias ou o valor da aceleração centrípeta no movimento circular, porque estou de badalo duro, pensando merda.

Como na véspera do meu aniversário de 17 anos.

Parece que estou vendo a minha mãe fazer a massa do bolo com aquela paciência surreal, derretendo chocolate, batendo claras em neve, juntando maisena, farinha e tal, só que não as nozes que a receita pede mas eu não curto e não aquela quantidade toda de passas, que prefiro menos. Parece que estou vendo ela preparar a cobertura enquanto o bolo assa, depois cobrir tudo com a calda e deixar esfriar em cima do fogão, enquanto eu me reviro de um lado pro outro na cama, com o livro de matemática aberto na Unidade 14: Progressões Geométricas, lendo trezentas vezes que "progressão geométrica é uma sequência de números não nulos em que cada termo posterior, a partir do segundo, é igual ao anterior multiplicado por um número fixo chamado razão da progressão" sem entender neca, porque na real estou pensando no Tadeu comentando com o Sérgio uma bossa sexual da noite anterior. Quer dizer, é claro que também dou esses azares, saca? Tipo, o Tadeu podia sentar em qualquer carteira da sala, que é uma sala grande e tal, de quarenta e tantos alunos, mas ele foi sentar atrás de mim.

O que acontece é que chega uma hora em que não dá mais para ficar rolando na cama de badalo duro e o negócio é bater a desejada. Mas aí a tarde já se foi, você não estudou nada e o que sobrou foi só a necessidade de limpar a barriga e uma sensação suicida. E, quando para piorar você vai à cozinha e descobre que nesse tempo em que você estava se acabando no

PARA A SUA JUKEBOX

quarto, batendo mais uma ilustrada pelo Tadeu, a sua mãe estava se acabando na cozinha, fazendo um bolo pra você, aí é a morte. Eu não curto matemática. Não curto química. Não curto geografia. Não curto história. Mas não tem nada que eu descurta mais do que física, que é uma parada que não entra na cachola por mais que eu me esforce, embora tenha um conceito no qual eu me amarro, que é o da "inércia", ou primeira lei de Newton, que diz que, "na ausência de forças, um corpo em repouso continua em repouso e um corpo em movimento move-se em linha reta, com velocidade constante", que acho uma ideia meio tranquilizadora, que me enche um pouco de paz e tal, quase como se eu ouvisse um som do Tom Waits. Mas no geral física é uma parada impossível. Então a vontade é mandar tudo para o alto, ainda mais agora que foi dito oficialmente que está nas minhas mãos.

Quer dizer, o Hamilton entrou na sala com aquela cara de susto dele — a testa franzida numa carranca, os óculos dividindo o rosto de maneira meio cômica —, jogando as piadinhas de sempre para ver se alguma cola, e nunca cola, o que é quase constrangedor, se não fosse hilário. E disse que, agora que estamos no terceiro ano, não temos mais que passar de série e somos nós que vamos decidir o que queremos da vida e se queremos passar no vestibular e para que universidade, uma ladainha braba que no fim me deu um estalo e me fez sentir uma liberdade macabra, do tipo "Sou eu que decido a minha vida", mas ao mesmo tempo me deu um tranco sinistro, porque descobri que era uma liberdade com peso, como se botassem uma arma na minha cabeça. E vi que o Hamilton queria mostrar para a gente que a liberdade não é um passarinho voando pelo prazer de voar, é o passarinho voando para fugir dos animais que vêm antes dele na porra da cadeia alimentar.

Isso no primeiro dia de aula, quando eu ainda não tinha nem parado para pensar em universidade e escolha de profissão, porque até então vinha só tocando a vida, estudando para as provas quando tinha prova e me saindo relativamente bem, porque nunca fui desses caras que sempre souberam que queriam ser médicos ou engenheiros. Só sabia que não queria ser médico nem engenheiro. Nem advogado. Que também de repente todo mundo queria prestar vestibular para direito e ser advogado, defensor, promotor, juiz, um caminho seguro ao pote de ouro, o que é compreensível e tal, mas deprimente pra burro.

Então de uma hora para outra eu estava abrindo O *guia do estudante: Cursos & profissões* para ver minhas alternativas entre *105 profissões uni-*

versitárias e 26 cursos técnicos. E mais: *Vestibulares e vagas. Todas as faculdades do Brasil. Mercado de trabalho: o que dizem os profissionais. Bolsas de estudo.* Liberdade com arma na cabeça.

A Nara sabia que queria fazer jornalismo, porque curtia escrever e a professora de português sempre elogiava as redações dela. Além disso, a Nara tinha feito um lance de orientação vocacional com uma psicóloga picareta que passava uns testes bem xexelentos, com umas perguntas meio inacreditáveis, tipo "Que atividades você faz ou gostaria de fazer no seu tempo livre?", seguidas de opções como: Assistir a filmes sobre advogados; Visitar exposições de arte; Entender como funciona o corpo humano; Desmontar aparelhos domésticos; Acompanhar a cotação do dólar; Conhecer melhor o laboratório da escola; Entender como é feita a previsão do tempo; Ouvir os problemas de seus amigos. Um lance realmente bizarro, que não fica por aí, porque, quando não estava passando esses testes, a psicóloga estava inventando umas brincadeiras surreais tipo dividir o grupo em duplas e pedir que uma pessoa da dupla fosse vendada e a outra pessoa a conduzisse pela sala, depois inverter os papéis, para descobrir quem gosta de conduzir e quem gosta de ser conduzido. Entrei num escangalho de rir quando a Nara me contou isso, mas ela estava levando a história a sério e ficou meio bronqueada na hora. Depois viu que a parada era ridícula e a gente passou um tempo nessa de conduzir um ao outro pela sala, só que ao contrário, quem estava vendado conduzia. Mas encurtando: tinha dado lá também, na orientação vocacional, que o negócio dela era escrever, então a Nara estava segura do que queria, o que era bom por um lado e, por outro, era meio punk, porque a relação candidato-vaga para jornalismo era bizarra.

Eu curto escrever e tal, mas não tenho paciência. Prefiro ler.

No dia do meu aniversário, foi a minha mãe que insistiu para fazer o bolo e convidar pelo menos a Nara para cantar um parabéns, que eu estava meio sem vontade de comemorar. Mas também estava meio sem vontade de insistir que não queria, então concordei e foi bacana. Depois a Nara e eu rumamos para o meu quarto e ela disse que tinha finalmente trepado com o Trigo, com quem estava ficando há uns meses. Eu disse que tinha comprado o último disco dos Smiths.

Mas botamos para tocar The Cure, que a gente se amarrava em cantar junto, e ficamos deitados na cama, descobrindo novas ruazinhas no mapa que crescia no teto, meu braço sobre o dela, as nossas cabeças quase se tocando, a gente tem uma intimidade macabra.

A Nara puxou do bolso um cigarro, que revirou antes de acender fechando de leve os olhos, um charme surreal que deixa os caras meio loucos, separando um pouco os dedos na hora de tragar, com aquelas unhas vermelhas. Aí se levantou para abrir a janela, soprou a fumaça para fora e ficou me encarando.

— Foi bom demais.

Na real, eu não curtia ouvir a Nara me contando as bossas sexuais dela, porque elas me davam um baita tesão, eu acabava batendo uma na visualização das histórias e me sentia megamal depois. Mas ela queria falar.

— O cara manda bem, bubala.

Olhei para a parede, a minha colagem: Morrissey entre Tina Turner e David Bowie, o símbolo da paz entre o cartaz de *Christiane F.* e a capa de *Sticky Fingers*, uma das Top Ten de todos os tempos, criada pelo Andy Warhol. Um pôster do Renato Russo. A capa de *Touch*, Annie Lennox sinistra de cabelo vermelho e máscara nos olhos. O retrato da Jane Fonda, em homenagem ao meu pai, que se amarra nela.

Eu não sabia o que responder.

— Ah.

— Tem pegada, sabe? Um corpo delicioso.

Que ela descreveu: uns pelos macios, o pau cheiroso, mãos de artesão. Porra.

Às vezes eu achava que a Nara sabia de mim, para entrar nesse grau de detalhes. Mas o assunto nunca surgia, ou eu nunca deixava que surgisse. Ela me passou o cigarro e ficou dançando de frente para o espelho, cantando *We're so wonderfully, wonderfully, wonderfully, wonderfully pretty*, enquanto eu olhava a dança, ainda pensando no Trigo, campeão das carcagens, mandando bem com seus pelos macios, pau cheiroso e mãos de artesão.

— Dança também — pediu ela, me puxando pela mão.

Fiquei ao lado dela, encarando a minha imagem, meio sem saber o que fazer, me mexendo sem jeito, até porque estava de badalo duro.

— Você não gosta de dançar de frente para o espelho?

— Gosto — respondi, dando uma tragada, que soltei devagar para cima. — Mas só no escuro.

A Nara riu, bateu com a cabeça no meu peito, roubou o cigarro da minha mão, aumentou o som e foi até a porta para apagar a luz.

A gente dançou.

E depois que ela foi embora bati uma tentando não pensar no Trigo. Só que era o tipo do troço impossível.

Eu curto desenhar e tal, mas a ideia de prestar vestibular para desenho industrial não me faz a cabeça. Achei bacana descobrir que existe um curso chamado oceanografia, que me interessou meio de cara porque me amarro no mar e em tudo que vem do mar, tipo a fauna marinha e aquele mundo existindo lá embaixo enquanto a gente está aqui sem se dar conta. É engraçado isso, aliás, porque teve uma época em que eu achava que o mundo só existia pra mim, como se na real fossem vários cenários que só se armavam quando eu chegava, porque só eu existia. Essas pirações que já disse que tenho. Oceanografia também me interessou porque eu tinha acabado de assistir a *Imensidão azul* no cinema com a Nara. Aí já viu, eu me imaginava o próprio Jean-Marc Barr mergulhando nas profundezas geladas. Pensei ainda que seria bacana turismo, porque gosto de viajar. E letras, porque curto ler, mas desisti porque descobri que depois da faculdade teria que dar aula.

Eu queria fazer capa de disco.

Ser fotógrafo da *National Geographic*.

Ou pop star, já pensou, eu que adoro cantar debaixo do chuveiro e já passei horas tentando criar o autógrafo perfeito.

Grafiteiro profissional também era definitivamente uma.

Meus pais nunca impuseram nada. São criaturas meio à frente do seu tempo, eu acho. Sempre me deixaram fazer o que eu queria, só me pedem pra botar a mão na consciência, o que é até justo. Então, quando vejo os pais de uma galera conhecida estipulando horários e sendo bem escrotos, dou graças a Deus por ter os meus. Quer dizer, no fim, pode ser que dê tudo errado e a gente veja que essa educação é 100% inviável. Sei lá, a minha irmã virando puta e eu, que já sou veado, encarnando o traficante procurado pela polícia.

Na real, o meu pai podia ter sugerido que eu fizesse farmácia ou administração para continuar o negócio dele, sei lá, ampliar, abrir uma filial ou várias, quem sabe de repente me transformar no todo-poderoso dos xaropes e unguentos da cidade. Mas não. Ficou na dele, curtindo seus vinhos & livros históricos, com bossa-nova em volume de música ambiente, volta e meia só nos alertando com alguma máxima tipo "O homem é o lobo do homem" ou "As revoluções são a locomotiva da história". O cara é socialista de coração, um exemplo a ser seguido. E não estou dizendo isso só porque é meu pai. Eu me lembro de uma vez, quando ainda era pirralho e tal, e tinha acabado de ganhar uma espingarda de chumbinho. Nós encontramos uma cobra na subida de terra da nossa casa e pensei: maneiro. Peguei a arma e mirei na cabeça do bicho, que pra ser totalmente sincero era uma cobrinha meio xexelenta, aí o meu pai disse:

— Mas tão de perto? — E me ensinou que: — É covardia.

E aconteceu uma parada sinistra, porque comecei a ver a cobra não mais como caça, mas como uma criatura, sei lá, não sei explicar. Mas tive uma ideia.

— E se a gente não matar?

Quer dizer, eu tinha corrido até em casa para pegar a espingarda, o suor já estava colando a minha camisa no corpo, era de imaginar que aquela animação toda fosse se transformar numa frustração macabra com a ideia de desistir de matar a cobra, mas o que rolou foi quase alívio quando o meu pai respondeu:

— Claro.

Um exemplo a ser seguido, sabe qual é?

Só que não bastava não matar a cobra, na real agora eu percebia que ela tinha umas manchinhas verdes, fiquei pensando se seria filhote. Mas enfim: era preciso tirar a cobra do meio do caminho, para que ela não fosse achada por outro menino com espingarda de chumbinho cujo pai não o alertasse sobre a covardia de atirar de perto e tal. Pode parecer paranoia, mas o mundo tá cheio desses meninos, com esses pais.

O meu pai pegou a cobra com o cano da própria espingarda e levou ela para o mato. Voltamos para casa e notei que eu estava me sentindo bem.

Só que sou um cara que custa a aprender as coisas.

Uns dias depois, estava brincando de tiro ao alvo com o meu vizinho no quintal de casa, a gente prendia o papel com desenho de alvo numa estaca, dava uns passos atrás e tentava acertar. Meu vizinho era meio péssimo, eu também. E era uma dessas tardes que não passam, que na real parecem ter mais horas do que um dia inteiro. Aí ouvi uma lagartixa correndo pelo barranco e voltei o cano da arma na direção dela. Acertei no rabo, mano, por incrível que pareça. Depois demorei um tempão para entender o que tinha acontecido: eu tinha acertado o rabo da lagartixa, que só estava ali, na dela, curtindo um passeio pelo barranco. Dou esses azares, saca? Mandei na hora o meu vizinho ir para a casa dele e joguei todos os chumbinhos fora, que também me amarro num teatro. Depois a minha mãe disse que o rabo da lagartixa se regenera, mas não sei se é verdade ou se ela estava dizendo isso para me animar, porque passei uns dias me sentindo um cara qualquer nota total.

Aí aposentei a espingarda por quase um mês.

Às vezes ajudo a minha mãe. Principalmente aos sábados, que é quando ela traz umas revistas e uns vídeos para casa e me pede pra desenhar as roupas que ela curte, fazendo umas transformações meio inusitadas, que a minha mãe tem uma criatividade sinistra. Mas não sabe desenhar, ou tem preguiça. A gente assiste a uns filmes, às vezes filmes que a gente já viu e tal, tipo *Bonequinha de luxo*, para a minha mãe se inspirar e já ir me passando umas ideias, que vou botando no papel, e também assistimos a muitos desfiles de moda, que ela arranja com a sócia da confecção. Eu curto ajudar a minha mãe, apesar de não curtir exatamente desenhar roupa nem molde, que na real é uma parada ainda mais bizarra. E apesar de achar desfile de moda um troço deprimente pra burro.

Mas é maneiro ver como a minha mãe fica absorvida na parada, meio como uma criança com as suas peças de Lego ou seu quebra-cabeça, sei lá, aquilo vira o mundo ou a única coisa do mundo ou a coisa mais importante do mundo. É bizarro. Acho que só fico absorvido desse jeito quando estou vendo filme de sacanagem, porque a minha concentração em geral é meio nula. Mas com filme de sacanagem fico ligado e parece de fato que aquilo é a única coisa do mundo.

No sábado, geralmente alugo uma ou duas fitas, que vejo depois que todo mundo vai dormir, porque o vídeo fica na sala. Então tenho que esperar até a meia-noite e tal para botar o filme, mas não ligo, porque isso é um bom sábado. O mau sábado é aquele em que não consigo me livrar e tenho que ir à boate do clube da cidade, encher a cara de vodca, porque detesto cerveja, e dançar até as três da madruga, enquanto a galera se agarra pelos cantos.

Eu me amarro em filme de sacanagem. Pra ser sincero, tenho quase um ritual na hora de ver e tal, tipo deitar no sofá com os dois controles, da televisão e do vídeo, para o caso de alguém aparecer, embora todo mundo saiba que estou ali vendo filme de sacanagem e não role recriminação nem nada, porque imagino que eles achem que faz parte de ser adolescente, mas de qualquer maneira me sinto megamal, talvez porque eles pensem que estou curtindo ver as mulheres sendo carcadas e na real estou curtindo ver os homens carcando. Mas, depois que me ajeito no sofá com os controles, assisto à fita inteira, só muito de vez em quando apertando o FF se é uma cena de mulher com mulher ou se o cara não faz a minha na íntegra, tipo o Ron Jeremy, que é meio asqueroso, ou o John Holmes, que tem um bigodinho sinistro e um megapau que fica sempre duro pela metade, ou o

PARA A SUA JUKEBOX

François Papillon, que tem a tatuagem de uma borboleta na bunda, um troço que me broxa total, sei lá por que, e depois volto aos melhores momentos para bater uma, mas enrolo ao máximo para não terminar logo, até porque depois é sinistro, aquele vazio de azulejo bizarro e, quando olho no relógio e vejo que já está quase amanhecendo e ainda estou acordado, é a morte.

A minha mãe diz que não estou aproveitando a vida, que ela na minha idade. Aí para de falar, saca? Ela diz: Ah, eu na sua idade. Ou então: Um menino bonito desses, ficar em casa. Mas na real acho que as pessoas têm maneiras diferentes de aproveitar a vida, e ir para a boate do clube da cidade não é a minha, ainda mais quando vejo a animação de todo mundo com a parada e ainda mais quando na segunda-feira vou ficar sabendo de qualquer jeito o que rolou, porque a Nara vai me contar. Ou vou ouvir o Tadeu contando para o Sérgio.

De qualquer jeito, é impressionante como as pessoas esperam a semana inteira pelo sábado à noite, que dura, o quê, três horas? E depois ainda vem o domingo, que é sempre medonho.

Desde que o Hamilton botou a arma da liberdade na minha cabeça, passo os domingos rolando na cama com um livro aberto, de badalo duro, aquela lenga. Mas, como é fim de semana, pelo menos me dou o direito de não estudar nenhuma matéria muito bizarra, tipo matemática ou física, e releio alguma parada de biologia ou no máximo história. Biologia eu curto, sei lá, evolução, funções vitais, genética, que me amarro em fazer os cálculos de probabilidade e tal. Uma das subdivisões do curso de oceanografia é justamente oceanografia biológica, que me deixou megainteressado, ainda mais quando eu pensava no Jean-Marc Barr mergulhando por causa daquela ligação sinistra dele com o mar em *Imensidão azul*, embora o trabalho do oceanógrafo não tenha nada a ver com o que o Jean-Marc Barr faz no filme. Acho que na real eu queria ser o Jean-Marc Barr, de preferência sem as pirações dele, que aí já bastam as minhas.

Até porque o cara se mata no fim.

O bom domingo não existe, porque domingo é sempre medonho. O mau domingo inclui visitas à casa do meu avô, que mora com a mulher dele e sofreu um derrame alguns anos atrás, então fala com dificuldade, anda com dificuldade, uma parada deprimente pra burro ver o meu avô falando e a gente naquela de tentar entender, aí de repente descobre que ele está dizendo que eu lembro muito o pai dele e começa a chorar, uma merda a velhice. Isso quando ele não diz que alguma coisa custou sei lá quantos contos de réis. Quer dizer, o cara não sabe a moeda atual.

Meu avô não foi o melhor pai do mundo, aquele esquema ausente e ríspido, afetividade zero, então meu pai não tem uma relação lá muito carinhosa com ele, só rola aquela cordialidade meio distante, que também é deprimente pra burro, porque tu vê que não tem jeito para eles, que ficou tarde, que de repente numa próxima vida, se existir próxima vida, eles se acertam, mas essa de reencarnação é um troço no qual nem o meu pai nem eu acreditamos.

O mau domingo também inclui o *Fantástico* à noite.

Que é o sinal mais óbvio de que o colégio está chegando.

A gente sobe a escada de pedra todo mundo junto, arrastando o pé de um jeito meio bizarro, que não é como se sobe escada em nenhum outro lugar do planeta, carregando o peso do mundo na mochila. Aí entra no colégio propriamente dito, que acho que pareceria um museu se não fosse a galera fazendo zona. Quer dizer, o chão de tábuas megaencerado, os quadros nas paredes, o jardim interno com estátuas de pedra entre as plantas, o modelo do colégio católico, que o meu pai não foi contra porque dizem que é o melhor da cidade, mas na real não sei. Rolam uns professores bem sinistros, só que de repente nas outras escolas a parada é ainda pior. Quer dizer, não tem limite para o ruim.

Ou então eu é que sou mal-humorado, opinião válida da Isabel e tal, até onde é válido opinião de irmã.

Uma vez pensei em contar de mim para a Isabel. Quer dizer, é meio extremo dizer que pensei em contar, porque não era nem o caso de andar pensando direito. O lance é que estava difícil para mim, a cachola em baratino, eu já meio surtando, e de repente a Isabel me pareceu a melhor opção, porque *nunca* vou contar para a minha mãe e *nunca* vou contar para o meu pai, isso é de lei, eu não saberia nem olhar nos olhos deles depois. Imagina o filho veado sentado à mesa com a gente, o filho veado vindo nos dar boa-noite antes de dormir, dois beijinhos e "A benção", nem fodendo. Mas acabei desistindo de me abrir nas confissões para a Isabel, o que deve ter sido melhor no fim das contas, porque também não sei se saberia olhar nos olhos dela depois, o maninho que curte um barbado.

Na real, não sei qual vai ser.

Pouco depois do meu aniversário, peguei uma megagripe e tive que ficar de molho uns dias. A minha cabeça pesava tanto que eu não conseguia nem ler, o máximo que fazia era ver uns filmes de sacanagem, que o tesão fala mais alto até do que a dor, mano, é uma parada inacreditável. Eu estava acabado, parecia que tinha passado uma temporada em zona de guerra, olhava a minha cara no espelho, aquelas olheiras brutais, o rosto inchado, a boca meio branca, sei lá, uma transfiguração. Não sentia vontade nem de comer, que a garganta parecia ter fechado, uma queimação macabra. Mas o badalo duro, vai entender.

Eu nunca tinha visto dois caras trepando. Na locadora, conferia meio de lado as caixas dos filmes gays, fazendo aquela cara de paisagem sinistra, mas me faltava na íntegra coragem para alugar o troço, na real fui meio salvo pelo acaso.

Quer dizer, eu era fã da Cicciolina, que fica entre a louca varrida, a puta carinhosa e caso de estudo médico. Tem umas cenas dos filmes dela que são deprimentes pra burro, na boa. Mas em geral eu me amarrava em ver os italianos embarcando naquelas viagens surreais. Aí aluguei um filme que pra minha surpresa tinha dois travestis com os quais ela transava enquanto um sujeito carcava duas mulheres, todos juntos numa banheira de motel e de repente o sujeito começava a carcar também os travestis, que foi uma parada nova para mim. Quer dizer, eu continuava sem ver dois caras trepando, acho que travesti não se enquadra exatamente na denominação e tal, mas era o mais perto disso a que já tinha chegado, na real repeti tanto a cena que decorei a fala.

Ti piace il cazzo in culo, eh?

À noite, a Nara telefonava para me atualizar sobre o que estava rolando no colégio e na história dela com o Trigo, que continuava mandando bem e cujo corpo continuava delicioso: os pelos macios, o pau cheiroso, as mãos de artesão. Mas agora eu também descobria que ele tinha uns pés lindos, a bunda carnuda e o saco pesado.

Quer dizer, eu devia merecer isso.

Não sou um cara mau, no sentido de dar chute em cachorro de rua e riscar pintura de carro, apesar da história da lagartixa, que na real foi um caso isolado, do qual me arrependi imediatamente, fazendo o meu teatro. Mas é meio do mal você passar a tarde inteira batendo uma, vendo um sujeito carcar dois travestis enquanto diz *Ti piace il cazzo in culo, eh?* E mais do mal ainda quando você sabe que os seus pais estão trabalhando para sustentar essa baixaria no sofá deles.

Sem dúvida, eu merecia aquilo, que a Nara esfregasse na minha virgindade todos os detalhes sórdidos das suas trepadas.

Quando a minha mãe chegava em casa, tirava a minha temperatura e esquentava uma canja de galinha que a Isabel tinha feito. Era bom ouvir a voz dela depois de passar o dia ouvindo só os gemidos da televisão, como se a voz dela me botasse de novo no eixo, na vida real, a nossa casa, a confecção, o governo macabro dificultando a vida dos pequenos empresários. Era uma parada doida, porque, quando estava todo mundo em casa, eu não via a hora de ficar sozinho para poder assistir aos filmes, mas depois era um alívio quando eles chegavam e eu podia sair daquilo, porque acho que se dependesse de mim eu ficaria direto vendo o troço, sem conseguir parar, e chega uma hora em que nem é muito bom, você já está meio vidrado.

Na véspera da minha volta ao colégio, depois daquele tempo enfurnado, finalmente saí de casa para dar uma volta, comemorar o controle que eu agora recuperava sobre o meu corpo, isso de estar 100% e tal. Pra ser sincero, essa é uma parada em que, sempre que fico doente, prometo a mim mesmo que vou pensar todos os dias, tipo lembrar que estou bem, que não tem nada doendo, pra de cara já me sentir satisfeito. Quer dizer, dor é um troço que para quê?

Na real, já me explicaram que dor serve para indicar que algum lance não está em ordem e precisa de intervenção e tal, mas não podia rolar outra parada, acender uma luz vermelha?

Quer dizer, sou um cara que precisa desse tipo de explicação.

E que imagina uns troços desse gênero.

De qualquer jeito, é óbvio que depois esqueço dessa de lembrar que estou bem pra de cara me sentir satisfeito, até porque seria meio leseira andar por aí feliz só porque não estou doente.

Mas estava nessa batida de comemorar o fim da gripe e parei numa doceria para comer uma bomba de chocolate com Coca. E vi que um cara olhava para mim.

Quer dizer, o cara não olhava para mim de um jeito totalmente aberto e tal, descarado, como se fosse normal um cara olhar para outro e foda-se o mundo, mas dava para ver que olhava, mesmo quando parecia tentar não olhar. Era um cara mais velho, que devia ter para lá de 25 anos, com camisa social branca por dentro da calça também branca: médico, dentista, pai-de-santo ou vendedor de empada, embora não parecesse ser nenhum desses dois últimos. Meio parrudinho, com óculos marrons, um clima mais velho mesmo. Mas, na real, bonito à beça.

Eu não conseguia nem olhar para ele nem comer a minha bomba de chocolate, um lance vexaminoso. Mas também não é todo dia que um cara olha para a gente numa doceria, seja ou não de maneira descarada. Quer dizer, isso nunca tinha me acontecido, só uma vez, quando eu era mais pirralho e estava de bermuda andando na rua, um cara passou por mim olhando para as minhas pernas e fez aquele barulho assim de sugar o ar que a galera faz quando alguma menina vai ao quadro-negro, principalmente quando a menina é feia, que é para zoar. E até hoje de vez em quando eu batia uma pensando nele.

Mas agora eu estava ali, sentado no balcão, nervoso pra cacete, sem conseguir olhar o cara. E, quando olhava, via que ele também parecia nervoso, o que, depois parando para pensar, era mais vexaminoso ainda, porque ele tinha para lá de 25 anos e eu só tinha acabado de fazer 17. Ele já era médico ou dentista, ou vendia suas empadas, e eu não passava de um estudante de segundo grau. Mas na hora nem achei que era vexaminoso para ele, não achei nada, só fiquei de badalo duro e garganta seca, a bomba de chocolate que não descia, por mais que eu entornasse Coca.

Ele se levantou e, por um instante, achei que fosse falar comigo, quase engasguei, mas era para pagar a conta. Fiquei olhando ele de costas, lembrei do Trigo vendo que a bunda parecia carnuda. Olhei a nuca, ali onde o cabelo termina, e senti uma vontade monstra de dar uma lambida naquela pele branca, cafungar o cabelo castanho.

A Nara já tinha me falado da Deusa da Oportunidade, que é uma deusa bonitaça, com uma megafranja vermelha e sem cabelo nenhum atrás, uma parada meio freak a princípio, mas que depois faz todo o sentido, porque, quando a Deusa da Oportunidade passa, a gente tem que agarrar ela de frente, pela franja, senão já era. Mas o que eu podia fazer? Quer dizer, eu tinha sentido o clima rolando e tal, mas era a primeira vez que isso me acontecia, agora que eu já era meio adulto, e não tinha como pensar em nada tão rápido, então foi isso: a Deusa da Oportunidade tinha passado e eu neca. Podia quase ver a cabeçorra careca desaparecendo na esquina. Mas tive o impulso de pelo menos chegar até a porta da doceria e ver que o cara entrava num prédio comercial que ficava mais adiante.

Na real, isso podia não querer dizer nada. Ele podia ter entrado ali pelo motivo que fosse, mas botei na cachola que era o lugar onde ele trabalhava e pensei em voltar à doceria no dia seguinte, na mesma hora, para comer outra bomba de chocolate e esperar para ver se ele aparecia. Fiquei quase tranquilo. Aí pensei que, por mais sentido que fizesse isso de aquele ser o lugar onde ele trabalhava, podia ser que não, eu estava confuso à beça, é impressionante como a pessoa pode ficar baratinada, até porque eu sabia o que queria mas não sabia como chegar até a parada, meio como saber do tesouro mas não ter o mapa, numa comparação megaxexelenta. Aí não posso nem dizer que decidi, porque não decidi nada, mas fiquei ali esperando a volta do cara, paguei pela bomba de chocolate e pela Coca e fui para a entrada do prédio comercial, onde fiquei lendo aquelas plaquinhas com os nomes das pessoas e as especialidades, fulano de tal psiquiatria, sicrano ortodontia, tentando adivinhar qual era o nome dele e qual era a especialidade, mas fiz isso de maneira bem dissimulada, de vez em quando olhando para o relógio, como se estivesse só matando tempo, porque tinha um cara atrás do balcão, tipo o funcionário do prédio, que podia vir me perguntar se eu queria alguma informação e eu não queria informação nenhuma, só estava ali esperando alguém, minha irmã que tinha ido ao ginecologista.

Passou uma hora. Tinha dois elevadores e, cada vez que um deles chegava, eu prendia a respiração meio no automático, que não era nada voluntário, eu não ia ficar prendendo a respiração de propósito, que não tenho vocação para golfinho feito o Jean-Marc Barr. Passaram várias pessoas que eu nunca tinha visto na vida e duas que eu conhecia do colégio, a gente se falou "E aí?", eu dando aquela consultada básica no relógio para mostrar que estava à espera da minha irmã, que agora já demorava pra cacete na mesa do médico. Tentei pensar no que diria à minha mãe, se ela passasse ali, porque ela sabia que a Isabel não estava consultando ginecologista nenhum, mas na real não conseguia pensar com muita clareza, meio que estava ali para ver o que rolava, na hora eu resolvia. Tanto que, quando o cara de branco finalmente desceu e passou por mim sem me ver, cumprimentando o homem atrás do balcão, eu deixei ele sair e, na cara-dura, perguntei ao funcionário:

— Qual é o nome desse médico mesmo?

— Dentista — corrigiu o cara. — Dr. Diogo.

— Ah, isso mesmo.

Meu corpo estava quentaço, comecei a olhar as plaquinhas de novo, mas acho que já não de maneira tão dissimulada, porque o homem se adiantou:

— Sala 801.

Eu queria dar o fora dali, estava me sentindo meio marginal. Se estivesse numa cidade americana, o funcionário do prédio na certa já teria acionado a polícia, a essa altura teria cinco viaturas lá fora, o comandante gritando pelo megafone *Put your hands above your head.*

Ainda bem que moro no Brasil.

Mas para tudo tem limite e eu já estava passando do ponto. Dei mais duas consultadas no relógio, estalei a língua naquele tsc que mostra que a pessoa está impaciente, o funcionário saiu de trás do balcão para comprar algum troço na barraquinha que fica em frente ao prédio e aproveitei para gravar o nome do dentista da sala 801. Diogo Barra.

Parabéns, ouvi uma vozinha bem escrota dizer dentro da cachola, e agora você vai fazer o quê com essa informação?

peixe morto

Na real, eu não acho que o Jean-Marc Barr se mate no fim de *Imensidão azul*. Quer dizer, você pode entender que ele morreu, que seria o jeito mais racional de interpretar a parada, tipo não tem como ninguém sobreviver debaixo d'água. Mas o cara tinha uma ligação sinistra com o mar, umas particularidades biológicas, aquilo dos batimentos cardíacos se espaçarem à beça. Então também dá para interpretar por esse lado irracional, embora eu admita que aí teria que rolar um lance mágico, só que a gente está falando de cinema, não é a vida, então pode ter a mágica que for, ele cedendo ao chamado do mar e indo viver com os golfinhos, não sei.

De qualquer jeito, desisti de oceanografia.

Como só o nome desenho industrial já me deixava meio claustrofóbico, li o que o *Guia do estudante: Cursos & profissões* dizia de artes plásticas e já estava quase me animando quando esbarro no seguinte trecho do terceiro parágrafo: "Os formados nesta área que vivem exclusivamente de sua arte com a venda de suas obras representam uma parcela muito pequena em relação ao contingente que deixa as escolas todo ano. Na verdade, a maioria dos diplomados em artes plásticas se dirige para o magistério ou busca funções como assalariado". Quer dizer, o sujeito tem que estar numa pilha muito bizarra para querer seguir em frente depois de ler uma parada assim, ou então tem que se amarrar na ideia de dar aula, que fica tipo entre as últimas opções da minha lista porque falar na frente de uma sala é um troço que não acontece para mim: travo geral e me vêm várias daquelas pirações que já costumo ter normalmente, tipo botar na cabeça que não sou uma pessoa interessante e me transformar no maior bolha da paróquia.

Eu quero fazer capa de disco.

Fotografar para a *National Geographic*.

Ser pop star, sabe qual é?

Grafiteiro profissional.

Mas estava começando a panicar na íntegra com a ideia de vestibular. De repente parecia que todo mundo já sabia o que queria fazer na real, uma parada 100% sinistra, como se a galera viesse pensando nisso desde sempre na clandestinidade, me deixando para trás. Até a Nara, que é tipo amiga do peito.

Eu gostava de estudar com a Nara. Não porque ela me ensinasse as matérias nem nada disso, mas porque, quando ela estava do meu lado, eu não podia ficar rolando na cama de badalo duro, com o livro aberto, o que já era um mega-avanço.

Também gostava de estudar com a Nara porque, quando passava muito tempo sozinho, era como se todos os meus baratinos se transformassem num troço tipo impossível de superar, como se eu fosse a única pessoa do mundo que tinha problemas, ou como se o resto do mundo nem existisse, saca? Como se eu voltasse àquela época em que era pirralho e achava que os cenários se montavam quando eu chegava no lugar, só para mim, que depois de pensar essas merdas tenho que aceitar que qualquer mané cuspa na minha cara que sou megalômano e egocêntrico, paradas que talvez eu seja. Então era bom conversar e saber que as outras pessoas também estão aí na corrida de obstáculos, por mais que algumas larguem na frente.

E por mais que a todos os meus obstáculos agora se somasse uma espécie de obsessão sinistra com Diogo Barra, dentista tesudo que passava a frequentar as minhas tardes masturbatórias, só de vez em quando interrompidas pela presença da Nara, graças a Deus.

Eu gostava da presença da Nara mesmo quando ela dava umas reclamadas surreais.

Na real, gostava das reclamadas surreais dela.

Até porque, pra ser totalmente sincero, esse era um quesito em que a gente se entendia, ainda mais depois de horas de estudo.

Como nesse dia em que a Nara dobrou a cabeça primeiro para a direita, depois para a esquerda, aí deu um giro completo, que fez o cabelo cair sobre o rosto de um jeito megassensual, que sempre deixava os caras doidos e disse:

— Estou exausta, bubala. Todas essas mitocôndrias, hipotenusas e locuções adjetivas.

— É sinistro.

— A tensão é tanta que sinto até pena do Trigo, o pobrezinho tem que literalmente suar a camisa.

Ela abriu um sorriso, deixou o caderno de lado e se deitou na minha cama, correndo os dedos pela correntinha dourada que trazia a imagem de uma santa que na real não sei qual é.

— Às vezes, dá vontade de mandar tudo para o inferno e virar manicure, vender sanduíche natural na praia de Ipanema, porque também ir para o Rio é certo, passando ou não no vestibular.

Essa era uma certeza que eu não tinha, porque meus pais não são cheios do ouro como os pais da Nara, que já tinham combinado que, se não passasse no vestibular, ela se mudaria para o Rio para entrar num cursinho. Eu teria que me virar por aqui.

— Andei pensando em turismo — anunciei.

Ela se virou para mim com aquela cara de quem não sabe do que estou falando, que às vezes tenho isso de entrar com um assunto sem aviso prévio, no meio de outro assunto. É sempre uma parada que já vinha se desenvolvendo na cachola, então existe uma lógica interna, mas pode parecer doideira. Só que a Nara me conhece à beça, então sempre entende.

— Meu Roy Lichtenstein, por que você não faz comunicação visual? — ela perguntou, enrolando o cabelo no indicador.

Outra parada sinistra que eu tenho às vezes, dependendo do meu estado de espírito, é que, se a pessoa diz algum troço que não sei o que é, em vez de admitir que não faço ideia do que ela está falando, finjo que sei. Como comunicação visual, que na real eu nem imaginava o que fosse, que também tenho esse lance meio louco de não saber uns lances que todo mundo sabe, uma merda. Agora quer ver o que mais detesto no mundo? É a pessoa abrir a boca para perguntar com mais letras do que tem a frase "Você não saaabe o que é isso?" ou "Você não conheeece não sei quem?" Sinto o maior ódio.

— É, já pensei.

A Nara me encarou, me conhecendo tão bem talvez soubesse que era mentira, não sei.

— Acho que tem tudo a ver com você. — Ela se virou para o lado. — Essa parede é incrível.

Era verdade que eu recebia uns elogios sinistros por causa da parede e por causa da capa dos cadernos, que era uma parada que eu me amarrava em fazer, desde escolher as imagens, que guardo numa caixa de camisa na última gaveta da escrivaninha, até compor a colagem propriamente dita, juntando os recortes e tal. Na real, o que mais curto é botar entre as figuras alguma parada meio escrota, tipo uma cena de sacanagem com a Amber Lynn, que é uma piranha convicta, ou a Ginger Lynn, que eu ficava me perguntando por que entrou nessa, ou a Tori Welles, que entre todas as atrizes de filme de sacanagem é meio a minha preferida, talvez.

Gosto de ver a Amber Lynn lado a lado com o Einstein, por exemplo, a Tori Welles lambendo a careca da Grace Jones.

Levantei da cama e botei para tocar *Island Life*, que começa com uma regravação sinistra de *La Vie en Rose* e tem uma dessas capas que eu gostaria de ter feito, mas na real quem fez foi o ex-marido da Grace Jones, um cara chamado Jean-Paul Goude, que a fotografou em várias posições, enquanto ela se equilibrava em caixas e escadas, para depois fazer a montagem na base do estilete e da cola. A capa é genial mas dá para ver que é montagem, porque o trabalho não é perfeito, tipo não tem a sombra do braço esquerdo, aí a gente entende que perfeição não é essencial.

A Nara pediu para eu botar *I've Seen that Face Before* e simulou um tango pelo quarto enquanto eu pensava no Diogo Barra, doido para abrir o jogo para ela e pedir uma sugestão, tipo um plano de ação, eu não tinha dinheiro para marcar consulta no consultório do cara, nem coragem para isso, que de repente também podia ser tudo viagem da minha cabeça. Quer dizer, o cara não ficou me encarando nem nada, não virou para trás depois de pagar a conta, foi mais um clima assim de eu sentir que rolava algum troço, mas até aí morreu Neves.

Quer dizer, é impressionante como a nossa cabeça é capaz de construir, para o bem e para o mal.

Eu já não sabia de nada.

Mas comecei a frequentar a doceria e passava pelo prédio comercial tipo umas cem vezes por dia. Quer dizer, cem vezes é exagero, mas me amarro numa hipérbole. Passava por ali sempre que dava, um lance obsessivo mesmo, tipo *Atração fatal*, sem direito a ficar acendendo e apagando o abajur do quarto com os olhos meio vidrados no vazio. Tive a ideia de procurar no catálogo o número dele e encontrei lá "Barra, Diogo", mas não liguei que a minha piração não chegava a esse ponto. Quer dizer, isso se não for mais pirado procurar no catálogo um número que a gente não vai usar. E ainda decorei o número.

Eu estava me sentindo meio claustrofóbico.

PARA A SUA JUKEBOX

Quer dizer, não só com o lance de querer muito fazer um troço que eu não sabia nem como nem exatamente o quê, pra ser sincero, mas também com a arma da liberdade na cabeça e com as paradas que passavam pela cachola, que eu não me sentia à vontade de contar para ninguém, mesmo que a Nara fosse a ouvinte perfeita, que pra ela não tem tempo ruim e ela é capaz de me dizer uns troços bem surreais, tipo o tamanho do pau dos caras e isso de o saco ser pesado ou a bunda ser encovada ou carnuda, e se eu for totalmente sincero, o que vai dar uma dimensão da minha covardia de não contar logo, ela já tinha me dito inclusive que às vezes usava o chuveirinho para bater uma pensando em mulher.

Tipo a nossa amizade chegava a esse grau.

Podia ser perfeita se fosse o caso de ela me contar as masturbações dela e eu contar as minhas, só que ela contava as masturbações dela e eu ouvia, era o melhor ouvinte que ela podia ter porque não interrompia nem pra comentar um "Sei como é" ou "Comigo é diferente", que essa é outra parada muito surtada, como as pessoas podem funcionar de maneiras tão diferentes num lance que a gente a princípio acharia que não tem muito jeito de divergência. Mas as masturbações da Nara são todas complicadas à beça, com uns enredos à Hollywood meio sinistros, uns cenários totalmente broxantes, piano de cauda, cama com dossel, vinho tinto em bandeja de prata e música de fundo.

É impressionante a variedade do ser humano, sabe qual é?

Na real, acho que comecei a me sentir claustrofóbico quando a Nara disse que, no caso dela, ir para o Rio era certo, passando ou não no vestibular, que aí tive essa consciência de que eu precisava passar no vestibular porque, se não passasse, continuaria na cidade. Claro que já sabia disso e tal, mas depois que ela botou o troço em palavras foi como se o lance ficasse mais real. E o pior era que passar no vestibular queria dizer passar numa universidade pública, que meus pais não têm grana para pagar universidade particular, mesmo eu morando no apartamento do Rio da Nara, que era o combinado desde sempre.

Meus pais trabalham à beça, mas o governo está sempre achando um jeito de foder com o pequeno empresário, a gente é roubado de todo lado, imposto, inflação. Quer dizer, o Brasil é bizarro.

Tudo bem, eu sei que o país vem tomando na bunda desde que foi descoberto, e os Estados Unidos continuam enrabando a gente porque são uma potência escrota, o que não deixa de ser um pleonasmo, lance que imagino que só quem está prestando vestibular saiba o que é, então abro um parêntese para explicar que "pleonasmo" é um nome meio cheio de pompas para "redundância", tipo dizer "subir para cima", porque subir é sempre para cima, ou dizer "potência escrota" porque não existe potência bacaninha. Só que, mesmo que as potências não fodessem com a gente, o Brasil foderia consigo mesmo.

O meu pai já quis se mudar para Cuba, mas hoje sonha com a Suíça, de vez em quando.

A minha mãe reclama, mas não se mudaria do Brasil por nada.

Quer dizer, é difícil abandonar tudo que faz parte da gente.

Na real, eu tinha ouvido uma conversa dos meus pais sobre dinheiro na qual meu pai dizia que, se fosse preciso, arrumaria um emprego à noite ou pegaria um empréstimo no banco, caso eu passasse para uma universidade particular, e minha mãe dizia que também podia começar a viajar para tentar vender as roupas da confecção em cidades vizinhas. Foi uma conversa que eu preferia não ter ouvido, deprimente pra burro.

Além do mais, eu nunca aceitaria um troço desses, só se eu fosse muito escroto, que é uma parada que tento não ser.

Quer dizer, era de imaginar que esse seria um objetivo mundial, tentar não ser escroto, mas não é o caso. Tem uma galerinha do mal fazendo questão de ser asquerosa. Ou então é o ambiente que propicia, sei lá. Tipo na época da ditadura, eu fico pensando, será que todos aqueles caras da repressão eram uns fodidos sem coração, ou a situação foi maior do que eles e quando eles viram já estavam lá pendurando as pessoas no pau de arara, que não tem limite para o ruim. De qualquer jeito, fico megabodeado quando penso nisso e tenho que tentar me lembrar de gente do bem que procura salvar o mundo, porque existe. É aquilo, a variedade do ser humano.

O Tadeu é um cara do bem que procura ser escroto, mas acho que não consegue, ou talvez ele seja um escroto com carisma. O Tadeu é uma incógnita. Mas gosto de ouvir quando ele comenta com o Sérgio sobre o corpo das garotas, com um ar meio sacana, tipo "Os peitinhos não eram grande coisa, mas o rabo", que talvez seja um lance meio sórdido, mas também é teatro, acho até que os dois sabem disso, que aquilo não corresponde à real, porque a real é que eles gostam mais dessas garotas do que elas gostam deles, eu acho. Mas às vezes também tenho isso de ser um cara meio ingênuo.

Na boate do clube, o lance que mais curto é ver os caras chegando nas garotas, a conversinha meio cheia de más intenções, e nisso o Tadeu é imbatível, o cara sabe fazer a parada. E não é só chegando nas meninas.

PARA A SUA JUKEBOX

Ele tem esse carisma sinistro, então tudo que faz ganha um charme surreal, aí fico olhando ele jogar bola, fico olhando ele conversar com os amigos, fico olhando ele pedir lanche na cantina, fico olhando ele não fazer neca, depois ele me diz que tenho um olhar de peixe morto.
Que acho que é o mesmo olhar que o Diogo Barra me lançou.
Mas não tenho certeza.
Na dúvida, continuava passando pelo prédio comercial sempre que dava e frequentando a doceria quando sobrava um dinheirinho. Ia acabar ficando gordo de tanto comer bomba de chocolate. Mas a parada virou quase rotina e era meio louco porque a certa altura acho que eu já nem sabia por que fazia aquilo, talvez se esbarrasse no cara eu achasse que era coincidência.

Li no *Guia do estudante: Cursos & profissões* sobre comunicação visual. Na real, era meio inacreditável que eu nunca tivesse visto o curso no índice de "profissões universitárias", entre comunicação social (página 95) e dança (página 135). Comunicação visual ficava na página 134 e gostei à beça do que li, principalmente no último parágrafo, que dizia que "o profissional projeta e executa anúncios, outdoors, embalagens de produtos, capas de livros, luminosos". Quer dizer, foi uma parada meio como me encontrar, sei lá. Era como se o curso tivesse sido feito sob medida para mim, achei que seria o que o Andy Warhol faria se ainda estivesse vivo, se tivesse a minha idade e morasse no Brasil.
Senti uma megafelicidade que também era alívio, chega fiquei de badalo duro, que é o tipo da doideira que acontece comigo.
Quer dizer, eu fico de badalo duro com umas paradas sinistras, tipo sair de casa sem cueca, que aí o troço fica dançando na calça e quando vou ver já estou naquele esquema ereto, vai entender.
Ouvi a Isabel chegar em casa, eu estava meio nervoso com a situação de ter descoberto o curso, tipo aquela parada de a pessoa não caber em si, que é uma imagem na qual me amarro, queria contar para alguém e achei que seria maneiro contar primeiro à Isabel porque foi ela quem me mostrou a primeira capa de disco genial da minha vida, que era uma dos Secos e Molhados em que os caras apareciam servidos à mesa, em bandejas dessas de papelão que a gente compra no supermercado. Eu nem sabia se ainda tinha o disco, fui procurar e estava ali, botei para tocar *Sangue latino*, uma música que me emociona de um jeito macabro, e aumentei

o volume ao máximo porque sabia que a Isabel ia bater na porta para reclamar.

Quando ela bateu, falei "Entra" e abaixei o som, mas ela não estava com cara de quem ia reclamar, só entrou no quarto e ficou cantando com o Ney: *E o que me importa é não estar vencido, minha vida, meus mortos, meus caminhos tortos.* Aí me encarou.

— Tá feliz, guri?

Era raro eu ouvir música alto, acho que por isso ela perguntou se eu estava feliz, ou então minha cara estava denunciando.

— Acho que estou.

Ela ajeitou o meu cabelo com os dedos, tipo penteando.

— Você está bonito, sabia?

Ter irmã mais velha pode ser meio bizarro às vezes, mas às vezes é bom, tipo para o ego.

— Descobri o curso que quero fazer.

Isabel sorriu. Ela já tinha deixado meio claro que achava surreal eu pensar em oceanografia ou turismo, aí de repente fiquei com medo de falar de comunicação visual, que também não era um curso previsível, tipo direito, medicina ou engenharia, ou até arquitetura, que ela tinha sugerido, mas na real não fazia a minha cabeça. Fiquei com medo porque a Isabel tinha encaretado com o tempo. Antes ela era meio cheia das genialidades, se vestia de uma maneira vanguarda total e curtia um som como o dos Secos e Molhados, aí conheceu o Franco e encaretou, foi meio cortando as próprias asas, sei lá, usando umas roupinhas tom pastel e ouvindo uma parada easy listening que na real é de amargar.

— O que é dessa vez?

Demorei uns segundos para responder, embora a entonação dela não fosse tipo recriminatória nem nada, era mais como se ela achasse divertido.

— Comunicação visual.

A Isabel fez aquela cara de quem acha a coisa razoável.

— E o que faz a pessoa que se forma em comunicação visual?

Peguei o *Guia do estudante: Cursos & profissões* e li para ela o meu trecho preferido:

— Projeta e executa anúncios, outdoors, embalagens de produtos, capas de livros, luminosos.

Ela continuava com a cara de quem acha a coisa razoável, como se estivesse surpresa com a minha recém-tomada de juízo, eu tendo amadurecido entre o absurdo da oceanografia e a sensatez da comunicação visual.

PARA A SUA JUKEBOX

— Me parece bacana. Já falou com o pai e a mãe?

— Não, você foi a primeira.

A Isabel se levantou e botou para tocar de novo *Sangue latino*, aumentando o volume no limite possível para a gente continuar conversando.

— Guri, então você também vai ser o primeiro para quem vou contar uma coisa.

Ela estava feliz, só agora eu via. Já falei que sou um egocêntrico fodido, a pessoa tem que gritar comigo para eu parar de olhar o próprio umbigo e ver que tem alguém ali do lado precisando de ajuda ou querendo companhia para comemorar um troço. Quer dizer, não que eu seja um cara ruim e tal, só não sou muito ligado.

— O que é? — perguntei.

— O Franco e eu vamos nos casar.

Custei a entender o que ela estava dizendo porque aquilo era uma parada que fugia totalmente ao esperado. A Isabel sempre teve esse lance de querer ser mãe, constituir família e tal, mas eu achava que isso aconteceria quando ela estivesse beirando os 40 e não aos 22 anos. Primeiro achei que fosse brincadeira, uma brincadeira meio de mau gosto até, depois vi que era pra valer e foi megaestranho, porque na real eu achava que *eu* deixaria a nossa casa para estudar e a Isabel continuaria morando ali com os nossos pais. Consegui perguntar:

— Quando?

— No ano que vem.

Ela levantou a mão direita, mexendo os dedos para mostrar uma aliança dourada, grossa. Estava feliz à beça, e me senti um sujeito 100% qualquer nota por não estar acompanhando ela nessa felicidade, tipo egoísmo total, aí me levantei e fiz uma parada meio louca, que a Isabel e eu nunca fomos muito de contato físico nem nada assim, a gente se ama meio a distância, apesar de às vezes ela passar a mão no meu cabelo e tal, mas eu me levantei e dei um abraço na minha irmã. Falei parabéns tipo umas três vezes, enquanto continuava abraçado nela, e foi ela que notou primeiro uma parada ainda mais sinistra que estava rolando, aí ficou esfregando as minhas costas e dizendo "Não chora, guri". Megaconstrangedor, eu pitizando porque a minha irmã vai se casar.

Quer dizer, eu tinha medo dessas pitizadas, medo de nessa ficar mais veado, sei lá, emboiolar de vez tipo os cabeleireiros da cidade, que sempre andavam juntos e que eu observava a distância porque na real alguns faziam a minha cabeça total e volta e meia eu batia uma ilustrada por eles, tipo fantasiando que ia cortar o cabelo e o cara me cantava na caradura, aí a gente transava de frente para o espelho do salão. Tinha outros caras na cidade que também eram assim meio óbvios na veadagem, tipo um paisagista conhecido da minha mãe e o dono de uma loja de roupas femininas, que era um cara sexy pra cacete que eu sempre seguia com o olhar, mas que na real nem sonhava em conhecer porque seria megabandeira andar do lado dele, esse papo de sair do armário é uma parada na qual não quero nem pensar, porque a cachola parece que vai fundir quando fico refletindo sobre o assunto.

Mas eu tinha um megatesão por esses caras.

Mas tinha medo.

Sei lá.

Dois anos antes, tinha presenciado uma cena macabra, a Isabel e eu tínhamos ido de excursão ao show do Sting no Maracanã, um lance caravana, três ônibus fretados saindo da cidade e tal, eu nem curtia muito o Sting, assim tipo não desgosto mas não é um som que me faça vibrar, aí depois do show nós já estávamos dentro do ônibus, a galera voltando aos poucos, aquela megaconfusão ali fora e um cara gritou "Veado" para um desses cabeleireiros e de repente a multidão começou a gritar junto "Veado", as meninas rindo, todo mundo achando superengraçado, aí o cabeleireiro encarnou a Linda Evangelista e passou a desfilar entre os carros, com um sorriso irônico e tal no rosto, talvez tenha até curtido aquilo, não sei, a variedade do ser humano. Mas achei que a situação toda tinha um clima de apedrejamento, saca? Parecia que eu estava na Antiguidade ou num país muçulmano, mas estava no Rio de Janeiro em 1987.

De qualquer forma, era a minha mãe que cortava o meu cabelo.

Meus pais ficaram felizes de saber do casamento da Isabel, acho que meio já esperavam por isso, talvez a Isabel viesse dando uns sinais, mas é claro que eu não notaria porque sou um megalômano filho da puta. E ficaram felizes de saber que eu tinha decidido fazer comunicação visual, que parecia de fato ser um troço razoável, pela expressão do rosto deles, igual à expressão do rosto da Isabel, tipo de alívio, meio dando graças a Deus que eu não tivesse inventado uma astronomia ou biblioteconomia, que na real era a minha cara.

Mas os meus pais são incríveis, tudo que a Isabel e eu fazemos é motivo de orgulho, chega a ser sinistro.

Quando contei para a Nara que tinha decidido fazer comunicação visual, ela disse que já tinha me sugerido isso várias vezes, mas na real eu só me lembrava daquela em que a gente estava no meu quarto e ela elogiou a parede. Só que era bem possível, que tenho essas paradas de esquecer.

Ela ficou meio enfurecida, tipo reclamando que eu não prestava atenção no que ela dizia e tal, lembrando uns lances que tinham acontecido décadas antes, é impressionante a capacidade de a pessoa ligar um milhão de fatos diferentes na mesma fala e dar sentido a tudo. Mas eu sabia que a Nara não estava bronqueada de verdade, que ela é muito igual a mim e na real se amarra num teatro, aí dei um tempo e falei que ela ficava linda quando estava nervosa e ela soltou uma daquelas risadas que deixam os caras doidos.

— Jura, bubala?

— Você é linda.

Na real, as pessoas têm uma dificuldade monstra de elogiar os outros, tipo eu também, que não vou me excluir agora e dar uma de guru sabido, porque uma coisa é elogiar a Nara que é minha amiga e tal e outra seria elogiar uma fulaninha que eu conheça de vista, mas o sinistro é que a gente tem essa dificuldade de elogiar apesar de saber que a pessoa vai ficar feliz de receber o elogio, que isso é de lei, todo mundo curte saber que acertou na escolha da camisa ou do xampu. Quer dizer, não é sair por aí elogiando quem não acertou na escolha da camisa ou do xampu, nem nada parecido, mas elogiar quando for verdade.

Talvez as pessoas não elogiem quando acham que a parada está funcionando porque, no dia em que não elogiarem, o outro vai ficar noiado total, tipo querendo tacar fogo na camisa que escolheu e raspar o cabelo, deve existir uma inteligência maior pairando sobre as relações humanas, claro. Mas a Nara era bonita à beça e era minha amiga tipo do peito, então rolava sempre essa de elogiar.

— Ai, não estou me sentindo nada linda.

Era hora do recreio, a gente estava sentado na mureta, de frente para o campo de terra, o Tadeu passou por nós fazendo um aceno de cabeça, que a gente retribuiu.

Só vendo o jeito de o Tadeu andar, parece dança.

Eu sentia uma megavontade de falar com a Nara do meu tesão por ele, quer dizer, acho que só de botar aquilo para fora já seria tipo um puta prazer ou pelo menos um alívio, poder comentar sobre todos os detalhes que me deixam ligado, mas nem pensar.

— Por que não?

— Ah, tive que parar de malhar, minha mãe me obrigou. Diz que depois vou agradecer.

Liberdade com arma na cabeça.

— Para estudar?

A Nara observava os meninos que jogavam bola no outro extremo do campo.

— Para estudar. Só que... eu não quero que me queiram pelo meu intelecto, entende? Quero que me queiram pelo meu corpo.

Era engraçado.

Mas a gente estava às vésperas do primeiro simulado, tipo uma bruta tensão, cada professor com o dedo mais apertado no gatilho, aí os pais faziam a parte deles, que era botar os filhos para se concentrar na parada, sem perder tempo em academia e tal, num esquema de estudo full time.

Eu me deitava com os livros na cama e, quando começava a ficar de badalo duro, logo batia uma, que era para o negócio não comprometer a tarde inteira, aquela história de ficar fantasiando merda, passando a mão pelo corpo sem sair de um ponto do livro, olhando para o teto, olhando a capa de *Sticky Fingers* colada na parede, cercada pelo símbolo da paz, uma fotografia sinistra da Madonna e o recorte de um golfinho, para homenagear *Imensidão azul*, que eu não tinha conseguido nenhum pôster do filme, e pensando no Joe D'Alessandro porque existem boatos de que na real era a genitália dele na capa de *Sticky Fingers*, ou pensando no Jean-Marc Barr, com aquela cara perfeita, meio alucinado com a relação sinistra com o mar, tipo tem uns caras para os quais o tempo tinha que abrir uma exceção para que eles não envelhecessem nunca, porque na boa que é quase pecado. Aí eu batia logo uma e voltava a estudar.

Que vestibular é quase lavagem cerebral.

Às vezes, eu acordava com uma palavra na cabeça, que tenho isso de a cachola ficar repetindo um troço mesmo quando não sei o que é aquilo, tipo o que acontece quando uma música não desgruda da gente, por mais que a gente tente pensar em outras músicas e tal. Aí acordava com "pituitária" martelando as ideias e sabia que era porque tinha lido aquilo em algum lugar, mas na real nem sabia onde, não sabia que porra era "pituitária", não lembrava, mas achava que podia ser um sinal de que a parada cairia no simulado e procurava no dicionário, apesar de não ser um cara supersticioso nem nada assim místico, que na real sou até bem cético. Só que acabava gravando aquilo, sei lá, que pituitária é a "membrana mucosa que reveste parcialmente as narinas por dentro" e também o mesmo que

PARA A SUA JUKEBOX

"hipófise", então procurava a definição de hipófise e via que é uma "glândula de secreção interna, situada sob a face inferior do cérebro, constituída por uma parte posterior, a neuroipófise, ligada ao hipotálamo, e por uma parte anterior, a adenoipófise ou ante-hipófise", quer dizer, é de amargar o que a gente tem que aprender. Mas, de qualquer jeito, pegava o livro de biologia para aprofundar a parada.

Quer dizer, isso não chegava a ser um método de estudo.

Que também não sou um cara que tenha método para as paradas, funciono mais na base da intuição.

Mas era bom saber que agora estava estudando para um lance concreto, *comunicação visual*, e não para um troço que ainda nem sabia qual era, isso me dava estímulo, ou pelo menos me botava mais nervoso, que na real sou um cara megatenso, de às vezes ficar com os ombros acima da cabeça se bobear.

Para relaxar, antes de dormir ouvia Tina Turner no escuro total do quarto. Ou então o Bowie. Botava para tocar *Sorrow* bem baixinho e tentava zerar a cabeça, um lance meio impossível. Às vezes ficava pensando merda, que é quase um dom meu, tipo pensar na morte, a parada mais sinistra que pode existir, aí imaginava qual seria a minha morte, tipo torcendo para que fosse de ataque cardíaco, por exemplo, que não tem muito sofrimento e tal, o problema era mais o mico de rolar em público, você estirado no meio da calçada, não é uma cena agradável, mas continua sendo melhor do que morrer afogado, por exemplo, ou queimado, que só de pensar me dá uma megaclaustrofobia. O alívio é saber que as chances de morrer afogado ou queimado não são muitas, quando a gente para pra pensar.

Bala perdida também é uma boa. Quer dizer, você não tem o estresse de ter um revólver apontado para a tua cara, que deve ser uma parada sinistra, aquela tortura de morre-não-morre durante não sei quantos minutos, pelo amor de Deus não me mata, e ainda tem a vantagem de ser uma morte rápida, que é o que todo mundo quer, eu imagino, que até a variedade do ser humano deve ter limite numa questão assim.

Também relaxava vendo filme de sacanagem nas noites de sábado, uma parada da qual não abri mão, ou uma parada que não abriu mão de mim, que era mais o caso, sempre naquele esquema de esperar todo mundo ir dormir e depois assistir ao filme mantendo os dois controles remotos ao alcance da mão. No fim de semana anterior ao simulado, aluguei uma fita sinistra em que a galera fazia uma parada para lá de bizarra, os caras enfiavam a mão nas mulheres, não no sentido de "meter porrada" e tal, mas no sentido literal, tipo enfiavam o punho na xana delas. Um troço meio deprimente, fiquei pensando se a produção pagava plano de saúde para as atrizes. A sorte é que eu nunca alugava só uma fita, e a segunda era menos imprevisível, um elenco conhecido, a Nina Hartley, que tem a bunda mais sinistra do showbiz pornográfico, o Buck Adams, que faz a linha canastrão total e é irmão da Amber Lynn, eu imaginava as reuniões de família deles, devia ser bizarro.

Depois batia uma e era aquele megavazio de azulejo, um troço na real meio indescritível para quem nunca passou pela parada, mas, se eu tivesse que explicar para alguém que não sabe o que é, diria que é como se você fizesse uma viagem fantástica, cheia de paisagens foda, e depois descobrisse que nada daquilo era pra valer e que você perdeu um tempo filho da puta numa viagem que não aconteceu, e de qualquer jeito a viagem era um erro. Pra piorar, você estava crente de que tinha companhia na viagem, mas de repente manja que estava sozinho o tempo todo. E ainda tem que limpar aquela meleca na tua barriga. Depois é de lei apertar rápido o stop do vídeo, que as imagens ficam megainsuportáveis, rebobinar a fita e ir dormir se sentindo 100% miserável.

Eu andava meio subindo pelas paredes, tipo querendo algum contato físico e tal, estava cansado disso de todo mundo carcando todo mundo e eu só ouvindo as conversinhas moles, o lugar de merda no camarote que me deram, até o papa devia ter uma vida sexual mais animada do que a minha.

Quer dizer, eu já tinha ficado com algumas meninas e tal, um lance megaesporádico que acontecia quando as circunstâncias conspiravam, tipo na volta do show do Sting, depois de presenciar o apedrejamento verbal do cabeleireiro que estava vindo para o ônibus, fiquei com uma garota do colégio e foi gostoso, ela beijava bem, a janela estava aberta, então entrava um vento em cima da gente, a serra escura lá fora, eu de badalo duro passando a mão nos peitos dela, que na xana meio que não ousava, ela me alisando por baixo da camisa, nessas horas eu pensava que podia ser simples assim, a gente começava a namorar, trepava igual a todo mundo e eu não tinha mais que me preocupar com o que seria a minha vida, que na real era um troço no qual eu não ficava pensando muito, para não pirar de vez.

No domingo, não tive que ir à casa do meu avô com os meus pais, o que é sempre um alívio, não que eu não curta o meu avô, o cara nunca fez nada de mau para mim, só chora de vez em quando dizendo que eu lembro o pai dele, uma parada sinistra, mas aquele ambiente me deixa bem pra baixo, sei lá, o cheiro de mofo, a televisão sempre ligada alto à beça, ele com o casaco marrom de lã, uma calça de moletom cinza, falando com dificuldade, de vez em quando babando. Derrame é uma parada brutal, está entre os lances mais sinistros que podem acontecer com alguém, sem dúvida. Aí vem aquela história de a minha mãe tentar fazer a ponte entre o meu pai e o meu avô, que tem um buraco entre eles, tipo um abismo macabro, o meu pai num ponto que fica além de qualquer apelo, tipo num vácuo aonde não chega nenhum som, e o meu avô engatinhando numas tentativas de reparação, que na real não é o forte dele.

O simulado aconteceu nuns salões contíguos do primeiro andar, os funcionários abriram as portas para transformar tudo num troço só, juntando as três turmas de terceiro ano, as carteiras meio separadas umas das outras, num esquema que serviria como uma previsão do que nos aguardava no vestibular, um pouco de teatro, que o colégio adora e na real eu também, aí nos sentamos e os professores que estavam ali para supervisionar a prova nos trocaram de lugar, tipo para evitar ao máximo qualquer possibilidade de cola.

Comecei pela parte de português, tinha um texto no qual eu não conseguia me fixar direito, porque sou um cara tenso e parecia que perderia muito tempo naquilo, quer dizer, doideira total, porque não tem outro jeito, é para ler mesmo. Aí dei uma olhada nas perguntas, vi que não eram difíceis e tentei me acalmar, que se deixar a cachola domina.

Depois correu tudo relativamente bem, múltipla escolha é maneiro porque é meio lúdico ter que escolher uma letrinha, eu acho.

A prova de inglês foi tranquila, uma parada já prevista, porque tenho facilidade, as de química, física e matemática não estavam tão sinistras quanto poderiam, as de história e geografia foram um fiasco, e acho que me saí bem na de biologia, que tinha uma questão que na real me tirou um pouco a concentração, como quando você está lendo alguma parada e alguém bota pra tocar uma música conhecida num cômodo próximo, aí você não consegue se ater ao que está lendo, porque também fica ligado na música.

Longe de ser um troço bem-vindo num simulado.

E na real a questão de biologia nem tinha muito o que me tirar a concentração.

Era de genética e dizia assim:

Um casal, depois de uma gestação bem-sucedida, perde o segundo filho por eritroblastose fetal e, mais tarde, volta a ser bem-sucedido em uma terceira gestação. Indique, respectivamente, o genótipo do pai, da mãe, do primeiro, do segundo e do terceiro filho.

E as respostas:

Rr – rr – Rr – Rr – rr
rr – RR – rr - rr – Rr
RR – rr – rr – Rr – Rr
Rr – Rr – Rr – rr – rr
Rr – rr – Rr – Rr – Rr

Na real, era uma questão meio fodida, porque era uma parada mega-específica, que eu tinha dado a sorte de estudar, então acertei.* O problema foi que fiquei pensando no casal ter perdido o segundo filho, que foi um lance que na real aconteceu com os meus pais e ainda deixava a minha mãe bodeada à beça, fazia ela chorar, ou então alguém tocava no assunto e o olhar dela ficava distante, dizem que não tem nada pior do que perder um filho. Quer dizer, é meio bizarro algumas pessoas terem que passar por isso. No caso dos meus pais, eles nem chegaram a conhecer o segundo filho, porque a minha mãe abortou tipo no sétimo mês, mas acho que já devia rolar um amor surreal da parte dela, que carregava o feto e tinha uma ligação com ele, sei lá, isso de sentir o filho se mexer e tal, uma parada que o homem nunca vai saber o que é e na real nem sinto inveja.

De qualquer jeito, a questão de biologia não tinha nada a ver com a complicação que a minha mãe teve durante a gravidez, que foi outra história, meus pais na certa nem sabem o que é eritroblastose fetal. Mas co-

---

* Como não é todo mundo que de repente teria interesse em saber a resposta certa da questão, só o cara muito curioso e tal, decidi dar a explicação no rodapé, que assim a pessoa que não está nem aí para saber essa de genótipo pode simplesmente voltar para o texto e continuar lendo sem incômodo, que é bizarro ler um troço que não nos interessa.

O caso é que na eritroblastose fetal rola um lance chamado incompatibilidade feto-materna, que em linhas gerais é uma parada sinistra na qual, sendo a mãe rr, ela só pode ter *um* filho Rr, porque depois desse filho o corpo dela muda e vai foder com o filho Rr seguinte. No exemplo da questão, o pai tem que ser Rr e não RR, porque se ele fosse RR não haveria chance de ter um filho rr, e o terceiro filho é sem dúvida rr, porque a gestação foi bem-sucedida. Então a resposta certa é A.

mecei a pensar nisso e perdi um pouco a concentração, que na real eu às vezes ficava noiado com esse lance do aborto, porque se a minha mãe não tivesse abortado talvez eu não tivesse nascido. Viagem total, eu sei. Mas sou um cara cismado.

Pra piorar, de vez em quando eu tinha um pesadelo que era sempre igual, só com umas diferençazinhas circunstanciais, tipo o lugar onde acontecia, mas em essência era sempre o mesmo sonho, no qual a minha mãe descobria que sou veado e ficava com uma fisionomia bem macabra, repetindo "Não era para você ter nascido, não era para você ter nascido", até eu acordar num estado meio calamitoso, tipo querendo bater na porta do quarto dos meus pais e pedir para dormir no meio deles, saca aquele lance de moleque que todo mundo já teve mas chega uma hora em que para?

No geral, acho que me saí bem no simulado, desconcentrações à parte, embora não tenha caído nada sobre pituitária, hipófise nem nenhuma das outras palavras que às vezes grudavam na minha cabeça sem mais nem menos e depois eu ia pesquisar para saber qual era. Superstição é coisa de otário, eu sei, só que de vez em quando a gente dá uma de otário.

Depois do simulado, eu estava com uma sensação sinistra de alívio. Deixei a mochila em casa e fui andar na rua só pela satisfação de andar, que sair para ver vitrine é um troço deprimente pra burro. Eu gosto de andar na rua, é uma parada que me acalma, a ponto de às vezes chegar em casa achando que perdi alguma coisa, porque tenho certeza de que estava carregando um troço, aí me dou conta de que o troço era só um peso mental que larguei no caminho. A Nara diz que curte andar comigo porque tenho um jeito de andar que é despreocupado, mas deve ser viagem dela, porque sou um cara bem tenso, tanto que às vezes tenho justamente que andar para ficar calmo. Ela diz que não ando olhando para o chão como uma galera que ela conhece, e isso é verdade, às vezes dou uns tropeções sinistros e já me estabaquei feio.

De qualquer jeito, acho a rua um lugar bacana.

Aí depois do simulado saí para andar e vi o Diogo Barra.

Ele estava comprando ingresso para o cinema, sem o uniforme branco de dentista, à paisana, com calça jeans e uma camisa social azul-marinha, naquele estilo dele de sujeito com mais de 25 anos. Na real, às vezes me dava pânico pensar em ter que começar a usar essas roupas daqui a um tempo. Mas na hora em que vi o Diogo Barra nem pensei essa parada, tipo só reparei na bunda debaixo da calça jeans e no porte meio parrudo dele comprando ingresso. E fiz a parada mais doida da minha vida, que foi um troço 100% automático, sem nem um segundo de reflexão, fui para a bilheteria e comprei a minha entrada sem saber nem que filme estava passando. Eu devia estar meio alterado e tal, que sou um cara megatímido e nunca tomo nenhuma atitude que seja muito arrojada, tipo costumo ficar mais na minha, aquele esquema "deixa quieto", mas vi onde ele estava sentado e contornei as cadeiras pela parte de trás do cinema, aí me sentei na mesma fileira dele exatamente quando a luz se apagava e o projetor começou a rodar. Vi que o filme ao qual a gente estava para assistir era *Lili, a estrela do crime*, com a Betty Faria, um filme que de repente eu não sairia normalmente de casa para ver porque na real tenho uns preconceitos com filme nacional, embora tivesse me amarrado em *Bete Balanço*.

Aí saca quando a gente olha para a frente mas na real está prestando atenção em alguma parada do nosso lado? Quer dizer, acho que eu estava fazendo isso de uma maneira discreta, sem dar muita bandeira, mas o suficiente para ver o cara ali sentado, e notei que ele virou a cabeça para mim, um lance assim de poucos segundos, aí fiquei bem tenso, como se toda a parada de repente ficasse clara, o que estava rolando, eu naquele cinema a não sei quantas cadeiras de distância de um cara com o qual tinha trocado uns olhares numa doceria. Pensei: fodeu, porque o cara me reconheceria e viria se sentar do meu lado, se fosse um cara de atitudes arrojadas e tal, apesar de não me ter parecido ser o caso na doceria, quando nem me encarou direito, só me olhava com um olhar que eu achava que era o mesmo olhar de peixe morto com o qual eu observava o Tadeu, mas não tinha certeza, tanto que depois fiquei achando que era tudo viagem da minha cabeça. Aí agora já começava a pensar que de repente o cara me reconheceria e viria tirar satisfação comigo, um lance que eu nem gostava de imaginar.

Quer dizer, de qualquer jeito era aterrorizante, porque eu não saberia o que fazer em nenhuma das situações. Então o certo seria me levantar e dar o fora, inclusive porque não estava a fim de ver *Lili, a estrela do crime*, que até podia ser um bom filme, preconceito é foda, mas eu estava com vontade zero de assistir à parada naquele momento. Só que cadê que eu me levantava. Tava costurado na cadeira, o cinema podia começar a pegar fogo — que na real era um cinema bem xexelento e para um incêndio não custava muito — que eu continuaria ali, firme, vendo os morcegos que moravam no lugar voando em pânico.

PARA A SUA JUKEBOX

Aí o cara se virou de novo para mim, tipo algumas vezes, com um espaço de tempo menor a cada virada, como se estivesse ficando nervoso ou impaciente, e se mexia na cadeira, fazendo barulho. Suor frio total. Eu observava com o canto dos olhos, aquilo de ver a Lili Carabina na tela mas estar ligado no que acontecia ali do lado, acompanhando o filme meio por alto enquanto vigiava a lateral com um medo cada vez maior, que se tem uma parada sinistra em mim é o meu medo, foge do normal. Existe uma gíria em inglês para "covarde" que acho mega-apropriada, quando o cara é medroso e tal, é chamado de chicken shit, que literalmente quer dizer "merda de galinha". Era o que eu me sentia às vezes.

Aí o Diogo Barra tomou uma atitude arrojada: se levantou assim pela metade, como quem está fugindo ou fazendo uma parada ilegal, escondido, avançou na minha direção muito rápido, coisa de menos de um segundo, e se sentou deixando o intervalo de uma cadeira entre nós.

Eu estava meio duro, saca? Parecia que o meu pescoço tinha empedrado, não conseguia virar a cabeça nem um milímetro, sei lá, de repente para dar força ao cara e mostrar que estava a fim, até porque não sabia do que estava a fim, a parada era sinistra a esse ponto. Ele continuou me olhando naqueles intervalos de tempo megacurtos, só que agora era ainda mais louco porque a gente estava muito próximo, a impressão que eu tinha era de que ele gritava para mim com o gesto de encarar daquela maneira. Nós não éramos as únicas pessoas no cinema para ele agir desse jeito, a atitude era arrojada demais para as circunstâncias, pensei se ele não seria meio maníaco ou pancado, que loucura não escolhe profissão, pode muito bem existir dentista maluco. Quer dizer, o cinema não estava cheio, não tinha ninguém superperto de nós, mas a galera ainda assim podia estar ligada no que rolava ali na sexta fileira, um cara se aproximando de outro, virando a cabeça para ele num esquema meio alucinado, era como se várias pessoas estivessem prestando atenção no que acontecia, podia ter alguém do colégio, não era uma parada impossível, alguém da minha rua, uma conhecida da minha mãe.

Mais tarde, tipo uns três ou quatro dias depois, quando a coisa já tinha assentado na cachola, fiz um poeminha pensando nesse momento, assim:

Entre nós dois
uma poltrona
e o universo
à espreita.

Que eu tinha isso de fazer uns poeminhas xexelentos de vez em quando, podia estar desenhando no caderno, tipo rabiscando meio à deriva, esboçando uns rostos e tal, que me amarro em desenhar rosto, aí escrevia:

Minha orla
minha rola.

Se dependesse de ganhar a vida como poeta, estava fodido, eu sei. Mas nada disso importava agora, o que importava era que o Diogo Barra botou a mão na poltrona que tinha entre nós.

Eu, duro.

O brilho da tela sobre a gente me fazendo ver coisas, a minha impressão era que a mão dele estava se aproximando de mim, deslizando pela cadeira, mas eram as sombras e as luzes do filme, que o cara botar a mão na minha perna sem antes puxar um lero comigo era uma parada meio impossível, tinha que rolar um descaramento macabro. Quer dizer, isso eu achava. Só que uma hora ficou claro que não era impressão, porque senti a mão dele na minha coxa.

Eu, duro.

Aí o Diogo Barra se levantou naquele jeito dele pela metade e se sentou do meu lado, o braço junto do meu, a mão ainda na minha coxa, agora não de leve como no começo, mas apertando e tal, fazendo um carinho meio desesperado, sem dizer nada, uma situação megainsólita, quase constrangedora. Aí botou a mão no meu badalo.

Eu, duro.

Mas o badalo estava mole, sei lá por quê.

Ele abriu a minha calça só com uma mão e ficou alisando o meu pau por cima da cueca, depois por baixo, tipo batendo uma para mim, bem devagar, fazendo o meu pau reagir, que o estranho era que não estivesse megaduro desde o início, e notei que o cara agora não se virava mais na minha direção, não ficava naquela de olhar para mim o tempo todo, naqueles intervalos curtos e tal. Encarava a tela como se estivesse superligado no filme. Nós dois, assistindo compenetrados ao filme. Se alguém olhasse para a gente, éramos só dois caras curtindo a Betty Faria de peruca loura, mas na real não passávamos de completos desconhecidos, numa situação bizarra onde o Desconhecido A batia uma para o Desconhecido B.

Quer dizer, eu já estava até achando natural a parada, sei lá, um sujeito está com tesão, o outro também, o lugar é escuro, normal, tanto que fiquei meio surpreso quando o Desconhecido A se virou finalmente para o Desconhecido B e tive que rearranjar as ideias, lembrando que não era nada natural, pensando que o Diogo Barra agora me perguntaria o meu nome, ou se eu estudo, ou se venho sempre aqui, qualquer merda, e aí sim o troço ficaria mais perto da normalidade, inaugurada com uma conversa. Mas ele só disse:

— Delícia de pica.

Achei engraçado. Caí na risada, por dentro, que por fora continuava naquele esquema compenetrado no filme. "Delícia de pica" era meio hilariante e não era nenhum começo de diálogo, não deixava a nossa situação mais normal, só afundava a gente na parada. Mas era bom ouvir um troço assim saído de um filme de sacanagem. Quer dizer, era estranho. Eu não conseguia dizer nada.

O Diogo Barra pegou a minha mão e botou no badalo dele, por cima da calça. Eu não conseguia nem mexer a mão, parecia semirretardado, deixei a mão apoiada ali como se ela estivesse no braço da poltrona, que tenho isso às vezes de ser um cara meio lento e só pegar no tranco. Aí ele abriu a calça, botou o badalo para fora, e a gente ficou naquela de bater uma recíproca olhando a Betty Faria. Foi surreal porque, mesmo enquanto eu estava nessa situação meio inimaginável, pensei "Esse filme agora faz parte da minha história", um troço bem louco de se pensar quando você está vivendo o lance, e ainda mais louco quando o lance que você está vivendo é participar de uma punheta mútua com um desconhecido completo num cinema xexelento.

Quando acabou o filme, o cara fechou a calça e eu fiz o mesmo, como se obedecesse a uma ordem, autômato total, seguindo o exemplo. Não sabia como agir, queria dizer algum troço, inaugurar a normalidade, que acho que era necessária, a gente não vive num filme de sacanagem, só que cultivo as minhas pirações e tem hora em que não consigo dizer nada, já não é segredo pra ninguém.

O Diogo Barra perguntou:

— Qual é o seu nome?

— Caco.

A gente estava lendo os créditos, ou vendo os créditos subir, que na real eu não tinha cabeça para ler nada, ainda estava de badalo duro, um tesão da porra, quando as luzes se acenderam, deixando a situação mais insólita, como se o escuro ainda permitisse que uns lances meio loucos acontecessem e tal, mas a claridade era mega-acusatória e a parada ficava bestial, os dois desconhecidos deparando com o que tem do lado de cá dos filmes de sacanagem.

Eu sabia que tinha que perguntar o nome dele, mesmo já sabendo até o sobrenome, porque essa é a sequência natural da conversa: ele pergunta o meu nome, eu respondo e pergunto o dele. Quer dizer, as paradas automáticas são uma salvação nesses momentos em que a gente não consegue nem formar uma ideia na cachola, embora eu agora já começasse a pensar que poderia mencionar algum troço sobre o primeiro dia em que a gente tinha se visto, perguntar se ele era médico, já que estava de branco, era uma saída para o silêncio. Mas antes que eu perguntasse "E o seu?", dando cabo da questão dos nomes e podendo partir para a profissão, numa sequência bem dentro dos conformes, o Diogo Barra apertou a minha coxa e olhou para mim, fixando o olhar mais na minha boca do que nos meus olhos e disse:

— Caco, Caco, como é que nunca te vi por aí?

sopa de ervilha

Medo é uma parada muito louca. E eu sou um *merda de galinha* total, a ponto de até bem pouco tempo atrás ainda pedir à Isabel para dormir no quarto dela, com medo de fantasma, achava que tinha sempre uma aparição atrás de mim, então não podia me deitar de lado, tinha que me deitar de costas na cama, encarando o teto, só que aí os pés ficavam lá no fim do mundo e eu tinha ouvido uma história de que o diabo puxa os pés da galera, essas bizarrices que te dizem quando você ainda é moleque, e se você é impressionável fica estragado para o resto da vida.

Na real, tenho uns medos bem sinistros, fica até chato dizer. Não sempre, que às vezes estou no controle da parada, megarracional, megasseguro. Mas às vezes tenho. Quase sempre.

Quando era pirralho, via os adultos tomando comprimido e morria de medo de um dia ter que tomar também, via aquelas cápsulas meio gigantescas, a galera botando o troço na boca numa tranquilidade abominável, como se fosse natural engolir uma parada daquele tamanho com um gole d'água. Eu tinha medo de crescer por causa disso, tipo queria ser criança para sempre, Peter Pan total. Só ficava mais calmo quando pensava que sempre tinha a possibilidade de mastigar a parada, ou quebrar e misturar na comida.

Eu também tinha ouvido dizer que essa parada de sentir que tem alguém no quarto com você, tipo aparição e tal, é um sinal de que a pessoa é médium.

Na real, não curto esses lances. Mediunidade, macumba, adivinhação. Tenho meio pânico total.

Embora tenha curiosidade.

Aí um dia fui com a Nara à casa de uma vidente que lia bola de cristal, um negócio sinistro, a gente sentado ali, esperando ela acabar uma sessão do outro lado da cortina que separava a sala de outro cômodo, uma cortina de pano meio qualquer nota, roxa, gasta pra cacete. A gente de vez em quando ouvia umas risadas surreais vindas do outro lado, eu ainda não tinha visto a mulher, quem nos recebeu na casa foi a filha dela, que deixou a gente na sala com a televisão ligada e foi para a cozinha, cuidar da vida, uma megabateção de panelas, devia estar preparando o almoço do dia seguinte, que já era noite, a novela das oito rolando.

A Nara estava achando a situação toda genial, para ela não tem tempo ruim, a gente naquela casa sinistra, num bairro que não era o nosso, na real era o bairro de uma galera mais desfavorecida e tal, a casa ficava no começo de um baita morro, a sorte era que não precisava subir muito, mas eu já estava bem cismado quando a gente bateu no portão e a filha da mulher apareceu com um ar de poucos amigos, depois aquela cortina roxa absorvendo toda a minha atenção, que eu não conseguia ficar como a Nara, na tranquilidade, acompanhando a novela como se estivesse no sofá de casa.

Quer dizer, eu estava me segurando para não pitizar geral, tinha combinado com a Nara que me consultaria com a vidente depois dela e estava decidido a ir até o fim. Só que então a mulher apareceu por baixo da cortina, tipo se agachou do outro lado para pegar alguma coisa e olhou para mim, bem dentro dos meus olhos, com o cabelo meio desgrenhado e um vestido vermelho, me encarou durante uns segundos insuportáveis, aí estalou os dedos da mão direita, como se chamasse um cachorro, mas sacudindo a mão de um jeito macabro, e desapareceu.

Cadê que me consultei. Inventei uma dor de cabeça, o *merda de galinha*.

Também é aquilo: não sei se estou nessa de querer conhecer o futuro.

Quer dizer, é sinistro você não saber se vai morrer na cozinha, com o candelabro, nas mãos do Coronel Mostarda, ou na sala de música, com a chave inglesa, nas mãos da Dona Branca. Mas acho que seria mais sinistro saber.

Quando eu pedia à Isabel para dormir no quarto dela, precisava abrir um colchão do lado do armário, a parada dava um certo trabalho, forrar o colchão com lençol, ter que afastar o colchão quando ela queria pegar uma roupa, até convencer a Isabel às vezes exigia umas implorações e tal. Quer dizer, eu tinha que enfrentar esses contratempos enquanto a minha cama ficava vazia lá no quarto, emoldurada pela colagem da parede, uma cama megaconfortável que os meus pais tinham comprado para o manezão, que preferia dormir no chão do quarto da irmã, superagradecido e com uma vergonha da porra. Mas o medo era maior do que a vergonha, sabe qual é? Sempre essa história.

Então foi um lance inusitado que o medo não tivesse vencido no dia de *Lili, a estrela do crime* e eu tivesse ficado na cadeira, esperando a parada acontecer. Mas não me senti valente nem nada parecido quando saí do cinema. Estava animado e esperançoso, confuso e envergonhado. E decepcionado, primeiro porque o Diogo Barra não tinha me reconhecido como eu imaginava, então no cinema eu era um cara diferente do cara que ele tinha olhado na doceria, sei lá, fiquei meio noiado com isso.

A segunda razão de estar decepcionado foi que o Diogo Barra mentiu para mim.

Quando perguntei qual era o nome dele, ele respondeu:

— Marcelo.

Na lata. Não rolou nem um tempo para pensar, a parada já estava esquematizada, e isso me desestabilizou total. Os créditos subindo, ele apertando a minha coxa, as luzes acesas, aquela resposta que não era a resposta certa. Entrei numa onda errada, não conseguia pensar direito. O Diogo Barra perguntou:

— Tá nervoso?

A situação devia ser meio óbvia, eu nem saberia mentir, mas "Pra caralho" não é o que se espera ouvir, nem "Muito".

— Um pouco.

Ele ficou me olhando com um sorriso de canto de boca meio sacana, meu badalo ainda duro, mesmo eu estando noiado e tal, com aquelas decepções bizarras se amontoando na cachola, que o meu badalo é uma parada independente. Por isso é que só vou à piscina do clube de bermuda, nunca de sunga, porque é só pensar "Não quero ficar de badalo duro" pra ficar. Quer dizer, tem uma galera que vai a praia de nudismo, não sei como. Mas o cara agora me olhava com aquele sorriso de canto de boca, como se estivesse refletindo, aí perguntou:

— Alguém sabe de você, Caco?

É impressionante como a gente entende o que a pessoa quer dizer, mesmo quando a pergunta é vaga à beça.

— Não.

— Ninguém mesmo?

— Não.

O Diogo Barra deu duas batidinhas na minha perna e disse:

— Gostei de você, sabia?

Sorri, uma merda. A parada foi involuntária, acho que na real fiquei meio feliz com aquilo, mesmo sabendo que ele não tinha me reconhecido e que tinha mentido o nome. Sou um cara qualquer nota total. Uma besta, ainda perguntei:

— É?

— É — ele respondeu com aquele sorriso de canto de boca, sexy pra cacete. — Quero te ver de novo.

Dessa vez segurei o sorriso.

O Diogo Barra propôs o encontro para uma semana depois, no mesmo horário, em frente ao cinema, só que do outro lado da rua, e falei tudo bem. Quer dizer, o cara podia ter proposto três meses depois, no alto do Pico da Bandeira, que eu ia responder tudo bem, é sinistro como tu pode perder o controle da situação, aceitar qualquer proposta de um cara com o qual você já está decepcionado, mas que de repente vai te arrancar dos seus tempos de ficar em casa desperdiçado.

Não sei se isso é uma parada só minha ou mais geral, tipo do ser humano, essa perda de controle que às vezes rola.

Aí respondi tudo bem, sem pensar duas vezes, meio no automático, também porque não sabia que aquela semana seria macabra, uma baita ansiedade, medo pra cacete de o sujeito ser um serial killer, sei lá, essas paradas existem. Quer dizer, o nosso começo já tinha sido megadiferente, aquela punheta recíproca no cinema, de frente para a Betty Faria, sem saber o nome um do outro, saca surreal? Nada seguindo nenhuma sombra de normalidade, aquele clima de filme de sacanagem ao vivo, em dolby stereo, depois nem a hora de ir embora foi tranquilizante, como podia ter sido. Sei lá, a gente podia ter ido para uma sorveteria e levado um lero. Mas não, ele se virou para mim no cinema e perguntou:

— Eu vou primeiro ou você prefere sair antes?

Tipo clandestinidade total, que dar o fora junto nem pensar.

Fiquei megabronqueado.

Mas depois entendi que o cara era mais experiente e tal, estava se protegendo. A cidade é meio ovo, tu esbarra em gente conhecida o tempo todo na rua. Quer dizer, eu mesmo devia ter uma atitude nesse sentido, porque se encontrasse alguém ali fora ia dizer o quê? Não sou exatamente um cara cheio de sacadas rápidas, que pode inventar uma história, esse é o Marcelo, um primo meu que acabou de chegar de Beirute. Não sou bom sob pressão, acabo dando umas respostas sinistras. Ou gaguejo.

— Vai você — respondi.

O Diogo Barra apertou a minha coxa uma última vez, pressionando o antebraço no meu badalo e disse:

— Até breve.

E fiquei sozinho fazendo cara de paisagem, a impressão era de que todos os olhares do cinema estavam voltados para a minha nuca. Contei até vinte e saí, meio na esperança de ainda ver aquela bunda carnuda se afastando em alguma direção, mas nada. Aí me dei conta de que nem tinha passado a mão na bunda dele, talvez pudesse ter passado, mas não sou um cara de iniciativa, de repente se ele tivesse botado a minha mão lá eu tinha desenvolvido a parada.

Cheguei em casa com uma dor monstra na virilha, parecia que o troço tinha empedrado, fui direto para o banheiro e bati uma literalmente para me livrar daquela porra. Mas depois não senti vazio de azulejo, fiquei pensando se o Diogo Barra também tinha chegado em casa com dor na virilha, se tinha batido uma em minha homenagem, lembrando o que tinha rolado, imaginando como seria o próximo encontro e tal. Estava animado e decepcionado e confuso. E envergonhado, lavei as mãos várias vezes, mas o cheiro do cara não saía de jeito nenhum, ou então era a minha imaginação, que sou um cara que pode ser imaginativo à beça.

Saí do banheiro direto para a mesa do jantar, a Isabel já sentada perguntou:

— E aí, guri?

Senti uma vontade bizarra de chorar, vai saber por quê.

Quando a minha mãe chegou da cozinha, passou a mão no meu cabelo, nem perguntou onde eu tinha me metido, meus pais são umas criaturas à frente do seu tempo, na real. Mas senti uma parada assim como se estivesse traindo a confiança deles, sei lá, nessas horas é bom nem pensar muito que senão a pessoa pira, fora o lance de ter entrado no cinema com o dinheiro deles, que eu não trabalho, sou sustentado na íntegra, tipo os meus gastos passam todos pelo bolso deles, não sei qual é o prazo para sair dessa situação, mas não via a hora de aliviar o lado dos meus pais.

Foi megabizarro jantar com a família depois da punheta recíproca no cinema, mas o pior foi quando a minha mãe pegou na minha mão esquerda e disse:

— Está precisando cortar as unhas.

Mãe é foda, está sempre ligada nesses lances de tamanho de unha e cabelo, às vezes eu tinha medo do futuro com esses troços, tipo me imaginava morando sozinho e deixando as paradas chegarem a um ponto insustentável, não sei se sacaria a hora certa de cortar a unha e o cabelo se não tivesse a minha mãe para me lembrar.

Fiquei com uma raiva meio sinistra de mim mesmo, por deixar ela pegar na minha mão, por tabela era como se ela estivesse pegando no badalo do Diogo Barra, participando de uma história que não tinha nada a ver com ela. Senti uma quentura surreal no corpo, parecia que o cheiro da minha mão tinha se tornado mais forte, saca nauseante? Acho que fiquei vermelho, se existe uma parada sinistra é ter segredo, ainda mais dessa estatura, mas ninguém notou, meu pai chega murmurava a música do Caetano que estava rolando baixinho na sala, meio cantarolando junto: *quais são as cores que são suas cores de predileção?*

Não faltava cançãozinha rolando na minha casa.

A gente sempre gostou de música.

Tinha um som comum a todos, tipo Caetano, e uns sons específicos de cada um, que ninguém é obrigado a curtir Bowie ou Morrissey. Minha mãe também se amarrava numas músicas bem sinistras, tipo *Volare* e *Aline*, que na real eu achava meio a morte, mas gostava de ver como aquilo deixava ela emocionada, a minha mãe é supersensível, chora vendo retrato antigo, às vezes começa a tocar no rádio uma parada do seu tempo de juventude, a gente olha para o lado e ela está naquele esquema barra-pesada de lágrimas rolando pelo rosto, aí abre um sorriso para mostrar que está tudo bem, mas aquilo te dá uma destruída por dentro, que ver mãe desamparada é um troço megaescroto.

Aquela semana foi inusitada por dois motivos.

O primeiro é que eu esperava dar uma acalmada no ritmo de estudo depois do simulado. Quer dizer, achei que os professores relaxariam a pressão e a gente voltaria a ter uns dias de relativa paz, mas eles recarregaram as armas sem dar espaço para trégua, que não existe tempo de descanso para vocês, que esse ano é definitivo na vida de vocês, uma parada capaz de enlouquecer.

Eu até que não me dei mal no simulado, fiquei na média, tipo no centro da lista que pregaram no quadro de avisos. A Nara se deu um pouco melhor, o Tadeu ficou lá para o fim do inventário de desempenhos, mas achava a parada divertida, acho que na real não estava muito ligado em passar no vestibular, não que os pais dele tivessem muita grana e tal, que essa até seria uma razão para não estar nem aí, o pai dele tem um açougue, mas acho que a vida do cara estava boa assim e ele não queria que mudasse, de repente um lance meio subconsciente, então vestibular não era um troço em que ele parecesse perder muito tempo pensando. E para ser sincero eu gostava do jeito como ele cagava para o troço, quer dizer, até o jeito de ele cagar para as paradas era sexy à beça.

Três pessoas gabaritaram a prova, aí andavam orgulhosas pelos corredores, um troço deprimente pra burro. Mas a vida tem essas merdas.

Sempre vai rolar alguém andando por aí orgulhoso, o cara que usa camisa apertada para mostrar o peitoral desenvolvido, a menina que usa minissaia para mostrar as pernas torneadas, o sujeito que exibe o relógio megatecnológico. Quer dizer, acho que não é nem a questão de usar a camisa apertada ou a minissaia. É a maneira de fazer o troço, sabe qual é?

O segundo motivo de aquela semana ser inusitada foi que diminuiu muito a frequência de eu bater uma. Eu continuava ficando de badalo duro sem o menor motivo, que isso é uma parada intrínseca minha, a ponto de eu ter que dormir de pijama, por exemplo, porque só de deitar pelado a parada já levanta e é difícil pegar no sono na situação. Também continuava pensando em sexo, até porque ficava lembrando o que tinha rolado no cinema, "Delícia de pica", o sorriso sacana. Quer dizer, não faltava detalhe para ser lembrado, até o esquema de aproximação do cara era megaexcitante. Mas na real eu ficava pensando mais nuns lances meio patéticos, tipo criando umas historiazinhas de a gente saindo junto, viajando, rodando de carro por aí.

Eu pensava assim: o cara tem para lá de 25 anos, deve saber dirigir e ter carro.

Que se depender de mim neca.

Não sei dirigir. Meus pais são criaturas à frente do seu tempo e tal, mas também não são perfeitos, se atêm a umas leis imbecis, acho que só fogem na hora de dar uma sonegada, que ninguém é de ferro e se o pequeno empresário pagar todos os impostos que o governo mete pela nossa goela vai se foder total, todo mundo sabe que o país é bizarro. Quer dizer, eu adoro o Brasil, mas às vezes é meio impossível, não dá nem para recriminar a galera que vai tentar a vida nos Estados Unidos.

Uma prima da Nara está morando em Nova York, lavando prato num restaurante granfa, manda dinheiro todo mês para a família, é psicóloga e estava ferrada aqui, trabalhando numa casa de malucos e vivendo num miserê que só, você vai recriminar?

Nem eu.

Mas enfim. Os meus pais se atêm a todas as leis de que consigo me lembrar, fora a sonegada, então só vou poder dirigir quando tiver 18 anos, naquele esquema sinistro de autoescola. Aí todos os caras da minha idade pegam o carro dos pais e eu estou sempre a pé, o Corcel branco da família descansando na garagem. Tudo bem, dizer que estou sempre a pé é exagero, que me amarro num teatro. E sou um cara que às vezes tem umas sortes, tipo a Nara dirige.

Mas daí se deduz que as historiazinhas que eu ficava criando já exigiam de antemão que o Diogo Barra fosse um sujeito motorizado, para a gente sair por aí em liberdade. Eu imaginava a gente viajando para alguma cidade de praia, fritando junto debaixo do sol, sei lá, o cara podia ter uma casa de veraneio, imaginava a gente na rede, uns pensamentos meio afeminados, tipo chameguinho em rede, uma merda. Talvez seja por esse tipo de pensamento que a gente vai ficando mais veado com o tempo. Quer dizer, não gosto nem de pensar no assunto, um troço que me mete medo à beça. Mas na real ficava pensando esses lances, a gente comendo peixe frito com limão numa barraquinha de beira de praia, entrando junto no mar, pegando umas ondas, que se tem um lance que eu curto é o mar.

Acho que me identifico porque o mar é uma parada que está sempre em movimento mas não sai do lugar. E se você olha o mar de longe, tipo alto-mar, a princípio pode parecer que é um troço tranquilo e tal, com umas ondulações babacas, mas na real é um megarrebuliço de água. Meio como eu, que sou um cara que estou sempre a mil por dentro, apesar de por fora andar naquele esquema 100% olhar de peixe morto, então quem vê nem imagina.

Nessa semana, não pensei no Jean-Marc Barr.

Nem no Joe D'Alessandro.

Nem no Rob Lowe.

Nem no Jason Patric.

Nem no Mickey Rourke.

Nem no Thomas Haustein.

Na real, se me pedissem para escolher entre o Diogo Barra e o Tadeu, eu responderia Diogo Barra. Só para dar uma ideia da situação.

Sou um cara meio cético e tal, mas entrei na matriz quando voltava do colégio um dia e fiquei ali sentado no banco de madeira, pedindo para que a história com o Diogo Barra se desenvolvesse da melhor maneira possível e para que ele não fosse um serial killer, ou para eu conseguir escapar caso ele fosse, é importante cercar todas as possibilidades. Depois fiquei aproveitando o silêncio, que se tem uma parada que eu curto é silêncio de igreja, dá uma calma da porra. Mesmo com o cara crucificado ali no altar, que na real é uma visão meio bizarra, não consigo me acostumar. E olha que eu estudo em colégio católico.

Quer dizer, sou um cara meio cético e tal, mas faço o sinal da cruz quando passo em frente a igreja e quando passo em frente a uma santinha que tem no caminho de casa, sei lá, faço a parada meio no automático. E tem que ser três sinais da cruz, não sei quando começou essa exigência interna, mas preciso fazer três sinais, mesmo que sejam rápidos. Então, se tem alguém por perto, dou uma disfarçada e tal, espero a pessoa olhar para o lado, mas faço.

Piração total.

Saca forma de gelo? É outro exemplo de exigência interna que criei pra mim mesmo, não sei por quê, mas quando vou tirar gelo da forma tenho que deixar sempre a parada equilibrada, tipo simétrica. Então se o troço está assim:

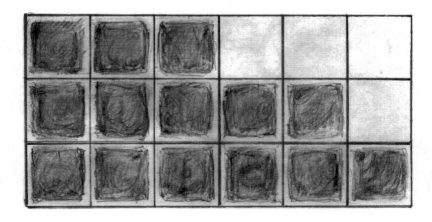

Vou deixar assim:

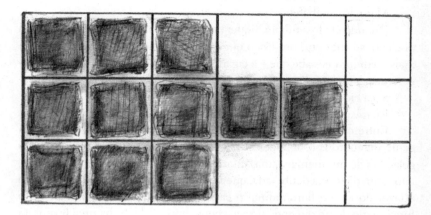

Quer dizer, na real nunca sei quantas pedras de gelo vou ter que pegar, porque vai depender da disposição da parada. A sorte é que a galera de casa não curte muito bebida com gelo, então sou mais eu que uso as formas.

Acho que não morreria se tirasse o gelo de outro jeito ou se não fizesse o sinal da cruz três vezes, mas ficaria incomodado à beça, aí faço e resolvo o problema. Não é um troço que me deixe megabronqueado.

Naquela semana, eu fazia os três sinais da cruz meio concentrado, acho que estava mais crédulo e tal, às vezes acontece de o sujeito ficar mais crédulo. Ou menos.

Na véspera do meu encontro com o Diogo Barra, a Nara apareceu na minha casa, eram nove da noite, ela estava meio alterada, tinha brigado com o Trigo e queria a minha opinião. Quer dizer, a Nara se amarrava nos meus conselhos, eu sempre sabia qual era o melhor procedimento em cada caso, mas isso é muito louco porque tinha experiência zero.

A vida tem uns disparates macabros.

Mas a Nara alterada é um troço que também não dura muito. Na real, em pouco tempo ela estava deitada na minha cama, fumando um cigarro, megatranquila. Pegou na mesinha de cabeceira os desenhos que eu tinha feito no sábado anterior para a minha mãe, avaliando a parada.

— Meu Giorgio Armani.

Eu não tinha o hábito de fumar, só quando estava com a Nara dava umas tragadas, mais para acompanhar. Botei um disco da Kate Bush para a gente ouvir. Estava com uma megavontade de desabafar com ela sobre o dia seguinte, rolava um nervosismo bizarro que me fazia dar umas suspiradas brabas, como quando você está com falta de ar.

Mas não desabafei.

Quando ela foi embora, fiquei um tempão rolando na cama, ouvindo as cigarras cantarem, um troço que pode ser meio enlouquecedor, ainda mais quando você sabe que é a cigarra macho cantando para atrair a cigarra fêmea, a bicharada em desespero.

Saca cio no ar?

Eu rolando na cama, uns impulsos antagônicos me roendo os intestinos.

Entre o badalo duro e a cabeça fundida não tem muita distância, a gente descobre isso rápido. Eu não queria acabar virando picadinho na geladeira de um maníaco, mas estava disposto a correr o risco. Quer dizer, não assim de forma deliberada, que também tinha umas paradas contando a favor do Diogo Barra, afinal o cara era dentista, era simpático com o funcionário do prédio onde ficava o consultório dele, tinha uma boa-pinta sinistra, não sei se maníaco costuma ter boa-pinta.

Na real, o cara não parecia ser um serial killer. Mas eu podia levar uma faca ou o canivete suíço do meu pai, tipo por segurança. É doido, mas mesmo nessa hora consegui rir quando me imaginei levando a espingarda de chumbinho. Quer dizer, nem é tão doido assim, porque eu estava me cagando de medo mas também estava entusiasmado à beça, vai entender.

Quando cheguei ao local do encontro, estava cinco minutos atrasado, uma parada que na real não costuma acontecer, porque sou megapontual, mas a minha mãe me pediu ajuda com um molde quando eu estava descendo a escada de casa, um lance rápido, que me fez atrasar os cinco minutos, porque não tinha jeito de recusar, eu não queria dizer a ela que tinha um compromisso e tal, não queria ter que responder a nenhuma pergunta. Só que, quando cheguei ao local do encontro, o Diogo Barra ainda não estava lá. Aí esperei, que com a minha pontualidade já estou acostumado, a galera em geral não liga muito para cumprir horário, acha que o tempo do outro é meio lixo, não sei, não quero afirmar nada assim tão grave, mas fico bronqueado com essa história. Só que nem era isso que rolava na cachola.

O que rolava na cachola era um medo surreal, maior do que o de Diogo Barra ser um maníaco.

Era o medo de ele não aparecer.

Esperei quinze minutos fazendo cara de figuração. Aí ouvi uma buzina e vi que era ele, dentro de uma Parati. Estava sério, fez um gesto com a cabeça meio imperceptível para eu me aproximar e tal, aí andei até a janela do lado do motorista quando duas mulheres passavam pelo carro, e uma delas dizia:

— Sopa de ervilha tem que ser o grão duro.

O Diogo Barra abriu aquele sorriso sacana de canto de boca dele e convidou:

— Entra aí, vamos fazer uma sopa de ervilha.

E obedeci.

Quer dizer, estava mega-agradecido de o cara ter aparecido, megassatisfeito de ele ter carro, uma parada que eu já tinha imaginado, mas não era 100% certo. Quer dizer, a história de a gente rodar por aí já estava rolando, apesar de que na minha imaginação eu não estava com o cu na mão.

Quando entrei no carro, ele deu partida sem dizer nada, avançando para longe do centro da cidade, aí começou a apertar a minha coxa, a parte de dentro da coxa, olhando para a frente, fazendo a linha condutor responsável, mas não sei se era porque também estava nervoso ou porque já estava pensando em como faria para guardar os meus pedaços na geladeira.

— Aonde a gente está indo? — perguntei, num gaguejo meio bizarro.

— Surpresa.

Eu sou um cara meio intuitivo e na real não achava que o Diogo Barra era um serial killer, mas toda a galera que morre nas mãos de um maníaco deve ter seguido a mesma intuição. Além disso, sou um cara que percebe as paradas meio tarde, não sou ágil e tal na compreensão das coisas, para não dizer que sou leso. A minha família sempre ri quando lembra de um episódio que pode até ser engraçado e tal, mas que também é sinistro pra cacete porque mostra como o meu raciocínio é um troço que segue uns caminhos diferentes, a vinte por hora. O caso é que eu queria fazer um Nescau, saca uma parada simples? Aí, para esquentar o leite sem sujar vasilha, que não queria lavar louça depois, levei o copo direto ao fogo. E ainda pensei: Por que as pessoas não fazem sempre isso? Então comecei a desconfiar de que talvez não fosse uma boa ideia, mas quando esse pensamento estava ainda naquela fase de elaboração o copo estourou e foi leite para todo lado. Quer dizer, tive que lavar a cozinha.

Mas pior do que lavar a cozinha é realmente que isso mostre a minha capacidade de demorar a entender uns troços que todo mundo parece nascer sabendo, acho que nem passa pela cabeça de ninguém esquentar leite em copo porque isso está no código genético da galera, só que devo ter algum gene recessivo sinistro que me faz tomar umas atitudes bizarras assim.

Então talvez entrar no carro do Diogo Barra não tivesse sido uma boa ideia, afinal. A gente tinha pegado a estrada e depois entrado num bairro que fica na saída da cidade, estávamos num caminho macabro de terra quando ele perguntou:

— Qual é o seu nome?

Quer dizer, vai para a porra.

Meu pai costuma dizer que tudo na vida tem limites e algumas coisas passam dos limites, que é uma contradição na qual me amarro. Mas a parada agora estava sem dúvida passando dos limites. Fiquei bronqueado, mas respondi:

— Caco.

— É Caco mesmo?

— É.

Ele se endireitou no banco, tirou a mão da minha coxa.

— Eu tinha dito que o meu nome é Marcelo, mas na verdade é Diogo. — Aí pigarreou, achei que estivesse sem graça pela mentira, mas não era o caso, porque ainda veio me aconselhar: — Você não devia dizer o seu nome de verdade numa situação dessas, não sabe com quem está lidando.

Não respondi. Não entendia qual era a relação de dizer meu nome e não saber com quem estava lidando, não conseguia enxergar a parada, o que o sujeito poderia fazer com o meu nome, costurar na boca de um sapo?

Também não entendia que diferença faz dizer o seu nome de verdade no primeiro encontro ou no segundo, como ele. Na real não fazia sentido. Mas tudo bem, de piração também sou cheio

E agora eu estava mais relaxado, comecei a sentir uma vaibe melhor, sei lá, acho que me permiti sentir.

O Diogo parou a Parati de frente para um portão improvisado de arame farpado e disse:

— Espera aí.

Saltou do carro e foi abrir o portão, a bunda carnuda se afastando, não preciso nem dizer que já estava de badalo duro. Na real, estava de badalo duro desde que ele perguntou "Vamos fazer uma sopa de ervilha?"

O caminho de terra descia um barranco depois de cruzar o portão e a gente chegou a uma casa que na real não parecia ser a casa de um dentista, a parada estava meio caindo aos pedaços, saca tinta soltando das paredes? O Diogo estacionou ao lado da casa, não rolava garagem.

— Você mora aqui? — perguntei.

— Não.

Entramos no lugar, não estava sujo, o Diogo me levou para o quarto e pegou no armário um lençol branco, que a gente estendeu na cama, eu

PARA A SUA JUKEBOX

achando a situação bizarra, saca 9 *semanas e ½ de amor*, quando o Mickey Rourke leva a Kim Basinger para o barco de um amigo assim que eles se conhecem? O troço era igual. E a gente sabe que o Mickey Rourke é 100% pancado.

Quer dizer, só um cara leso como eu para assistir ao troço achando que o lance entre os dois tinha futuro, ainda mais quando o nome do filme é 9 *semanas e ½ de amor*. Quer dizer, pode torcer, mano, mas a parada não vai chegar a três meses.

Aí o Diogo me puxou e me deu um beijo.

Eu me atrapalhei, não estava esperando a parada, sei lá, também era um lance diferente de quando rolava com as meninas, não era muito suave e tal, um troço mais desesperado. A gente deitou na cama, aquele esquema de se beijar enquanto vai tirando a roupa, um troço que, para quem olhasse de fora e não soubesse o que estava rolando, para um alienígena, seria meio o retrato da agonia.

Saca luta?

Aí o Diogo estendeu uma camisinha para mim, que sou um cara informado e tal, mas nem me passou pela cabeça levar camisinha. Quer dizer, passou, mas achei que podia parecer um lance meio premeditado, como se eu estivesse maquinando a parada, pensando em sexo no primeiro encontro. Viagem minha, que o nosso começo já tinha sido megassexual, então era meio de imaginar que o lance continuaria nesse sentido, mas na real fiquei preocupado com a impressão que ele pudesse fazer de mim. Não queria parecer um sujeito que sai trepando com o primeiro que conhece no cinema.

Aí ele me estendeu a camisinha e eu também não queria parecer um sujeito que nunca trepou na vida e que na real já usou camisinha só porque comprou na farmácia para experimentar em casa, sozinho, para saber qual é. Aí abri a embalagem e agi na moral, você logo aprende que a bossa sexual é intuitiva, acho que por isso me dou bem na parada.

Mas, seguindo o raciocínio de eu não ter levado camisinha para não parecer que sou ninfomaníaco, eu também poderia estar fazendo má impressão do cara por ele ter levado o troço, imaginar que ele é promíscuo e tal, que sai trepando com o primeiro que conhece no cinema, só que não pensei nada disso, pensei que se vai rolar uma bossa sexual tem que ser de camisinha mesmo, isso é de lei, a *Veja* tinha acabado de publicar a matéria mais escrota da história do jornalismo sobre o Cazuza, que eu tinha lido com o cu na mão. Quer dizer, só de ver a foto da capa já fiquei bodeado à beça, aquela chamada imbecil: "Uma vítima da Aids agoniza em praça pública".

É por isso que não gosto de jornalista, uma pena que a Nara vá prestar vestibular para essa bosta.

Mas enfim.

Tenho pânico de aids, a parada meio que ronda sempre a cachola. Então fiquei mega-agradecido de o Diogo ter levado o troço e só pensei que ele é um cara que se cuida, que está fazendo o que deve ser feito e tal. Quer dizer, pra ser totalmente sincero, nem pensei nada.

Sexo é um lance que deixa a cachola voltada na íntegra para aquilo, meio meditação, só que mais agitado.

Depois a gente tomou uma ducha, mas não junto, ele tomou primeiro, depois fui eu, um chuveiro megabom, surpreendente para uma casa que na real estava meio arruinada, aí aconteceu uma parada sinistra.

Quer dizer, eu sei que não sou o cara mais atento do mundo, cultivo as minhas leseiras e tal, mas tem uns lances que são meio flagrantes, tipo você nem precisa ser uma pessoa muito ligada para notar, então o sinistro foi que eu não tivesse notado antes. Mas o que aconteceu foi que ele estava pendurando as toalhas e tal, para a gente dar o fora da casa, aí olhei a mão esquerda dele e vi uma aliança.

Fiquei meio paralisado, tentando reconstruir o cara na minha cabeça, porque na real isso transformava ele num sujeito diferente do que eu estava pensando. Perguntei:

— Você é casado.

Assim meio afirmando, que a parada era óbvia. Ninguém usa aliança sem ser casado. Quer dizer, de repente viúvo. Mas o Diogo respondeu sem rodeio:

— Sou. — Aí deu um tempo, acho que avaliando a minha reação, tipo olhando o meu rosto de um jeito meio investigativo. — Algum problema?

— Não. — Que numa hora dessas a gente responde qualquer troço. E ainda perguntei: — Tem filhos?

— Dois.

Quer dizer, ponto para o cara, por ser sincero e tal, ele podia ter escondido a aliança, dizer que era solteiro, mas estava assumindo a condição de pai de família filho da puta, então talvez eu até devesse achar a parada admirável, tipo me sentir satisfeito com a honestidade dele, só que na real estava megabronqueado.

— Dois?

Tenho certeza de que eu estava com uma cara macabra de palerma, eu me conheço. E isso de fazer pergunta repetindo o que a pessoa disse é sinistro.

— Um menino e uma menina. — O sujeito falava como se estivesse comentando a parada com um paciente dele. — Quantos anos você tem, Caco?

— Dezessete.

Se vou ser totalmente sincero, admito que também estava bronqueado com a nossa bossa sexual, não era só o estado civil do cara. Quer dizer, não com a bossa sexual em si, que o troço foi redondinho, nem é questão de botar porém. Mas estava puto com aquele esquema meio burocrático de estender o lençol na cama, carcar, tomar uma ducha, pendurar as toalhas e recolher o lençol sem muita conversa, sei lá, a parada estava me fazendo desaparecer, saca como se eu fizesse parte de uma punheta do cara? Como se na real eu não estivesse ali?

Por outro lado, às vezes bronqueio com umas paradas que não têm nada a ver, sou um cara meganoiado, então com certeza também podia ser só mais uma piração.

— E você?

— Trinta e cinco.

Mas não aparentava, na boa. Eu daria a ele no máximo 28, o cara era superconservado.

Decidi testar até onde ia a honestidade dele.

— Você faz o quê?

— Sou dentista. — Sem parar para pensar, que ele podia ter pelo menos cogitado dar uma mentida, mas não. — E você?

— Estudo.

O Diogo me puxou para junto dele, tipo me abraçando.

— Ah, Caco. — Rolou um suspiro e tal, a gente se afastou. — Vamos nessa?

floating pills

Quando cheguei em casa, foi sinistro ver na mesa o molde que eu tinha retocado para a minha mãe antes de sair para encontrar o Diogo, era como se aquilo tivesse acontecido muito tempo antes, saca quando o cara faz uma viagem espacial aí volta um mês depois e na real já se passaram várias décadas? Só que era o contrário, para mim é que tinham se passado aquelas décadas.

A minha mãe estava sentada no sofá, assistindo a alguma parada na televisão, me chamou, perguntou se eu tinha comido, esses lances de mãe. Eu estava meio baratinado, um monte de merda passando pela cachola, sentei ao lado dela, era o noticiário que estava rolando, um troço do qual não gosto nem de passar perto, embora esse ano não tenha jeito, vestibulando precisa estar informado e tal, mas juro que depois nunca mais vou querer saber disso. Só que ainda é mais sinistro assistir ao noticiário quando o sujeito está com a cabeça meio baratinada, que aí o bicho pega. Quer dizer, eu estava satisfeito com o lance que tinha acontecido, todas aquelas paradas inéditas e tal, mas pra ser sincero também rolava um baixo-astral macabro, sei lá por quê, umas ideias antagônicas. Na real, estava querendo deitar a cabeça no colo da minha mãe, uma vontade meio vexatória que de repente bateu, queria que ela passasse a mão no meu cabelo, a minha mãe tem um jeito de passar a mão no cabelo da pessoa que te deixa numa calma surreal, mas só se eu fosse muito qualquer nota para deitar a cabeça no colo da minha mãe depois de ter passado a tarde fazendo sacanagem com um cara. Casado, com dois filhos, um menino e uma menina.

Aí deitei a cabeça no colo da minha mãe.

E me senti pior do que antes, meio como quando o sujeito precisa de uma droga para se sentir bem, aí depois que o efeito passa ele manja que na real a situação não melhorou e antes ele tivesse segurado a vontade.

Levantei, fui para o quarto e botei pra tocar *Space Oddity*, que se bobear é a música do Bowie que mais curto e tinha tudo a ver com a minha volta espacial às avessas.

Quer dizer, na real não sei se tinha tudo a ver.

Mas é uma música que me emociona à beça, chega me dá umas arrepiadas e tal, aí achei que seria meio reconfortante deitar na cama embalado por ela.

Eu bem podia ouvir uns troços novos, tinha acabado de comprar dois discos que ainda estavam separados dos outros, em cima da escrivaninha, que sou um cara com uns métodos meio loucos, deixo as paradas novas em cima da escrivaninha para poder olhar para elas, me acostumar e tal. No caso das capas de disco, curto ir entendendo aos poucos a composição. Então eu podia ter botado alguma música nova para ouvir, só que quando vou escutar um troço novo, principalmente de alguém que não conheço, é como se eu estivesse meio desprotegido, não sei aonde a parada vai me levar, piração total, aí dependendo do dia prefiro ouvir uns lances que já conheço e botei *Space Oddity* num volume um pouco mais alto do que normalmente, que em geral ouço música superbaixo.

Teve um tempo em que, em vez de achar que o Bowie cantava *Take your protein pills and put your helmet on*, eu achava que era *Take your floating pills and put your helmet on*, aí depois descobri que era *protein pills*, na real a pronúncia nem é parecida, eu é que tinha cismado, às vezes tenho isso de compor em cima da parada dos outros, tipo inventando uns troços por incompetência de ouvir, eu acho, mas no caso de *Space Oddity* rola a palavra *floating* em dois outros momentos — *And I'm floating in a most peculiar way*, que é uma frase que sempre aparece na minha cabeça quando estou bêbado, e *Here am I floating round my tin can* —, então não chega a ser completamente descabido, embora *floating pills* seja uma parada que na real não existe. Só que eu gosto da ideia de uns comprimidos que te façam flutuar e canto assim até hoje.

Eu tinha dado o número do meu telefone para o Diogo.

Na real, eu que ofereci.

Quando a gente foi se despedir, o cara estava tenso à beça por causa da hora, dava para ver, já eram sete e blau, não sei que desculpa ele daria em casa, um paciente com cárie até no esôfago precisando de duzentas obturações de emergência. Ele que se fodesse, eu não tinha nada a ver com isso, ainda estava bronqueado, mas se vou ser totalmente sincero também estava de badalo duro, ele vinha passando a mão na minha coxa desde que a gente tinha saído da casinha em ruína. Mas não era nem só questão de sexo, eu queria ficar naquela Parati para o resto da minha vida, o cara tinha um cheiro bom pra cacete, saca um calor que era meio aconchegante? Quer dizer, não quero entrar numas veadagens e tal, mas a parada era essa. Aí, quando ele me deixou no mesmo lugar do nosso encontro, eu perguntei:

— Você me liga?

Ele já tinha consultado o relógio umas vinte vezes, tipo com intervalo de um minuto entre uma olhada e outra, como se pudesse ter se enganado da vez anterior, piração não é exclusividade minha, rola muita doideira por aí que a gente nem fica sabendo, porque também não está ligado o tempo todo. Mas mesmo nessa tensão bizarra o cara abriu aquele sorriso de canto de boca dele megassacana.

— Você quer?

— Quero — respondi na lata, uma segurança bizarra, na real nem sei de onde surgiu. — Tem caneta?

O Diogo me entregou a caneta e um bloco, escrevi o número e o meu nome, uma parada quase profissional, caprichando na letra, veio a calhar que eu já não estava nervoso, senão o garrancho podia até assustar o cara e ele talvez nunca telefonasse porque não tinha entendido o número. Quer dizer, se ele não ligasse — na real, eu não gostava nem de pensar nessa possibilidade —, não seria por não ter entendido o número, a parada estava sinistra de tão clara.

Agora, se ele não ligasse.

Quer dizer, tem umas frases que é melhor não terminar.

Na real, eu esperava que de repente o Diogo me telefonasse ainda aquela noite, depois de chegar em casa e inventar uma mentira escrota para a mulher, sei lá, podia rolar uma vontade de trocar uma sacanagem via Telerj, eu não era o único que estava de badalo duro no caminho de volta.

Mas na real o cara não ligou.

Vou te dizer que é meio bizarro assistir a aula quando você não está a fim, a parada fica próxima do impossível, não é à toa que eu sento no fundo da sala. Às vezes o sujeito precisa dar uma respirada e fica difícil com um professor na sua cola, a poucos metros da carteira.

Não sei como neguinho consegue sentar na primeira fila, segunda fila, é um troço que me deixa impressionado. Mas talvez nem todo mundo precise dar uma respirada de vez em quando, vai saber.

Eu preciso, aí desenho, tipo abro o caderno na última página em branco e fico rabiscando uns troços meio loucos que superfuncionam para me desligar de aula, chego a esquecer que tem um professor ali na frente tentando ganhar o pão dele enquanto enche a gente de informação basicamente inútil.

Eu não estava para aprendizagem.

Só parei de desenhar quando o Tadeu começou a contar para o Sérgio sobre a bossa sexual que ele tinha levado na noite anterior, naquele jeito tesudo dele de comentar as paradas. Gostei quando disse:

— Ela tem a melhor comissão de frente que eu já vi.

Acho que é a maneira dele de respirar, falar umas putarias.

Na real, o Diogo não ligou aquela semana. Eu estava ficando noiado total, não podia ouvir o telefone tocar, ficava rondando quem atendia, nem cumprimentava a galera quando chegava em casa, ia perguntando se alguém tinha ligado, uma merda. Não duvido que existam caras que tenham enlouquecido numa situação dessas, é uma parada que só quem viveu o troço faz ideia do que seja, não é um lance que se possa contar a alguém esperando que o sujeito entenda.

Tinha dia que eu queria matar o cara, invadir a porra do consultório dele na maior e perguntar:

— Qual é, meu irmão, vai ligar ou não vai?

E olha que eu tinha achado a semana anterior megainsuportável. Não sabia a capacidade que as coisas têm de piorar.

Quer dizer, na semana anterior eu tinha um encontro marcado, saca prazo? Mas agora não. O cara podia me ligar dali a um mês, um ano, podia não ligar, ter se arrependido da parada e estar se confessando para algum padre reprimido, que na certa ia bater uma enquanto ouvia. Quer dizer, não quero ficar um sujeito amargo e tal, esse é um troço que me mete o maior pânico, não sei como a pessoa embarca nessa e de repente vai ficando com aquela carranca macabra, vai ver a história começa justamente com um telefonema que prometeram e não veio.

Sei lá, a gente passa anos e anos desperdiçado em casa e pensa que depois as coisas vão acontecer da melhor maneira possível, que Deus vai querer te provar que existe e vai oferecer umas paradas de mão beijada.

Vai esperando, mano.

Quer dizer, de repente se eu pudesse dividir o troço com a Nara, desafogar as ideias, não sei, cheguei a cogitar a parada de uma maneira bem extrema, pensando nas palavras que usaria e tal, mas nem que eu quisesse, porque a Nara apareceu na minha casa no fim de semana com uma notícia bizarra.

A gente acha que tem umas paradas constantes, que não mudam, nunca vão mudar, e se ferra total, rolam umas surpresas bem sinistras para deixar claro que nada está garantido.

Aliás, se tem um troço que eu não curto é surpresa.

Só às vezes.

Que surpresa também pode ser uma parada maneira.

Mas enfim. Não é segredo que a Nara de vez em quando ficava meio alterada com alguma situação, normal, a vida tem umas merdas e a gente ainda por cima se amarrava num teatro, quer dizer, juntava a fome com a vontade de comer, a gente fazia a cena e acabava, sempre foi um troço que não durava muito, sei lá, tinha a duração de duas músicas, dois cigarros.

Então, quando a Nara entrou no meu quarto com os olhos meio vermelhos e tal, pensei que fosse rolar uma cena dessas, que na real a gente até curtia, eu acho, senão a vida fica megatediosa, imagina estar sempre indiferente a tudo. Ou satisfeito.

Quer dizer, de repente essa até era uma.

Se fosse possível, eu arriscava uma tentativa.

Mas a Nara chegou com os olhos supervermelhos, já estava fumando, pra ser sincero rolava uma tremedeira nas mãos dela que foi o que me chamou a atenção e na real me deu uma apavorada sinistra, as nossas cenas nunca eram tão cinematográficas assim, com os detalhes tão levados a sério. Só que o mais surreal nem foi isso.

O mais surreal foi que a Nara sentou na cama e ficou em silêncio, uma parada inédita na nossa vida de amigos.

Tipo nem botei um som pra tocar, só sentei ao lado dela.

— O que foi?

Mas ela estava decidida a ficar em silêncio, um troço que entendo total. Tem gente que de repente não entenderia ela vir à minha casa e entrar no meu quarto para ficar calada, acharia que se era para não abrir a boca que ficasse em casa. Mas eu entendo na íntegra que às vezes você não queira dizer nada, mas queira não dizer nada acompanhado.

Então não forcei a barra, só fiquei ali do lado, saca dando força? Só que dar força para a pessoa que está de baixo-astral parece sempre piorar a situação, pelo menos comigo, foi eu passar a mão no cabelo da Nara para ela desatar a chorar. E tenho uma parada sinistra de também sentir vontade de chorar quando vejo alguém nessa, não sempre, mas às vezes. Quase sempre.

Na real, era a primeira vez que eu via a Nara chorar sem ser com filme, porque com filme ela nem tenta segurar a onda. A Nara é capaz de chorar vinte vezes assistindo ao mesmo filme, é impressionante como ela se emociona revendo o mesmo troço, tipo sempre que a gente vê *Sobre ontem à noite*, que é o filme preferido dela, a Nara chora à beça, mesmo depois que os créditos já subiram e tal, ela não sai do clima.

Mas agora não estava rolando nenhum filme, e a Nara chorava de um jeito sinistro.

Minha garganta parecia que ia fechar, apertada pra cacete.

Aí a Nara disse uma parada supergaguejada, com uns soluços e tal, não entendi. Quer dizer, se eu fosse um cara mais rápido, de repente tinha

sacado o troço mesmo sendo dito daquela maneira, mas como sou leso total não entendi nem quando ela disse com toda a clareza do mundo:
— Eu estou grávida.

Tive que esperar a ficha cair, sei lá, era uma frase que não pertencia à gente, não pertencia à nossa época, era como se ela tivesse dito que um bando de dinossauros tinha invadido a cidade, tu demora um tempo para processar a informação.

Só que uma hora a ficha cai, você entende e fodeu, vai dizer o quê? Deve ter gente que sabe o que dizer numa hora dessas, que tem a frase certa. Mas eu perguntei:
— O quê?

Não era sadismo, evidente que não, eu quero o bem total da Nara, ela é minha amiga de fé, está entre as cinco pessoas que eu mais amo no mundo, mas mesmo sem intenção nenhuma de sadismo foi foda obrigar ela a repetir:
— Eu estou grávida.

Aí fiz outra pergunta cretina, por incompetência total de ser um sujeito com diálogos adequados:
— Como você sabe?

Acho que a Nara já está acostumada comigo, então não espera que de repente eu seja o interlocutor perfeito, que nem rola. Ela me explicou o processo da parada, mas de uma maneira superentrecortada, sem muita sequência e tal, eu tinha que juntar os fatos na cachola, mas em linhas gerais o negócio era que o Trigo e ela tinham dado umas trepadas sem camisinha, num esquema de gozar fora, mas algumas vezes ela achava que ele tinha começado a gozar dentro e terminado fora. Quer dizer, em outras circunstâncias essa história teria me deixado de badalo duro, eu estaria imaginando a cena com uns detalhes sórdidos e tal, mas agora estava meio em choque, eu acho, nem raciocinava direito. Na real, eu achava que as mulheres tomavam pílula sempre, na minha cabeça camisinha era mais para a galera gay e tal, inacreditável a minha capacidade de não sacar as coisas, imagina ter que admitir isso. Mas continuando: a menstruação da Nara era uma parada megapontual e nesse mês não veio no dia esperado, ela ficou nervosa, a cada dia que passava e o troço não vinha ficava mais nervosa, até que decidiu fazer um teste.
— Você não notou que eu ficava passando a mão na barriga? Achei que todo mundo tivesse notado, ainda mais você.
— Não, ninguém notou.

Falei isso para tranquilizar ela, na real não posso responder pelos outros, de repente as pessoas tinham percebido, mas eu sou um cara desligado, não é segredo.

A Nara botou a mão na barriga.

— Eu ficava tentando descobrir se tinha alguma coisa ali dentro.

Deitei na cama, comecei a escrever com a ponta do dedo em cima da colcha, que tenho essa mania de escrever umas paradas com a ponta do dedo, aí desandei a escrever: *puta que pariu puta que pariu puta que pariu puta que pariu puta que pariu puta que pariu.* Na real, chegou uma hora em que fiquei meio bronqueado com a Nara por ela ter trepado sem camisinha. Quer dizer, a gente não era desinformado nem nada, eu estava ligado na porra da aids, ela tinha que estar ligada na porra da possibilidade de gravidez, os dois troços são sinistros do mesmo jeito, eu acho, numa você perde a vida, na outra perde a vida que você conhece, porque a parada vai mudar geral, sua preocupação não vai ser com a roupa que tu vai vestir, vai ser com a temperatura do leite na mamadeira.

Quer dizer, por que não tomar a pílula?

Acho que se rolasse uma pílula que impedisse a contaminação de aids eu tomaria na boa.

Qual é o problema da pílula?

Eu estava com um medo sinistro, queria chamar a minha mãe, alguém que pudesse garantir para a gente que ficaria tudo bem, que fosse capaz de fazer a gente acreditar na parada.

— Você contou para os seus pais?

A Nara me olhou como se não tivesse entendido a pergunta, quase repeti.

— Ficou louco? — Ela pegou mais um cigarro na bolsa. — Claro que não.

Vi que as mãos dela continuavam naquele esquema tremedeira total, um troço alucinante. Era doido porque a gente se conhecia há tempo à beça, mas eu nunca tinha visto a Nara desamparada desse jeito.

Aí pensei um troço bizarro. Porque eu não tinha levado camisinha para o meu encontro com o Diogo e na real se ele também não tivesse levado eu não deixaria de trepar por causa disso. Sei que é macabro dizer um troço desses, mas não vou mentir, dar uma de cara 100%, que não é o caso.

E olha que eu tenho medo de aids.

Primeiro o Lauro Corona, agora o Cazuza, é surreal.

Não gosto nem de pensar em perder o Cazuza para essa doença, o cara é um artista sinistro, cheio das genialidades, tem umas músicas dele que vão fazer parte da minha vida pra sempre. Então fico megabronqueado quando me lembro da *Veja* e daquela reportagem absurda. Quer dizer, tem uns trechos inacreditáveis, os imbecis chegaram a escrever o seguinte: "Cazuza não é um gênio da música. É até discutível se sua obra irá perdurar, de tão colada que está ao momento presente".

Tudo bem, não sei se a obra dele está "colada ao momento presente", nem se "irá perdurar", a História está cheia de umas injustiças macabras, mas dizer que o cara "não é um gênio da música" é sórdido, mano, vão à merda.

Chego a perder o fio da meada.

Na boa.

Mas vá lá.

O caso é que eu próprio de repente teria trepado com o Diogo sem camisinha. Gosto de pensar que não, mas na real acho que rolaria, então não podia recriminar a Nara por ela ter feito a parada, saca a história de olhar um pouco o próprio rabo antes de atirar a pedra?

A Nara falou alguma coisa, mas a voz saiu rouca por causa do choro. Perguntei:

— Qual é, Demi?

Ela riu.

Foi bom ver o riso, me deu uma aliviada, mesmo sendo um riso megacurto, meio para constar, sei lá, uma parada involuntária, foi como se nesses dois segundos a gente pudesse esquecer a história bizarra de gravidez e curtir as nossas lengas de praxe, que a Nara se amarra na Demi Moore a um ponto sinistro, chega a gostar de gripe só para ficar com a voz parecida com a dela.

Mas logo fechou a cara de novo e repetiu o que eu não tinha entendido.

— Não conta pra ninguém. Nem pra Isabel.

Na real, eu achava que a gente tinha que contar para alguém, gravidez não é um troço que você possa esconder pelo tempo que quiser, daqui a pouco a parada vai estar evidente.

— Você não acha melhor?

— Não.

Se tem um troço que a pessoa aprende rápido é que com a Nara insistência não rola, cabeça-dura que ela é. Mas sou um cara que custa a aprender.

— Conta para os seus pais. Eu vou com você, fico do seu lado.

Ela enxugou as lágrimas, me olhou de um jeito megaenvergonhado, que na real não tinha nada a ver com ela, a Nara é uma pessoa que olha tudo meio de cima, não com o nariz empinado e tal, se achando o último biscoito do pacote, ela olha de cima para cima, não sei explicar.

— Você iria comigo... ficaria do meu lado...

— Claro — respondi, me antecipando ao fim da pergunta. — Na boa.

— Não, o que eu quero dizer... é que... você iria comigo... a uma clínica de aborto?

Fiquei mudo, na real não tinha nem pensado na possibilidade, ainda estava tentando entender como é que seria a Nara mãe.

Ela me olhava de um jeito quase tímido, era estranho ver ela naquele estado sinistro, afastando do rosto o cabelo já meio molhado, as lágrimas e também o suor, que ainda por cima fazia um calor macabro. Liguei o ventilador, puxei mais para perto de nós.

A minha mãe bateu na porta.

Perguntou quantos mistos-quentes a gente queria.

A Nara fez com a cabeça que não queria, respondi que um para cada, era surreal a minha mãe perguntando de misto-quente do outro lado da porta enquanto a gente falava em clínica de aborto.

— O Trigo sabe?

— Sabe.

— Concordou com a parada?

A Nara agora segurava o cigarro com uma certa firmeza e tal, a única coisa que tremia era o lábio inferior, saca quando o músculo está cansado aí fica fazendo umas contrações? Ela tinha parado de chorar, estava com o rosto mais sério que já vi na vida, é impressionante a capacidade do rosto de mostrar o que vai por dentro da pessoa. Quer dizer, é uma capacidade que nenhuma outra parte do corpo tem, eu acho.

A Nara desviou o olhar.

— Concordou.

Peguei o cigarro dela, dei uma tragada.

Acho que para pai a história é diferente, sei lá, também não quero generalizar sobre uma parada que nem entendo, mas é o que a gente vê por aí, a mãe segurando umas barras que o pai não segura, até porque a mãe tem uma ligação surreal com o filho, esse lance de carregar na barriga, amamentar. Quer dizer, posso estar dizendo besteira, mas acho que o homem é mais solto, a gente vê que rola isso, o próprio Jean-Marc Barr deixa a Rosanna Arquette grávida e se manda para o fundo do mar, *It's much better down there, it's a better place*, aquela piração dele.

Também deve dar um medo bizarro ser pai.

Eu não queria, nem fodendo.

Notei que agora eram as minhas mãos que estavam tremendo, tenho umas veadagens dessa ordem, na boa.

— Você conhece alguma clínica?

Quer dizer, não é um lance que a gente veja por aí, CLÍNICA DE ABORTO SANTA LUZIA, CLÍNICA DE ABORTO PASTEUR.

— O pai do Trigo ficou de descobrir um lugar.

— O pai do Trigo?

A Nara estava com um ar bizarro, como se tivesse sido atropelada por uma carreta, saca desnorteada? Nem reagia direito.

— É, o pai do Trigo.

Fiquei bolado, a parada estava cada vez mais macabra.

— Por que o pai do Trigo sabe desse lance?

— Porque é ele que vai bancar.

As minhas mãos suavam, um troço que deteste, aquela história de alguém ter me dito que quem sua na mão é médium e tal, eu queria distância dessas paradas sobrenaturais.

Não conhecia o pai do Trigo, mas na cachola criei um sujeito de terno andando por aí num carro preto, com motorista, megapoderoso, tomando decisões importantes como a escolha da clínica de aborto que vai cuidar da menina que o filho engravidou, saca underground?

Minha mãe bateu na porta.

Na real, eu não estava em condições de encarar a minha mãe, fingir uma leveza, dizer bobagem enquanto pegava os mistos-quentes, mas fazer o quê?

Abri a porta quando a Nara já tinha se virado para o lado, escondendo o rosto. A minha mãe viu a cena, era meio patético, uma parada megaforçada, em outras circunstâncias a própria Nara teria ido buscar os sanduíches.

A minha mãe olhou para mim.

— Sem música... — comentou meio cheia das entrelinhas. — Está tudo bem?

— Tá. A gente já ia botar um som.

A sorte é que, apesar da cena patética e da minha falta de talento para mentir, a minha mãe é discreta à beça, é um troço com o qual posso contar, tipo tenho meio certeza de que ela não vai me perguntar nada depois que a Nara for embora.

Levei a bandeja para a cama, tinha dois pratos com misto-quente e dois copos de Coca. Na real eu tomo muita Coca, aí ando sempre com pânico de ficar com os dentes cinza, que tem sempre alguém contando o caso de um infeliz que tomava Coca direto e ficou com os dentes estragados. Mas eu gosto da parada, nem me imagino sem.

Tomei um gole, a Nara fez o mesmo, meio no automático, como se me imitasse, olhando para mim.

— Você iria comigo?

Eu não deixaria a Nara sozinha num lance desses.

— Claro.

Ficamos encarando os pratos de misto-quente por um tempão, na real aquele cheiro estava me embrulhando o estômago, mas acabei comendo o meu. E como a Nara não quis o dela, me senti meio na obrigação de mandar pra dentro o dela também.

Fome comigo é uma parada que pode até ameaçar sumir, mano, mas no fim sempre volta, saca Jason?

Quando a Nara foi embora, tomei dois comprimidos pra dormir, da caixa que tinha roubado na farmácia do meu pai. Agora só faltavam três.

Fiquei encarando o teto, tentando esquecer a nova enquanto inventava texto para história em quadrinhos, que de vez em quando entro numa de fazer: Era uma vez uma ilha, no meio da ilha tinha um lago, e no meio do lago tinha uma ilha, e no meio da ilha tinha um lago, e no meio do lago tinha uma ilha, e eu ali.

O nome seria ESTADO DE ESPÍRITO, o desenho meio autoexplicativo e tal. Achei que podia ficar redondo, mas não cheguei a levar a cabo no caderno.

Quer dizer, comprimido pra dormir é impressionante, um lance que faz sempre bem ter à mão, dá uma relaxada macabra. Em pouco tempo, eu só lembrava da história da gravidez e do telefonema que não vinha nuns lampejos megadistantes, enquanto criava os detalhes da história em quadrinhos, também de uma maneira super-relaxada. Por mim, tomava comprimido toda noite, só que o meu pai notaria o desfalque.

Quer dizer, tem noites em que fico pensando umas paradas inacreditáveis, a cachola sempre trabalhando, não dá folga, sabe qual é? Aí fico pensando assim que tudo que aconteceu no mundo, tipo explosões meteóricas, inundações, erupções, duas guerras mundiais, milhares de manifestações, invenções, tratados, todas essas paradas deram em mim, deitado ali na cama. O troço meio que te enlouquece.

Se você para pra pensar.

Aí a gente toma um comprimido e pronto. Se bobear, antes de dormir ainda dá uma flutuada.

No dia seguinte, fomos visitar o meu avô, aquela história de sempre, o rosto torto, a mão esquerda deitada no colo, apoiada na calça de moletom cinza, meio de lado, tipo virada para fora, eu fazendo figuração enquanto a minha mãe tentava criar a ponte entre o sogro e o marido, a mulher do meu avô oferecendo café e ninguém aceitando. A parada é triste à beça.

Você nunca acredita que um troço como derrame vai acontecer com você.

Eu às vezes até penso uns lances assim.

Mas eu sou pirado, não sei se conta.

Na boa que é meio bizarro ser eu.

Para estudar não andava com o menor saco. Rolava na cama com os livros, às vezes de badalo duro, já disse que o meu badalo é um troço independente. Mas andava sem saco até para bater uma.

Quer dizer, acabava batendo.

Mas de repente precisava de uns expedientes como uma revista e tal, para incentivar a parada, num esquema quase burocrático. Pegava a melhor revista, abria na melhor página e prestava contas. A foto para a qual eu geralmente batia uma era de um cara trepando com uma mulher, o ângulo era meio de cima, não dava para ver o rosto do cara nem nada, porque ele estava olhando para baixo, para a mulher, que pagava um boquete e tal, mas era uma foto megaexcitante, o cara tinha o corpo perfeito, dava para notar que Deus tinha tirado o dia para fazer o sujeito.

Mas você parando pra pensar é sinistro gozar com a foto de um cara onde não aparece o rosto dele.

Sei lá, também vai entender tesão.

Tem uns caras que curtem trepar com a tia, com a cunhada, essas revistas de fórum estão cheias de umas sacanagens meio inconcebíveis. Tipo, o Franco é um sujeito megatesudo e tal, não vou dar uma de quem não nota as paradas, o cara tem um pé 100% no Olimpo, o corpo beira a provocação, mas não é por isso que vou ficar homenageando o noivo da minha irmã no banheiro. Na real, eu me sentiria um cara qualquer nota total, acho que depois não conseguiria nem encarar a Isabel, sei lá, talvez eu seja meio radical com uns lances. E é bizarro julgar os outros.

É aquela história que o meu pai diz: a gente não é o que quer ser, mas o que consegue ser.

Existem umas verdades sinistras.

Outra é que às vezes lealdade é uma parada difícil.

Quer dizer, eu tinha prometido à Nara não contar nada sobre a gravidez, nem mesmo para a Isabel, mas estava macabro. Até porque confio na íntegra no bom-senso da Isabel, ela pode ter encaretado e tal, então de repente a gente já não concorda numas paradas como música, ou pelo menos não tanto quanto antes, mas ela é uma pessoa megarrazoável, tenho certeza de que indicaria a melhor direção para a gente, sei lá, mesmo que fosse a clínica de aborto, acho que eu me sentiria mais tranquilo com o aval dela. Aí, quando via que a gente estava sozinho em casa, juro que o negócio vinha na garganta, mas segurei a onda. Decepcionar a Nara está fora de cogitação, mesmo o troço sendo para o bem dela.

O Diogo não telefonava, era quase fim de semana de novo e eu estava baratinado total, agora já era quase praxe, saí do colégio mas não queria voltar para casa e perguntar mais uma vez se alguém tinha ligado, estava cansado dessa droga, sentei num banco da praça e fiquei tentando botar os pensamentos no lugar, embora o lugar desses pensamentos talvez fosse justamente o não lugar, porque eram uns pensamentos sinistros que de repente precisam estar em movimento para azucrinar o sujeito.

Não sei se foi uma boa ideia sentar na praça, no banco ao lado tinha um cara lendo a *Folha Dirigida*, um troço deprimente pra burro. No banco em frente tinha uma mulher de seus 60 e blau meio desdentada, outro troço deprimente pra burro, ainda mais quando você pensa que a cidade tem trocentos dentistas por metro quadrado, porque uma das únicas faculdades locais é de odontologia, a outra é de administração.

Fiquei observando a mulher desdentada, ela meio que conversava consigo mesma, um esquema alheio total, mas parecia contente, na dela, curtindo o diálogo na sombra da árvore. Já li em algum lugar que enlouquecer não é uma parada serena, tipo é megassofrido e tal, mas de repente depois de um certo ponto o troço melhora. De qualquer jeito, é impressionante isso de enlouquecer.

Duas adolescentes pararam no ponto de ônibus que ficava atrás de onde a mulher desdentada estava, conversando meio alto, dando umas risadas estridentes e tal, aí a mulher desdentada se virou para elas e, numa voz meio gritada e corrida, disse:

— Não é mais ponto, não.

Querendo ajudar, que mesmo na minha cabeça aquele lugar ainda era ponto de ônibus, mas na real já não tinha placa nenhuma, se você prestava atenção. Então a mulher desdentada estava fazendo um favor às meninas, e o certo era o quê? As duas agradecerem, educadas, e darem o fora. Só que, além de agradecer e dar o fora, elas começaram a rir da mulher de um jeito bem escroto, tipo disseram:

— Obrigada.

E caíram numa gargalhada sinistra, saca fingindo que querem segurar a parada, mas na real não querendo segurar neca?

Fiquei bolado, ainda mais comigo mesmo, que podia ter reagido pela mulher, dito umas verdades bizarras às garotas, mas fiquei parado, leso total, só desviei o olhar para não mostrar à mulher que estava ligado, não queria deixar ela mais sem graça. Mas na real, depois que voltei a olhar para a mulher, vi que ela continuava naquele diálogo animado consigo mesma, sei lá, não tinha ficado bronqueada.

Eu estava puto, a parada que mais detesto no mundo é ver alguém rindo de outra pessoa, sinto um ódio surreal. Se eu fosse um cara de expediente a galera que faz isso estava meio perdida. Mas esse está longe de ser o caso.

Aí me levantei, a praça não tinha me feito bem, o mundo está cheio de umas paradas tristes à beça, você prestando atenção.

Tomei o rumo de casa, fazer o quê?

Quer dizer, era sinistro chegar em casa e perguntar se alguém tinha ligado, receber aquele não macabro, pegar um livro e deitar na cama sem o menor saco para estudar, só que não bastasse isso tudo ainda levei um estabaco surreal na rua, rasguei a calça na altura do joelho, me arranhei pra cacete, minha mãe já nem se assustava mais, passou mercúrio nos machucados, levou a calça para fazer uns remendos, estava de saída para a confecção quando bateu na porta e avisou:

— Um tal de Diogo ligou para você, vai ligar de novo às três.

Era bizarro sentir alegria depois de tanta merda, mas é o que meu pai também costuma dizer: no fundo do poço tem mola.

Sei lá, por outro lado, vai falar isso para suicida.

Que ali não teve mola, mano.

Mas na real senti uma alegria sinistra. E já eram quase três horas. Como não tinha ninguém em casa, botei um som na sala e fiquei esperando, meio nervoso e tal, vai que o cara desistia. Na real, eu estava elétrico, andava de um lado para outro, quase dançando. Quer dizer, também devia ter botado pra tocar uma parada mais leve, sei lá, um troço que não mexesse muito comigo, mas não ia tirar o Echo & The Bunnymen pela metade, que era sacrilégio, e a capa do disco estava ali meio enfeitando a mesinha de centro enquanto eu fazia as minhas marcações pela sala, é uma daquelas capas que eu gostaria de ter feito e me amarro no nome do disco, *Ocean Rain*, que evoca uma parada sinistra mesmo se você não conhece a música que dá título ao álbum, que na real é macabra. Quando o telefone tocou, às três e quinze, eu estava naquele esquema ao lado do aparelho, mas deixei dar três toques, para não parecer que andava megadesesperado, atendi numa calma bizarra:

— Alô.

— Caco?

É um troço meio indescritível ouvir o seu nome na voz de alguém que você estava esperando ligar há um século, na real a calma bizarra morre aí e tu treme nas bases.

— Eu.

— Aqui é o Diogo.

É aquela história, a gente aprende depressa que é meio obrigatório aparentar uma leveza e tal, mesmo nas piores circunstâncias, não sei explicar como, na real nem sei se convenço. Mas perguntei na maior:

— E aí, Diogo?

— Tranquilo, e você?

Eu não estava nem um pouco tranquilo.

Queria perguntar quem ele achava que era para me deixar esperando quase duas semanas por aquele telefonema. Estava meio decidido e tal a dar uma dura no cara, tipo não aceitar qualquer convite xexelento para aquela casa arruinada no fim do mundo, o sexo burocrático, vai se foder. Mas respondi:

— Tudo bem.

E vi meu plano escoar pelo ralo na íntegra quando ele perguntou:

— Vamos fazer outra sopa de ervilha?

Porque dei a resposta mais qualquer nota possível.

— Claro.

Quer dizer, "claro" é foda.

meio leme

Eu já disse que tenho umas pirações sinistras de sugerir a mim mesmo algum troço bem escroto tipo "Não vou conseguir dormir" e depois passar horas tentando pegar no sono, só que na real depois de dizer "Não vou conseguir dormir" também sou capaz de apagar catorze horas seguidas, deixando meus pais megaimpressionados, não é qualquer pessoa que dorme catorze horas seguidas, o sujeito tem que ter talento para o negócio. Mas o mais louco é que mesmo assim continuo com as paranoias.

Aí às vezes a parada acontece do jeito que eu tinha sugerido e fodeu. Sei lá, não tem regra.

Mas a real é que naquela noite não preguei os olhos, fiquei ouvindo o canto das cigarras numa ansiedade macabra de encontrar o Diogo, ainda mais porque o dia seguinte era sábado e a gente ia se encontrar no dia seguinte, sei lá, o sábado tem uma vaibe diferente total dos outros dias, quer ver eu acordar bem é saber que chegou o sábado, pode estar chovendo, o mundo desabando. Quer dizer, é louco pensar que depois do sábado vem um dia sinistro como o domingo, tipo, como é que posso ficar tão animado com o sábado se ele é véspera de uma parada sinistra.

Meti logo uma Kate Bush no aparelho de som, para o dia começar redondo, tomei um banho todo meio cuidando de passar sabonete no corpo inteiro, mas não tinha perfume.

Na real, não sei se curto perfume, então também não foi um troço que tenha me deixado bolado. Quer dizer, o Diogo era cheiroso à beça mas acho que não era perfume, saca? Era o cheiro dele, que sabonete é um lance que talvez baste, não sei.

A gente se encontrou em frente ao cinema, do outro lado da rua, a parada já tinha virado "o lugar de sempre", gostei quando ele perguntou:

— No lugar de sempre?

Tudo bem, sou capaz de gostar de uns troços meio bizarros.

Dessa vez também cheguei antes, naquele meu esquema pontualidade inútil, mas depois de quinze minutos fazendo cara de paisagem a Parati encostou no meio-fio e o Diogo fez aquele sinal com a cabeça de vem, aí fui.

Ele estava de bermuda, umas pernas surreais, nem preciso dizer que fiquei logo de badalo duro, tive que me ajeitar e tal, saca quando a parada cresce numa errada dentro da cueca?

O Diogo percebeu, passou a mão por cima da minha calça, aquele sorriso de canto de boca sacana, perguntou:
— E aí, o que você fez nesses dias?
Demorei um pouco para responder. Quer dizer, é meio difícil conversar uma parada protocolar enquanto estão passando a mão no teu pau.
— Estudei, ouvi um som.
Ele voltou a olhar para a frente, o cara segue à risca os conselhos de dirigir com atenção.
— Você está em que ano?
Rolou uma conversa normal, a gente trocou umas ideias, eu disse que queria prestar vestibular para comunicação visual, expliquei o que é a parada, já tinha decorado o meu trecho preferido de *O guia do estudante: Cursos & profissões*, que na real já não lia mais, nem sei onde está.
Aí falamos de música, o cara curtia uns troços que cruzavam com os meus e uns troços que estavam longe de fazer a minha.
Na real, gosto de pensar que as pessoas são uma jukebox, saca aqueles aparelhos de música onde você bota uma moeda e ouve uma parada de algum disco que tenha ali? Então, cada pessoa tem o seu acervo, que na real costuma crescer à medida que a gente vai conhecendo mais coisas que nos interessam e tal, mas às vezes também diminui, porque acontece de você descurtir um troço, não é impossível, comigo já rolou um milhão de vezes. Só que tenho uma mania sinistra, que leva as pessoas meio à loucura, tipo os meus pais e a Isabel, que é a mania de querer influenciar a jukebox dos outros, entro numa de apresentar umas paradas que acho surreais e forçar a barra para que o troço entre na jukebox deles, só que não é assim que a banda toca.
Na real, a jukebox do Diogo era um troço meio desencontrado, tinha uns lances que não casavam com outros de jeito nenhum, sei lá, acho que costuma rolar uma certa harmonia, nem é questão de gênero, é uma parada de feeling, não sei explicar, mas é meio praxe que a jukebox tenha uma certa cara, eu acho, tipo, se eu tivesse que descrever a minha jukebox em uma palavra diria que ela é meio melancólica, não melancólica num sentido uísque com guaraná, mas melancólica no sentido floating pills. Quer dizer, já falei que não sou bom em explicar.
Quando chegamos à casinha xexelenta no fim da cidade, percebi que rolava uma cachoeira atrás dela, tipo depois de um matagal, não sei como não tinha notado da primeira vez, devia ser o meu estado catatônico bizarro, aí perguntei ao Diogo se a gente podia dar uma olhada, que se tem uma

parada que eu curto é água, sei lá, mar, cachoeira, rio, tudo bem que o mar é meio imbatível.

Quer dizer, já falei isso e tal, mas sou um cara que repete as coisas. Às vezes pergunto para o meu pai se já contei um troço e ele levanta a mão mostrando com os dedos quantas vezes. Tudo bem, o cara se amarra em curtir com a minha cara, abre um sorriso cínico e tal, a Isabel e a minha mãe achando graça, na real eu também.

A cachoeira formava uma piscina natural um pouco acima do terreno, me abaixei na borda para molhar as mãos, a água fria à beça, bateu uma vontade sinistra de dar um mergulho.

— Você não está a fim?

— Você está?

Era meio visível e tal que o cara estava mais numa de entrar em casa e de repente praticar aquele sexo burocrático, então não respondi nada, só afundei de novo as mãos na água, que pra mim o troço é meio ímã, sem exageros à Jean-Marc Barr. Aí o Diogo começou a tirar a roupa, dobrando a parada e botando em cima de uma pedra redonda, a camisa, os tênis, as meias, a bermuda e a cueca.

Meu badalo já latejando, vi que de repente a sugestão não tinha sido uma boa ideia.

— Não tem problema?

Ele se aproximou de mim e puxou a minha camisa pela cabeça.

— Ninguém vem aqui.

Aí também tirei os tênis, as meias e a calça, mas fiquei de cueca, que na real badalo duro é um troço que te deixa mais pelado do que de costume. Mas o Diogo fez uma cara de quem não aprovava a parada, e perguntei:

— Tem certeza?

Quer dizer, o cara é precavido total, tipo no trânsito, no sexo com camisinha, na saída do cinema, aquele esquema de cada um dar o fora de uma vez. Era meio óbvio que não tomaria banho de cachoeira pelado com outro homem se o negócio não fosse 100% seguro. Aí tirei a cueca e fiquei ali me sentindo nu de um jeito sinistro.

Ele disse:

— Você é bonito.

Senti uma alegria surreal, mas não sorri. Só respondi a primeira merda que me veio à cabeça:

— Não, você é bonito. Eu tenho que me cuidar.

Que na real é um diálogo de *Sobre ontem à noite*, a Demi Moore respondendo ao Rob Lowe, acabei tendo que explicar para o cara, um troço vexatório total. Mas é um lance que a Nara e eu de vez em quando dizemos quando alguém nos elogia e tal, sei lá, a minha mãe ou a Isabel. A sorte é que o Diogo não ficou bolado.

Mas na real por um instante fiquei meio deprimido me lembrando da Nara, senti uma vontade macabra de telefonar para ela, uma culpa meio bizarra por estar passando uns momentos bacanas enquanto ela estava lidando com aquela merda de esperar o pai do Trigo escolher uma clínica para fazer o aborto.

Entramos na piscina, acho que foi o frio que fez a gente se abraçar, o Diogo também já estava de badalo duro, pediu para eu segurar os óculos dele para dar um mergulho e meio que pagou um boquete para mim debaixo d'água. Quer dizer, foi mais uma ideia de boquete, o cara teria que ter brânquias e tal para me fazer um boquete legítimo nessas circunstâncias. Na real, nem posso dizer que foi bom.

Mas quando ele voltou à superfície falei que tinha sido sinistro, a antiga de todo mundo se amarrar num elogio.

O Diogo perguntou:

— Você tem namorada?

Na real, a pergunta me pegou de surpresa total, meio saída do nada.

— Não.

— Por que não?

Na minha cabeça a parada era meio óbvia e tal, pra ser totalmente sincero na minha cabeça *eu* é que devia perguntar para o Diogo por que ele tinha mulher. Mas respondi:

— Sei lá, não curto muito.

Ele fez uma cara de quem não concorda com a parada, tipo franzindo a testa, embora na real não tivesse muito com o que concordar ou não concordar, pelo menos eu achava.

Quer dizer, era meio bizarro ele querer que eu tivesse uma namorada enquanto eu queria que ele não tivesse mulher e filhos, um lance meio desequilibrado. Na real, admito que já tinha até imaginado ele me dando a notícia de que ia se separar, sei lá, não quero a infelicidade de ninguém, a situação é punk, não gosto nem de pensar na mulher do cara descobrindo que o marido é veado ou levando um fora sem saber por quê, tem as crianças, é complicado, acho que nem alcanço a dimensão total da parada. Mas às vezes imaginava o cara me dando a notícia e tal.

Na boa, nem sei o que faria com a notícia. Mas era um troço que me deixava animado.

— Vamos?

O Diogo já estava meio batendo queixo, o frio vencendo.

— Vamos — respondi.

A gente saiu da cachoeira, pegou as roupas, quando já estávamos chegando na porta da casa ele segurou o meu braço e perguntou:

— O que é isso?

Aí rolou o que costuma rolar quando me fazem esse tipo de pergunta, me sobe uma quentura bizarra pelo corpo, imagino que tenha aparecido alguma mancha de pele daquelas que brotam nos caras com aids. Quer dizer, é uma parada meio inexplicável, que na real por uma trepada não sou virgem, mas mesmo antes do sexo com o Diogo acontecia de subir essa quentura e tal pelo corpo, só de saber que sou veado.

Mas claro que não era nenhum câncer de pele, era a raladura que eu tinha arranjado no estabaco que levei quando voltava para casa depois de curtir aquele sofrimento escroto olhando a mulher desdentada na praça.

— Levei um tombo.

O Diogo então fez um troço meio veadagem total, beijando o meu braço, saca quando mãe beija o machucado do filho para a parada sarar? Quer dizer, não vou mentir e dizer que não curti o lance, porque me amarrei, senti uma parada gostosa à beça, mas achei estranho ele vir com essa de beijar meu machucado. E na real o troço não deixou ele mais veado nem nada, o cara continuava com aquela pinta dele de sujeito viril e tal, aí a gente entrou em casa e trepou durante um tempo macabro.

O bom de a pessoa estar tranquila, e não naquele esquema de tensão sinistra, com os ombros acima da cabeça, é que assim você pode prestar atenção nuns troços nos quais antes não podia porque estava mais ligado no que rolava dentro da cachola e não no que rola ali fora, o fato de que existe uma cachoeira atrás da casa ou de que o Diogo não tira os óculos para trepar.

Achei engraçado.

Nunca tinha parado para pensar que quem usa óculos na real tem que optar por tirar ou não a parada na hora do sexo. Quer dizer, acho que eu também não tiraria, que sou um cara visual pra cacete.

Mas foi estranho pensar que o Diogo nu era o Diogo com óculos, aliança e crucifixo, que na real ele usa uma corrente dourada com crucifixo, uma parada que a minha mãe também usa, tem uma galera que se amarra e tal, de repente se sente mais protegida, não sei, mas eu sou meio cético e não curto nada me prendendo, tipo relógio é o meu limite. E nem sempre uso. Então foi megaestranho pensar que o Diogo nu era o Diogo com óculos, aliança e crucifixo, e eu nu era eu nu na íntegra, porque de repente o Diogo nu já trazia umas informações sobre ele, tipo que o cara tem algum problema de visão, é casado e católico, e eu nu não trazia informação nenhuma sobre mim, porque podia ser casado e não curtir aliança, podia ter problema de visão mas ter tirado os óculos — ou ainda usar lente, se você for cercar todas as possibilidades — e podia ter a religião que fosse e não usar nenhum adereço.

Quando a bossa sexual acabou, a gente ficou na cama, meio abraçado, senti falta de música, acho que teria sido meio perfeito e tal ouvir um lance maneiro, mas não tinha aparelho de som no quarto. Quer dizer, eu não tinha sentido falta de música durante a trepada, quando você está carcando alguém sua cabeça está 100% voltada para o troço e de repente música até dispersa. Mas depois da parada acho que um som seria megaoportuno, curtir o troço a dois naquele clima pós-coito.

Só que a nossa mente é foda.

Quer dizer, é o que o meu pai não cansa de repetir: cabeça vazia, morada do diabo.

Por outro lado, talvez na real nem seja por aí, que a minha cachola não estava vazia, pelo contrário, estava a mil e blau, apesar daquela tranquilidade suada do quarto.

Mas comecei a entrar numa de ficar bronqueado com o cara meio que exatamente por ele estar refestelado na cama com outro homem, curtindo aquela paz depois da trepada, enquanto a mulher cuidava dos filhos, sei lá, o troço me pareceu megainjusto, entrei numa de querer chatear o sujeito. E sou bom à beça nisso.

— E a sua mulher? — perguntei.

— O que tem?

— Não desconfia?

— Não.

Se eu disser que não rolou a menor mudança no rosto do cara, tu não acredita. Mas foi o que aconteceu.

Só que eu tinha começado.

Quer dizer, quando começo uma parada é bizarro, eu insisto.

— Ela acha que você está onde?

— A minha mulher viajou com as crianças.

Se eu for ser totalmente sincero, não estava bronqueado só pela mulher dele, sendo enganada de um jeito escroto e tal, estava bronqueado por mim também, já falei que sou egoísta e megalômano total. Quer dizer, a mulher do cara numa situação impraticável e eu reclamando do meu ramerrame, é uma parada até meio vexatória. Mas na real estava sim bronqueado por mim também, essa história de ficar duas semanas esperando por um telefonema aí depois vir trepar com o cara na maior, como se o troço fosse direito, não sei, a única pessoa 100% satisfeita com o lance devia ser o Diogo, uma parada que só está certa nas leis da ilha dele. Na minha ilha o buraco é mais embaixo.

Quer dizer, até parece.

Na real, eu também não estava fazendo um troço lá muito digno, sabia o estado civil do cara e dava prosseguimento à parada. Quer dizer, é meio cômodo e tal ficar lamentando a sorte macabra da mulher do sujeito enquanto contribuo na íntegra para o troço. Mas cadê que eu cogitava abandonar o barco.

Se bobear, brigaria pelo leme.

Sei lá, o lance é confuso. Agora só queria saber de jogar aquela embarcação sinistra contra o recife mais próximo. Perguntei:

— Você já teve outros caras?

— Já.

A sinceridade em geral deve ser uma virtude, mas no caso do Diogo parecia ser um defeito da maior gravidade, não estou brincando, a parada beirava a ofensa.

Decidi tomar um banho, era o melhor que eu fazia.

Mas só quando já estava no boxe, molhado e tal, lembrei que não tinha levado toalha, uma merda. Se tem um troço que me deixa bronqueado são os meus esquecimentos, a minha mãe sempre diz que só não esqueço a cabeça porque está grudada no corpo, uma piadinha velha que na real traz uma verdade macabra.

Na boa que sou capaz de esquecer o dia do meu aniversário. Ou então é aquela de esquecer um troço que a pessoa disse e quando ela diz de novo é como se fosse uma meganovidade.

Mas esquecer a toalha era a última coisa que eu queria, porque agora eu seria obrigado a pedir ao Diogo para levar o troço para mim, sei lá, acho que preferia sair molhando o chão na caradura. Só que depois ia fazer questão de enxugar a parada, que me conheço.

Mas não foi preciso nada disso, porque o Diogo apareceu no banheiro com duas toalhas e entrou no boxe, pegou o sabonete da minha mão e começou a me ensaboar, não preciso nem dizer que fiquei de badalo duro só de ver ele chegar, sem o sorriso sacana de canto de boca, só com as toalhas e um olhar meio neutro. Aí, enquanto me ensaboava, ele disse:

— Você é um cara especial, sabia?

A gente voltou para a cama e fodeu mais uma vez.

Depois ele me levou para o nosso ponto de encontro, o "lugar de sempre", estava começando a anoitecer, o Diogo encostou o carro no meio-fio e tirou do porta-luvas o cartão de visita dele: nome completo, especialidade, endereço e telefone do consultório. Tudo bem que eu já sabia a parada toda, mas saca confiança?

Na real, era mais do que isso, porque agora estava liberado ligar para o cara.

Senti uma alegria meio bizarra, botei a mão na perna dele num lance automático, na real não queria me despedir, deixei a mão ali, segurando na outra o cartão com os dados do cara, lendo o troço num esquema meio incrédulo e tal, aí quando levantei a cabeça vi que o Sérgio estava atravessando a rua, olhando para mim.

Tirei rápido a mão da perna do Diogo, cumprimentei o Sérgio com a cabeça, a gente não tem muita intimidade, nunca vai além das saudações de praxe, ele perguntou com um ar indecifrável total beleza, que não ouvi mas deu para entender num esquema de leitura labial, não sei se ele viu alguma coisa, não sei se entraria numa de ficar se perguntando o que eu estava fazendo na Parati de um sujeito mais velho. Quer dizer, o problema não era esse, o Diogo podia ser qualquer troço, um primo meu recém-chegado de Beirute. A questão era se o Sérgio tinha visto a minha mão na perna do cara, se tinha visto a minha alegria lendo o cartão de visita.

Voltei para casa noiado total, tropecei numa pedra, por pouco não levo outro estabaco.

Mas também estava meio radiante.

A minha mãe estava na sala, disse que a Nara tinha ligado, que tinha comida na geladeira, era só esquentar. Depois do episódio do copo de leite, era de imaginar que ninguém confiaria mais na minha capacidade de esquentar a parada que fosse, mas família sempre acha que a gente vai tomar jeito.

A minha mãe estava sozinha em casa, ouvindo uns lances italianos sinistros, mas queria que eu botasse uma fita no vídeo para ela assistir.

Quer dizer, é aquela história: cada um com a sua piração, a minha mãe enfiou na cachola que não vai entender nada que for minimamente tecnológico, aí ignora o esqueminha mais básico de On e Off.

Não que eu me importe, mas é meio bizarro ela depender da gente para um troço tão simples.

Quer dizer, por outro lado, vai ver o barato dela é justamente depender da gente, sei lá, a variedade do ser humano.

A fita era um desfile de moda.

Sentei do lado dela, não estava a fim de assistir à parada, mas se tem um troço que a minha mãe curte é ver comigo uns lances no sábado, é meio a nossa rotina, e depois facilita na hora de ela me passar as ideias para uma roupa nova, quando não rola de eu desenhar direto do que a gente acabou de ver.

Então sentei do lado dela e a gente assistiu ao desfile.

Mas no fim ela não entrou numa de pedir para eu desenhar um modelo nem nada parecido, antes fosse. Veio numa de querer trocar uma ideia, um diálogo megapunk.

— Filho, você não acha que deveria estar estudando mais?

Quer dizer, eu nem imaginava o que responder. Saca quando a parada te pega de surpresa?

— O quê?

Ela passou a mão no meu cabelo, que na real ainda devia estar meio molhado do banho que eu tinha tomado com o Diogo, não preciso nem dizer que o troço fez com que eu me sentisse menor do que já estava me sentindo.

— Não quero me intrometer, você sabe da sua vida, mas... este é um ano diferente dos outros.

— Eu sei.

Ela me olhou meio sem querer olhar, como se estivesse constrangida por levar o lero. A minha mãe tem umas atitudes que te deixam bolado, ficou revirando a caixa da fita de vídeo como se quem tivesse que estar sem graça fosse ela.

— Nós sabemos que você sempre passou de ano, confiamos em você, mas... agora talvez seja preciso se empenhar mais.

— Eu sei.

— O seu pai e eu já conversamos, nós vamos ter condições de pagar uma universidade particular, se for o caso. Mas, seja como for, você precisa passar no vestibular. Senão vai ser um ano perdido da sua vida.

Na real foi um momento bem macabro, desses que você só quer que passem rápido, eu ficava escrevendo com a ponta do dedo *chega chega chega chega chega chega chega chega chega chega chega chega chega*, queria ir para o quarto e bater a porta. Seria mais fácil se a minha mãe tivesse vindo com duas pedras na mão, se tivesse gritado que eu era vagabundo e tal, mas essa é uma parada que não rola com ela, o troço é sempre megaponderado e na real a minha mãe tem sempre razão. Aí falei de novo:

— Eu sei.

Porque não sabia mais o que dizer.

A minha mãe deixou passar um tempo, eu devia estar com uma cara meio sinistra, não conseguia fazer nada, tipo levantar e tirar a fita do vídeo ou responder algum troço mais tranquilizador do que eu sei.

Ela parecia estar com pena de mim, saca culpada por ter levantado o assunto? A minha mãe é desse gênero, mano. Faz o cara se sentir uma minhoca.

— Você não está com fome?

Custei um pouco a responder, que comigo a parada é no tranco, a gente já sabe.

— Estou.

Na real, eu não estava com fome, mas a minha mãe se amarra em me ver comer, é um troço que deixa ela superfeliz, mãe tem esses lances de ficar feliz te vendo comer. E também eu não estava sem fome, que sem fome é uma parada que nunca estou. Quer dizer, o mundo pode estar meio desabando que sempre vai rolar espaço no estômago, nem parece que sou irmão da Isabel, as nossas diferenças sempre gritando, ou quase sempre, que às vezes a gente é parecido à beça. Mas, no que se refere a comida, a minha irmã só quer saber de beliscar, se amarra em jogar para o canto do prato um milhão de troços que não curte, o negócio da Isabel é doce.

O meu é salgado e doce.

Aí acabo comendo o que ela joga para o canto do prato, a doida recusa champignon, palmito, azeitona, não é jiló e beterraba.

A minha mãe me chamou para ir para a cozinha, começou a esquentar a comida, vi que tinha uns desenhos em cima da mesa, uns troços na real meio medonhos, o forte da minha mãe é criação, ela é capaz de bolar uns modelos sinistros, juntar umas ideias com as quais a pessoa média nem sonharia, na boa. Mas daí a botar o troço no papel vai uma distância.

Quando comecei a refazer os desenhos, ela disse:

— Não precisa perder tempo com isso.

PARA A SUA JUKEBOX

Um troço que me fez um bocado mal, a minha mãe querendo que eu não perdesse tempo ajudando ela numa parada para a qual tenho certa facilidade, desenhar é um troço que faço meio com as mãos nas costas. Mas mesmo que não fosse. Quer dizer, é surreal a minha mãe dizer que vou perder tempo ajudando ela depois de eu ter perdido tempo trepando com outro cara a tarde inteira.

Redesenhei a parada enquanto ela se dedicava às panelas no fogão, meio olhando para o que eu estava fazendo, a minha mãe tem um jeito sinistro de mostrar que está orgulhosa, o negócio beira o alarde, fica evidente a um quilômetro de distância, não estou brincando, até cego é capaz de enxergar o troço.

Depois bati dois pratos.

E fui para o quarto.

Achei que seria uma boa ideia dar uma estudada e tal, tinha a noite pela frente, mas na real a minha cabeça não estava para estudo. Quer dizer, pode parecer que estou sendo meio complacente comigo mesmo, tipo passando a mão na minha cabeça para me justificar, mas é sério, não rolava de pegar o livro que fosse, nem literário, que na real é uma parada que curto na íntegra e tinha deixado de lado desde que começou o ano letivo com arma na cabeça.

Quer dizer, antes do começo das aulas eu tinha lido pra cacete, desde uns troços meio curriculares, tipo *O cortiço*, do Aluísio Azevedo, que na real me deixou megaimpressionado, até uns lances 100% extracurriculares, como *Pé na estrada*, do Jack Kerouac, que eu estava numa expectativa surreal de conhecer e pra ser sincero fiquei decepcionado. Tinha lido uma frase do livro em algum lugar, a frase é assim: "Era um lindo dia ensolarado, perfeito para cair na estrada". Aí fiquei viajando na parada, imaginando um romance sinistro, fui construindo a história que eu queria ler, que também tenho esses troços.

Mas na real nem cheguei ao fim do livro. Quer dizer, nem passei das primeiras páginas, saca quando não rola?

Expectativa é bizarro.

Mas acho que também não foi só expectativa.

De qualquer jeito, continuo me amarrando na frase: Era um lindo dia ensolarado, perfeito para cair na estrada. Na boa que, se eu fosse escrever um livro queria que ele fosse inaugurado assim.

Telefonei para a Nara, a mãe dela atendeu, a gente trocou umas gentilezas, tipo, ela perguntou quando eu ia fazer uma visita, falei que estava com saudade das sobremesas dela, na real a mãe da Nara faz uns doces sinistros, aí ouvi os passos dela até o quarto da Nara, as batidas na porta, depois de muito tempo a Nara atendeu com uma voz bizarra, aquele esquema rouquidão total, mas não rolou nenhum riso quando perguntei:

— E aí, Demi?

Ela entrou meio direto no assunto, pediu se eu podia passar na casa dela, levar uns comprimidos para dormir, a Nara sabe que o meu estoque de soníferos nunca falha, embora estivesse na reserva, o que significava que em breve eu teria que roubar mais uma caixa na farmácia do meu pai, um troço que sempre me deixou megamal, embora isso não me impedisse de incorrer no erro, a gente já sabe que sou um cara 100% qualquer nota.

Mas na real as pessoas têm umas necessidades meio bizarras, a minha é dormir quando a barra pesa.

Quando cheguei na casa da Nara, foi de novo a mãe dela que atendeu, senti uma parada sinistra quando subi a escada depois de ter abusado da simpatia dela. Quer dizer, a mulher não fazia ideia da bizarrice que estava rolando com a filha, na certa estaria arrancando os cabelos se soubesse. Mas acho que essa é uma vantagem de a pessoa viver enfurnada no quarto como a Nara, porque aí quando acontece uma situação de gravidade e você não quer que ninguém descubra, não existe nenhuma diferença aparente.

Fora que a Nara sempre se amarrou num teatro, então quando a parada é séria ninguém leva fé, saca aquela do moleque que sempre gritava "lobo, lobo" e aí saíam os pais desesperados achando que o filho estava prestes a ser devorado, mas o troço não passava de brincadeira, até o dia em que não foi brincadeira, e os pais não acudiram porque acharam que fosse.

Bati na porta, falei:

— Sou eu.

A Nara me recebeu meio sem palavras e tal, a gente sentou na cama, entreguei os comprimidos, ela deixou a parada em cima da escrivaninha, me agradecendo com o olhar, que a gente tem isso de se entender de um jeito que dispensa formalidade, aí afastei aquela quantidade macabra de ursos de pelúcia que ficavam na cabeceira e deitei, olhando as estrelas e os planetas que a Nara tinha colado no teto para brilhar no escuro, mas que no claro também dá para ver, se você está ligado, tipo uma sujeirinha amarela. Na real o céu da Nara tem mais estrelas do que qualquer galáxia possível, ela não economizou na hora de comprar as cartelas do troço, aquele megacongestionamento espacial, só de Três Marias rolam umas cinco, que a Nara tem uns exageros.

Ela não estava olhando para o céu do teto nem para mim, estava olhando para o chão.

— Eu não posso ter esse filho, você entende?

Ficou repetindo isso, eu respondia:

— Entendo.

Ela voltava à carga.

— Não posso, não posso. Entende?

A gente levou um tempo para sair desse ponto do disco, a agulha agarrada, eu respondendo:

— Entendo.

A sorte é que rolava no quarto um som do Cazuza, aí saca quando você se refugia no negócio? Quer dizer, eu estava participando da conversa com a Nara, dando o apoio do qual ela estava precisada e tal, mas por dentro também ficava cantando com o Cazuza que viver é bom, nas curvas da estrada, na real isso me dava uma espécie de alívio.

Só fico bronqueado quando penso que o Cazuza teve que ler aquela reportagem.

Quer dizer, é uma parada que não dá para esquecer, sei lá, talvez esteja recente, gosto de pensar que um dia vou perdoar os caras que escreveram a matéria, mas não é um troço do qual eu tenha certeza. Não quero ser um sujeito rancoroso, regando o ódio e tal, mas às vezes é difícil. E sou um cara que remói as paradas.

Tipo, o Cazuza admitiu que sentiu vontade de vomitar quando viu a capa da revista, que acabou tendo um problema cardíaco e passou o dia numa cadeira de rodas, então vão se foder.

A Nara disse:

— O pai do Trigo agendou.

Meio sem terminar a frase, na real não precisava.

Era de esperar que a parada fosse logo agendada, aborto não é um troço que você possa esperar nove meses para decidir quando vai fazer, rola uma urgência e tal.

— Para quando?

— Sexta que vem. Você vai comigo?

— Claro.

— É no Rio.

— Tudo bem.

Eu estava sentindo um mega-aperto no peito, mas tentava manter aquela aparência de normalidade, não dava para pitizar geral, meu papel era segurar a onda da Nara caso *ela* pitizasse, só que, embora eu queira ser um cara que dá conta das paradas, na real sou meio bebezão. Levantei para não dar na pinta que estava me borrando. Peguei a capa de *Só se for a 2*, fiquei olhando o Cazuza deitado no chão com aquele jeito leve dele, o sorriso que dá vontade de rir junto.

A Nara disse:

— A gente pega o primeiro ônibus do dia.

— O pai do Trigo não vai levar a gente?

— Não, eu preferi que não.

É nessas horas que tu vê que não é 100% adulto, na real a ideia de que o pai do Trigo estaria presente me dava meio uma tranquilizada, por mais que eu imaginasse o sujeito naquele esquema underground macabro, rodando por aí num carro preto com motorista, acho que seria bom ter ele por perto garantindo que o troço estava direito, sei lá, às vezes tenho umas infantilidades.

Quer ver outra?

Quando os meus pais não fazem um negócio como eu quero, mando a seguinte: "Eu não pedi para nascer".

Tem troço mais escroto?

Pai e mãe têm que ouvir umas paradas sinistras.

Mas na real a gente não é mesmo 100% adulto, não dá para levar essa a sério na íntegra, se a gente fosse 100% adulto eu não seria obrigado a perguntar:

— O que você vai dizer para a sua mãe?

A Nara acendeu um cigarro, na real o quarto estava cheirando a uma plantação de tabaco, o cinzeiro congestionado de guimbas.

— Já está tudo certo, tenho dinheiro para a minha passagem e a sua.

— Tudo bem.

— Vamos ficar no meu apartamento, a minha mãe pediu para darem uma faxina.

— Tudo bem.

A gente ficou em silêncio, só a voz do Cazuza enchendo o quarto. Na real não vejo a hora de voltar a ser leve ouvir o Cazuza, antes era só leve, agora remete a essa parada de doença.

Dei uns tragos no cigarro da Nara, ela voltou mais uma vez à carga:

— Não posso ter esse filho, entende?

Tem horas em que o sujeito só quer desaparecer, virar um avestruz, enfiar a cachola na terra, mas eu não podia. Fiquei segurando a onda da

Nara até rolar uma certa calma da parte dela e tal, depois voltei para casa pelo caminho mais longo, com uma necessidade macabra de andar.

Dormi mal à beça, vários lances rondando a minha mente numa de querer me enlouquecer. Eu pensava no Sérgio me vendo na Parati do Diogo, pensava na minha mãe me pedindo para estudar, megaconstrangida e ao mesmo tempo com toda a razão, pensava na Nara, na mãe da Nara, no pai do Trigo, no fato de que era meio urgente e tal inventar um álibi para o caso de alguém da família me encontrar na rua um dia com o Diogo, pensava na mulher e nos filhos do Diogo, pensava que o mundo está cheio de uns troços escrotos pra cacete, tipo gravidez indesejada e doenças que torturam o cara até liquidar ele de vez. Quer dizer, estava baratinado. Lembrava uma porção de troços deprimentes pra burro, na real não sei dizer qual era o pior, se tinha um pior, era tudo uma grande merda. Mas o que mais vinha na minha cabeça era uma parada que na real nem rivalizava com os troços mais sérios: era a cara do Diogo depois que eu disse que não tinha namorada porque não curtia. Foi meio inacreditável a expressão dele de quem não concorda com a parada, a testa franzida, se eu disser que aquela cara passou a maior parte da noite me dando uma assombrada sinistra tu não acredita.

E ainda por cima o dia seguinte era domingo.

Decidi que tinha que estudar, é impressionante como o sujeito de repente precisa levar uma chamada da mãe para atinar com uma parada megaóbvia que até já está assimilada e tal mas o cara não executa sei lá por quê, um lance vexatório total.

Aí, como entre mim e o estudo sempre rolam umas ereções bizarras, decidi que era melhor não levar os livros para a cama. Pedi à minha mãe se podia usar o escritório, que é onde fica a máquina de costura, na real o lugar está sempre desabitado, minha mãe raramente costura em casa. Limpei a mesa e levei para lá toda a tralha escolar, inclusive o despertador preto que uso para marcar o tempo de estudo, que tenho esse lance de fixar um número de horas e tal e depois descontar os quebrados gastos quando a cachola viaja para outras bandas, isso de pensar sacanagem, por exemplo, um negócio que rola à beça comigo e na real independe 100% da vontade do sujeito, ainda mais nos dias em que a pessoa não está para o troço, aí desconto esse tempo perdido para no fim sobrarem só as horas cheias e poder dizer que estudei quatro horas e não estar mentindo, não que eu vá sair por aí dizendo que estudei quatro horas, é uma satisfação que dou a mim mesmo.

Quer dizer, acho meio sinistro a pessoa que engana a si própria, saca dizendo que estudou a tarde inteira quando na real passou uma hora no telefone e duas de frente para a televisão?
Soma as migalhas de estudo, mano, e não dá vinte minutos.
Quer dizer, tudo bem que rola a variedade do ser humano e tal, mas às vezes bronqueio. Chega o sujeito dizendo que estudou a tarde inteira e você se sente um bosta em comparação quando não devia.
Dei uma relida em OS ANIMAIS INVERTEBRADOS (II).
Saca essa: "Apesar de hermafroditas, as planárias realizam a fecundação cruzada, trocando espermatozoides. Cada uma injeta seus espermatozoides na outra, numa vesícula receptora de esperma. Mas as planárias também têm alta capacidade de regeneração, o que lhes permite a reprodução assexuada, por fragmentação espontânea do corpo". Quer dizer, o mundo está cheio de uns lances inusitados, dá até gosto fazer parte do troço.
Mas se liga no desenho que aparece no livro pra ilustrar a parada:

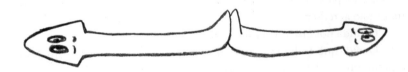

Quer dizer, deviam estar querendo sacanear as planárias por causa dessa de trocar espermatozoides, não é possível que o bicho tenha essa cara, no mínimo rolou um preconceito meio macabro, tipo para depreciar o troço. Ou então é piada de Deus, que se o cara existe se amarra numa chacota.
Quando deram quatro horas cheias de estudo, fiquei megassatisfeito, era o tipo de coisa que dali pra frente podia fazer numa base diária e tal, trancar a porta do escritório e me dedicar à parada com certo empenho, no fim das contas a real é que não faço mais do que obrigação, meus velhos suando a camisa para bancar a vida do estudante, é uma questão complicada essa de até quando pai deve sustentar filho, família é um troço sinistro.
Na real chega a ser bizarro pensar no amor que os pais têm pelos filhos, uma parada que nasce até antes do sujeito, quando você chega no mundo a galera já te recebe com um carinho sinistro, como se você tivesse realizado uma façanha surreal. A minha mãe diz que no dia em que nasci

PARA A SUA JUKEBOX

rolou uma megacomemoração, uma amiga dela fez um camarão com molho de abacate, que na real assim de imaginar não faz a minha cabeça, mas sei lá, de repente o troço funciona, os meus pais garantem que estava uma delícia e tal, não sou eu que vou desmentir, na época ainda estava descobrindo o leite. Meu pai tomou um porre, troço que não faz normalmente, estava feliz com o primeiro filho homem, o varão, é surreal quando você pensa que o moleque sai veado.

Quer dizer, se a vida fosse um troço justo e tal, só pai escroto teria que arcar com essa história, mas na real se bobear a parada rola às avessas, tipo eu não conheço o pai do Sérgio, nunca vi a cara do sujeito, mas ouvi o Sérgio contando uma que me deixou megabronqueado, porque o Sérgio queria prestar vestibular para publicidade, o pai dele chegou na maior e disse: Filho, vem cá, a sua segunda faculdade vai ser direito, então por que você não encurta o caminho?

Quer dizer, acho que eu não ficaria bronqueado se a parada não tivesse passado de brincadeira, mas na real o Sérgio agora vai prestar vestibular para direito.

Então fiquei bronqueado.

Não que o Sérgio seja meu amigo, a gente só se cumprimenta naquele esquema beleza, e muito raramente com uns apertos de mão, mas sou um cara que às vezes entra numa de sofrer por umas paradas que de repente não têm nada a ver.

Eu costumava sofrer com flor, mano, por aí se vê o tamanho da piração. Via os caras carregando buquê pela rua e achava a parada triste à beça, saber que ia murchar e tal, até hoje não curto.

Mas de repente o próprio Sérgio não está nem aí para essa de fazer direito em vez de publicidade, se amarrou na sugestão imbecil do pai.

A variedade do ser humano.

Na real, eu não devia ficar me importando com o futuro de um cara que nem conheço pra valer. Devia me importar só com a possibilidade de ele ter visto que eu estava com a mão na perna do Diogo, de ter sentido uma vaibe de veadagem na Parati.

Mas em relação a isso fiquei na incerteza.

Quando encontrei ele no colégio, rolou o cumprimento de praxe, ele estava conversando com o Tadeu na porta da sala, com uma cara que podia ser a de sempre ou uma outra, cheia de significados. Mas não rolou cochicho nem olhar estranho entre os dois, nada que comprovasse a parada nem que descomprovasse. Na real, eu estava com um medo sinistro,

89

mas isso não chega a ser um acontecimento, que eu com medo é um lance meio full time.

Sou capaz de ter medo da eventualidade de esbarrar em cena bizarra, saca ver alguma parada sinistra, que sei que existe e tal, tipo crueldade com animais, crueldade com criança, sinto pânico total de deparar com um troço assim.

O *merda de galinha.*

Aí vejo um cara como o Tadeu e tenho que tirar o chapéu.

Quer dizer, eu estava afundando nessa punheta de medo, fui para o fundo da sala naquele esquema sinistro de ainda por cima saber que era segunda-feira, uma vontade monstra de sair batido, aí o professor de matemática chega, faz a chamada, começa a aula e de repente manda uma piadinha infame, depois de dizer que o homem é o que ele come, e o Tadeu responde:

— É por isso que tu é uma baranga.

Saca quando não tem limite para a audácia do sujeito? O troço chega a ser explícito, meio que exala do corpo dele, no jeito de andar dançado, no jeito de dizer umas barbaridades que na real acabam soando bem.

Quer dizer, duas horas depois de fazer a turma cair numa gargalhada surreal, responsável por uma descompostura violenta do professor, o cara me sai com outra inacreditável, megadigna de nota, que começou quando uma menina da turma que na real costuma fazer os caras virarem o pescoço para acompanhar sua passagem com umas roupas superjustas estava explicando que tem a bunda arrebitada porque sofre de lordose, aquela curvatura meio bizarra da coluna e tal, aí o Tadeu estufou a barriga e disse:

— Chega aqui, gata, que a minha pança é o encaixe perfeito da tua lordose.

O bizarro era que agora eu conseguisse pensar mais no Diogo do que no Tadeu, porque o Tadeu é foda.

Quer dizer, não dá nem para entrar numa de querer passar uma ideia total do cara, explicar o troço a ponto de esclarecer na íntegra, acho que na real nem que eu tirasse foto, porque também não é uma questão de beleza, tipo o cara é bonito e tal, não vou negar, mas o sinistro no Tadeu não é a beleza, é o jeito.

Sei lá, beleza é uma parada bizarra, mas jeito é um troço que vai além.

Aí se digo que mesmo assim eu agora pensava mais no Diogo do que no Tadeu tu não acredita.

Mas é a real.

O Diogo ocupava um tempo sinistro na minha cabeça, e por isso foi megabacana quando o telefone tocou aquela tarde, eu estava estudando no escritório, seguindo a minha nova rotina de aluno aplicado de frente para o despertador preto, aí o telefone tocou, não tinha ninguém em casa, fui atender meio bronqueado porque estava no meio de entender uma parada e quando vi era o Diogo dizendo:

— E aí, cara, fiquei com saudade.

Tem umas surpresas na vida da pessoa que são macabras, respondi ainda no susto:

— Eu também.

Na real, tinha traçado um plano de dar uma segurada na vontade e só ligar para o cara lá para quarta-feira, agora que tinha o cartão de visita e tal. Pra ser sincero, saber que estava liberado telefonar para o Diogo me dava uma espécie de tranquilizada, achei até que tinha ficado meio subentendido que eu é que ligaria.

Ele perguntou:

— Como você está?

— Em paz.

O que também é exagero. Mas o sujeito tem que passar uma imagem de serenidade.

O Diogo perguntou:

— E o colega do colégio?

Quer dizer, eu estava tão baratinado com a ligação que custei a entender que o cara se referia ao Sérgio, na real tive que perguntar:

— Que colega?

— Aquele que viu a gente no carro. Ele fez algum comentário?

— Não.

— Você acha que ele notou alguma coisa?

— Não sei.

Tenho que admitir que fiquei satisfeito de ver que o Diogo tinha se preocupado com a parada. Quer dizer, pensei até que ele já tivesse esquecido o troço e de repente o sujeito me vem com umas perguntas interessadas, não tem como você não se sentir feliz. Ainda mais quando o cara diz:

— Eu quero te ver.

Dei um megarriso por dentro, saca quando o sujeito manda a certa?

Na real, eu ainda não tinha estudado as quatro horas que pretendia, tinha estudado só duas das cheias, mas tem coisa na vida que é meio pegar ou largar. E eu não estava a fim de largar.

— Agora?

— No sábado.

Parei o megarriso.

De repente nem deveria e tal, que agora poderia terminar as quatro horas protocolares de estudo e ficar em paz com a consciência. Mas quando me deixo levar por uma ideia fodeu.

Fiz aquela perguntinha sinistra repetindo o que ele tinha dito, uma parada vexatória:

— No sábado?

— A minha mulher vai viajar de novo com as crianças.

Sei lá, a parada é de uma escrotidão sinistra, se você para pra pensar.

— No sábado não posso — respondi.

— Vai me deixar na mão?

Eu sou um cara que sente uns troços meio contraditórios, então fazer um pouco de mal para o Diogo não era uma parada que eu descartaria na íntegra, tipo, quando ele tem umas atitudes bizarras a vontade é usar no cara um instrumento de tortura. Mas agora não era questão de pirraça, eu realmente não podia me encontrar com ele no sábado.

— Vou ter que passar o fim de semana no Rio.

— Não tem como dar um jeito?

— Não tem.

— Estou morrendo de tesão.

O troço foi instantâneo, senti o badalo crescer.

— Tenho que ajudar uma amiga num lance.

Rolou uma pausa, ele perguntou:

— Você vai viajar com uma amiga?

— Vou.

Rolou outra pausa, ele perguntou:

— Você está pegando ela?

— Não.

Surgiu na minha mente aquela cara medonha do Diogo de quem não concorda com a parada de eu não curtir mulher, pra ser sincero podia ser impressão minha, mas parecia que ele tinha perguntado "Você está pegando ela?" como quem está curtindo o troço de um jeito meio libidinoso e tal.

— Não mesmo?

— Não, é minha amiga.

— Mas não rolam uns amassos de vez em quando?

O lance estava me deixando meio bolado. Imaginei se na real o cara estaria com ciúme e por isso ficava martelando a parada. Mas pra ser totalmente sincero não parecia ciúme, acho que você sente quando é.

Respondi:

— Não. Já te falei que não curto.

Rolou mais uma pausa, o Diogo disse:

— Estou gostando pra caramba de conhecer você, sabia?

Quer dizer, pura montanha-russa.

Mas uma montanha-russa macabra, plantada no parque de diversões do inferno. Fiquei feliz e tal, mas não de um jeito 100%.

Sei lá, digamos que 85%.

Mas o suficiente pra me deixar com a voz meio de otário.

Respondi:

— Eu também.

O Diogo perguntou:

— Você vai se comportar no Rio?

Quer dizer, de repente o cara vinha martelando a parada por ciúme, não sei, é sinistro como você pode ficar no ar com algumas pessoas.

Mas também é sinistro que de repente, quando o sujeito está vivendo um troço, ele perca a capacidade de raciocinar com clareza e tal, porque naquela hora só achei sinistro o cara me perguntar se eu ia me comportar no Rio, sei lá, a parada mostrava uma preocupação da parte dele e tal, um lance que curti à beça. E nem me dei conta de que na real a pergunta também podia ser vista por um ângulo mais bizarro, porque quem era ele pra pedir que eu me comportasse?

Mas pra ser sincero, mesmo que na hora eu visse o troço também por esse ângulo mais bizarro, acho que não ligaria tanto, tipo me concentraria na parte do ciúme e da preocupação dele.

O que é surreal.

Quer dizer, se o lance estivesse rolando com a Nara, por exemplo, e ela pedisse a minha opinião, eu diria no ato para ela mandar o cara ir à merda. Não é de admirar que ela se amarrasse tanto nos meus conselhos, porque eram conselhos meio impecáveis e tal, só que quando você para pra pensar eram conselhos de quem nunca tinha passado por nada do gênero. E talvez até por isso fossem impecáveis.

Na real, talvez o Diogo tivesse me perguntado "Vai se comportar no Rio?" num esquema meramente retórico, tipo quando alguém diz "Juízo".

Aí respondi:

— Claro.

Ele disse:

— Então a gente se vê depois da sua viagem.

Um megabalde de água fria, saca a descida sinistra da montanha-russa? Ainda era segunda-feira, o cara devia ter a agenda mais cheia do que a do presidente da República. Não sei se fiz mal, mas mandei a seguinte:

— Não pode ser durante a semana?

— Esta semana vai ficar difícil pra mim.

Quer dizer, sou um cara que costuma insistir e tal, às vezes repiso umas paradas a ponto de enlouquecer o vizinho, tenho essa tendência de não abandonar o barco, mas só respondi:

— Então tá bem.

Autocontrole é uma parada para a qual devia existir curso, mano, na boa que eu me matricularia.

A gente se despediu de um jeito meio cheio das luxúrias, uns lances meio explícitos que na real nem cabe partilhar, porque é bom na hora, depois o negócio esvazia de sentido e chega a ficar ridículo.

Mas até o "tchau" do cara tem uma sonoridade que te deixa ligado.

Quando voltei a encarar o livro de química, cadê a porra da concentração? Bati uma com a mão esquerda e arquei com um pseudovazio de azulejo.

Mas mesmo assim foi meio macabro me concentrar depois, ficava pensando no cara, pensando nos troços que ele tinha dito, levei umas quatro horas pra cumprir as duas cheias que faltavam, os meus pais já estavam em casa quando saí do escritório.

Depois do jantar, botei uma fita virgem no 3 em 1 e comecei a gravar umas paradas para o Diogo, queria apresentar uns lances pra ele, a minha mania sinistra de querer interferir na jukebox dos outros. Quer dizer, já tenho essa mania em relação a uma galera que de repente não tem nada a ver, imagina quando a pessoa é um cara que estava habitando a minha cachola mais do que eu mesmo.

Meti Bowie, Eurythmics, Tears for Fears, Kate Bush, The Smiths, The Cure, Echo & The Bunnymen e Tina Turner mandando a *Help* dos Beatles no lado A. Quer dizer, é impressionante quando rola uma versão foda de uma música que já era foda, o entendimento da parada aumenta, tipo *Flores astrais*, que o Secos e Molhados gravou em 1974 de um jeito megalindo e o RPM regravou mais de dez anos depois com uma roupagem alucinante. Quer dizer, tudo bem que esse é um exemplo para o qual vai ter uma galera torcendo o nariz e tal, mas opinião é aquela história.

Não vale deixar travar na garganta.

Tem uns troços na vida que o sujeito esperto não partilha e tal, saca fazendo a linha?

Só que acho essa parada de fazer a linha deprimente pra burro, e a real é que, assim que o RPM estourou, tive um sonho bizarro com o Paulo Ricardo e acordei ligado total no cara, vai entender. Gravava as paradas que passavam no Fantástico, fiz três excursões com a Isabel para assistir ao show da banda no Canecão, ouvia direto o disco.

Quando sonho com alguém acontece essa parada sinistra comigo, eu me sinto mais perto da pessoa.

Mas o fato é que os caras mandaram bem na versão, um troço que nem sempre rola, pra dizer a verdade quase nunca.

Só que quando rola é isso de aumentar o entendimento da parada.

O lado B deixei pro dia seguinte, estava tarde e na real comecei a ficar meio bronqueado, que tenho isso de mudar de humor de um jeito meio pirado, às vezes a minha mãe reclama com razão, ela não está dentro da minha cabeça pra ver o que rola e entender por que de repente descambo para uma errada.

Mas fiquei bronqueado porque estava ali gravando a fita para o cara, comecei a pensar nele, bateu uma vontade sinistra de trocar umas ideias, levar um lero, mesmo que rápido e tal, só que isso era 100% inviável porque eu não podia telefonar para ele, porque ele é um cara casado que agora na certa estava curtindo uma com a mulher. Aí fiquei imaginando o cara curtindo uma com a mulher e só vou dizer o seguinte: é um troço que não recomendo, tipo, o sujeito não deve nunca entrar numa de ficar imaginando a pessoa de quem está a fim numa bossa sexual alheia porque a parada é sinistra.

Quer dizer, na real acho que não nasci pra dividir o leme, essa história de copilotagem estava me deixando meio baratinado.

Sei lá, traição é bizarro. Quer dizer, sou um cara que não tem muita experiência e tal, mas acho que não gostaria de trair, até porque fica gente demais.

Fui dormir meio decidido a ligar para o cara no dia seguinte e dar uma dura, não sei como, na real a minha vontade naquela hora era mandar ele ir se foder e terminar o troço com uma frase bem ridícula, tipo "E nunca mais fala comigo", não é segredo que tenho umas infantilidades surreais de vez em quando, tipo a minha mãe já ouviu essa algumas vezes, a Isabel então nem se fala.

Só que no dia seguinte não mandei real nenhuma.

Quando saí do colégio, passei na farmácia do meu pai, a gente foi almoçar junto no restaurante de um conhecido dele. Dividimos um prato, ele pediu uma água, eu pedi uma Coca, que não tem preocupação com dente cinza que me faça parar com o troço.

Quer dizer, essa é uma parada que já me fez questionar até o poder da publicidade, porque na real a Pepsi mandou uns comerciais muito sinistros, usando uma galera bizarra, num deles o Bowie aparecia de cientista, envolvido numa de criar a mulher perfeita, enfiando numa megamáquina uns lances como fotografias de pernas e olhos, uma bota de couro macabra, aí derrubava o refrigerante na máquina, provocando uma megaexplosão e quem saía dali era a Tina Turner. Isso ao som de *Modern Love*, cantada pelos dois. Quer dizer, o tipo do troço que devia me fazer sair correndo para o supermercado mais próximo e comprar vinte engradados de Pepsi. Mas não foi assim que a banda tocou.

Gravei o comercial, assisti pra cacete — que sou um cara que não se cansa de umas paradas —, mas continuo tomando Coca.

O meu pai volta e meia levanta umas reclamações, mas na real também é teatro, no fundo não liga, e olha que o cara é comunista.

Quer dizer, acho que também sou meio comunista e tal, mas Coca é um troço do qual seria difícil abrir mão se o país entrasse numa de seguir os passos do Che.

Quando a gente estava acabando de comer, o meu pai disse:

— Já estou satisfeito, Caco, mata aí.

Que era uma parada pela qual eu já vinha esperando. Sempre que a comida está meio justa e tal, o meu pai deixa para mim o que ainda falta, nesse esquema "Já estou satisfeito, Caco, mata aí".

Aí comi o resto.

O meu pai pagou a conta e disse:

— Então você vai viajar com a Nara na sexta.

— Vou.

Ele estendeu um dinheiro, o tipo do negócio que faz o sujeito se sentir mal. Tinha muito tempo que os meus pais não viajavam, e agora ele me oferecia aquelas notas para financiar uma viagem 100% saída do nada, pela qual eu nem tinha pedido permissão, só avisei à minha mãe, nem a ele tinha avisado.

Por outro lado, eu tinha explicado à minha mãe que ia viajar com a Nara num esquema tudo pago.

— Não precisa — respondi.

Mas o meu pai continuou com a mão estendida.

— Só pra quebrar um galho.

E peguei o dinheiro.

É sinistro como aceitar é fácil.

Aí, quando você pensa que a canalhice acabou, descobre que estava enganado, porque a parte mais macabra ainda estava por vir: quando a gente voltou para a farmácia, peguei escondido uma caixa de soníferos, que guardei na parte da frente da mochila, com o dinheiro que ele tinha me dado.

Quer dizer, voltei pra casa me sentindo um sujeito qualquer nota total.

adaga de gelo

A parada começou com um espirro.

A senhora que estava sentada do outro lado do corredor deu um espirro daqueles sinistros que deixam o ambiente meio empesteado e tal, e a Nara e eu passamos a falar besteira atrás de besteira. Quer dizer, espirro é macabro porque é um troço sobre o qual o sujeito não tem controle e às vezes depois fica aquele cheiro constrangedor.

Por outro lado, a senhora que deu o espirro não ficou embaraçada, e nenhum passageiro do ônibus entrou numa de querer escrotizar ela, tipo recriminando por ela ter dado um espirro fedido, porque na real essa é uma parada da qual ninguém está livre, e o sujeito releva o troço que acontece com o vizinho quando sabe que pode ser o próximo.

Só que a gente desandou a dizer besteira, começando pelos troços mais escatológicos e tal, tipo a Nara dizendo que arroto de abacaxi tem gosto de quando a gente se afoga, eu dizendo que em todo peido existe a esperança de não se fazer sentir, um lance megainadequado que na real divertia a gente à beça.

Quer dizer, a Nara e eu somos pessoas que se divertem com uns troços meio bizarros.

Depois entramos numa de fazer uma lista de coisas que são deprimentes pra burro, 100% inspirados no Holden Caulfield, que é o personagem-narrador de O *apanhador no campo de centeio*, um dos Top Ten da minha estante, que já li tipo várias vezes e a Nara idem.

O Holden também tem isso de achar uns troços deprimentes pra burro.

Eu disse:

— O tempo, quando a gente para pra pensar.

A Nara disse:

— O dia, quando amanhece e a gente ainda não dormiu.

Eu disse:

— Gente que quer ser um sucesso.

A Nara disse:

— Gente que fica animada com ponta de estoque.

Eu disse:

— Comemoração de futebol.

A Nara disse:

— Camisa com o nome da cidade onde o cara foi passar férias.

Eu disse:

— Programa de auditório.

A Nara disse:

— Açougue.

Eu pensei e disse:

— Quando nos perguntam quais são os nossos projetos.

A Nara pensou e disse:

— Quando precisamos pensar nos motivos por que somos felizes.

Aí desatou a fazer o teatro dela de quem está chorando e dizer *I'm not unhappy, I'm not unhappy,* imitando a Demi Moore em *Sobre ontem à noite,* numa cena que ela curte total, a Demi Moore toda chorosa com aquela voz rouca e sexy dela dizendo que não está infeliz.

Quer dizer, o negócio é meio hilariante, eu sempre ria e tal, tipo só a Demi Moore pra fazer o troço daquele jeito. Mas a Nara ficava bronqueada quando a gente estava assistindo ao filme e eu não segurava o riso, porque *Sobre ontem à noite* é um lance meio sagrado para ela, então tudo bem rir depois e tal, mas durante era meio a morte, ela quase pitizava.

E você não quer ver a Nara pitizando, vai por mim.

Só que chegou uma hora em que toda a parada punk que eu vinha sentindo antes de a gente desandar a dizer besteira meio que voltou, tipo, a gente não estava tomando aquele ônibus para ir ao Tivoli Park, não era normal que rolassem aquelas piadinhas infames quando o buraco estava sem dúvida mais embaixo, na real fiquei bronqueado comigo e com a Nara por a gente estar sendo meio leviano e tal, então perguntei sem dó:

— Pra que horas está marcada a parada?

— Que parada, bubala?

Saca quando o sangue sobe?

A minha primeira reação foi mandar a Nara ir à merda ou alguma outra coisa bem sinistra do gênero, a Nara e eu temos essa intimidade de dizer uns troços um para o outro que duas pessoas civilizadas de repente pensariam duas vezes, mas aí comecei a imaginar se ela não teria pirado de vez, tipo se entregado na íntegra à loucura por estar passando por aquele momento de estresse e tal, o tipo da coisa que deve rolar, o sujeito deve enlouquecer justamente numa hora em que a barra pesou além do sustentável. Então talvez não fosse o caso de eu ficar bronqueado, mas de ligar para uma clínica psiquiátrica.

Comecei a panicar, o que comigo também não é nenhum acontecimento, o troço rola num esquema meio cotidiano e tal, só que tentei não deixar transparecer para a Nara que por dentro a parada estava meio que exigindo uma incursão ao banheiro, que também tenho isso de sentir dor de barriga quando estou nervoso, e nem precisa ser um nervosismo sinistro como o que estava rolando agora, na real todo dia antes de ir para o colégio precisava dar uma comparecida ao banheiro.

Só que o ônibus não tinha banheiro.

E pedir para o carro parar na estrada não era uma possibilidade, já reparou que motorista de ônibus chama ônibus de "carro"? Acho surreal.

Aí quase literalmente me cagando de medo eu disse numa voz muito baixa, o tipo de voz que a galera deve usar para se dirigir a quem passou para o lado de lá da sanidade:

— A parada na clínica de aborto.

Na real, falei tão baixo que nem eu ouvi.

Mas a Nara ouviu, porque perguntou:

— Eu não te disse?

— O quê?

— A gente não está indo ao Rio para fazer um aborto.

Encarei ela meio tentando descobrir se loucura é um troço que dá para a gente ver no rosto da pessoa.

— Ah, não?

— Não. A gente está indo ao Rio para comprar o enxoval do meu filho.

A Nara abriu um megassorriso.

Fiquei meio no descompasso, o tranco que não vinha para me fazer captar total a parada, custei a entender que ela tinha mudado de ideia.

— Desde quando?

— Acho que desde sempre.

— Você contou à sua mãe?

— Não.

— O que o Trigo achou?

— O Trigo não sabe.

— O Trigo não sabe?

— Não.

— E a gente está viajando com o dinheiro do pai do Trigo.

— Para comprar o enxoval do neto dele.

O troço era sinistro de um jeito meio inconcebível e tal, eu estava sendo cúmplice de uma parada que na real me escapava, mas a Nara é desse naipe.

Olhei para fora da janela.

A Nara botou a mão em cima da minha, apertei a mão dela.

A gente passou o resto da viagem assim, de mãos dadas, em silêncio. E notei que a Nara estava tremendo.

Quando chegamos à rodoviária, não tivemos que esperar abrirem o bagageiro porque as nossas mochilas estavam com a gente, então saltamos e fomos direto para o ponto de ônibus, a rodoviária cheia, aquela estrutura meio sinistra, o comércio xexelento, uma vaibe bizarra.

Acho que rodoviária devia ser um lugar maneiro, porque é a parada que te recebe na cidade, e é bom ser recebido com um pouco de festa e tal, sei lá, o troço podia ter uma arquitetura bacana, umas cores bonitas, umas lanchonetes vistosas, mas em geral é meio macabro, a primeira reação de repente é tu voltar para o lugar de onde veio, por pior que estivesse a barra por lá.

Mas, se o sujeito que chega ao Rio vence essa primeira reação e segue para o ponto de ônibus, que na real também é sinistro, e pega o 126 ou o 127, logo chega a Copacabana e vê que o suplício valeu a pena.

Porque Copacabana é foda.

A gente deixou as mochilas no apartamento, a Nara vestiu o biquíni, na real ela já tinha saído de casa sabendo que a viagem não tinha o propósito macabro de ir a um hospital, então praia era meio de lei. Quer dizer, se eu fosse um cara que se amarrasse em usar sunga, podia ter ficado bronqueado total com ela por ela só ter me contado a parada quando a gente já estava dentro do ônibus, mas na real sunga está longe de me fazer a cabeça, por aquele motivo de o meu badalo ser um troço independente, então vesti uma bermuda e a gente saiu.

A praia não estava muito cheia, o sol não parecia forte, saca quando só rola uma claridade?

A Nara estendeu uma megacanga na areia, a gente deixou as paradas ali e foi para o mar, a água na temperatura certa, aquele gelado que faz o saco colar no corpo, ficamos pegando jacaré, furando onda, de vez em quando a gente via uns peixinhos nadando meio desesperados, umas águas-vivas medonhas, a correnteza puxava o nosso corpo meio fazendo a gente dançar, mar é sinistro, o troço é de fazer o sujeito rir, quando você vê já está se sentindo feliz.

Depois a gente se deitou na canga e a Nara tirou da bolsa o Kit Iemanjá de praxe: escova, espelho, creme. Ficou penteando o cabelo enquanto eu contemplava a galera, na real tinha uns caras sinistros, aqueles corpos do mal, uma parada de fazer um sujeito como eu cravar os olhos num esquema meio maníaco. A sorte é que não era um cara, eram vários caras, magros, fortes, uns tipos mais velhos, uns sujeitos da minha idade. Pensei: a beleza são tantas.

Eu sempre sentia aquela vontade bizarra de comentar sobre os caras bonitos, porque acho que só de dizer a parada meio que desafogaria o peito e tal, não sei explicar, talvez porque comentar sobre um troço seja um jeito de apreciar o troço.

Na real, acho que é por isso que tem uma galera que não curte viajar sozinha, porque vai dizer que a Torre Eiffel é sinistra para quem?

Por outro lado, eu gostaria de fazer uma megaviagem sozinho.

Sei lá, tem sempre um maluco para você chegar para ele e dizer que a Torre Eiffel é sinistra.

De qualquer jeito, eu ficava feliz quando a Isabel ou a Nara comentavam que um cara era bonito, era meio como se elas estivessem comentando por mim e era sinal de que tinham notado, a real é que elas deixavam passar vários caras que eu não deixava, porque costumo ser um sujeito 100% desligado, mas nesse quesito sou atento.

Só que nesse dia a Nara não falou sobre nenhum cara, reparei que enquanto eu engolia um comentário atrás do outro a Nara ficava passando a mão na barriga, tipo acariciando e tal, era louco pensar que ela teria um filho, acho que na real eu já tinha me acostumado à ideia de que a parada não iria adiante. Quer dizer, imaginar a Nara mãe era um troço megaestranho, saca trocando fralda, levando golfada no colarinho, levantando de madrugada para amamentar?

Estava escurecendo quando a gente voltou para o apartamento, a Nara foi tomar banho enquanto eu lia umas revistas meio macabras que tinha na sala, aquele esquema "revista feminina". Acho que na real o troço às vezes beira a afronta para a mulher de QI médio, sei lá, tinha umas matérias bizarras, fiz um teste desses xexelentos nos quais rola pontuação para no fim a pessoa saber em que categoria ela se enquadra, só que para mim o buraco é mais embaixo, porque na real sou um cara que tem dificuldade para responder a umas paradas, tipo, a primeira pergunta era você é uma pessoa que tem boa memória para: 1) nomes e fisionomias, 2) nomes, 3) fisionomias. Custei a marcar uma opção e nem diria qual foi a opção porque de repente poderia passar uma ideia errada de mim, na real não sei se tenho boa memória para fisionomia, nome ou as duas coisas. Ou nenhuma.

Quer dizer, é sinistro pensar que alguém possa não saber um troço básico assim de si mesmo.

Mas também acho meio sinistro pensar que alguém saiba.

A Nara estava cantando no chuveiro, mandando George Michael tipo alguns tons acima, mas na real numa afinação monstra, a Nara canta megabem. Quer dizer, taí uma parada com a qual a gente não precisa se preocupar, o moleque vai ser bem ninado.

Quando ela saiu do banheiro, foi a minha vez de tirar o sal da praia debaixo de uma megaducha de água gelada, lavei a cueca e a bermuda e depois vi no espelho que tinha me queimado à beça, a Nara me ofereceu um creme hidratante, que passei nos ombros, onde a parada estava mais sinistra, aí ficamos ouvindo um som na sala, não rolava uma variedade muito grande de discos, mas variedade também não é um lance imprescindível, a não ser que você esteja pensando a longo prazo, o negócio enjoando e tal. Mas sou um cara que não costuma enjoar das coisas.

À noite, fomos dar um passeio no calçadão, na real eu sempre ficava meio impressionado com aquele cenário de Copacabana, como se tivesse acabado de conhecer o troço. O meu pai também se amarra, manda uns elogios bizarros, tipo que isso não existe em nenhum outro lugar do mundo e tal. Quer dizer, tudo bem que é uma parada meio ufanista mandar essa, mas o cara está mentindo?

O Rio é foda.

A gente estava tomando sorvete quando rolou o ponto alto da viagem.

A Nara tinha pedido para a gente sentar num banco do calçadão, para curtir melhor o sorvete, ela e eu temos tanto troço em comum que o sujeito não acredita. Também acho macabro tomar sorvete andando. Sei lá, é o

PARA A SUA JUKEBOX

tipo do negócio que exige concentração, senão a parada acaba e tu nem aproveitou.

Então a gente estava sentado num banco de pedra, sem dizer nada, eu no meu menta com pedaços de chocolate, ela no doce de leite com nozes, quando passou por nós um casal de mãos dadas e a Nara perguntou:

— Viu os caras?

— Que caras?

— Os dois caras de mãos dadas.

Aí olhei para o casal e vi que na real eram dois homens, quer dizer, dois garotos da minha idade, pra ser sincero um pouco mais velhos, de mãos dadas, passeando pelo calçadão numa tranquilidade surreal.

Eu não sabia o que dizer, fiquei meio hipnotizado pela parada, sem poder mostrar. Quer dizer, pra ser totalmente sincero a minha vontade era seguir os dois. A Nara disse:

— A Stella contou que em Nova York eles usam bigodinho.

Os caras pararam um pouco à frente, estavam olhando o mar, quer dizer, estavam olhando uma ideia do mar, porque o próprio estava meio afundado no breu.

Na real, eu não estava em condições de participar de nenhum lero, queria só ficar contemplando os caras naquele esquema olhos cravados, mas se tem um troço que o sujeito logo aprende é a distância que vai entre o que quer e o que pode.

Não estava prestando atenção de fato ao que a Nara dizia, mas perguntei:

— Eles quem?

— Os gays.

Quer dizer, tem umas paradas que fazem imediatamente o buraco ficar mais embaixo. Então, se eu estava num estado hipnótico e tal, a palavrinha foi o três da contagem para acordar. Olhei para a Nara, investiguei o rosto dela numa de sacar se rolava alguma cumplicidade, tipo se ela estava querendo me dizer algum troço. Mas não vi nada.

— O que têm os gays?

— A Stella contou que em Nova York eles usam bigodinho.

— Como assim?

Às vezes tenho isso de fazer umas perguntas meio bizarras, mas a Nara respondeu:

— Ela disse que se o cara aparece de bigodinho é gay, deve ser para se reconhecerem.

Um troço deprimente pra burro.

Mas eu continuava ligado nos caras que conversavam de frente para a ideia de mar num clima megarromântico, na real sem muita veadagem, que é o que o sujeito logo imagina quando ouve uma parada desse gênero. Eram só dois caras batendo papo, às vezes um botava a mão no braço do outro. Um deles usava uma camisa preta com um cavalo marinho azul nas costas.

Acho cavalo marinho surreal, sempre me amarrei.

A Nara disse:

— Na verdade, não sei se ainda usam. Mas usavam. A Stella me contou já faz um tempo.

Os caras se viraram para voltar, tipo na nossa direção, fiquei meio nervoso, sou um sujeito que tem uns nervosismos nada a ver. Quer dizer, não cheguei a panicar nem nada parecido, mas saca quando você acha que tem mais mãos do que tem e na real não sabe o que fazer com elas? Não queria que a Nara percebesse, perguntei:

— Como ela está?

— Bem, eu acho. Se é possível estar *bem* lavando e maquiando defunto.

Olhei para a Nara, os caras se aproximando, olhei para eles, os dois bonitos e tal, não de um jeito sinistro, de fazer a galera virar a cabeça, mas bonitos, andando com aquela calma macabra.

— Ela está lavando e maquiando defunto?

— Você acredita?

Os caras passaram por nós, ouvi quando um deles dizia "É pura adaga de gelo", mas fiquei sem saber a que o troço se referia, o outro rindo, os dois nem olharam para nós, achei sinistro que o resto do mundo nem existisse, só o calçadão, a ideia de mar e o que quer que fosse a adaga de gelo.

É difícil conversar quando uma cena surreal dessas está rolando na sua frente, mas perguntei:

— E o restaurante granfa?

— À noite. De dia, é o salão de beleza para defunto.

— Bizarro.

Imaginei o Diogo e eu naquele clima de romance à beira-mar, bateu uma saudade medonha, uma megavontade de telefonar, eu sabia que ele devia estar sozinho em casa, a mulher ia viajar com os filhos e tal, trocar umas ideias pelo telefone seria definitivamente uma, mas tive que engolir a vontade junto com a vontade de partilhar o troço com a Nara. Na real eu já estava acostumado a engolir vontades, a parada já nem chegava a exigir força.

Levou fé, mano?

Vai nessa.

— A Stella me chamou para passar as férias de julho com ela.

Era surreal pensar que eu ainda não tinha me dado conta de que as férias de julho estavam chegando, em geral contava os dias, saca detento marcando parede? O troço era similar.

— Você vai?

— Nem pensar. Acha que os meus pais vão querer bancar uma viagem para mim depois da notícia que vou dar a eles? — A Nara pegou o maço de cigarros. — Aliás. — Acendeu um e jogou o resto na lata de lixo que tinha ao lado do banco, com o isqueiro. — Este é o último cigarro que eu fumo.

Como me amarro num teatro, nem bronqueei por ela não ter pensado em me dar a parada.

— A cria agradece — falei, passando a mão em sua barriga.

— O corpinho da mãe da cria também.

Senti uma espécie de felicidade, sei lá, a gente junto ali, por mais que rolassem umas merdas, a gente estava na praia de Copacabana, os dois juntos, e eu tinha acabado de presenciar o ponto alto da viagem, na real só me daria conta de que tinha sido o ponto alto da viagem depois, quando a parada começasse a se infiltrar na cachola com uma frequência monstra, eu não sabia de fato naquele momento, mas acho que adivinhava, não sei, senti um troço bom à beça.

A Nara perguntou:

— Você vai ser o padrinho?

— Pode crer.

Já eram quase onze horas quando a gente voltou para o apartamento, a Nara ligou para os pais dela para dizer que estava tudo tranquilo, depois foi a minha vez, aquele esquema de responder a umas perguntas meio infames, tipo o que vocês almoçaram, o que vocês jantaram, foi sinistro ver que a minha mãe fazia as mesmas perguntas que a mãe da Nara tinha feito, aquela história de só mudar o endereço.

Mas na real os pais da Nara são megabacanas, a gente tem mais isso em comum.

Ela botou para tocar *Inbetween Days* e deitou no sofá com a capa do disco, tipo se abanando e tal, balançando as pernas meio acompanhando o ritmo da música, mas sem cantar junto, o que era megaestranho. Quer dizer, quando a Nara e eu ouvimos The Cure a única voz que a gente não escuta é a do Robert Smith.

Sentei na almofada vermelha que tinha no chão, de frente para ela, pra variar estava meio desligado do que rolava, pensando nos dois caras da praia, no Diogo, nas férias que estavam batendo na porta e eu não tinha percebido, meu ombro ardia um pouco, é sinistro como mormaço queima, eu estava nesse gênero de desligamento, pensando uns troços embolados em outros, a minha cachola é um troço onde não rola sequência, a parada é sinistra, mas era ainda mais sinistro ouvir a voz do Robert Smith na companhia da Nara, aí olhei de novo para ela e foi bizarro ver que ela estava chorando.

Quer dizer, o troço me pegou de surpresa total, eu não sabia o que fazer, fiquei escrevendo com a ponta do dedo merda merda merda merda merda merda merda merda merda merda merda merda merda merda merda merda merda merda até juntar um pouco de coragem para perguntar:

— O que foi?

A Nara enxugou as lágrimas, na real não tinha rolado uma pitizada nem nada do gênero, o troço se passou num esquema meio cinema mudo. O problema era que não tinha legenda.

— Nada.

Ela se levantou, tirou o disco, foi até o quarto e voltou com *Os garotos perdidos* numa mão e *9 semanas e ½ de amor* na outra. Rolava um sorriso até, mas não convencia nem a um sujeito leso como eu.

Quer dizer, tem uns lances que só o cara mais escolado devia viver, amador devia se ater às paradas mais fáceis da vida, sei lá, nada que exigisse uma sabedoria da porra, e eu faço coro com o Bowie, mano: *I'm an absolute beginner.* Quer dizer, o certo agora talvez fosse eu perguntar de novo qual era o problema, tipo dar uma insistida e tal para a gente conversar, de repente a Nara só queria desabafar, não sei.

E nunca vou ficar sabendo.

Porque o otário aqui mandou a seguinte:

— Oba!

Ela abriu mais o sorriso e perguntou:

— Qual dos dois?

— Você escolhe.

Quer dizer, seria demais eu ainda por cima decidir o filme ao qual a gente ia assistir. Mas só um sujeito muito ingênuo para ainda ficar surpreso

PARA A SUA JUKEBOX

se fosse o caso. Quer dizer, já está mais do que evidente o cara qualquer nota que eu sou.

Ela botou *Os garotos perdidos* no vídeo e sentou, batendo com a mão duas vezes no sofá para eu sentar do lado dela.

A gente já tinha assistido ao filme tipo um milhão de vezes, mas é impressionante como tem umas paradas que o sujeito pode ver a vida inteira sem se cansar. Quer dizer, eu me amarro em vampiro. E quando o vampiro em questão é o Jason Patric o troço ganha outra perspectiva, não sei, o cara é bonito de um jeito macabro, saca inegável? Acho que existem umas belezas mais universais do que outras, no sentido de agradar a mais gente e tal, tipo o Jason Patric, o Jean-Marc Barr ou o Joe D'Alessandro, que não é à toa que os Smiths também botaram na capa de um álbum. Quer dizer, tudo bem que o rosto do cara nem aparece direito na capa, é mais o torso e tal, a cabeça meio abaixada, mas saca aura? Até de cabeça abaixada o cara é diferente.

Quer dizer, a pessoa tem que andar meio surtada para dizer que esses caras não são sinistros.

Diferente de um Axl Rose, por exemplo, que já homenageei à beça antes de enfrentar o vazio de azulejo, mas na real entendo que não agrade a todo mundo. É um troço mais específico.

O Kiefer Sutherland não sei se entra nem nessa categoria. Quer dizer, como antagonista do Jason Patric a parada fica até risível, você nem precisa ver o filme para saber quem é o vampiro mocinho e quem é o vampiro bandido. Mas mesmo sem essa comparação bizarra com o Jason Patric não sei se o cara se enquadra numa de beleza específica, pra ser sincero o Kiefer Sutherland não faz a minha.

O que não quer dizer que eu chutaria o cara da cama.

Quer dizer, o sujeito precisa ter uma deformidade física monstra para eu chutar ele da cama.

Saca o Homem-Elefante?

Nem brinca, mano. Passei duas semanas sem dormir por causa desse filme.

Quer dizer, eu sou um cara que fica impressionado com as paradas. Não manda um *Laranja mecânica* pra cima de mim e queira que eu tenha uma boa noite de sono, porque na minha ilha isso não acontece. Depois bato na porta da Isabel numa de pedir para estender o colchão do lado da cama dela e a culpa é de quem? Vai tirar satisfação com o David Lynch ou o Stanley Kubrick.

É impressionante a capacidade da galera de fazer uns troços brutais. Na real, foi bom a gente ver *Os garotos perdidos* porque de cara a Nara deu uma animada sinistra, ela quase surta na cena em que o Tim Cappello canta *I Still Believe* sem camisa, o que em se tratando de Tim Cappello não chega a ser um evento, o máximo que o corpo do cara deve ter conhecido em vida foi uma camiseta regata, mas também você vai bronquear? Se eu tivesse um chassi desses, na boa que andava nu até no inverno. E além disso o cara sabe mexer a parada. Quer dizer, deve ter aprendido a rebolar com umas cabrochas meio sinistras, aí segura o saxofone com a mão direita e manda a música com aquela autoridade. É uma pena que a carreira de cantor do cara não tenha decolado, pelo menos até onde eu sei, acho que ele fazia mais sucesso como saxofonista da Tina Turner, que também era o casamento perfeito, tem umas paradas que mudam para quê? A Nara tinha ido comigo ao show da Tina no Maracanã muito numa de ver o Tim, a gente chegou ao portão tipo às três da tarde, conseguimos um lugar bom à beça, mas para a Nara foi meio decepcionante porque o cara já não fazia parte da banda. Quer dizer, a Nara curte a Tina e tal, mas não se amarra tanto quanto eu.

Para mim, foi o show da minha vida.

Não preciso ter 70 anos pra afirmar isso, aos 17 o cara já sabe um troço desse gênero.

O Tim Cappello é o caso de um cara megaespecífico, aquele clima halterofilista roqueiro não é para qualquer gosto, o troço está longe de ser universal, a mãe da Nara mesmo sempre manda "Que coisa horrível" quando a filha começa a pirar de frente para a televisão. Quer dizer, a Nara também faz o teatro dela, tipo castigando no REW para ver mil vezes o sujeito rebolando com o sax, a câmera ligada na genitália. Eu achava engraçado e tal, mas na real ficava com uma inveja bizarra de não poder manifestar a minha opinião sobre o troço. E a minha opinião era 100% positiva, a parada é sexy pra cacete.

Embora eu nunca tenha homenageado o Tim Cappello.

Quando a gente foi deitar, a Nara já estava numa boa, imitando a Jami Gertz na dancinha sensual dela, naquele esquema alheio ao olhar megahipnotizado do Jason Patric.

E o olhar megahipnotizado do Jason Patric é um lance surreal.

Quer dizer, o troço é de fazer o sujeito levar a mão ao peito para cantar o hino, mano, ou levar a mão ao badalo para bater uma.

Que Deus ali tirou uma semana para o serviço.

PARA A SUA JUKEBOX

Era tarde à beça, mas custei a dormir. Na real, quando vou dormir no mesmo quarto que outra pessoa, fico ligado para ver quando ela também vai dormir, tipo preocupado para não me mexer muito, para não atrapalhar e tal, aí acabo perdendo o sono, daqui a pouco a pessoa está ressonando e eu ligado feito um farol, uma parada que pra ser totalmente sincero só não rola quando durmo com a Isabel, porque já estou acostumado e ela pega no sono rápido, tipo bateu no travesseiro dormiu, a parada chega a assustar o sujeito desavisado, o Franco deve ter ficado meio bestificado na primeira vez que dormiu com ela.

A não ser que ele seja igual.

Ou que ela não pegue no sono tão rápido ao lado dele, sei lá, de repente entra numa de fazer uns chamegos e embalar o cara.

Quer dizer, eu tinha a caixa de soníferos na mochila, podia tomar a parada e embarcar num sono tranquilo, mas na real estava curtindo ficar encarando o teto, pensando nos dois caras do calçadão, de mãos dadas, depois a conversa de frente para a ideia de mar, o troço leve de um jeito que chegava a te contagiar.

O foda é que, depois de dormir tão pouco, acordei meio pelo avesso, a Nara já estava de biquíni, tinha saído para comprar o nosso café, tipo fazendo a linha dona de casa profissional, naquele esquema de botar a mesa e me acordar quando a parada já estava cinematograficamente pronta, a gente comeu e foi para a praia.

O mar estava calmo, eu não passava nem cinco minutos deitado na areia já voltava para nadar mais, boiar, furar onda, só faltavam uns golfinhos para eu me sentir o próprio Jean-Marc Barr. É sinistro pensar que gosto tanto de mar e a minha mãe só curte a parada de longe, não arrisca nem sentir a temperatura da água com o pé. Quer dizer, a minha mãe é capaz de pitizar até com piscina, se eu fosse um cara de levar fé em reencarnação já viu, acharia que numa vida passada ela tinha afundado com alguma caravela.

Mas não acredito.

De vez em quando a Nara me lembrava de botar protetor solar, passava o troço nas minhas costas, eu passava nas dela, depois ficava contemplando a galera à nossa volta, é impressionante como a vida está cheia de pessoas pelas quais o sujeito pode se apaixonar perdidamente.

Tinha um cara de sunga vermelha perto da nossa canga que benza--deus.

Quer dizer, a gente sabe que não sou a melhor pessoa do mundo para explicar uma parada, mas vou tentar dizendo o seguinte: eu sou um cara que não curte pé, tipo acho o troço feio à beça, não a ponto de me fazer brochar e tal, que essa é uma parada que comigo não rola, mas digamos que seria o mais perto disso a que eu chegaria se fosse o caso de rolar e, mano, eu beijaria o pé do cara de sunga vermelha.

E ele estava de olho na Nara.

Quer dizer, eu não achava bizarro que ele estivesse de olho na Nara, achava bizarro que ela não estivesse nem ligada na parada.

Cutuquei o ombro dela.

— Você está agradando a um pessoal.

Ela olhou para mim, inclinei um pouco a cabeça, com certa discrição e tal, mostrando o sujeito.

— Que delícia, bubala. Mas está na hora de a gente ir comprar o enxoval do seu afilhado.

Quer dizer, Deus não dá asa à cobra, essa antiga é de lei.

Na real, a gente podia ter saído da praia mais tarde, o shopping fica aberto até as dez da noite, não eram nem três horas, mas se a Nara decide uma parada é melhor tu baixar a cabeça e dizer amém, que discutir com ela é um troço que exige energia.

Quando a gente passou pelo cara de sunga vermelha, eu carregando a canga, os nossos chinelos e umas latinhas vazias de Coca, numa de súdito total, a Nara ainda abriu um sorriso, tipo cumprimentando o sujeito naquele jeito megassensual dela, e o cara retribuiu a parada com um charme sinistro.

Quer dizer, se Deus existisse eu tinha pelo menos uma câmera pra filmar o troço.

Saca para a posteridade?

A gente tomou um banho rápido, notei que eu estava mais vermelho do que no dia anterior, na real foi bom olhar no espelho e ver um cara moreno, a diferença que um bronzeado faz.

A Nara estava megalinda, com um vestido meio tropical num clima *Gabriela*, mas é claro que deu uma reclamada alegando que o cabelo estava uma merda. Quer dizer, se não rolar uma reclamação não é a Nara.

Nós estávamos de saída para o shopping quando o telefone tocou, a Nara atendeu e disse:

— Pra você, bubala.

— Minha mãe?

— Não, é um cara.

Achei bizarro, mas manja quando tu sabe de um troço mesmo tendo consciência de que é improvável? A parada é meio doida, mas na real eu já sabia que era o Diogo quando atendi o telefone e ele disse:

— Caco?

Quer dizer, sabia e não sabia. Porque fiquei surpreso como se não soubesse, dei uma gaguejada sinistra, a Nara me olhando.

— E aí? — perguntei.

— Você está podendo falar?

— Mais ou menos.

A Nara começou a ajeitar umas paradas na sala, o Diogo disse:

— Estou com muita saudade de você.

Na real eu não sabia o que responder, a Nara me olhando enquanto guardava o *The Head on the Door*, aquela capa sinistra que eu superadoraria ter feito. Quer dizer, o The Cure não manda bem só na música, a parada engloba o visual dos discos, o visual da banda. Acho bizarros os olhos pintados de preto do Robert Smith, de vez em quando a Nara entrava numa de pintar o meu rosto como o dele, naquele esquema megabranco com os olhos carregados de preto e eu me amarrava, taí um troço que eu gostaria que homem pudesse fazer e tal no dia a dia sem ter que ser pop star ou veado.

Embora eu seja veado.

Então não sei se homem que não é veado nem pop star curtiria.

A Nara começou a rebobinar *Os garotos perdidos*, que ainda estava no vídeo, o Diogo parecendo meio desesperado, sei lá, não rolava a calma habitual dele na hora de dizer "Estou com muita saudade de você".

Mandei essa:

— Que bom.

— Não aguentei, cara. Liguei para a sua casa e pedi o telefone daí. Você mexeu comigo, sabia?

Quer dizer, por mais tensa que a situação seja, tem uma hora em que a felicidade supera a apreensão. Mas nem tanto.

— Você falou com quem?

— Com a sua mãe.

A porra da apreensão marcando dois pontos.

A Nara foi para a cozinha, abriu a torneira, devia estar lavando a louça, na real a gente só fazia sujar a parada e deixar empilhando na pia.

— O que você disse para ela?

— Nada, que era um amigo seu, querendo falar com você. Desculpa se fiz mal, estava na maior aflição para ouvir a sua voz.

— Tranquilo.

O cacete, mas fazer o quê?

— Está aproveitando o Rio?

— Muito.

— Você mexeu comigo.

Tem umas paradas que podem ser ditas num esquema megarrepetitivo, que tu não vai reclamar.

Quer dizer, de repente se você está fugindo do sujeito e não quer ver ele nem pintado de ouro ouvir um lance desses deve ser meio sinistro e tal. Mas não era o caso.

Só que eu estava no meio daquela briga entre a felicidade e a porra da apreensão, cochichei:

— A gente está de saída. Me dá o seu número, eu te ligo mais tarde.

— Deixa que eu te ligo.

Quer dizer, o cara telefona para a minha casa, pede o número da minha amiga no Rio e não quer me dar o número da casa dele. O negócio é meio de emputecer. Dei uma engrossada na voz, não sei nem se foi intencional, acho que na real a parada rolou meio involuntária.

— Não sei que hora seria uma boa.

— Então a gente se fala quando você voltar para a cidade. Eu só queria ouvir a sua voz. Estou morrendo de saudade, cara.

Quer dizer, pura adaga de gelo.

Quem ganhou no fim não foi nem a felicidade nem a porra da apreensão, foi a ira, mano. Pra ser totalmente sincero, sempre fui chegado a um pecado capital.

Mandei a seguinte:

— Um abraço.

E desliguei.

Quando botei o telefone na base, notei que na real a minha mão estava tremendo um pouco, a Nara surgiu da cozinha e perguntou:

— Quem era?

Quer dizer, a Nara conhece as minhas relações, conhece a minha família, a gente tem uma intimidade monstra que permite esse tipo de pergunta, mais cedo ou mais tarde o sujeito descobre que intimidade pode ser uma merda, mas fazer o quê? Não nasci para eremita.

— Um amigo da minha mãe — respondi no susto, sem direito a pensar.

Mas tinha sido uma boa resposta, na medida do possível. Quer dizer, talvez nem tanto, a Nara não é uma pessoa que se contente em saber das paradas pela metade, era meio óbvio que o troço não seria deixado quieto.

— O que ele queria?

— Ver se eu achava um negócio para ele aqui no Rio.

Na boa que eu estava me tornando um mentiroso de respeito, se bobear ficaria orgulhoso na íntegra da parada.

Só que sempre chega a hora em que a Nara te desmonta.

— Que negócio?

— Ah, besteira, nem vou procurar.

Ela ficou me olhando meio à espera de que eu desembuchasse, mas não me vinha nada à cachola, na real eu talvez ainda precisasse comer muito feijão com arroz para virar o mentiroso de respeito que precisava ser. Perguntei:

— A gente vai ou não vai às compras?

Quando saímos do prédio, a Nara comprou o jornal na banca da esquina, queria ver o que a gente faria aquela noite, ficou lendo o *Segundo Caderno* durante todo o percurso do ônibus enquanto eu olhava para fora da janela, se tem um lance que curto é ficar olhando para fora da janela de ônibus, o troço te acalma de um jeito bizarro.

Quer dizer, tem muito lance para ver e tal, mas se você não viu já foi e tem mais logo adiante, foi sinistro para desacelerar a ira que eu estava sentindo.

Quer dizer, o Diogo que se fodesse.

A Nara perguntou:

— Que tal um espetáculo de dança?

— Fechado.

Ela me passou o jornal na página aberta, para eu dar uma lida, na real eu toparia qualquer programa, nem tinha essa de preferência, mas achei bacana e tal, é sempre melhor quando você acha que o troço vai ser maneiro.

Antes de descer do ônibus, a Nara se virou para mim e disse:

— Você nunca vai envelhecer. E nunca vai morrer. Mas precisa se alimentar.

Quer dizer, fazer compra de enxoval em shopping é um troço que não faz a minha de jeito nenhum, mas com a Nara até uma passada pelo inferno pode ser divertida, não estou brincando. Ela disse essa parada megassério, olhando para mim como se estivesse me dando um aviso superimportante, saca médico informando o diagnóstico mais macabro ao paciente? A galera do nosso lado não entendeu nada, nem podia, a não ser que tivesse visto *Os garotos perdidos* na noite anterior e mesmo assim de repente não. Quer dizer, a gente já tinha assistido à parada um milhão de vezes, a fala do Kiefer Sutherland para o Jason Patric era meio clássica para nós, não que a gente usasse e tal como às vezes usava os diálogos de *Sobre ontem à noite*, mas nesse dia a Nara veio com essa.

Quer dizer, é meio sinistro eu afirmar que me amarro em vampiro quando a gente sabe que vampiro precisa matar para viver, de repente é bom fazer uma ressalva acrescentando que me amarro em tudo mais, tipo envelhecer e morrer são umas paradas nas quais não curto nem pensar, então o contrário é bem-vindo. E passar o dia dormindo e a noite acordado é um troço que rolaria fácil comigo.

Mas matar me escapa na íntegra.

O shopping estava cheio à beça e na real não curto olhar vitrine, saca aquele passeio a vinte por hora parando para ver todas as mercadorias? Não existe nada pior no mundo. Mas a Nara também não estava numa de conferir novidade, a gente foi meio direto para a loja de roupa infantil, pra ser sincero era a primeira vez que eu entrava numa loja de roupa infantil e no começo fiquei megaentediado, mas se você para pra prestar atenção até em loja de roupa infantil é capaz de encontrar uns lances para se distrair, tinha um menino e uma menina que deviam ser irmãos, estavam ali com a mãe, nem imagino a idade, é bizarro como não saco idade de criança, mas só você vendo os dois brincando, mano. E as conversas. Teve uma hora em que a menina mandou a antiga:

— Enganei o bobo na casca do ovo.

E riu de um jeito que te fazia querer rir junto.

Criança tem umas paradas sinistras.

A Nara estava feliz, era um troço que dava para ver, acho que essa história de comprar enxoval para o bebê fez ela mergulhar na situação de uma maneira 100% positiva e tal, depois a gente foi a uma loja de música e ela comprou três discos: dois para ela e um para mim. A loja tinha uns pôsteres sinistros, o ruim de loja de disco é que sempre fico querendo levar o que está na parede, quer dizer, já recebi muito "não" até aprender que o troço faz parte da decoração. Imagina alguém chegar na tua casa e pedir para levar o jarro que fica em cima da mesa.

Não rola.

Mas que o pôster que eles tinham do Bowie ficaria macabro no meu quarto, isso com certeza. Tive que me segurar para não cair no erro. Ainda mais porque uma das vendedoras era a cara da atriz que fez a Christiane F., saca o cabelo meio escorrido e aquele rosto de ingênua pirada? Quer dizer, podia ser um sinal, sei lá, o Bowie tendo criado a trilha, aquela aparição sinistra, quem viu o filme sabe que é Bowie de cabo a rabo. De repente um pôster sinistro dele está exposto na loja onde trabalha a sósia da Christiane F., você se sente no direito de achar que é um sinal.

Só que não acredito em sinais.

Quer dizer, quase fingi que acreditava, na real rolou uma briga interna.

Mas chegou uma hora em que a gente tinha que ir embora. E também começou a tocar uma música que eu tinha gravado no lado B da fita que daria para o Diogo, uma música que na real era uma megabandeira no sentido de ter umas declarações meio bizarras, lado B total mesmo. Nem vou dizer de quem, que é pra não dar pista. E a música me fez lembrar a conversa que a gente tinha levado mais cedo, me desconcentrando total do pôster.

Aí a Nara botou a mão no meu ombro e disse:

— Vamos, bubala?

— Vamos.

Quer dizer, a gente estava no Rio de Janeiro, tinha um espetáculo de dança para ver, o Diogo que se fodesse.

O espetáculo acabou me surpreendendo pra cacete, porque sempre que assisto a um espetáculo de dança parece que estou deixando de entender alguma coisa, que tem um troço me escapando e tal, eu curto a parada, mas é meio pirado curtir um lance que você não entende.

Só que nesse espetáculo não fiquei pensando se estava entendendo ou não porque o troço me emocionou de cara, saca quando a parada te segura pelo saco? Senti aquele frio na espinha e tal, a galera se movimentando pelo palco ao som de *Todo Cambia*, que eu não conhecia mas entrou direto para a minha jukebox, fiquei pensando na minha mãe, que curtiria à beça, ela se amarra na Mercedes Sosa.

Eu mesmo já não sei se me amarro tanto, quer dizer, acho bonito e tal, mas principalmente quando tento escutar o troço com os ouvidos da minha mãe, que sempre dá aquela chorada com *Gracias a la Vida* e *Volver a los 17*.

De qualquer jeito, é sinistro a pessoa ter uma voz e um estilo inconfundível, você não ouve Mercedes Sosa e fica se perguntando quem está cantando, no máximo esqueceu o nome e fica tentando revirar a cachola, mas a parada é automática, você sabe. O mesmo rola com a Edith Piaf, que acho que consta nos Top Ten da jukebox da minha mãe. Ou a Billie Holiday, que na real também curto à beça.

É bizarro o sujeito ser único.

Quer dizer, eu sei que todo mundo é único em certo sentido, tem a questão das impressões digitais, que na real é uma piração total quando você para pra pensar. Mas acho que a gente tem mais semelhanças do que diferenças, se você também para pra pensar. Então quando surge alguém ímpar assim acho que só por isso já vale a pena tu prestar atenção e ver qual é.

A Nara foi a primeira a se levantar para aplaudir os dançarinos, eles voltaram ao palco tipo várias vezes para receber as palmas e aquela saraivada de gritos de "Bravo", achei surreal a galera gritando aquilo, mas logo a Nara entrou na onda e começou a gritar também, depois se virou pra mim e disse:

— Agora não adianta, mas assim que o filhote nascer vou entrar num curso de dança.

Quer dizer, se você acreditou se mata.

A Nara sempre sai de espetáculo de dança querendo se matricular em curso, já chegou a dar uma comparecida a duas escolas, mas o troço nunca vai pra frente. Acho que é natural a pessoa se animar quando curte um troço e de repente presencia aquele troço sendo executado à perfeição e tal, sei lá, sempre saio de um bom show de música querendo ser pop star.

Mas daí à real vai uma distância.

Quando chegamos ao apartamento em Copacabana, parecia que o dia tinha durado uma semana, eu estava cansado mas não de um jeito pronto para a cama, estava cansado de uma maneira que me fazia querer curtir o cansaço, na real a sensação era sinistra, deitei no sofá e fiquei ouvindo a Nara conversando com a mãe dela, contando o que a gente tinha feito e tal, aí quando as duas já estavam numa de terminar a ligação, a Nara disse:

— Mãe, quando eu voltar, tenho uma coisa pra te contar.

Deve ter rolado uma pergunta meio desesperada, tipo "O que foi?" ou "Aconteceu alguma coisa?" A pessoa não ouve um troço desses e responde "Tudo bem, querida, quando você preferir". Quer dizer, se tu não tem sangue de barata a parada fica imediatamente feia, não sei por que a Nara decidiu mandar essa a distância, é meio foda preparar o terreno à custa das noites de sono alheias. Por outro lado, a mãe da Nara enfrentaria umas noites de insônia de qualquer jeito, de repente era melhor já ir se acostumando.

Guardar notícia ruim é a pior coisa que existe, mano.

Olhei para a Nara, ela estava enrolando o fio do telefone nos dedos num esquema meio alucinado, disse:

— Não, não, quando eu chegar a gente conversa.

Depois:

— Não, não, está tudo bem.

Quer dizer, é exigir demais de qualquer mãe que engula essa depois de um aviso daqueles, mas as duas se despediram, a Nara desligou o telefone e ficou desenrolando o fio dos dedos, de cabeça baixa e tal.

A gente sabe que não sou o cara ideal pra se ter por perto num momento de necessidade, tipo quando a pessoa está precisando que você faça ou diga a coisa certa, mas perguntei:

— Tudo bem?

Ela levantou a cabeça e me encarou com uns olhos meio indecifráveis, saca quando tu pode esperar qualquer resposta, desde "Ótimo" até "Como é que pode estar tudo bem, imbecil?"

Aí se espreguiçou e disse:

— Eu daria tudo por um cigarro.

— Posso descer pra comprar.

— Ficou louco?

Ela saiu da sala e me deixou sozinho com o pensamento na minha própria mãe, para quem eu tinha que ligar e a quem o Diogo tinha pedido o número de telefone do apartamento da Nara. Quer dizer, eu precisava inventar uma história, o troço era meio imprescindível, não dava para me fiar numa de que talvez ela não perguntasse nada. Precisava inventar uma história, e ter que mentir pra mãe é bizarro.

Quer dizer, ter que mentir em geral é bizarro.

Mas pra mãe é pior, a parada meio que te dá uma destruída por dentro.

A Nara surgiu do corredor:

— Vou tomar outro banho. Você não vai ligar pra casa?

— Vou.

Esperei começar a cair a água do chuveiro do outro lado da porta do banheiro e disquei o número, a minha mãe atendeu com uma voz de saudade que me pegou desprevenido total, era como se realmente tivesse se passado uma semana naquele dia. Quer dizer, voz de saudade é um troço que o sujeito identifica no instante em que a pessoa percebe que é você no outro lado da linha, a minha mãe soltou:

— Oi, meu filho.

E identifiquei.

A gente meio que repetiu a conversa que a Nara tinha levado com a mãe dela, contei o que nós tínhamos feito, mandei essa de que tinha pensado nela durante o espetáculo de dança, na real a minha mãe não conhecia *Todo Cambia*, pensei que seria sinistro se tivesse uma loja aberta àquela hora pra tentar comprar o disco para ela, mas não devia ter. E o dia seguinte era domingo, a data de voltar pra casa.

Quer dizer, por outro lado, também seria sinistro devolver para o meu pai toda a grana que ele tinha me dado, comprar a Mercedes Sosa daria uma desfalcada na verba e também não sei se eu acharia fácil o troço, na boa que era melhor relaxar.

Quer dizer, relaxar nesse sentido.

Porque em outro a parada começava a ficar mais complicada, a minha mãe disse:

— Ligou um homem para você.

— É, eu sei, ele ligou para cá.

Acho que o problema era o Diogo ser um cara mais velho e tal, se fosse um sujeito da minha idade a minha mãe nem lembraria, mas o que um cara mais velho quereria comigo?

Rolou um silêncio, a minha mãe na certa esperando que eu desenvolvesse a parada, desse uma explicação e tal, eu já com a explicação pronta mas hesitando naquela de ficar refletindo que seria melhor se não tivesse que mentir, até uma hora em que o silêncio ficou meio bizarro e falei:

— Era o primo de um cara da escola. Queria que eu visse o preço de um negócio aqui no Rio.

A minha mãe quase não me deixou terminar, na real não devia nem estar numa de exigir explicação, porque emendou:

— A sua irmã hoje comprou uma porção de coisas para o enxoval do casamento.

— Ah, maneiro.

Quer dizer, você nunca sabe o que rola na cabeça das pessoas.

Pra ser sincero, muitas vezes não sabe o que rola na tua.

A minha mãe parecia animada, essa história de casamento deixava ela meio nas alturas e tal, acho que é um lance no qual em geral mulher se amarra mais do que homem, tipo você não vê o cara se casando com o smoking que foi do bisavô, mas as noivas estão sempre subindo no altar com o vestido da bisavó, parece que curtem o troço com mais empenho, não sei. De qualquer jeito, era bizarro que de repente todo mundo estivesse fazendo enxoval, o troço era de panicar o sujeito na íntegra.

— Ela está caidinha pelo Franco.

— Eu sei.

Quer dizer, ficar caidinho pelo Franco não é uma parada que tenha uma grau lá muito elevado de dificuldade, o cara é sinistro. Se eu for ser totalmente sincero, preciso admitir que já bati sim uma pensando nele, está entendendo a extensão da cara de pau? Depois tu enfrenta uma vazio de azulejo macabro e fica se lamentando. Quer dizer, não que eu faria alguma coisa na real com o cara se isso fosse possível, mas a cabeça da pessoa é uma merda.

Quando a Nara saiu do banho, eu estava numa tranquilidade sinistra, estirado no sofá, para o troço ficar completo só faltava um cigarro, que eu não tinha, e uma música rolando baixo, que eu estava com preguiça de botar, às vezes tenho isso de a preguiça ser maior do que a vontade, é uma parada que não acontece sempre, mas rola bastante. Quase sempre.

A Nara perguntou:

— Está cansado?

— Pra cacete.

— Quer dormir?

— De jeito nenhum.

Ela abriu aquela sorriso megalindo dela, correu até o quarto e voltou com *9 semanas e ½ de amor.*

— Vamos?

— Nessa.

Na real, eu me amarro em *9 semanas e ½ de amor,* a começar pela trilha bizarra. Quer dizer, ver a Kim Basinger tirando a roupa ao som de *You Can Leave Your Hat On,* by Joe Cocker, ou batendo uma ao som de *This City Never Sleeps,* by Eurythmics, já vale o ingresso. Até pra quem não curte a parada, mano.

E além disso tem o Mickey Rourke cortando tomate sem camisa.

Nesse dia, o mais sinistro foi quando chegou a cena em que ele leva ela para o barco do amigo, pega o lençol no armário e começa a estender a parada na cama. Porque me lembrei da primeira vez em que fui à casa do Diogo. E me lembrei que naquela ocasião tinha me lembrado da cena do filme, uma parada meio circular.

Quer dizer, na real acho que esse círculo não fecha.

Mas pensei no Diogo e senti uma saudade megaescrota.

Depois do filme, baixou uma espécie de melancolia e tal, porque me dei conta de que a viagem estava acabando, já era tarde à beça, no dia seguinte nem à praia daria para a gente ir, aí era rodoviária e estrada. Quer dizer, não que fosse triste voltar pra casa, eu estava com uma bruta saudade do pessoal, da minha irmã, dos meus pais, do Diogo, não necessariamente nessa ordem de intensidade. É bizarro admitir que um sujeito qualquer nota como o Diogo, que na real eu queria mais era que se fodesse, ocupasse na cachola um lugar mais elevado do que os meus pais ou a minha irmã no quesito saudade, a parada é de fazer o cara se sentir um bosta total.

E além da saudade da galera rolava a saudade do meu quarto, se tem uma parada na qual me amarro é o meu quarto, a minha cama, o meu som. E a minha vida não era ruim, de a pessoa não querer voltar para ela. Quer dizer, seria necessário que rolassem uns ajustes e tal pro troço ficar redondo. Na real, uns ajustes meio bizarros, se eu for ser totalmente sincero a parada era quase impossível. Mas nem era esse o ponto.

Quer dizer, eu não sabia qual era o ponto.

Mas fui dormir meio melancólico, pensando de um jeito obsessivo no caminho até a rodoviária, o 126 ou o 127 que na real nem deviam estar lotados porque era domingo, mas que no fim dariam naquele lugar sinistro, depois a fila para comprar passagem e a espera pelo ônibus. Quer dizer, era surreal eu ficar me atendo às paradas mais macabras em vez de pensar nos troços bacanas, que existem e tal, convivendo lado a lado com tudo de mais medonho que rola, a gente sabe que sou um cara estranho. Quer dizer, eu podia ficar pensando na estrada.

Porque depois da rodoviária vem a estrada.

E a estrada é linda, se bobear dá vontade de tu morar nela.

Mas eu pensava na rodoviária.

lava-bunda

Tem coisa que o sujeito precisa passar um tempo sem pra dar valor, você só percebe como é bom estar com a saúde em dia quando fica gripado ou pega uma virose monstra que te deixa achando que a sua hora chegou, aquilo que eu disse: normalmente a gente não acorda feliz da vida por estar se sentindo bem, que na real o troço seria até meio pirado.

Do mesmo jeito que o cara não acorda superanimado porque está em casa, porque o normal é tu estar em casa, estar com a saúde em dia, estar com os pais do teu lado. Quer dizer, não ter os meus pais do meu lado é uma parada que vai além de onde chega a minha imaginação, mano. E olha que a minha imaginação vai longe.

Mas a real é que existe um bocado de troços aos quais a gente não dá valor porque fazem parte do dia a dia e o sujeito simplesmente não se liga, não por maldade nem por egocentrismo, sei lá por quê. De repente se tu é zen-budista o negócio acontece. O lance é que só percebo como é bom estar em casa quando passo um tempo fora.

Quer dizer, o cheiro de casa é uma parada sinistra.

Só que, quando cheguei em casa, além do cheiro de praxe ainda rolava o cheiro de um bolo recém-saído do forno, que a minha mãe tinha feito pra mim, de vez em quando a Isabel reclama que sou o queridinho da mamãe e tal, o preferido, aquele ciúme básico de irmã, mas na real acho que ela tem razão. Quer dizer, a minha mãe abriu um sorriso quando cheguei que parecia que eu tinha feito uma proeza, tipo descoberto a cura do câncer. O meu pai tem um jeito menos explícito e tal de mostrar que está contente, mas também veio me receber, até interrompeu a leitura no sofá.

Na real, a parada deve ser meio semelhante para eles. Quer dizer, normalmente o sujeito não acorda feliz por os filhos estarem em casa, o troço rola todo dia, tu sabe que vai abrir a porta do quarto e o manezão vai estar estirado na cama, isso quando precisa abrir a porta do quarto, que não é o meu caso porque sempre durmo com a porta aberta, escuridão total é um troço que me faz panicar na íntegra se estou sozinho, e os meus pais deixam acesa a luz do corredor durante a noite. Quer dizer, essa é uma parada que veio antes de mim, tipo, não fui eu que instaurei a regra e tal, pelo menos eu acho, na real não tenho certeza.

Mas seria pirado total os pais levarem o dia a dia num esquema sinistro de felicidade só porque os filhos estão debaixo da asa deles, o sujeito precisa sentir falta da parada pra dar valor, tipo precisa rolar uma viagem e tal.

Comemos bolo enquanto eu contava da viagem, mas na real não tinha muito o que contar, viagem é um troço que só interessa a quem foi, é chato ficar falando. Quer dizer, se tem um lance que não curto mesmo é ouvir de viagem alheia, existe parada mais enfadonha do que ficar escutando a ladainha do que o indivíduo fez na puta que o pariu, ou vendo as fotos?

Os meus pais se amarram, a variedade do ser humano.

Então contei um pouco o que tinha rolado enquanto batia quatro pratos de bolo.

O material de fazer moldes estava no aparador. Em geral a minha mãe mantém a tralha guardada no escritório, só deixa à vista quando tem algum lance para ser feito. Apontei naquela direção e perguntei:

— Precisa de ajuda?

— Você deve estar cansado.

Quer dizer, era verdade que eu estava meio gasto, mas na real era um cansaço como o do dia anterior, do tipo que te faz querer curtir a parada, cansaço de quem andou aproveitando as horas. Por outro lado, mesmo que eu estivesse com o cansaço escroto de quem estudou o dia inteiro a real é que ajudar a minha mãe não exige nada.

Afastei a travessa de bolo e passei a mão na mesa para jogar os farelos no meu prato. Que sou um cara que come espalhando farelo.

O meu pai se levantou para voltar para o sofá, tirei o dinheiro dele do bolso, mas o cara entrou numa de não aceitar, disse:

— Depois você gasta.

Tu insistiu? Nem eu.

Devolvi as notas para o bolso.

A minha mãe pegou o material dos moldes e se sentou do meu lado, pra me passar as coordenadas, ela é sinistra em se fazer entender. Quer dizer, não adianta a pessoa querer um troço e não saber explicar e tal, não vai ser chefe nunca, pra ter posição de comando precisa saber comandar. E a minha mãe tem um jeito bizarro de deixar a parada clara.

A Isabel puxou a ela.

Quer dizer, o meu pai também tem esse talento de botar o negócio num esquema megaclaro.

Não sei a quem puxei.

Enquanto eu fazia a parada, a minha mãe disse:

— Pício, você está lindo bronzeado!

Quer dizer, o que o sujeito faz numa hora dessas?

Eu ri.

Na real, elogio de mãe não devia contar, mas conta. Mesmo quando vem acompanhado do teu apelido de infância mais sinistro. E pra ser sincero não vou mandar essa de que estava me achando bonito, que o troço pode soar meio arrogante, mas digamos que o Pício estava curtindo se demorar de frente pro espelho.

Quer dizer, acho apelido um troço bacana e tal, quando não é inventado pra escrotizar. E a minha mãe tem uma mania macabra de criar apelido para a galera, o meu é Pício por derivação, ela tinha entrado numa de me chamar de Estrupício quando eu era moleque e, como eu ainda não sabia falar direito, repetia a parada pela metade, ficou Pício. O da minha irmã não vou nem dizer qual é para a coisa não ficar feia, ela meio que odeia o troço com razão.

Quer dizer, na real odeia gostando.

Eu já estava meio terminando o molde quando a minha mãe perguntou:

— Conseguiu ver o preço do negócio que o seu amigo pediu?

Quer dizer, na metade da frase eu já tinha adivinhado o resto e senti a temperatura da sala aumentar de um jeito sinistro.

— Não.

Comecei a vasculhar a cachola num esquema meio alucinado, imaginando que na sequência ela me perguntaria que negócio era esse. Quer dizer, eu podia responder qualquer troço, walkman, televisão, ventilador, carro. Mas saca quando nem a parada mais elementar te vem à cachola? A sorte foi que o assunto morreu, a minha mãe só ficou me observando dar um trato final no molde.

Mas depois segui para o meu quarto meio pela metade.

Quer dizer, eu não sabia se ela tinha entrado numa de só puxar assunto quando fez a pergunta. Na real agora eu me dava conta de que a minha desculpa talvez não tivesse sido tão boa, a minha mãe já tinha atendido várias vezes o telefone quando o Diogo ligava, não sei se reconheceu a voz, não sei se isso tinha importância, na real de repente senti um cansaço bizarro, não do tipo que te faz querer aproveitar a parada.

Meio que desabei na cama e dormi um sono megapesado.

Só acordei de manhã, com o meu pai me chamando. Me vesti naquele esquema automático e, antes de sair de casa, enfiei a cabeça no quarto da Isabel para dar uma olhada, na real é macabro admitir que você está com saudade da sua irmã porque passou três dias fora e quando voltou ela tinha saído com o futuro marido. Mas na minha ilha as paradas andavam cada vez mais surtadas.

A Isabel estava dormindo, mas de qualquer jeito foi bom ver ela naquele esquema ressonante, sei lá, ouvir a respiração, sentir o cheiro, acho que na real eu nem estava ligado nisso tudo, é mais essa de saber que a pessoa está ali.

Antes de sair de casa, ainda fiz uma incursão ao banheiro, se não rolar incursão ao banheiro é porque não estou indo para o colégio, mano, a parada é meio pré-requisito. Mas cheguei a tempo de ver a melhor do dia: o Tadeu tinha prendido uma lanterna na braguilha e estava perseguindo a Carolina pelo pátio, gritando:

— *Come to the light, Caroline.*

Saca a voz sinistra daquela médium de *Poltergeist?*

O troço era hilário.

Todo mundo ria, até a Carolina.

Quer dizer, a brincadeira podia ser vista de um jeito meio bizarro, sei lá, se fosse o diretor da escola presenciando a parada, ou algum padre, só que na real o troço tinha uma leveza surreal, acho que a graça superava o lado sacana.

Mas fiquei de badalo duro.

Quer dizer, isso comigo também é meio de lei em se tratando do Tadeu, acho que eu seria capaz de ficar de badalo duro vendo o cara dublar a Rosana mandando *O amor e o poder.*

Pra ser sincero, o Tadeu é a melhor coisa do colégio, de longe, ainda mais numa segunda-feira em que a tua melhor amiga não foi à aula porque na certa tinha rolado uma cena megaescrota na casa dela, e ainda mais quando você acabou de chegar de uma viagem supermaneira e tem que reajustar a cabeça de frente para a arma da liberdade, que na real continuou apontada para você durante todo o fim de semana, porque não é o tipo de troço que desapareça simplesmente, você é que se esqueceu, mas os professores agora fazem questão de te lembrar. E ainda mais quando tudo que você quer é dar o fora do colégio o mais rápido possível e ligar para o cara que te arrancou dos seus anos de desperdiçado, porque na real está sentindo uma saudade bizarra.

Quer dizer, o Tadeu é uma espécie de alívio.

Para aguentar na veia a dose dupla de física logo no primeiro dia da semana só assistindo a umas paradas proporcionadas pelo cara. Quer dizer, no meio da segunda aula ele entrou numa de convidar uma garota da nossa turma para ir ao cinema, a garota recusando direto, chegou uma hora em que o Sérgio interveio e tal, falou:

— A mulher não quer, cara.

O Tadeu respondeu:

— Não tem problema, eu gosto de implorar.

Quer dizer, esse é o tipo do troço que o sujeito diz sem imaginar que na real está te compensando uns trancos.

Mas, de qualquer jeito, foi sinistro quando tocou o sinal e saí batido do colégio, quase tomo mais um estabaco no caminho de casa, mas evitei a parada a tempo, devo ter chegado com uma cara meio bizarra de poucos amigos, foi bom que não tivesse ninguém por perto, silêncio total em todos os cômodos. Corri para o telefone e liguei para o consultório do Diogo.

A secretária pediu para eu esperar, acho que foi menos de um minuto de espera mas me deu tempo de imaginar uns lances meio bizarros, tipo o Diogo inventando uma desculpa para não me atender e tal, foi quase inusitado quando ele disse com aquela voz sexy dele:

— Alô.

— E aí?

Rolou o tempo de um suspiro antes de ele responder, na real acho que ouvi um suspiro. Sei lá, podia ser por causa da desculpa que ele me daria para não me ver, ou por causa da megafelicidade que estava sentindo por ouvir a minha voz. Quer dizer, às vezes a pessoa tem que abrir espaço na imaginação para uns lances bons, senão pira.

Mas é impressionante como quase sempre imagino o pior.

— Chegou bem?

— Inteiro.

— Daqui a uma hora no lugar de sempre?

Fiquei de badalo duro num esquema meio imediato, mas na real não esperava que a gente fosse se ver no mesmo dia, em geral a parada exigia um planejamento e tal, imaginei que nessa segunda-feira o troço não passaria de um diálogo demorado pelo telefone. Quer dizer, eu tinha a intenção de estudar, pretendia voltar àquele ritmo macabro de vestibulando — existe palavra mais escrota na língua portuguesa? Não que eu quisesse me enfiar no escritório com um livro, mas a maior parte das coisas na vida não segue o caminho da tua vontade, o sujeito logo descobre.

— Sério?

— Não aguento mais nem um dia sem te ver.

Quer dizer, fazer o quê?

Só confirmei. E uma hora depois estava no lugar combinado, de frente para o cinema xexelento onde algum tempo antes a gente tinha batido uma mútua de frente para a Betty Faria. Na real, parecia que isso tinha acontecido fazia décadas.

O Diogo chegou cinco minutos depois de mim, foi bom pra cacete ver ele ali atrás do volante com aquele sorriso de canto de boca sinistro, entrei no carro com uma baita vontade de cair no abraço e tal, tive que me segurar para não começar a parada errado. Na real, acho que nem pedi permissão para botar no aparelho de som a fita que tinha gravado pra ele, mas o cara não estava numa de ouvir música, baixou o volume e começou a marretar a mulher.

Quer dizer, era a primeira vez que isso rolava, eu não sabia nem o que achar da situação, o Diogo bronqueado porque tinha descoberto que a tia da mulher decidiu comemorar o aniversário no mesmo dia que o irmão dele, e na real a mulher queria ir à festa da tia, saca besteira? Mas de repente a parada só é clara pra quem está de fora, quem está dentro acha o troço superimportante.

Quer dizer, também não sei, que de repente é superimportante mesmo, tipo pimenta nos olhos dos outros.

O Diogo disse:

— Mulher é foda. Se deixar, domina. Você fica só na família dela.

Quer dizer, na real eu nem sabia que o Diogo tinha irmão e agora o cara vinha com essa de me fazer cúmplice da parada.

Pra ser sincero, um lado meu ficou satisfeito de testemunhar aquela lamentação meio bizarra, ver que o troço não andava uma maravilha no casamento, acendendo tipo uma ponta de esperança de que pudesse rolar um divórcio e tal. Mas foi só um lado meu, na real o lado mais escroto.

Porque o outro lado achou bizarra aquela reclamação toda quando o cara estava a caminho de botar um chifre sinistro na cabeça da mulher, com outro cara, se a parada já não estava feia o bastante. Quer dizer, acho qué se você vai incorrer num lance surreal assim o mínimo que pode fazer para compensar é ir ao aniversário da tia da mulher, no dia seguinte você dá um abraço no teu irmão.

Na real, não que isso compense.

Mas, de qualquer jeito, cadê que dei a minha opinião? Fiquei na minha total, ouvindo as queixas, tentando prestar atenção no Lou Reed, que inaugurava o lado B da fita. Na real eu tinha mandado um FF em casa para começar o troço pelo lado B, não sei por quê, tinha rolado uma urgência de mostrar aquelas músicas.

Mas o Diogo só parou a ladainha quando o Lou Reed e a Grace Jones abriram espaço para o Culture Club, isso depois de vir com a seguinte:

— Você ainda vai saber o que é isso, toma cuidado.

Quer dizer, se o sujeito não está com muita saudade manda o cara ir à merda, desce na primeira oportunidade e toma um ônibus de volta pra casa. Mas eu estava com uma saudade macabra.

PARA A SUA JUKEBOX

E depois das lamentações o Diogo mandou umas frases meio perfeitas e tal, passando a mão na minha perna e me olhando com uns olhos bizarros de desejo. Na real, era difícil conversar de badalo duro, mas ele perguntou sobre a viagem e a gente embarcou numa de manter diálogo. Quer dizer, já dei a minha opinião sobre essa história de ficar descrevendo viagem, mas na real tinha um lance que estava megaentalado na minha garganta desde sábado e eu não podia dividir com mais ninguém, a não ser com ele. O sujeito mais ligado já sabe que estou falando do ponto alto da viagem.

Aí contei dos dois caras andando pelo calçadão de mãos dadas, depois contemplando a ideia de mar.

Quer dizer, só de lembrar a parada eu já meio que sentia uma felicidade surreal.

Mas, quando acabei de contar o troço, o Diogo se virou para mim e perguntou:

— E você queria isso?

Saca quando o negócio te pega de surpresa na íntegra? Quer dizer, a pergunta ainda veio acompanhada de uma cara bizarra de desaprovação, chega perdi o compasso, gaguejei total na resposta:

— Não sei.

O Diogo continuou me encarando, tipo sem desviar os olhos, num esquema meio maníaco. Quer dizer, uma qualidade a gente não pode negar que o cara tem, ele sabe dirigir, o indivíduo médio já teria enfiado o carro num poste. Mas era bizarro que ele viesse com essa censura sinistra pra cima de mim, um megabalde de água fria, pura adaga de gelo.

E depois ainda mandou a seguinte:

— Estou surpreso que você seja esse tipo de cara.

— Não sei o tipo de cara que eu sou.

Quer dizer, vai se foder.

Eu estava bronqueado, o clima 100% fechado, nem o New Order mandando *Bizarre Love Triangle* conseguiu mudar a parada, a minha vontade era interromper o som e guardar a fita no bolso. Quer dizer, não sou um cara que consegue esconder o que está rolando por dentro, nem que quisesse.

Abri a janela e fiquei olhando a paisagem até a gente chegar à casinha no fim do mundo, na real olhando sem ver, um troço que acontece direto comigo. Aí a pessoa pergunta: viu o cachorro naquele sítio que passou? E não vi nem o sítio.

Eu estava entretido nuns pensamentos megadesparatados, pra ser sincero até no cabeleireiro encarnando a Linda Evangelista pelo Maracanã pensei, enquanto o Diogo dirigia também em silêncio, na certa imaginando argumentos para não ir ao aniversário da tia da mulher.

Quando a gente chegou, bati a porta do carro com um pouco de força demais, na real nem foi uma parada voluntária, aconteceu. Mas também não entrei numa de pedir desculpa, de repente devia ter pedido, educação é um lance que deve estar acima de qualquer desavença e tal. Mas não pedi.

Quer dizer, a bossa sexual tinha tudo pra dar errado na íntegra, mas na hora rola um troço que dá certo, não sei, a parada flui de um jeito que te faz esquecer as piores coisas. E ainda tem uns momentos em que o Diogo diz uns lances sinistros, na real teve uma hora em que a gente estava meio abraçado e tal, um de frente pro outro, e ele disse:

— Quero você pra mim, sabia?

Mas com uma sinceridade que você via que o troço não era da boca pra fora.

Quer dizer, nem respondi.

Como é que um sujeito casado vem com essa pra cima de alguém que não é a pessoa com quem ele está casado? O troço só não te deixa bronqueado porque na real é bom à beça de ouvir.

Então não foi nem de maldade que mandei uma errada total no fim da parada, a gente já estava naquele esquema deitado lado a lado, olhando para o teto, meio suado e tal, comecei a pensar no que rola dentro da cabeça do Diogo, tentando entender o lance pelas coisas que ele diz, perguntei numa boa:

— Você não se sente culpado?

Quer dizer, só quando o Diogo se virou para mim com uma cara meio bizarra percebi que a pergunta não era exatamente um troço tranquilo, não dá pra sair por aí perguntando o que te dá na telha, tem umas paradas que é melhor continuar na dúvida, mesmo que a vontade de saber a resposta te corroa os miolos.

O Diogo não respondeu, mas também não precisava. Depois de se virar pra mim com aquela cara sinistra, ele me abraçou.

E fiquei escrevendo com a ponta do dedo *fodeu fodeu fodeu fodeu fodeu fodeu fodeu fodeu fodeu fodeu fodeu fodeu fodeu fodeu fodeu fodeu*. A última coisa que eu queria era criar um climão, tipo, se o cara começasse a chorar no meu ombro eu não saberia o que fazer, não sou bom nesse tipo de troço, a gente já sabe.

Mas o Diogo não chorou.

Nós tomamos um banho e voltamos para o centro da cidade num silêncio parecido com o da ida para a casinha no fim do mundo, mas na real um silêncio de outro gênero.

Quer dizer, pelo menos assim o cara ouvia a fita que eu tinha gravado para ele. Até porque é meio sacrilégio conversar enquanto está rolando U2 e Depeche Mode, isso pra não falar do Bowie, que eu tinha mandado na abertura da fita e também no encerramento, para o troço ficar redondo.

A gente se despediu naquela discrição e tal dentro do carro, tipo ele apertando a minha perna e eu abrindo um sorriso, é meio sinistro se despedir nessa situação, você não sabe exatamente como agir, mas na real não fiquei tenso, já sabia que o negócio era assim, estava acostumado.

Como o comércio ainda estava aberto, passei na maior loja de discos da cidade e procurei um álbum da Mercedes Sosa onde rolasse *Todo Cambia*, eu tinha comentado sobre a parada com a minha mãe, queria mostrar do que estava falando, seria megabom chegar em casa com o embrulho nas mãos, mas a loja de discos só tinha um álbum da Mercedes Sosa, que não tinha a música.

Eu estava com a cabeça meio aérea, saca quando você não consegue se prender a um pensamento e fica meio à deriva entre vários? Estava nesse esquema. Quer dizer, depois do sexo é de praxe a pessoa se sentir mais leve e tal, então agora não era uma questão de estar 100% baratinado, na real era como se eu flutuasse entre os pensamentos, o Diogo, a música com a qual eu queria presentear a minha mãe, a Nara faltando à aula, os dois caras andando de mãos dadas no calçadão de Copacabana, o estudo que não tinha rolado durante a tarde.

Quando cheguei em casa, liguei para a Nara num esquema preocupado, sabia que ela devia ter conversado com os pais na noite anterior. Comecei a panicar já enquanto discava o número, e o medo de a mãe dela atender o telefone?

Ainda mais porque sou um cara que tem uns azares.

Quer dizer, a minha mãe não gosta que eu diga isso, mas é verdade, o meu histórico comprova. Na real, às vezes também dou umas sortes sinistras, você tem que saber admitir umas paradas. Mas acontece isso de eu ser um cara meio cagado de urubu.

Tipo a mãe da Nara atendeu o telefone.

Mas o diálogo rolou no esquema de sempre, ela não me acusou de cúmplice da parada nem conversou como se estivesse megabronqueada, ou triste para além do remediável e tal, só perguntou como eu estava e foi bater na porta da Nara, que também não atendeu com a voz rouca que eu vinha esperando. Quer dizer, eu já tinha pensado em mandar um "Qual é, Demi?" para suavizar o clima que imaginava estar rolando, mas na real nem tinha contexto, a voz estava supernormal. Só que eu disse o troço mesmo assim, a minha leseira não me deixou pensar em outro lance a tempo, eu já estava com a frase meio decorada e tal, tipo na ponta da língua, que tenho essa mania sinistra de antecipar as paradas na cachola.

Aí a Nara deu uma simulada de choro e disse:

— *I'm not unhappy.*

E a gente riu.

Quer dizer, a última coisa que eu imaginava a gente fazendo nesse telefonema era rir, mas o troço começou assim.

— E aí?

— Tudo bem.

— Vocês conversaram?

— Muito.

— Foi tranquilo?

— Não sei por que não contei antes.

Quer dizer, os pais dela são foda, não custa repetir.

Só ouvindo a história da boca da Nara.

Ela disse que na real tinha rolado um choro sinistro em conjunto, a Nara nunca tinha visto o pai chorar e de repente o pai dela estava chorando no sofá, com um ar assim de quem voltou da guerra sem os braços, tipo desabado, a mãe tinha mantido um controle maior da situação, não entrou numa de ficar num mundo particular como o pai, que na real depois de um tempo parecia nem escutar mais nada. Quando a Nara contou o motivo inicial da viagem ao Rio, a mãe veio passar a mão no cabelo dela num esquema meio alucinado e tal, dizendo minha filhinha, minha filhinha, uma parada meio arrepiante.

Saca adaga de gelo?

Depois da sessão de choro em conjunto, os três foram se deitar megatarde, mas ninguém conseguiu dormir, na mesa do café da manhã eram só aqueles olhos sinistros de inchaço, a mãe tirou o dia de folga e a Nara faltou ao colégio, tipo para as duas passarem o dia juntas, a Nara mostrou as compras do enxoval que tinha feito comigo, cúmplice total da parada, a mãe marcou para ela uma consulta no obstetra. Quando o pai voltou do trabalho, estava megacalado, mas não rolou nenhuma censura, o cara ainda pegou na mão da filha durante o jantar, numa assim de dar força.

Quer dizer, ouvir essa história era o tipo do troço que podia de repente me dar uma incentivada a abrir o jogo em relação a mim mesmo para os meus pais, que são igualmente foda. Mas, no caso dos pais da Nara, eles perdiam uma filha direita e ganhavam um neto. No caso dos meus pais, eles perdiam um filho direito e ganhavam um filho veado.

Nem pensar.

Foi meio sinistro quando alguns dias depois o Sérgio veio contar uma piada para a galera, naquele esquema meio alto pra todo mundo ouvir, eu estava perto, na real ele às vezes olhava para mim, ou talvez fosse impressão.

A piada era assim:

"Dois amigos estão conversando num bar.

O primeiro diz:

— Cara, descobri que o meu filho é gay.

— Sério? — pergunta o outro, preocupado. — Que desgraça, hein?

— Nem me fala. E o pior é que ele fugiu com o Pedrão, o amor da minha vida."

Quer dizer, o troço era engraçado à beça, fiz coro com a galera na hora de rir, sem precisar fazer força. Mas depois fiquei meio ruminando a parada, a reação do amigo, "Que desgraça, hein?", o troço representando na íntegra a opinião do mundo inteiro em relação a uma notícia desse gênero, pode ter certeza. Isso me deixou mal, pra ser totalmente sincero entrei numa de me sentir a última das criaturas, uma parada que não dá nem pra explicar como é.

Ainda bem que nem me passava pela cabeça abrir o jogo para os meus pais, isso nunca foi nem uma questão.

Quer dizer, questão era aquela dúvida monstra pairando sobre a minha cabeça, de o Sérgio ter visto ou não alguma coisa rolando dentro do carro do Diogo, e de agora ter olhado pra mim ou não enquanto contava a piada, não sei se o cara estava numa de ver qual seria a minha reação, talvez tivesse visto alguma parada e estava numa de me dar umas indiretas, incerteza é um troço que talvez seja pior do que uma certeza ruim.

Na boa.

A real é que fiquei com raiva do cara, sei lá, comecei a achar até a piada sem graça, ele que se danasse fazendo uma faculdade de direito para a qual não tinha vocação enquanto sonhava com a publicidade que o pai vetou naquele jeito megaescroto, cada um tem o pai que merece.

Quer dizer, sou um cara que procura não guardar rancor e tal. Mas guardo.

Só que depois rolou uma parada que na real podia me fazer acreditar que o Sérgio não tinha visto nada do que estava se passando dentro do carro, a menos que fosse uma armadilha. E não era.

Foi assim: o Sérgio e o Tadeu estavam encostados na mureta que separa o campo de futebol da área de socialização da galera, e quando passei com a Nara o Tadeu disse:

— Fala, play.

Fazendo sinal para eu me aproximar, um troço que na real sempre me deixava num esquema meio de joelho bambo, não de fato, que seria veadagem demais, mas num sentido figurado e tal, tipo um joelho interno. Aí me aproximei dos dois, deixando a Nara meio de lado.

— Qual é?

E o Tadeu me puxou mais para perto, mandando a seguinte:

— Fiquei sabendo que a Carolina está a fim de te dar uns pegas.

— Sério?

Quer dizer, esse é o tipo do troço que não era a primeira vez que rolava, mas sempre me tomava de surpresa, sei lá, eu achava que na real eu devia parecer um sujeito meio estranho para a geral, um cara que fica enfurnado em casa sábado à noite, tem uma melhor amiga em vez de melhor amigo, para o Tadeu ainda rolava o olhar de peixe morto, uma parada que, por mais que eu tentasse conter e tal, era meio inevitável. Pra ser sincero, eu nem parava pra pensar nisso, senão pirava.

Quer dizer, é bizarro você não saber como o mundo te vê, mas a real é que às vezes não sei nem como eu me vejo, essa história de aparência é sinistra.

Saca libélula?

Aquele inseto que rola em lugar onde tem água.

O nome científico da parada é *Aeshna cyanea*, um troço meio cheio das pompas, se bobear o sujeito até se aproxima fazendo reverência. Quer dizer, isso até saber que a libélula também é chamada de lava-bunda.

Aí desenvolvi uma teoria meio macabra, que é a seguinte: em geral quem não conhece a gente acha que somos *Aeshna cyanea*, os amigos e a galera mais íntima nos toma por libélula, mas a gente sabe que não passa de lava-bunda.

Por outro lado, acho que o cara que entra numa de abrir o jogo para a geral em relação à sua situação de veado vira no ato lava-bunda para uma galera que até nem te conhece, qualquer imbecil que for comentar sobre a parada vai se sentir na posição de mandar "Que desgraça, hein?"

Não vou ser eu que vou ligar o foda-se.

Mas às vezes era como se por dentro o pessoal soubesse que na real sou meio 100% lava-bunda, aí me surpreendia quando rolava de uma menina mandar essa de que estava a fim. Quer dizer, eu não procurava a parada. Mas também não podia fugir, e o troço não era ruim na íntegra. Se eu for ser totalmente sincero, beijo de mulher é melhor do que beijo de homem, um lance mais suave e tal. Não que eu tenha muita experiência com homem.

Ou com mulher.

Quer dizer, podia ser uma armadilha.

Eu não tinha sacado nenhuma intenção mais libidinosa da Carolina em relação a mim, mas na real também não posso dizer que estava prestando atenção. A Carolina é bonita e tal, tem uns peitos supercomentados pela galera que curte a parada, e na real também me amarro em peito de mulher, acho o troço sinistro. Quer dizer, só segurei três pares, mas sempre era meio inesperado, saca um troço que tu sabe que está lá mas te surpreende igual?

Só que não é porque a menina é bonita e tal que vou prestar atenção, a minha batida é outra, a gente sabe.

E o troço podia ser armadilha. Quer dizer, o mundo está meio cheio de espíritos de porco, a galera pode ser cruel, para difamar alguém não custa, quer ver uma parada que não curto? É o pessoal que conta uns casos meio macabros de gente famosa, tipo que rolou teste de sofá pra subir na carreira, não me amarro, não acredito, pode me chamar de ingênuo, essa é uma parada que não me mete medo ser.

Mas podia ser armadilha.

De qualquer jeito simulei interesse, tu acaba tendo que ser meio ator na marra, perguntei para o Tadeu:

— Sério?

— Sério, tá gamadinha.

Saca o troço mudando de figura?

Quer dizer, "gamadinha" era bizarro, "gamadinha" era diferente total de "dar uns pegas". Mas uma coisa é certa, mano: se a parada pode piorar, vai piorar.

camisa de força

Eu sou um cara que não se liga muito em roupa, tipo, esse não é um lance que me faça a cabeça como vejo por aí, neguinho curtindo ir a loja, escolher marca, talvez seja até meio vexatório, mas na real quem compra a maioria das minhas roupas é a minha mãe.

Quer dizer, não ligo para o troço.

Pra ser totalmente sincero, sou capaz de usar a mesma roupa direto e tenho uma mania bizarra de criar uniforme, tipo a bermuda cáqui sempre vai com a camisa verde, a calça jeans clara sempre vai com a camisa amarela, a minha mãe e a Isabel ficam boladas, estão sempre querendo inventar umas combinações diferentes. E pra agradar eu deixo.

Mas também não é só porque não ligo para me vestir que vou sair por aí num esquema megaxexelento.

Fora que às vezes rola de eu ficar meio alucinado e tal com alguma parada específica, tipo quando o Bowie faz a aparição dele em *Christiane F.*, passei um tempão atrás de uma jaqueta vermelha, para usar por cima de uma camisa azul.

E foi assim que me vesti no sábado, para ir à boate numa de ficar com a Carolina.

Quer dizer, o troço não era uma armadilha afinal de contas, na real estava evidente à beça, só eu pra não perceber. Aí chega uma hora em que tu tem que agir.

Pra ser sincero, eu não estava desanimado com a parada, a minha cabeça é que andava meio baratinada, o que também não chega a ser novidade, o troço seguia assim mais ou menos há 17 anos, acho que já saí da barriga da minha mãe num esquema meio atormentado.

Quer dizer, também não vou entrar numa de me esculhambar.

A real é que eu tinha conversado com o Diogo.

Quer dizer, eu estava 100% na minha, enfrentando o livro de física no escritório, de frente para o despertador preto, num esquema bom menino, estudioso, depois de passar um tempo olhando só a capa do livro, de badalo duro. Quer dizer, na capa rola a fotografia de um sujeito manobrando uma prancha de windsurfe, de sunga amarela, uma coxa do cacete, fazer o quê? Só que agora eu tinha mergulhado na matéria e estava numa de tentar fazer a parada deixar de ser grego, quando o telefone tocou.

Quer dizer, o Diogo sabe ser um cara meio perfeito e tal quando quer, mandou várias bacanas, aquela história de estar com saudade, estar parado na minha, eu sou um cara especial, ele me quer pra ele. Mas a gente só poderia se ver na semana seguinte.

E na real eu estava querendo conversar sobre o lance da Carolina, saca quando o negócio está na sua cabeça direto, porque o quadro ficou meio evidente para a galera e você precisa tomar uma atitude antes que o colégio inteiro saiba do grande lava-bunda que você sempre foi. Quer dizer, nem sei o que exatamente eu queria conversar com o Diogo em relação a essa história, porque se você for parar pra pensar não tem muito o que conversar. Mas eu queria.

E também não sei que resposta queria que ele me desse. Quer dizer, na real nem tinha pergunta. Mas não queria que ele me dissesse o que me disse.

Por telefone.

Na real, ou o Diogo é um cara paradoxal na íntegra, ou realmente não entendo as paradas, o que também é uma possibilidade megaplausível.

O caso é que decidi contar o troço mesmo nesse esquema Graham Bell e, quando terminei, ele disse:

— Vai nessa.

Não com raiva nem indignado, sei lá, podia ser a reação de quem está com ciúme, o cara tinha me perguntado se eu ia me comportar no Rio, o tipo de parada que não bate com "Vai nessa".

Saca quando você nem entende de primeira?

Tive que perguntar:

— O quê?

E o cara repetiu:

— Vai nessa.

Aí rolou um silêncio, porque na real a ficha custou a cair. Quer dizer, eu não tinha contado o troço pra ele numa de pedir permissão, nem sei por que tinha contado, acho que era meio desabafo, na real eu estava me sentindo meio 100% contra a parede, sei lá, rolava uma pressão sinistra. Mas não estava pedindo a autorização do Diogo, o cara é casado, não pode exigir nada, eu não precisava desse "Vai nessa" de merda pra ter a liberdade que ele achava que estava me dando, na real outra liberdade com arma na cabeça.

O Diogo sabe ser um cara meio perfeito e tal quando quer, mas também pode ser bizarro. Aproveitando o silêncio, ele ainda mandou a seguinte:

— Você não quer constituir família, ter filhos?

Quer dizer, eu estava meio entorpecido, a minha leseira às vezes chega a ponto de me paralisar total, ao mesmo tempo que fico consciente da parada, quer dizer, fico a par de que o troço está rolando, de que baixou o véu da paralisia, então ainda consegui responder:

— Não sei.

Que na real era a única resposta que eu podia dar, a verdade.

É meio sinistro tu ser aspirante a alguma coisa que nem sabe o quê, mas tem uns lances que independem da vontade do sujeito.

A gente desligou o telefone nesse clima, o Diogo ainda tentou voltar com aquela ladainha dele de que estava parado na minha e tal, mas eu continuava meio entorpecido, nem rir consegui, voltei pro escritório, mas quem disse que dava conta de estudar física? Pra dormir tive que mandar pra dentro um comprimido, estava meio à beira de pitizar.

Sei lá o que esperava dele.

Mas de repente era bom que isso tivesse acontecido, porque agora eu estava mais pilhado e tal para ir à boate, o casaco vermelho por cima da camisa azul compondo um visual maneiro, só era pena que eu tivesse começado a descascar, o bronzeado indo embora.

Quer dizer, quando eu era moleque gostava de descascar, achava sinistro ir tirando a pele, arrancando devagar a parada, tanto minha quanto da família, cavando com a unha e tal, até o dia em que ouvi alguém dizer "pele morta".

Saca quando o buraco fica imediatamente mais embaixo? Comecei a sentir um nojo bizarro do troço.

É surreal a força das palavras.

A Nara veio me buscar no Monza do pai dela, a minha mãe ainda estava acordada, lembrei da minha mentira para a Nara em relação ao Diogo, quando ele ligou para o apartamento dela no Rio, eu disse que ele era um amigo da minha mãe. Comecei a panicar, entrando numa de imaginar que a Nara podia tocar no assunto, o tipo do troço improvável, mas uma vez cagado de urubu já viu.

Nem curti a parada, em geral eu me amarrava no papo a três que rolava na mesa da cozinha antes das minhas saídas com a Nara, a minha mãe tem um jeito sinistro de deixar as pessoas à vontade, ou então é a Nara que fica à vontade de qualquer maneira, a gente sabe que para ela não tem tempo ruim.

Quer dizer, eu sou um cara que não fica muito à vontade na casa dos outros quando rola pai ou mãe por perto, entro numa de travar geral, não digo nem um milésimo do que diria se estivesse num esquema a sós.

Mas a Nara conversava com a minha mãe como se as duas fossem colegas de turma, saca sem cerimônia? Sentou do lado dela na maior, eu de frente para as duas, panicando total, querendo dar o fora logo, perguntando se a Nara aceitava água, se aceitava Coca, se aceitava um pedaço de bolo, levantando para pegar Coca para mim, uma agitação sinistra por dentro, ainda bem que ninguém parecia notar.

A Isabel tinha saído com o Franco. E o meu pai é um cara simpático e tal, mas não rola de se juntar à gente nessas horas, pra ser sincero o cara lê um pouco demais, não que eu ache errado e tal, mas às vezes também pode ser bacana levar um lero na mesa da cozinha.

Pelo menos quando você não está esperando a explosão de uma bomba.

Mas acabou que a Nara não tocou no assunto, na real o troço seria quase inconcebível. Quer dizer, se um azar desse grau acontece com você, mano, se mata.

E a Nara tinha uma parada mais importante para dizer, ela se virou para a minha mãe num esquema meio olho no olho e anunciou o troço sem aviso prévio.

— Eu estou grávida, tia Sônia.

Quer dizer, eu não sabia que essa conversa estava pra rolar, não tive nem tempo de pensar na reação da minha mãe, porque estava reagindo à minha própria surpresa enquanto ela reagia à dela, na real quase fiquei bronqueado com a Nara por mandar essa no susto, sei lá, ela podia ter me avisado, eu podia ter preparado a minha mãe.

Não que eu soubesse como.

Mas podia ter tentado.

A minha mãe ficou olhando a Nara um tempão, na real acho que estava querendo decifrar se aquilo era uma boa notícia ou não para a Nara, se o troço acabaria na mesa de um cirurgião clandestino alguns dias depois ou num hospital regulamentar dali a alguns meses. De repente, se o troço fosse acabar na mesa de um cirurgião clandestino alguns dias depois, o anúncio podia ser também um pedido de socorro, vai que ela queria companhia para o lance, não sei o que a minha mãe acharia disso. A sorte foi que a Nara abriu o sorriso e a minha mãe relaxou, a parada foi visível, os ombros baixando e tal.

Não sei qual seria a resposta da minha mãe se fosse a Isabel dando uma notícia dessas, mas ela abraçou a Nara de um jeito meio comovido e tal, os olhos já naquele esquema cheio de lágrimas.

— Que lindo, Nara!

Tem troço que a pessoa diz e você é capaz de enxergar um ponto de exclamação depois da frase. Quer dizer, nessa hora vi três.

Só que aí a Nara ficou séria de novo, ainda nessa de encarar a minha mãe olho no olho e mandou uma confissão sinistra, na real nem para mim ela tinha dito:

— Estou com medo.

Saca o troço coreografado?

Quer dizer, então foi a vez de a minha mãe abrir o sorriso.

— Você vai ser uma ótima mãe.

O tipo de aposta que não sei se eu faria. Mas a minha mãe disse isso com uma certeza macabra, você via que não era só pra tranquilizar a Nara.

A real é que tem uns lances que rolam melhor do que você imaginava, a gente saiu de casa meio leve e tal. Quer dizer, pelo menos a Nara, pisando fundo no acelerador ao som dos Smiths.

A Nara dirige bem à beça, rola até uma parada que é megapreconceituosa, mas não sou eu que digo, é ela que costuma mandar essa de que quando dirige muda de sexo.

Para estacionar, o troço chega impressiona, pode ser a vaga apertada que for.

E dirigir feliz deve ser surreal.

Quer dizer, a Nara estava tão leve e tal acompanhando o Morrissey na cantoria que até toquei num assunto sobre o qual a gente não vinha conversando, na real costumo deixar as pessoas meio à vontade para decidir se querem ou não falar sobre paradas pessoais. A não ser quando a curiosidade é mais forte.

E sou um cara curioso pra cacete.

Perguntei:

— E o Trigo, como vocês estão?

— Ah, a nossa relação é ótima. Ele gosta da minha fala e eu gosto de falo.

Quer dizer, a Nara tem essas tiradas bizarras, a gente entrou numa de rir, chegamos à boate até meio gastos.

Eu não curto o lugar.

Já entrei mandando pra dentro uma vodca, a Nara pediu um suco de laranja, era megaestranho ver a Nara segurando um copo de suco de laranja na boate, com a outra mão livre. Quer dizer, antes dessa história de gravidez o cigarro era certo, acho que ela fumava um maço numa noite de sábado normal, sem exagero.

A gente encontrou um pessoal do colégio, na real estava todo mundo superanimado com a chegada das férias, o troço batendo na porta, mas ainda rolava um papo de estudo, quer saber um troço que odeio? A galera que fica perguntando quanto você tirou nas provas, como se a parada fosse uma competição.

Respondo por educação e tal, mas contrariado.

A Carolina estava bonita, meio vestida para matar, umas ombreiras sinistras, até as do Paulo Ricardo perdem. A gente engatou uma conversa, só de vez em quando eu pedia licença pra comprar mais bebida ou ir ao banheiro, que quando bebo é bizarro, mijo à beça, e olha que não é cerveja.

Quando a galera foi dançar, a gente acompanhou. E uma coisa é certa, mano: dançar num esquema embriagado é gostoso.

O Tadeu estava do outro lado da pista, dançando daquele jeito sinistro dele, encarando uma menina daquele jeito sinistro dele, meio Lobo Mau filmando a Chapeuzinho, o troço era bonito de ver.

E na real eu não conseguia despregar os olhos.

Quer dizer, a Carolina do meu lado.

De vez em quando, cochichando alguma parada no meu ouvido.

Teve uma hora em que o troço ficou meio urgente e tal, a gente só nessa de dançar, ela mandando os cochichos eventuais, saca quando a deixa já foi dada e a plateia inteira só está esperando a reação do ator? Puxei a Carolina para o fundo da pista, que não ia beijar ela de frente para o Tadeu, seria meio sacrilégio e tal, me encostei na parede e trouxe ela pra mim, rolava New Order quando a gente se enroscou num beijo, ela passando as mãos na minha nuca, eu passando as mãos nas costas dela, é sinistro como o troço vai num crescendo, dali a pouco a gente estava naquele esquema roçadura total, o perfume dela tomando conta das minhas vias respiratórias, o troço ganhando uma dimensão sinistra, você vai dizer que é ruim?

Só que não é redondo, não sei explicar.

Mas a gente ficou e foi bom.

Teve uma hora em que ela sugeriu de a gente sair da pista, a temperatura tinha subido lá dentro, nós entramos numa de fazer umas migrações, tipo ficando em cantos diferentes da boate, eu naquele esquema de badalo duro, é bizarro você ficar passeando nessa situação, por isso é meio imprescindível sempre manter a camisa pra fora da calça.

Nessa de migrar, no fim das contas rolou de a gente ficar meio perto da saída da pista, o Tadeu surgiu com a menina que eu tinha visto ele filmando, os dois meio se encostaram do nosso lado, eu já estava megaembalado pelas circunstâncias, não ia bater em retirada, e se você for parar pra pensar qual era o sacrilégio? Na real, dei uma redobrada na intensidade do beijo depois que ele perguntou o nome da Chapeuzinho.

— Helena, com H.

— O meu é Tadeu. Com T.

Quer dizer, o cara que manda essa merece um Nobel.

À minha redobrada de intensidade, a Carolina reagiu meio se esfregando mais forte em mim, a parada estava meio fervente quando a amiga dela apareceu pra dizer que tinha que ir embora, a Carolina ia pegar carona com o pai da amiga, a gente se despediu numa sem palavras, na real não tinha rolado muita conversa durante a parada, o diálogo foi mais físico.

Quer dizer, é bizarro dizer isso, mas na real a gente tinha se entendido. Pra ser sincero, eu não queria que ela fosse embora, por mim o troço rolava a madrugada toda.

Pensei: que pena a solidão.

Mas o troço durou pouco.

Nem tive que procurar a Nara porque ela estava encostada no bar, de frente pra mim, com o Trigo e outro cara.

Eu ainda estava meio bêbado e tal, sentei numa cadeira, a Nara sentou do meu lado, o Trigo e o outro cara continuaram de pé, me cumprimentaram naquela de baixar a cabeça, é sinistro você se sentir parte do esquema, tipo não chegar numa de lava-bunda, teu papel cumprido.

Fiquei olhando o Tadeu e a Helena com H se ajeitarem, na real contemplando a parada como se fosse um espetáculo de dança, a maneira como o corpo inteiro dele estava ligado nela. Quer dizer, vendo o Tadeu agir tu percebe que pode até fazer parte do esquema, mas de um jeito meio tosco.

A Nara perguntou:

— E aí?

— Tranquilo.

— Tudo em cima, *tits and ass*?

Dei uma risada e tal, mas não respondi. Seria meio sinistro comentar sobre o corpo da Carolina, na real eu me sentiria meio calhorda. Quer dizer, não que achasse a Nara calhorda quando ela me dizia que o Trigo tinha "uns pelos macios, o pau cheiroso, mãos de artesão", de repente rolava um machismo às avessas da minha parte. Mas de qualquer jeito a pergunta era meio retórica, o troço era só para fazer graça, diálogo megabatido entre mim e a Nara, pra variar saído de *Sobre ontem à noite*, o amigo escroto do Rob Lowe reduzindo a mulherada a peito e bunda, peito e bunda, *tits and ass*.

Ainda bem que a Nara estava cansada, a gente logo se despediu do Trigo e do outro cara, era estranho ver a relação do Trigo com a Nara, quer dizer, os dois não ficavam se pegando nem nada, saca relação de uma galera mais velha? Mas na real era nítido que o cara estava 100% na dela, o jeito como olhava para a Nara, como passava a mão no rosto dela, para afastar o cabelo e tal, rolavam uns carinhos, mas era um troço mais indireto. Quer dizer, também você não vai entrar numa de roçadura total em público quando a parada vai além entre quatro paredes.

A não ser que tu seja exibicionista, a variedade do ser humano.

A Nara e o Trigo se despediram com um beijo.

Ainda olhei uma última vez para o Tadeu enrodilhado na Helena com H antes de a gente seguir para o carro, o negócio era meio hipnótico, se bobear te engole.

Agora, uma coisa é certa: não existe parada melhor no mundo do que sentar no banco do carona de um carro, abrir o vidro e sentir o vento na cachola enquanto você ouve um som. E a gente estava ouvindo os Smiths, a voz do Morrissey enchendo o Monza na íntegra, agora que a Nara não estava fazendo coro.

Além disso, eu estava meio bêbado, na real acho que era mais uma lembrança do estado etílico.

Fechei os olhos e fiquei ouvindo a música, *How can they look into my eyes and still they don't believe me*, não sei se é uma megapretensão minha, a gente sabe da extensão quase nula da minha experiência em quase todas as áreas, mas na real não engulo essa de que o Morrissey é celibatário, profeta do quarto sexo, *bored with men and bored with women*, o troço não me convence, mano.

Quer dizer, é aquela história, a extensão quase nula da minha experiência de repente não me permitiria entrar numa de dar opiniões tão bizarras, mas a real é que o Morrissey me parece 100% veado, sei lá, rola um feeling, acho que no fundo um veado sabe do outro, tipo acaba identificando por alguns sinais.

Quer dizer, por outro lado tem uma galera que engana.

Eu nem desconfiaria do Diogo se não tivesse pegado o cara me espiando naquele esquema olho de peixe morto.

Então também não é um troço simples.

Mas acho que rola essa parada de o sujeito fazer a identificação e tal, senão como é que ele saberia? Já imaginou a gente aprendendo código Morse para transmitir a notícia à galera interessada. De repente seria uma: . ..- ... — ..- ...- . .- -.. — -..— . ...- — -.-. . ..-..

Quer dizer, pelo menos aí não tinha erro.

Que a história do bigodinho me parece sinistra.

Mas esse papo de quarto sexo não entra.

Se o cara não fosse tão sinistro, era para maluco ficar bronqueado.

Quando cheguei em casa, bati uma no banheiro pensando na Carolina. Quer dizer, comecei pensando na Carolina, o nosso sarro sinistro, mas teve uma hora em que rolou uma urgência e tal de partir para uns pensamentos mais sérios e dei uma recorrida ao Diogo. Depois encarei o vazio de azulejo, a casa num silêncio que chegava a meter medo.

O bom foi que dormi rápido, bebida tem essa vantagem.

A desvantagem é na hora de acordar.

Quer dizer, o dia seguinte era domingo, o sujeito já levanta bodeado, mas na real eu nem conseguia levantar, a cabeça megapesada, uma dor monstra, a minha mãe tentando me arrancar da cama.

— A noite deve ter sido boa, hein?

Aí descobri que a gente ia visitar o meu avô.

Quer dizer, não tem vestibular que te livre dessa para sempre.

E para piorar o meu avô estava num dia meio deprimido, na real a parada já é sempre essa, para o leigo até aí nada, mas quando a mulher dele avisa que o cara não está num bom dia é porque o troço ultrapassou a barreira do suportável. Quer dizer, além dos entraves de praxe, rolava uma gota.

Já segui a galera para o quarto dele num esquema desgostoso total, tinha tomado dois comprimidos para dor de cabeça, mas cadê que melhorava? Fora o estômago, que parecia estar numa de se rebelar contra os outros órgãos.

E o cheiro de mofo não ajudava.

Nem a televisão alta.

Nem a visão do casaco de lã marrom e da calça de moletom cinza, a dificuldade do meu avô de falar.

A sorte é que a minha mãe tem uma ligação meio sinistra com ele, não sei se rola de pensar no pai dela, que já morreu, tipo numa de substituição. Mas a real é que tem uma paciência macabra, segurou a mão dele, penteou o cabelo com os dedos, o negócio parecendo meio carinho, perguntou:

— Tirando o que não presta, a vida está boa?

— Tirando o que não presta, não fica nada.

Quer dizer, é bizarro o sujeito não ver graça nenhuma na vida, mas no caso do meu avô não sou eu que vou dizer que ele está errado.

A mulher do meu avô trouxe café na bandeja para o pessoal, nem me ofereceu porque sabe que não tomo, tem umas paradas de adulto que sinto vontade zero de fazer, tipo tomar café. Aí a mulher do meu avô entrou numa de perguntar à Isabel sobre o casamento, e a conversa tocou para escanteio o papo de doença, uma parada mais do que bem-vinda, que quando o meu avô começa a reclamar o troço não tem fim.

Quer dizer, eu sou um cara egoísta e tal, não é segredo, mas na real nem é o caso de não rolar paciência, pra ser sincero é que o negócio me leva para uma errada total, tipo, você já parou pra pensar que um dia o seu pai pode ficar assim? Não é um troço bom de pensar, só que não consigo pensar outra coisa quando vejo o meu avô, pra ser totalmente sincero o meu pai se parece à beça com ele.

E eu me pareço à beça com o meu pai.

Quer dizer, tem gente que diz que sou a cara da minha mãe.

Mas a galera diz qualquer coisa.

A real é que a melhor hora das visitas ao meu avô é a de ir embora, saca sinal tocando depois de uma aula sinistra? Até a dor de cabeça deu uma aliviada quando entrei no carro.

Pedi à minha mãe para abrir a janela, uma parada que ela fez meio contrariada e tal. Essa de não curtir vento para não estragar o cabelo é uma que me deixa bolado, ainda bem que a Isabel estava num esquema rabo de cavalo, senão rolaria só uma fresta xexelenta.

Ela cutucou a minha perna e perguntou num esquema meio baixo:

— Como está a Nara, guri?

Se eu parasse pra pensar, essa era uma pergunta que não rolaria de a minha irmã fazer do nada. Mas não parei pra pensar e não sou um cara atento, na real fica difícil o sujeito ser atento quando está sempre meio hipnotizado pelo monólogo que rola na cabeça dele, e o meu monólogo é um lance meio ininterrupto, se tivesse uma tomada juro que desplugava.

— Está bem.

A Isabel me olhava de um jeito meio sugestivo e tal, tipo querendo deixar clara alguma parada.

— Dá uma força, ela vai precisar.

Quer dizer, tem notícia que corre, mano.

E tem conselho que é pleonasmo.

Tipo, era meio evidente que eu tinha que dar uma força para a Nara, evidente que ela precisaria e tal, o troço deve ser óbvio até para criança. Mas não fiquei bronqueado, porque você quer o quê quando já mostrou a sua capacidade de ser um cara leso?

Chega uma hora em que a galera não aposta nem no óbvio contigo.

Também não fiquei bronqueado porque na real estava sentindo megafirmeza no jeito como o pessoal de casa levou a notícia, era meio reconfortante.

Quer dizer, se tem um troço bom é você se surpreender de um jeito positivo e tal, às vezes acontece.

Antes de a gente entrar de férias a Nara contou a parada para a galera do colégio, não preciso nem dizer que paniquei total, não curtia a ideia de ela de repente virar motivo de piada, sei lá, tem os espíritos de porco, você vai ficar tranquilo numa hora dessas?

Mas a real é que a galera recebeu a notícia megabem. Não rolou desrespeito, as meninas entraram numa de passar a mão na barriga da Nara, os caras levaram o troço numa seriedade que chegava a ser estranha.

Quer dizer, também era o tipo da parada que podia acontecer com qualquer um deles, os espíritos de porco na real podiam estar se imaginando na situação, aquela história: quem tem cu tem medo.

Mas foi um alívio sinistro e de repente a gente estava de férias.

Aí você pensa u-hu.

E se fode, porque logo descobre que a arma da liberdade continua apontada para o teu crânio, você agora só tem mais tempo pra estudar por conta própria. Aumentei as minhas horas diárias para seis, o despertador preto era a parada que mais me fazia companhia.

Quer dizer, também as minhas férias foram meio mal inauguradas. Quando cheguei em casa a minha mãe estava começando a ver um filme, sentei do lado dela numa de acompanhar, acabou que a parada era megapesada, saca filha morrendo de câncer? Um drama sinistro.

A minha mãe começou a chorar e quando a minha mãe começa a chorar, mano, parece que o troço não tem recuperação.

Na real, também dei uma chorada. Mas foi um lance mais interno, não extravasei em lágrimas e tal.

Mas pra ser totalmente sincero a inauguração bizarra das férias nem foi essa.

Foi o que rolou depois do filme.

A minha mãe deu uma enxugada no rosto e partiu para umas conversas mais leves, tipo umas paradas do dia a dia, aí perguntou:

— Acredita que a Maria Lúcia viu você no Rio?

— Sério?

Quer dizer, até aí nada.

Ela respondeu:

— Sério, achou que fosse você mas não tinha certeza.

Maria Lúcia tinha sido a melhor amiga da minha mãe na época de colégio, tipo as duas iam para o baile juntas, é sinistro "baile". Mas agora as duas só se cruzavam na rua, num esquema meio escasso de intimidade, a intimidade tinha ficado em outro tempo. Na real, é pirado você imaginar que a Nara de repente pode virar alguém com quem eu vá cruzar na rua numa de bom-dia, boa-tarde, como está a família. Só que também não foi esse pensamento que inaugurou as férias de um jeito macabro. O negócio foi que a minha mãe disse:

— Ela viu você andando no calçadão com a Nara.

Quer dizer, até aí nada.

Perguntei:

— Saindo da praia?

— Não, à noite, por isso ela não tinha certeza se era você, estava escuro.

Então ficou meio evidente e tal que se tratava do dia em que tinha rolado o ponto alto da viagem, os dois caras passeando de mãos dadas, depois contemplando a ideia de mar.

Quer dizer, até aí nada, você deve estar pensando.

Mas na real fui para o quarto meio noiado, nem sabia por quê, deitei na cama numa ao contrário, os pés na cabeceira, fiquei olhando a parede, o recorte do golfinho que eu tinha colado ao lado da fotografia sinistra da Madonna, para homenagear *Imensidão azul*, já que não tinha conseguido o pôster do filme. Quer dizer, eu me amarro em golfinho.

Comecei a cantar *I wish I could swim like the dolphins, like dolphins can swim*, tipo murmurando o troço, na real *Heroes* me enche de uma sensação sinistra, não é à toa que em *Christiane F.* a música vem na hora em que eles estão correndo na estação de metrô, tipo zoando, curtindo uma de ser jovens, isso antes de a barra pesar, que depois a gente sabe que o buraco fica mais embaixo de um jeito bizarro. Na real, você já assiste à parada com pânico porque sabe o que vai rolar, eu tinha lido o livro, quando a galera começa a se picar eu quase fechava os olhos, mano. Quer dizer, também sou um *merda de galinha* total, tenho pânico de agulha, o tipo do troço que o cara mais esperto de repente nem partilha para a geral. Mas, se você for parar pra pensar, rola uma vantagem de o sujeito ter pânico de agulha: de overdose de heroína ele não morre.

Quer dizer, de repente é bom você ver um lado positivo num lance onde parecia não rolar nada do gênero.

Mas entrei nessa de ficar cantando *Heroes*, olhando a fotografia do golfinho e lembrando do Jean-Marc Barr com as pirações dele, aquela ligação sinistra com o mar, para onde ele acaba indo no fim, *It's much better down there, it's a better place*, deixando a namorada grávida. Quer dizer, fiquei pensando nessas paradas meio nada a ver, ao mesmo tempo que me sentia bolado com o que a minha mãe tinha dito, sem fazer muito ideia da razão, na real sou um cara que tem esse lance de às vezes sentir a parada antes de entender, não sei explicar. Até que o troço ficou claro.

Quer dizer, na real talvez claro seja exagero.

Pensei: e se fosse eu passeando de mãos dadas com outro cara? E se fosse eu contemplando a ideia de mar depois de dizer "É pura adaga de gelo" com uma leveza sinistra, sem olhar para ninguém, o resto do mundo nem existindo? Quer dizer, o sujeito pensa que está seguro no Rio de Janeiro, a família guardada a cento e blau quilômetros do calçadão de Copacabana, mas sempre rola uma Maria Lúcia para cortar a onda.

Do jeito que tenho uns azares bizarros, posso me mudar para o Polo Norte, mano, que a Maria Lúcia vai se especializar nos povos esquimós e me encontra.

O surreal é que esses pensamentos rolavam na minha cabeça enquanto eu cantava *Heroes*, o troço me deu uma vontade sinistra de chorar, na real acho que eu tinha engolido as lágrimas durante o filme, essa de chorar para dentro às vezes acumula a parada, e câncer é um troço que não me entra, mano, aids, tem uns lances que você pensa existe pra quê? Aí chorei.

Abri a porta do armário e fiquei me olhando chorar, não sei por que motivo. Quer dizer, eu não fico bem chorando, na real rola uma cara de pastel bizarra, aquela megatransfiguração, até a minha cor muda, os olhos naquele esquema injetados, mas fiquei me olhando chorar, sentado na cama, com as mãos no colo, mandando *Heroes*, uma parada 100% vexatória, fiquei ali até o troço passar. E é sinistro como chega uma hora em que passa.

Só que mandei pra dentro um sonífero, por precaução. Que também rolava uma urgência e tal de dar uma apagada.

E por sorte não sonhei.

No dia seguinte, rolava concentração zero de frente para o livro de biologia, eu lendo "Os mecanismos reguladores do ritmo respiratório desencadeiam a atividade nervosa do centro respiratório no bulbo, o qual, por sua vez, coordena o trabalho muscular do diafragma e dos músculos intercostais através de nervos do sistema nervoso autônomo" e não entendendo porra nenhuma, lendo "Os mecanismos reguladores do ritmo respiratório desencadeiam a atividade nervosa do centro respiratório no bulbo, o qual, por sua vez, coordena o trabalho muscular do diafragma e dos músculos intercostais através de nervos do sistema nervoso autônomo" e não entendendo porra nenhuma, lendo "Os mecanismos reguladores do ritmo respiratório desencadeiam a atividade nervosa do centro respiratório no bulbo, o qual, por sua vez, coordena o trabalho muscular do diafragma e dos músculos intercostais através de nervos do sistema nervoso autônomo" e não entendendo porra nenhuma. Quer dizer, de repente a pessoa normal dá de ombros e segue em frente, mas eu sou capaz de ficar lendo a mesma parada o dia inteiro e não sair dela.

Isso com o despertador preto mostrando que o tempo está passando.

Quer dizer, também é aquela história: as bizarrices que a gente tem que aprender. E biologia eu ainda curto. Imagina se fosse física.

Quando guardei a tralha do colégio, minhas horas cheias não somavam nem meia, às vezes é sinistro o sujeito não querer dar uma enganada em si próprio. Se fosse outro, dizia que estudou a manhã toda e ia feliz da vida mandar sua trepada vespertina.

Quer dizer, eu tinha um encontro com o Diogo.

E o troço começou bem. Tipo, rolou uma sincronia e tal na hora marcada, a gente chegou ao ponto de encontro meio junto e, quando entrei no carro, ele estava ouvindo a fita que eu tinha dado de presente, uma parada que me fez sentir um lance megabom.

E o Diogo disse:

— Senti saudade.

Apertando a minha perna e abrindo aquele sorriso de canto de boca sexy dele, fazendo o meu badalo despertar de um jeito meio instantâneo.

Respondi:

— Eu também.

Quer dizer, depois que o badalo desperta, mano, você manda uma dessa até quando não é verdade.

Mas era verdade.

Então o troço começou bem.

Só que o Diogo teve que tirar a mão da minha perna para fazer uma curva e, depois da curva, continuou segurando o volante, as duas mãos na direção como se toda a atenção fosse pouca, a gente sabe que se bobear até vendado o cara chegava à casinha xexelenta no fim do mundo, mas rolou essa das duas mãos grudadas no volante, a minha perna desperdiçada no banco do carona, balançando pra lá e pra cá num abandono meio sinistro, na real parecia que eu estava nu e nem era com o cara.

Aí ele perguntou:

— E a menina?

A gente não tinha conversado sobre a Carolina depois do sábado, eu não queria conversar sobre a Carolina com o Diogo, na real não queria conversar sobre a Carolina com ninguém, não gostava nem de pensar na parada. Quer dizer, tem uma hora em que tu tem que tomar uma decisão, e a decisão que eu tinha tomado era que podia "dar uns pegas" nela, mas o troço ficaria por aí, mesmo que a Carolina estivesse "gamadinha".

Respondi:

— Tranquilo.

— Vocês ficaram?

— Ficamos.

— É melhor.

Quer dizer, as pessoas dizem qualquer merda pra não ficar caladas. Ou então ele realmente achava isso, um lance que a essa altura não surpreenderia nem a pessoa mais lesa. Na real, "É melhor" condiz à beça com "Vai nessa", mas sou um cara que se surpreende com as paradas, tipo defeito congênito.

Só que realmente não queria pensar no troço, não queria conversar sobre o assunto, aumentei o som e me recostei no banco, arregacei a janela pra sentir o vento e fiquei olhando o céu nublado, pensei na Nara, que se amarra em dizer que o dia está lindo mesmo quando a chuva já se armou, taí um troço que curto, o sujeito ver uma parada boa que de repente nem está ali.

Só que não conseguia me livrar do que o Diogo tinha dito, "É melhor", saca quando o negócio fica te impregnando? A minha vontade era me virar para ele e mandar de novo, na maior: "Você não se sente culpado?"

Quer dizer, aquela tinha sido a única vez em que o Diogo perdeu o rebolado total, dava gosto lembrar a cara bizarra dele quando se virou para mim e me abraçou naquele esquema 100% calado, chega senti pena. E eu tinha perguntado na inocência. Só que agora queria perguntar de maldade.

Mas não perguntei.

Não estava numa de diálogo, só queria olhar para fora da janela, o Diogo que se fodesse.

Quando a gente chegou ao fim do mundo, nem tive vontade de dar a olhada de praxe na piscina natural, de repente nadar um pouco. Quer dizer, cogitei a parada, mas era como se rolasse uma preguiça monstra. A gente entrou na casinha, ele estendeu o lençol, eu ajudando e tal, se tem uma parada que não curto é fazer cama, mas não é por isso que vou dar uma de reizinho, só em casa de vez em quando vale essa, que a minha mãe passa a mão na cabeça mesmo. A gente se sentou de costas um para o outro, ele tirando a roupa de um lado, eu tirando de outro, aí ele me entregou a camisinha e a gente trepou.

Na real, a parada foi megarrápida, o cara estava numa excitação meio sinistra, me apressava e tal com umas exigências, parecia que tinha entrado numa de só descarregar a tensão. Pra ser sincero, fiquei bronqueado, aquela sensação meio bizarra de que eu só estava ali pra constar. Tive vontade de mandar alguma barbaridade, tipo: "Quer descarregar a tensão, se inscreve na porra de um curso de ioga".

Depois o Diogo repetiu:

— Senti saudade.

E me abraçou.

Mas na real eu estava meio duro, tipo o corpo não reagia, uma parada meio estranha, não que eu tivesse sofrido um derrame ou coisa parecida, bate três vezes na madeira, mano, mas rolou essa de não me mexer, só respondi:

— Eu também.

O Diogo disse:

— A minha esposa vai passar quinze dias fora com as crianças.

Pra ser sincero, acho "esposa" meio dose, "esposo", o troço é meio risível, a pessoa ganha no ato um ar meio afetado. Na boa que prefiro "marido" e "mulher".

Mas mesmo que o Diogo tivesse dito "A minha mulher vai passar quinze dias fora com as crianças" não sei se eu teria ficado megaempolgado. Perguntei:

— Ah, é?

Mais numa de mandar um retorno, para o comentário do cara não ficar no vácuo. Quer dizer, eu estava bronqueado, mas era uma parada meio nebulosa, na real nem sabia por quê, o sujeito agora tirando a

"pele morta" das minhas costas num clima 100% gueixa, ainda mandou a seguinte:
— A gente vai poder se ver todo dia, se você quiser.

Só que, se a tua empolgação cresceu nessa, mano, guarda contigo, porque a minha continuou em baixa, na real sou um cara que tem umas reações meio piradas às vezes.
— Legal — respondi, mas saca quando falta o ponto de exclamação?

A sorte é que o cara nem percebeu, me abraçou num esquema meio apertado e disse:
— Eu te amo, sabia?

Quer dizer, era a primeira vez que eu ouvia uma parada dessa dirigida a mim, sei lá, talvez a minha mãe já tivesse dito, mas não que eu me lembrasse, na real a gente não tem mania de sair mandando eu te amo ao deus-dará, feito os americanos. E acho bom, que senão quando tu diz a parada num sentido real não rola peso.

Quer dizer, era pra ter tido peso e tal, de repente eu ter me virado para o cara e acontecer aquele olho no olho meio sinistro, saca novela? Só que não foi o que rolou, a minha cabeça estava cheia de pensamentos, uma parada megacongestionada, quando fico muito baratinado chega sinto uma espécie de calma, então estava calmo a ponto de não me sentir nem na obrigação de responder.

Passei o resto do dia nesse clima, na real parecia copiloto da minha vida, tipo levando a parada num esquema observador, de um jeito meio sonâmbulo, nem pensar em estudar à noite, não rolava cabeça, fiquei inventando história para os quadrinhos que de vez em quando sinto vontade de criar. Inspirado em *Memórias de um sargento de milícias**, fantasiei

---

* Para a galera que se amarra nuns contextos e tal, taí uma questão da prova de literatura que tinha rolado na última semana de aula, sobre o livro:
Memórias de um sargento de milícias é uma obra inovadora para sua época. Indique a afirmação que não se refere a esse romance:

a) Apresenta o realismo de inspiração — a procura da verdade histórica, da reconstituição verídica do local, dos trajes, dos costumes.

b) Registra com fidelidade o português popular da época, uma linguagem direta e natural que se afasta constantemente da norma gramatical, empregando, por exemplo, o verbo haver (no sentido de existir) pessoal, ou fazendo colocações pronominais distantes de rigorismos normativos.

c) Possui um narrador que intervém na história, sublinhando sua presença em comentários ou diálogos com o leitor, usando um tom irônico ou debochado.

d) Rompe com o Romantismo e seus padrões, principalmente na criação do anti-herói e sua variada galeria de tipos populares.

PARA A SUA JUKEBOX

umas aventuras sexuais megabizarras intituladas *Memórias de um sargento de Melissas*, na hora o troço me pareceu megaengraçado. E olha que ainda não tinha mandado pra dentro o sonífero que depois foi meio indispensável e tal, as cigarras numa cantoria sinistra.

Às vezes, parece que as desgraçadas sabem quando botar força na garganta pra infernizar o sujeito.

Fiquei cantando *Don't say a prayer for me now, save it 'til the morning after, no, don't say a prayer for me now, save it 'til the morning after*, tipo numa de tentar me embalar, procurando o sono, é meio pirado que quando o sono chega afinal tu não se dê conta, mas uma hora ele chega, embora eu sempre tenha certeza de que dessa vez não, de que agora vai ser pra sempre eu nesse esquema acordado, fora a solidão de quando está todo mundo dormindo e só você ali, vigiando o universo, que nessas horas parece que o Japão ensolarado no outro lado do mundo é ficção científica, mano, o que rola é a escuridão do universo e você de olhos esbugalhados rolando na cama, na boa que chega um ponto em que tu pensa que não vai aguentar.

No dia seguinte, acordei pelo avesso e pra variar enfrentei concentração zero de frente para os livros do colégio, comecei com física, fui para química, biologia, acabei em português, mas quem disse que assim ia? Já era fim de tarde quando botei na cachola que queria um sanduíche de atum, saca quando as suas decisões só se dão nesse nível? Pensei: quero um sanduíche de atum e fui para a cozinha, na real *Don't say a prayer for me now, save it 'til the morning after* não me saía da cachola, tenho a mania meio sinistra de ficar cantando as músicas que estão no esquema REPEAT da minha jukebox, a galera de casa já nem liga, o meu pai só baixou o livro e perguntou:

— O que você está cantando?

— *Save a Prayer*, do Duran Duran.

Ele riu, na real pra minha surpresa total, que graça era uma parada que eu não conseguia enxergar na resposta. Mas aí o meu pai me explicou de onde vem o nome Duran Duran. Quer dizer, é meio sinistro que pai e

---

e) Romance de costumes realista, repudia a visão sentimentalista do amor, do casamento e do final feliz.

A resposta certa é a E, então o sujeito que decidiu ler a nota de rodapé e chegou até aqui de repente fica sabendo quatro coisas que dizem respeito à parada e uma que não diz, o que não deixa de ser uma maneira de conhecer o troço.

mãe continuem explicando para a gente uns lances que na real fazem mais parte do nosso universo do que do deles, tipo, nem sempre isso acontece, mas às vezes. E fiquei sabendo que o nome da banda vem do vilão de *Barbarella*, um filme com a Jane Fonda que o meu pai já tinha visto várias vezes, porque se amarra nela a ponto justamente de saber o nome do vilão, cada um com as suas preferências.

Quer dizer, acho que se eu tivesse que pensar numa atriz preferida e tal o bicho pegaria na íntegra, sei lá, na real me amarro na Glenn Close, tinha achado sinistra a cena final de *Ligações perigosas*, mas se eu for ser totalmente sincero acho que o meu pai e eu curtimos essas atrizes num esquema meio pop star. Quer dizer, como é que você diz que uma atriz americana é a sua preferida quando rola Fernanda Montenegro por aqui?

Nem pensar, mano.

Sem querer fazer a linha ufanista.

A gente tinha visto a Fernanda Montenegro no palco, numa megatragédia chamada *Fedra*, e vou te dizer: o bicho pega quando ela entra em cena.

Depois ainda ficamos esperando a saída dos atores, comigo rola esse lance província total em relação a algumas celebridades, me amarro em ver uma galera mais sinistra, a Cássia Kiss fazia parte do elenco. Quando saiu do teatro, olhou para mim, olhou para a minha mãe e disse:

— Bonito ele, né?

Fiquei me achando.

Quer dizer, na real é difícil o sujeito ter uma atriz preferida, eleger alguém é sempre bizarro.

Ou eleger alguma coisa.

A minha mãe tem filme preferido, já pensou? O barato se chama *Retratos da vida*, não preciso nem dizer que o estoque de lenços da casa diminui quando ela aluga a parada.

De qualquer maneira, a Jane Fonda não é só uma atriz, o meu pai me explicou que em *Barbarella* ela se tornou meio símbolo sexual.

Que deve ser um troço sinistro, você virar símbolo sexual, mesmo o negócio se inaugurando num filme chamado *Barbarella*, que tem um vilão chamado Duran Duran.

Na real, como eu não tinha aprendido nada de frente para os livros do colégio, acabou que esse se tornou meio o aprendizado do dia. E é sempre maneiro aprender, não importa o quê.

Mas ficar sabendo a origem do nome da banda não diminuiu em nada a minha frustração quando abri o armário da cozinha e vi que não tinha atum.

Eu só queria a porra de um sanduíche de atum, é pedir muito?

Na boa que senti vontade de fazer uma cena, queria azucrinar a minha mãe, na real ela é responsável pelas compras e a falta de atum na casa era culpa dela, uma sorte a minha mãe ainda não ter chegado em casa. Eu estava bronqueado.

Só que uma coisa é certa, mano: quando as suas decisões só estão se dando nesse nível — de querer um sanduíche de atum, por exemplo — você corre atrás do objetivo, até porque em geral não chega a ser uma parada difícil. Vesti uma calça e uma camiseta, peguei o dinheiro na mochila e fui para o supermercado.

A cabeça naquele esquema sinistro, não é sair de casa que vai me deixar menos baratinado.

Quer dizer, às vezes funciona.

A real é que fico bolado quando devia estar fazendo uma parada e não estou, rola essa de me sentir pela metade total. Quer dizer, também estudar quando você é vestibulando fica sendo meio obrigação full time, se o sujeito entra de cabeça nessa viagem deixa de lado até umas necessidades básicas.

Quando cheguei ao supermercado tinha tomado mais uma decisão.

Decidi que também compraria um rocambole de chocolate.

Mas antes fui pegar o atum, que era o principal, gosto de manter uma ordem nas prioridades.

Quer dizer, antes de chegar ao corredor dos enlatados ainda pensei: se bobear vai estar em falta. Mas não estava.

Peguei uma lata, ela estava grudada na de baixo, às vezes rola esse lance, mas em geral o troço é fácil de desgrudar, não exige um grande esforço do consumidor e tal, só que essas duas latas estavam coladas num esquema bizarro, na real exigia um pouco de força pra separar. Nada de que eu não desse conta, mas aquilo me fez entrar 100% em outra errada.

Quer dizer, a pessoa normal separa as latas e segue em frente. Mas eu fiquei pensando uns troços que na real só o cara que já está meio pronto para a camisa de força pensaria, tipo que as duas latas queriam ficar juntas, que de repente eram irmãs.

Piração, eu sei.

Mas o tipo do troço que às vezes rola na cachola.

Só que uma hora você tem que se chamar na xinxa, até porque o dinheiro não vai dar para duas latas de atum e o rocambole de chocolate, e o sujeito não comprar o rocambole de chocolate por causa de uma doideira dessa ordem é uma parada que não cabe nem na minha ilha. E olha que a minha ilha é um lance amplo.

Deixei a segunda lata na prateleira, meio separada das outras, achei que ela ficaria melhor sozinha. E fui comprar o rocambole de chocolate, que na real nem chega a ser muito gostoso e custa mais ou menos igual a uma bomba de chocolate da doceria onde eu tinha visto o Diogo pela primeira vez, só que o rocambole é tipo quatro vezes maior e, se eu for ser totalmente sincero, prefiro quantidade a qualidade.

Quer dizer, o rocambole é feito pelo próprio supermercado, vendido num esquema a peso, então rolam umas variações de custo. Notei que, se eu comprasse um dos menores, daria pra levar a segunda lata de atum, a conta meio justa e tal, mas até aí nada.

Na boa que a parada me tranquilizou.

Voltei para a gôndola dos enlatados, a segunda lata me aguardando ali numa solidão meio medonha.

Estava pegando ela quando vi o Diogo.

De branco, fazendo a linha dentista recém-saído do consultório.

Me olhando de um jeito sinistro, saca seriedade total, tipo uma cara meio pós-desgraça absoluta, você pensa o quê? É aquela história: alguém da família morre e tu continua tendo que fazer as compras do mês. O carrinho dele estava cheio.

Fiquei meio preocupado e tal, entrei numa de avançar para onde ele estava, mas aí rolou uma parada que mais cedo ou mais tarde a gente sabe que rolaria, só que não leva fé, tipo mais ou menos o que acontece quando você pensa na própria morte. Quer dizer, tu tem certeza de que vai rolar um dia, mas no fundo acha que não.

O que aconteceu foi que uma mulher surgiu à esquerda do Diogo, dizendo:

— Amor, acredita que não tem Ana Maria?

Com uma voz estridente da porra.

Quer dizer, na real nem prestei atenção no timbre da voz.

O Diogo olhou para ela com a cara mais bizarra do mundo, se fosse comigo é meio de lei que eu perguntaria: "Que cara é essa, mano, viu fantasma?" Mas a mulher nem se deu conta. Depois de uns anos de casado de repente você já não percebe neca que rola com o parceiro, ainda mais se é só uma cara bizarra saída do nada, no meio do supermercado, quando você diz para ele que Ana Maria está em falta.

Os dois começaram a descer o corredor na minha direção, eu naquele esquema 100% petrificado, parecia que estava brincando de estátua, o bicho pegando total.

Quando os dois passaram por mim, o Diogo já tinha sido acometido por um torcicolo assassino, estava todo duro, olhando para o outro lado. A mulher disse:

— Ah, atum.

E pegou duas latas da mesma marca que eu tinha pegado, uma sorte eu ter salvado a irmã da minha, senão que sina.

Quer dizer, a mulher era meio errada na íntegra, não sei explicar, tipo meio gorda e tal. Não muito gorda, mas você via que era uma mulher mais velha, tipo de seus 30 anos, que já tinha trazido a prole para o mundo. E usava umas roupas nada a ver. Quer dizer, na real estava tudo nos conformes, o par ideal para o Diogo, saca Grace Jones: *I'm not perfect, but I'm perfect for you.*

Juro que cheguei a pensar isso, mano, não estou brincando.

Os dois foram para a caixa, eu ainda naquele esquema petrificado, a gente sabe que comigo as paradas demoram a se desenrolar e tal. Mas não era agora que eu entraria numa de me obrigar a mudar. Quer dizer, se tem um troço que odeio é quando a minha mãe diz que preciso ter mais expediente, só a palavra já me deixa numa rebordosa sinistra. E nessas horas a minha mãe carrega no vocativo: "Caco, Caco, você precisa ter mais expediente, meu filho!"

Quer dizer, eu curto o meu nome e tal, acho maneiro quando perguntam "É nome mesmo?" Se fosse grafiteiro nem teria que inventar apelido, mandaria logo:

Me amarro no nome e tal, mas não vem abusando dele, que gasta.

Custei a sair da posição de estátua, fui para uma fila no outro extremo do supermercado quando os dois já estavam sendo atendidos. A minha mente ainda congelada, na real o corpo costuma reagir antes da mente, pelo menos comigo rola isso direto.

Tipo, o corpo sabe.

Eu estava desnorteado total, se fosse pensar em como se age em fila de caixa não conseguiria processar o troço, mas botei meus produtos na frente da mulher, entreguei o dinheiro, peguei as moedas que sobraram de troco e rumei para casa sem olhar para trás. Quer dizer, isso tudo sem raciocinar que era a maneira certa de agir, acho que se tivesse dependido da cachola teria ficado vagando por ali, sem me lembrar do que fazer em seguida.

Mas o corpo sabe.

Quer dizer, eu não estava pensando direito, a cachola naquele esquema 100% baratinado que já era meio praxe, o estado quase calmo, sinistro deve ser quando você começa a achar que é normal viver nessa. Porque deve rolar, mano.

Rola de tudo. É só estar ligado, que tu vê.

Mas o Diogo podia ter me cumprimentado, não é não?

Quer dizer, era meio certo que essa parada fosse rolar um dia, tipo a gente se esbarrar numa situação meio bizarra, eu com alguém da minha família ou ele com alguém da família dele, uma sorte os filhos não estarem junto. Até porque uma das crianças na certa abriria o berreiro por não ter Ana Maria, imagina eu tendo que assistir à parada.

Se tem um troço que não curto é Ana Maria.

Eu como e tal, mas não curto.

Agora, o Diogo podia ter me cumprimentado.

Mesmo tendo entrado numa de panicar total.

Mesmo que fosse num esquema cara de paisagem, sei lá, um aceno xexelento de cabeça, qualquer droga. Depois inventava para a mulher que eu era um paciente cheio dos canais.

Qualquer droga.

Mas não me cumprimentou.

Isso depois de mandar "Eu te amo, sabia?" na maior caradura, um dia antes, meio feliz da vida porque a *esposa* passaria quinze dias fora com as crianças, vai se foder.

Pra piorar quase levei mais um estabaco na rua e ainda tinha que chegar em casa numa 100% natural, fui para a cozinha com as compras e comecei a preparar o sanduíche de atum, pensando que merda, que merda. Quer dizer, que azar sinistro, só comigo rolam umas bizarrices desse gênero, na real se eu fosse grafiteiro devia assinar

O único entrave é que o nome seria grande demais, daria tempo de sobra para a polícia chegar com a repressão e me botar em cana, o que também viria a calhar, você pensando bem.

Não tem nada que eu odeie mais do que polícia.

Saca os Titãs? Faço coro.

Mas o azar era meio óbvio e tal. Quer dizer, quantas vezes na vida eu entro numa de tomar a decisão de que quero um sanduíche de atum? Se bobear a parada era inédita. E em geral tem lata de atum sobrando em casa.

Quando o meu pai entrou na cozinha, eu já estava comendo o primeiro sanduíche. Se eu for ser sincero, pra ficar perfeito tinha que ter rolado alface, mas eu não estava com saco de lavar o troço, a minha mãe diz que precisa deixar de molho em água com vinagre, esse tipo de parada vai destruindo qualquer vontade de fazer o sanduíche perfeito.

O meu pai chegou na cozinha meio de bem com a vida e tal, um lance que você nota de cara porque, quando está de bem com a vida, o velho entra numa de assobiar. Olhou para mim, disse:

— E aí, Duran Duran, viu como nada na vida se perde, tudo se transforma?

— Falou, Lavoisier.

Ele abriu um sorriso meio cheio dos orgulhos, na real sem motivo, porque a Isabel e eu tínhamos crescido ouvindo as máximas que o cara costuma mandar, uma hora você aprende quem disse o quê. O inusitado seria não aprender.

Botei pra dentro três sanduíches de atum e ainda uma fatia megagrossa do rocambole, tudo à base de muita Coca com gelo, que sem Coca prefiro nem comer, a parada é indispensável a esse ponto. Depois limpei a bagunça e fui para o quarto, liguei o rádio, mas estavam rolando umas músicas bizarras e fui obrigado a mandar um disco do Eurythmics, que já estava no prato.

Aí fiquei lembrando do Diogo quando passou por mim naquele esquema torcicolo total.

Eu estava bronqueado.

Pensei na mulher dele, *I'm not perfect, but I'm perfect for you*, o par ideal.

Olhei o retrato do Duran Duran na parede, ao lado do Cazuza.

Agora só faltava o meu pai entrar nessa de me chamar pelo nome do vilão de uma parada chamada *Barbarella*.

Pensei no Diogo, "Eu te amo, sabia?"

Pensei na mulher dele, "Amor, acredita que não tem Ana Maria?"

Pensei que era meio escroto da minha parte mandar essa de que a mulher do cara era gorda e usava umas roupas nada a ver. Até porque, se eu for ser totalmente sincero, não era verdade. E mesmo que fosse.

Quer dizer, a mulher não tinha culpa de ser casada com um sujeito qualquer nota.

E, se alguém além dele estava errado, com certeza não era a mulher, era eu.

O Duran Duran.

Vilão de uma parada chamada *Barbarella*.

Na real, *I'm not perfect, but I'm perfect for you* estava valendo muito mais para mim do que para ela, porque a *esposa* não sabia o marido que tinha e eu conhecia o cara de cabo a rabo, literalmente. E o troço não era bonito.

Quer dizer, o Diogo que se fodesse.

Fiquei repetindo essa parada na cachola, num esquema 100% agulha enguiçada, tipo mantra, se bobeasse virava budista, ainda mais agora que o negócio estava na moda. Imagina eu entoando os cânticos da Tina Turner de frente para o meu santuário particular, seria sinistro.

Quer dizer, não exatamente.

Mas fiquei repetindo o troço até a minha mãe bater na porta para avisar que tinha chegado, aí continuei repetindo a parada.

Não estava numa de fazer nada, olhava para um lado, olhava para o outro, encontrei O *guia do estudante: Cursos & profissões*, abri na página 134 e reli o texto sobre comunicação visual, era o tipo do troço que me dava uma espécie de tranquilizada, ainda mais quando entrava na minha parte preferida: "o profissional projeta e executa anúncios, outdoors, embalagens de produtos, capas de livros, luminosos".

Reli três vezes.

Mas chega uma hora em que não dá para continuar, porque cansa. Quer dizer, é impressionante como o único troço que você pode fazer à vontade, mesmo cansado, é repisar uma parada na cachola.

Então continuei levando o mantra depois de fechar o livro.

E também ficava pensando umas paradas meio medonhas, tipo, era surreal que eu tivesse gravado uma música como *It's No Good* para o Diogo, um troço 100% vexatório pelo qual eu já tinha inclusive entrado numa encabulada bizarra a ponto de não querer admitir o lance, só que sempre chega a hora em que admito umas paradas que fiz e gostaria de não ter feito ou gostaria de manter em segredo, tipo acabo entregando o jogo e tal. Mas a gente é o que pode ser.

É aquela história: quem nasceu para Bala Juquinha não chega a Sonho de Valsa.

Sei lá.

A certa é que o Depeche Mode me retalharia se soubesse que dediquei uma canção como *It's No Good* para um sujeito como o Diogo. Porque na real gravei a parada numa de que ele fosse entender como mensagem e tal. Quer dizer, se existisse uma máquina para voltar no tempo, eu estava na fila.

Mas também é aquela outra história: eu e a minha mania de querer influenciar a jukebox dos outros.

E pior: se tu acha que nessa aprendi a lição, é melhor ir pensando duas vezes.

Pau que nasce torto, mano, tu já sabe. A lenga é certa, estamos aí eu e o Diogo pra comprovar. Ele principalmente, o filho da puta.

Uma parada em que não me amarro é desejar mal para os outros, mas, se eu for ser totalmente sincero, queria que a jukebox do Diogo desse curto.

Quer dizer, é sinistro dizer "a jukebox do fulano" porque na real a jukebox *é* o fulano. Mas, se você parar pra pensar, a gente tem essa mania de dizer "o meu corpo", "o meu cérebro", "a minha alma", tipo megaproprietário de tudo, quando na real a gente *é* o corpo e *é* o cérebro. E talvez a alma, pra quem acredita.

Esse é um pensamento que volta e meia me deixa meio baratinado e tal. Aí vem o Bowie e estende o troço para outras bandas: *I am a DJ, I am what I play.*

Quer dizer, na real não era à toa que a jukebox do Diogo fosse um troço meio desencontrado.

O filho da puta.

Fiquei repetindo o mantra até a minha mãe bater na porta para avisar que era telefone para mim, aí fui obrigado a parar na marra.

Quer dizer, já eram tipo umas dez da noite, fiquei surpreso total quando mandei:

— Alô.

E ouvi o Diogo dizer:

— Caco.

Parecia que o troço não estava acontecendo, que na real era a Nara com a voz para lá de grave, tipo deixando a Demi Moore léguas atrás no quesito rouquidão. Mas o troço estava acontecendo e era o cara do outro lado da linha, numa urgência bizarra para se certificar de que eu estava bem, se desculpando meio cheio dos dedos e das preocupações, de um jeito megassussurrado, dizendo que no supermercado tinha ficado nervoso, que não tinha conseguido mandar nenhuma reação, que estava morrendo de saudade, que eu ficava bem à beça no meu moletom vermelho.

Não respondi, ainda estava naquele esquema bronqueado, fora o susto.

Mas a gente se despediu numa boa e não tomei o sonífero que estava achando que seria meio de lei.

Na real, dormi feito pedra e ainda sonhei com o Silvio Santos, vai entender.

pop art

Quando o sujeito não está com cabeça para um troço, é melhor não insistir.

Mas eu insisto.

Quer dizer, na real rola uma pressão interna monstra se a parada é meio obrigatória para o consenso, tipo estudar quando você é vestibulando e está em casa coçando o saco. Então eu ficava de frente para os livros, naquele esquema já conhecido, volta e meia travando em algum ponto, numa luta medonha comigo mesmo.

E sempre perdia.

Quer dizer, chega um momento em que tu desiste, confere no relógio que já se passaram três horas e vai agir a vida de outra maneira, que dessa está meio certo que não rola, você se sentindo pela metade ou não.

O meu primeiro pensamento era sempre engatar num livro de ficção e tal, mas a cachola não estava nem para literatura, e ler não chega a ser uma parada obrigatória para o consenso, mesmo quando se trata dos livros protocolares.

Quer dizer, se o sujeito está nessa de concentração zero é melhor seguir para uma parada braçal tipo lavar louça, ou então ir ao videoclube alugar um troço.

E lavar louça não é comigo.

Quer dizer, deve ser assim que o cara se torna cinéfilo.

No videoclube, a vontade era sempre entrar no quartinho inglório dos "eróticos", mas eu achava meio bizarro alugar fita de sacanagem em dia de semana, comigo rola esse lance de tentar manter uma linha, me ater aos limites da rotina e tal, aí segurava as pontas e seguia para os outros setores.

Aluguei *Barbarella*, que o meu pai quis rever quando chegou em casa, depois de me perguntar meio cheio das expectativas:

— E aí, gostou?

— Gostei.

Quer dizer, mesmo que não tivesse me amarrado no filme, eu responderia isso, não ia dar uma insatisfação ao cara sem motivo.

E a Jane Fonda é sinistra, na real fica meio autoexplicativo por que virou símbolo sexual com o filme, a cena mais hilária é quando um cara de outro planeta pergunta a ela se ela é a mulher padrão da Terra, e ela responde que fica na média. Quer dizer, é o tipo de graça que tu não chega a extravasar e tal, mas abre um sorriso por dentro.

Na real tentei assistir ao filme com os olhos do meu pai, que tenho isso de querer enxergar umas paradas como as pessoas que curtem o troço.

Achei a fita bacana.

E eu estava lá, o Duran Duran, bizarro.

Depois aluguei um musical meio no susto, na real o tipo de gênero que não curto, a cantoria sinistra suspendendo 100% a realidade da narrativa.

Aluguei uns filmes de terror, vi um que só vendo. Na real nem sei por que entro numa de assistir a essas paradas bizarras, terror me dá uma certa agonia, só quero que o troço termine.

Aluguei um filme espanhol, depois passei uns dias respondendo a tudo com *Me sentí fatal*, uma frase na qual me amarrei.

Na véspera do meu primeiro encontro com o Diogo depois do incidente surreal no supermercado, na real véspera da viagem da mulher dele com os filhos, aluguei uma parada de mudar a vida do sujeito, chamada *Minha adorável lavanderia*.

No cinema às vezes rola de o personagem estar numa livraria, por exemplo, e de repente cair um livro da prateleira na mão dele, tipo numa de predestinação total.

Não foi o meu caso.

Eu já tinha passado várias vezes pela capa de *Minha adorável lavanderia*, nesse dia estava sem saco de escolher o filme perfeito, ficar lendo aqueles releases meio surreais que às vezes entregam o enredo todo, fora a rasgação de seda na qual tu sabe que não pode confiar, peguei o troço na sorte.

Às vezes acontece.

Porque *Minha adorável lavanderia* é o seguinte, mano: fantástico.

Quer dizer, a parada começa você não entendendo muito bem qual é a dos caras, tu sente que o paquistanês tem um jeito meio flor e tal, mas até aí podia ser um lance cultural, não sei. Até que fica óbvio que os dois cultivam um love affair meio já de longa data, tipo desde quando eram moleques, e a gente tem certeza disso numa cena de beijo que é meio um gozo mental. De uma leveza sinistra.

Isso quando você já entendeu a bizarrice do pano de fundo na íntegra, uma Londres meio terra de ninguém, intolerância para todos os lados, paquistanês versus inglês, "Volta para a selva, jungle boy", um preconceito sinistro de uns contra os outros, fora a ganância que é meio pré-requisito para a sobrevivência.

Quer dizer, *Minha adorável lavanderia* podia deixar o espectador numa errada total, tipo você parando pra pensar nessas questões de poder e ódio, ainda mais quando a gente percebe que o pior preconceito entre todos os preconceitos é de longe o da homossexualidade, que essa é mantida num segredo esqueminha sete chaves, senão o buraco ficaria imediatamente mais embaixo.

Mas não entrei em errada nenhuma, terminei o filme querendo ser proprietário do filme, por mais que rolassem uns lances megapesados, mesmo entre os caras e tal.

Quer dizer, tinha a relação deles.

E um dos caras era o Daniel Day Lewis.

Na real, fiquei na pilha de botar na parede do meu quarto uma megafoto dele, que entrou para os meus Top Ten meio no ato.

Agora, ser proprietário do filme não rolaria, porque não tenho dois vídeos e não pediria à Nara para gravar o troço para mim nem que fosse questão de vida ou morte.

Quer dizer, aí de repente sim.

Fora que uns lances acabam tendo que depender na íntegra da memória, uma merda quando a tua não é lá essas coisas.

Mas acho que a minha é até meio turbinada, de repente daria para lembrar as cenas do filme até eu ter coragem de alugar o troço de novo.

Tu levou fé?

Melhor pensar duas vezes, mano, que se dependesse da minha coragem talvez fosse preciso lembrar as cenas para o resto da vida.

É sinistro o cara ser um *merda de galinha* total, pra ser sincero eu já estava amargando um sofrimento monstro só de pensar em ter que devolver a fita, tipo, às vezes rola de a mulher que fica no balcão perguntar se gostei, eu ia responder o quê?

Depois que a galera de casa foi se deitar, assisti à parada mais uma vez, nessa de aproveitar ao máximo o troço, depois bati uma no banheiro, primeiro embalado pelo Daniel Day Lewis, depois imaginando uns lances com o Tadeu. E ainda pensei no que será que o Tadeu pensa quando bate uma.

Quer dizer, só em pensar no Tadeu batendo uma já me dava vontade de bater outra. Mas fui dormir, que era para não gastar energia, saca jogador de futebol em véspera de campeonato?

No dia seguinte, quando chegou a hora do encontro com o Diogo, meti um caderno na mochila meio à guisa de álibi, por cima de *Minha adorável lavanderia*, e saí de casa sob um céu megacinza, o sujeito mais precavido e tal na certa voltaria para casa para pegar o guarda-chuva. Mas não voltei, já estava com a hora meio justa e não queria atrasar.

E também é bom o cara apostar que o sol vai abrir.

No videoclube, eu parecia ator ruim de filme de suspense. Quer dizer, quanto mais tentava ser natural, mais o troço ficava forçado. Quando tirei a fita da mochila, deve ter parecido que estava tirando uma arma. Ainda olhei para os lados, mas ninguém se abaixou.

A mulher que atende no balcão pegou o filme com um sorriso meio cheio das simpatias, fiquei esperando a pergunta, mas ela só conferiu se a parada estava rebobinada e disse:

— Certinho.

Acho que nunca agradeci com tanto sentimento, a mulher na certa achou que eu estava numa carência monstra.

Encabulamento é uma das paradas mais bizarras do mundo, sem dúvida.

Quando cheguei ao ponto de encontro, o Diogo ainda não tinha chegado. Mas não se passaram nem cinco minutos e a Parati já fazia aquela fila dupla meio esperada para eu poder entrar, a gente se cumprimentou naquela de mão apertando a perna, na real a imagem do cara com a esposa no supermercado estava grudada no meu cérebro, era estranho à beça ouvir o Diogo desfiar umas declarações para mim, tipo que estava morrendo de saudade, aí ele disse:

— Hoje tenho uma surpresa para você.

Perguntei:

— Qual?

Quer dizer, o tipo da pergunta 100% qualquer nota, se o cara me responde a parada deixa de ser surpresa no ato, um contrassenso surreal. Mas também eu não estava nem aí para mandar a pergunta certa, na real estava numa indiferença sinistra, o tipo do troço que nem recomendo.

Quer dizer, indiferença te deixa num marasmo interno medonho, tipo um sossego do mal.

Entendi parte da surpresa quando o Diogo dobrou à direita em vez de seguir em frente na avenida principal. Quer dizer, a menos que o cara tivesse decidido fazer um pit stop em algum lugar, a gente mandaria a bossa sexual em outra paragem que não a casinha arruinada no fim do mundo. Um alívio, até.

Pensei: bacana, nunca fui a motel.

Quer dizer, a maioria das paradas que são inéditas me mete um medo da porra. Mas quando se trata da bossa sexual domino o pânico na boa.

Só que a segunda parte da surpresa, que era tipo o local exato da carcagem, entendi meio no tranco, pra variar, depois que a gente tomou a direção de um bairro meio nobre e tal da cidade, onde não rolavam motéis, pelo menos até onde eu sabia. Quer dizer, na real não seria exatamente surpresa se o bairro tivesse a maior concentração de motéis da região, dado o que eu não sabia.

Mas não era o caso.

O Diogo saltou da Parati para abrir a porta de uma garagem, a gente entrou na garagem, o Diogo saltou do carro para fechar a porta, acendeu a luz e disse:

— Lar, doce lar.

A essa altura tinha ficado meio óbvio e tal que a gente estava na casa do cara, pra ser sincero até saí do meu marasmo interno, o troço era bizarro de um jeito surreal, sei lá, sentir o cheiro da casa do Diogo.

É sinistro como cada casa tem um cheiro, o troço é meio impressão digital das residências.

A gente subiu uma escada e deu numa sala megabem mobiliada, tipo set de filme americano, cada enfeite no seu lugar, parecia até que ninguém habitava o troço. Quer dizer, a vida sempre atrapalha essa de cada enfeite no seu lugar, tem sempre uma mochila em cima da mesa, um jornal meio espalhado ao lado do sofá, a tralha da mesinha de centro meio afastada para a esquerda, porque tu sentiu vontade de apoiar os pés no canto direito, essas paradas meio do cotidiano. Isso quando não rola coisa pior, tipo umas meias esquecidas em cima da televisão, ou prato com resto de comida no braço da poltrona. Mas ali, não. A vida não entrava naquela sala, um troço até assustador.

A gente também não entrou na sala.

O Diogo me puxou para o quarto, tirou a minha roupa, o meu badalo já naquele esquema enristado, se fosse outra época era motivo de eu ficar sem graça total. Quer dizer, é meio bizarro o seu badalo ficar duro por muito mais tempo do que o do seu parceiro, parece que tu é fominha e na real o troço independe de você.

Tipo, não estou querendo dar um recado com aquilo.

Mas a carcagem foi boa.

Quer dizer, acho que, por pior que role, a bossa sexual sempre é maneira e tal. Só que também foi para lá de estranha, porque, apesar de a minha cabeça estar voltada para o troço, eu também me ligava nuns detalhes do quarto, sei lá, tipo até a cor roxa do lençol, a colcha meio cheia das flores dobrada em cima da cadeira, o tapete megafelpudo onde vi uns chinelos pompom, mas o limite do sinistro foi quando olhei para a cômoda e vi uns porta-retratos, tipo sete, com fotografias do Diogo, da mulher e dos filhos, era bizarro ver o cara pelado de costas para mim na cama e ver o cara naquele esquema sorriso aberto com a família na cômoda.

Me senti o Duran Duran total.

Ainda mais quando avistei uma camisola branca no cabide que ficava perto do banheiro e imaginei que seria sinistro se o Diogo vestisse a parada. Na real, sinto meio tesão em homem com roupa de mulher, rola um lance no contraste que me deixa megaligado, saca bloco das piranhas no carnaval? Assisto mal cabendo na cueca.

Mas não pediria ao cara para vestir a camisola, só de imaginar o lance já me senti megavilão, imagina se executasse. Quer dizer, rola uma distância entre fantasia e realidade, por mais que às vezes a gente se sinta culpado só de fantasiar.

Mas não duvido que o Diogo se oferecesse para vestir a camisola se essa fosse uma fantasia dele, o cara tinha me levado para a casa da família, a gente trepando sob os olhares sorridentes dos porta-retratos. Daí a se enfiar na roupa de dormir da mulher de repente era um pulo.

E, pra ser totalmente sincero, acho que eu não recusaria a proposta se ele se oferecesse, até porque, me comparando ao Diogo, eu era quase mocinho de faroeste.

Quer dizer, não exatamente.

Na real, é perigoso o sujeito entrar nessa de se comparar com a galera, vai ter sempre alguém mais macabro do que você, para tu se sentir bacana.

Quando gozei, rolou uma parada inédita, que custei a entender, o troço me tomando de surpresa de um jeito que no começo entrei numa de não querer acreditar, tipo achando que era outra coisa, mas não era. Quer dizer, pela primeira vez senti o vazio de azulejo acompanhado.

PARA A SUA JUKEBOX

Isso por mais que o Diogo tivesse me tratado meio cheio das gentilezas no pós-coito, tipo trazendo Coca com gelo, que o cara sabia que eu curtia e tal; por mais que ele tivesse mandado essa de que me amava, o troço já quase entrando num esquema rotina; por mais que ele tivesse me abraçado com megacarinho, cheio dos afagos, antes de dormir.

Quer dizer, pra piorar o cara caiu no sono.

E fiquei ruminando o meu vazio de azulejo, que eu achava que só rolava depois de tu bater uma, sob os olhares sorridentes dos porta-retratos, naquele lençol roxo que na real era meio certo que não tinha sido escolha do Diogo.

Quando olhei outra vez para a camisola pendurada no cabide, o troço me pareceu triste à beça, não sei explicar, aquela roupa branca ao lado da porta do banheiro. Quer dizer, na real tudo começou a me parecer meio triste, até as portas fechadas do armário embutido. Mas nada foi mais surreal do que quando dei com os olhos em dois bonecos Playmobil largados no tapete.

Quer dizer, eu tinha brincado de Playmobil quando era moleque, nem sabia que ainda fabricavam o troço. É sinistro que, quando uma parada perde o interesse para você, tu não queira nem saber que destino ela teve.

Sei lá o que senti.

Quer dizer, fiquei com um bolo medonho na garganta, era meio brutal ver aqueles brinquedos largados no tapete, o Diogo já ressonando do meu lado, deitado de bruços, a bunda carnuda à mostra na íntegra, quase estendi a colcha de flores sobre o cara.

É real, foi isso que eu pensei.

O tipo da parada óbvia, mas é como se a história toda tivesse níveis de realidade, não sei explicar, e de repente entrasse no limite do real. Quer dizer, já tinha sido real pra cacete a mulher do Diogo dizendo "Amor, acredita que não tem Ana Maria?", depois pegando duas latas de atum da mesma marca que eu tinha escolhido.

A gente parando pra pensar melhor, de repente nem era essa de níveis de realidade, era mais um dedo sobrenatural batendo na mesma tecla de realidade, eu pegando no tranco.

Fiquei meio sem saber o que fazer, rolava sono zero, apanhei o caderno na mochila para dar uma estudada, mas cadê cabeça? Comecei a rabiscar umas paradas na última folha até olhar de novo para o Diogo dormindo, aí entrei numa de desenhar o cara, na real tenho a mania bizarra de desenhar o corpo masculino, mas o troço sempre precisa se basear na memória e tal, ou numa fotografia, essa era a primeira vez que eu me valia de um modelo vivo, involuntário que fosse.

Quer dizer, o cara nem sonhava que podia estar prestes a se tornar obra de museu, já pensou se eu fosse o Warhol?

Pra ser totalmente sincero, sempre que rola papel em branco na minha frente, entro numa de desenhar o corpo masculino. Ou a Tina Turner.

Seria megaoportuno se eu estivesse de walkman, mas quando tu imagina que vai precisar de walkman numa saída destinada meio exclusivamente à carcagem? Enquanto eu desenhava, baixou *Hand in Glove* a toda na cachola, fiquei cantando a música meio no sussurro para não acordar o Diogo, na real quase cantava pra dentro, *And I'll probably never see you again, I'll probably never see you again, I'll probably never see you again*, aí aconteceu a parada mais bizarra de um dia já meio cheio das bizarrices, que foi o seguinte: entrei numa de ficar embargado.

Quer dizer, a essa altura eu estava cansado de saber que comigo rola essa de o corpo saber uma parada que a mente ainda não atinou, então só depois que já estava numa de encher os olhos de lágrimas no maior gênero Maysa a ficha caiu e entendi que na real eu estava desenhando o cara e mandando *Hand in Glove* na cachola porque sabia que aquilo era uma despedida.

Quer dizer, já rolava algum tempo eu andar nessa de me envenenar à beça, querendo que o Diogo se fodesse, o tipo de parada que não é normal o sujeito ficar desejando para a pessoa com quem está vivendo um lance, seja namoro, caso ou casamento.

Ou talvez seja normal para uma galera, mas na boa que não é a minha batida.

Quer dizer, se estou com alguém, acho que gostaria de só desejar o bem da pessoa, tipo fazer o que estivesse ao meu alcance e tal pra deixar o cara feliz, sabendo que o cara faria o que estivesse ao alcance dele pra me deixar feliz, mesmo que fosse um troço megabesta como gravar uma fita com as músicas preferidas dele, músicas que ele gostaria de me mostrar, por achar que têm a ver com a gente ou só para entrarem de vez na minha jukebox.

Quando terminei o desenho, fiquei olhando a parada nessa de saber que seria a única lembrança que eu teria do Diogo, concreta e tal, fora o que estava gravado na memória.

Quer dizer, a minha memória teria que se sobrecarregar para guardar tanto troço.

Aí fiquei olhando o desenho enquanto lembrava umas cenas de *Minha adorável lavanderia* ainda megafrescas no cérebro, na real lembrava mais o clima do filme, tipo a leveza dos caras em meio àquela barra-pesada sinistra.

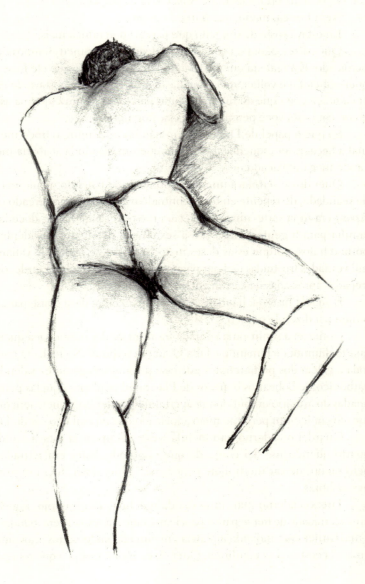

Quer dizer, se eu fosse o Warhol, duplicava a parada, jogava cor e ainda ganhava um troco.

Os caminhos possíveis da pop art.

Sei lá, em vez das latas de sopa Campbell, eu podia fazer a reprodução em série da embalagem de Ana Maria, já pensou?

Nem brinca, mano, que o troço é sério.

Eu estava triste de um jeito que parecia que nunca mais.

Quer dizer, agora eu voltaria na íntegra para os meus tempos de desperdiçado. E a real era que gostava do Diogo. Por mais que ele fosse qualquer nota total e volta e meia mandasse uma errada, eu gostava do cara, e era a única coisa que eu tinha, tu voltar para o zero num esquema assim é quase corajoso, você pensando por esse ângulo.

Só que o papel de Duran Duran não era para mim, o troço me fazia mal à beça, num esquema gota a gota que um dia ainda acabaria me deixando megaintoxicado.

Quer dizer, se rolava um dedo sobrenatural batendo na mesma tecla de realidade, de repente eu ter encontrado o cara no supermercado com a *esposa* era uma sorte, uma sorte o cara me trazer para o "lar, doce lar" da família para a gente levar a bossa sexual sob os olhares sorridentes dos porta-retratos, porque essas doses meio cavalares de realidade valiam por mil vontades frustradas de ligar para o cara depois das seis da tarde, ou mil trepadas apressadas na casinha do fim do mundo.

É aquela história: há males que vêm para bem, dava quase para ouvir o meu pai dizendo o troço.

Comecei a sentir uma vontade monstra de dar o fora, saca quando o quarto diminui de tamanho e falta O_2 pra tu respirar? Na real, era como se toda a galera dos porta-retratos estivesse puxando oxigênio e exalando gás carbônico, se bobear os bonecos de Playmobil também, aquelas portas fechadas do armário embutido me apertando por dentro, aquele lençol roxo me afogando num perfume meio adocicado que na real não era do Diogo.

Guardei o caderno na mochila, vesti a roupa e já estava saindo do quarto quando me dei conta de que não podia bater em retirada sem pelo menos deixar um bilhete para o cara. Quer dizer, rola um mínimo nessas horas.

Tirei o caderno mais uma vez da mochila, abri o estojo, fiquei tipo uma eternidade de frente para o papel em branco, a vontade era mandar uma Tina Turner comandando a plateia em cima daqueles saltos altos sinistros onde ela costuma se equilibrar. Quer dizer, eu não sabia o que escrever. E acordar o cara não era uma possibilidade: se nem no papel o troço ia, imagina numa conversa tête-à-tête.

Eu só queria dar o fora.

Aí cedi à minha vontade.

Quer dizer, tem uns mínimos, tipo deixar bilhete, que de repente às vezes precisam ser jogados para escanteio.

Botei a mochila nas costas, desci a escada, abri a porta, que na real teria que ficar destrancada, ela e a porta da garagem, uma parada meio arriscada e tal. Mas chega uma hora em que tu precisa ligar o foda-se.

Quer dizer, seria muito azar um ladrão entrar na casa, o tipo do lance possível, mas haja urubu na cabeça do sujeito.

Isso sem falar que chovia.

E eu estava triste de um jeito que parecia que nunca mais.

Quer dizer, se rolasse alguém do meu lado para me prevenir contra o pior, tipo que a casa podia ser de fato roubada ou que eu podia pegar uma pneumonia, na boa que eu argumentaria que o pior já tinha acontecido.

E não sou feito de açúcar.

Desci o morro num esquema meio escorregadio e esperei dez minutos no ponto de ônibus, com um casal que conversava sobre faturas e boletos, um troço deprimente pra burro. Mas o mundo está cheio de pessoas que se amarram num papo sinistro.

Quando cheguei em casa só queria me enfurnar no quarto, tipo nem de banho queria saber. Mas a minha mãe veio meio cheia das exclamações:

— Meu filho, você está ensopado!

Deu aquela exigida que eu tomasse um banho quente, já foi meio pegando os meus chinelos, a minha mãe é desse gênero. Em dois tempos já tinha o cenário armado. Se rolasse banheira, a espuma já estaria na borda.

Quando fui fechar a porta, ela me interrompeu com duas batidas. Na real, a minha memória pode ser megaturbinada, mas também não lembro quando entrei nessa de fechar a porta pra tomar banho, tipo exigindo privacidade. Tem uns troços que é difícil o sujeito precisar quando começaram.

E essas mudanças de rotina são sinistras.

Quer dizer, antes a minha mãe sempre entrava no meu quarto numa de me desejar boa-noite e tal, agora era eu que ia ao quarto dos meus pais para bater o ponto, tipo da porta mesmo, num esquema meio mecânico e tal. Mas quando foi que o troço mudou de direção?

Às vezes fico bolado com essas inovações.

Quer dizer, existe uma hora em que o filho para de beijar o pai? Só essa possibilidade já me faz panicar na íntegra.

Mas, de qualquer jeito, a minha mãe não interrompeu a minha fechada de porta numa de querer voltar no tempo nem nada parecido, só queria me dar um recado:

— O Diogo ligou.

Quer dizer, é meio bizarro a sua mãe te dar um recado desses pela fresta da porta do banheiro, não tem para onde tu correr os olhos. Quase vacilei, mas respondi:

— Ah, tudo bem.

Na real a parada já era meio esperada, você quer o quê, depois de sair da casa do cara sem deixar nem um bilhete? Eu só não imaginava que o Diogo já tivesse acordado, até porque não fazia nem ideia do que diria para ele, pra ser sincero só queria me enfurnar no quarto e deixar tudo pra depois.

A minha mãe prosseguiu com o recado:

— Perguntei se ele queria que você ligasse, mas ele disse que telefonaria de novo.

— Ah, tudo bem.

Aí ela não resistiu e mandou a seguinte:

— Não joga a roupa molhada no cesto.

Fechei a porta, fiquei um tempo encarando o espelho, tipo vários minutos, se rolasse um ombro pra eu encostar a cabeça e um ouvido pra me escutar eu na certa desfiaria o meu pout-pourri de lamentações, tipo reclamando que sou um cara meio cheio dos azares e tal por ter conhecido um sujeito casado, mas a real é que quem está na chuva é pra se molhar. Se você entra num cinema atrás de um desconhecido que tu viu numa doceria, esse é o tipo de surpresa que pode estar te esperando. Quer dizer, os sujeitos casados, os sujeitos pirados, os serial killers, essa galera anda por aí, se tu está na pista pra negócio é possível que esbarre num deles.

A gente pensando bem, a parada podia ser pior: eu podia nem estar aqui pra contar a história, picadinho no freezer de um maníaco.

Mas na real, ali no banheiro, de frente para o espelho, rolava de eu estar triste para além de consolação e não tinha essa de enxergar hierarquia de desgraças, vão-se os anéis ficam os dedos o cacete.

Entrei no banho meio contrariado e tal, mas depois não queria sair, uma parada que rola à beça comigo. Devo ter levado meia hora debaixo daquela água megaquente.

Estava terminando de me secar quando ouvi o telefone tocar, ouvi os passos da minha mãe se aproximando, as batidas na porta do banheiro. Me enrolei na toalha, sentindo um frio bizarro. Quer dizer, de repente pelo menos a pneumonia viria a calhar. Naquele momento eu queria estar incapacitado pra tocar a vida.

Na real, não queria.

Estava.

A minha mãe disse:

— Caco, telefone.

Abri a porta naquele esquema cu na mão total, peguei o aparelho e agradeci.

Quer dizer, por mais que o sujeito esteja entre a cruz e a espada, a situação adversa na íntegra, educação é o tipo da parada meio imperiosa.

Fui batendo em retirada para o quarto, que também levar essa conversa de frente para a minha mãe não rolava, quando ela avisou:

— É a Nara.

Na boa que senti os ombros baixarem.

Entrei no quarto, fechei a porta, desenrolei a toalha da cintura e deitei na cama, puxando a aba do edredom para me cobrir. Quer dizer, do outro lado da linha era a Nara. Por enquanto, era a Nara.

E eu queria esquecer o que podia vir depois.

— E aí?

— Ah, bubala, estou tão cansada. Nunca pensei que pudesse estar tão cansada aos 22 anos.

Quer dizer, o sujeito que pegasse a extensão pra ouvir a conversa na certa acharia que a Nara tinha pirado de vez, porque ela só tinha 17 anos. Mas se o sujeito conhecesse minimamente a Nara na certa já teria ouvido ela mandar essa, porque na real era uma constante nos diálogos dela: Demi Moore, *O primeiro ano do resto de nossas vidas*. Clássico.

— Por quê, garota?

— A vida, estudo, enxoval, o Trigo que agora deu pra fumar maconha.

Na real, era bom ouvir outra pessoa desfiando umas reclamações, parecia que eu não era o único de frente para um bufê de problemas. E a Nara se amarra em reclamar, a parada está nos Top Ten dela, embora a gente saiba que é teatro. Mas ainda assim.

— Maconha?

— Ontem a gente tinha acabado de transar, ele olhou para mim e perguntou: "Rapunzel, é você?"

Soltei uma risada sinistra, não estava esperando pelo troço.

— Não inventa.

— Estou falando sério, o cara fica louco. Depois disse que na vida passada eu tinha sido um caracol.

Olhei a foto do Duran Duran na parede, o negócio tinha ganhado um significado bizarro, eu seria obrigado a tirar a parada dali, substituir por outra.

— Um caracol?

— Respondi que ele tinha sido uma pedra. No meu caminho. Estou cansada, sabe?

Na real eu tinha arranjado uma foto sinistra da Marina, que só estava esperando a minha disposição pra ser colada e, pensando bem, se encaixaria ali meio à perfeição.

Quer dizer, eu não queria mais saber do Duran Duran.

Pelo menos até o Duran Duran voltar a ser só o Duran Duran.

— Também estou cansado.

— Mas tenho uma boa notícia, bubala. A Stella está vindo no fim do mês. Pra passar duas semanas.

Eu me amarrava na Stella e tal, mas na boa que precisava de uma notícia mais sinistra pra contrabalançar a queda livre que experimentava por dentro.

Quer dizer, de repente se o Tadeu tivesse escrito no meu muro "Caco, eu te amo", saca?

Mas o meu muro estava intacto.

O que não deixava de ser uma boa notícia. Na maré bizarra em que eu andava, não seria de admirar que rolassem uns palavrões macabros endereçados a mim.

Só que a Nara estava feliz, tipo a prima preferida e tal voltando depois de não sei quantos anos nos Estados Unidos. E isso também não deixava de me dar uma clareada na cachola. Quer dizer, era bom saber que a Nara estava com o ânimo em dia. E eu me amarrava na Stella, pelo que me lembrava dela.

A gente combinou que se veria em breve e tal, o tipo do troço que rola à beça antes de as pessoas desligarem o telefone, mas comigo e com a Nara é sempre pra valer, a parada não fica na promessa.

E só de a gente combinar de se ver já me deu uma entusiasmada.

Quer dizer, é sinistro como mesmo uma troca rápida de ideias com a Nara tem o poder de me arrancar na íntegra da cachola, tipo me botar no mundo, que pra ser totalmente sincero nem é tão ruim. Quer dizer, às vezes só quero tirar férias da cachola, sabe qual é?

Não deu cinco segundos que a gente tinha desligado, o telefone começou a tocar de novo, na real a Nara se amarra em deixar umas paradas pra ser ditas num esquema segundo ato, depois de um interlúdio rápido, pode esperar que sempre tem. Mas nesse dia não era ela que estava do outro lado da linha quando atendi cheio das displicências:

— Fala.

Quer dizer, eu não tinha me esquecido do Diogo nem nada parecido, mas na boa que a história tinha ganhado uma distância. Não muita, mas alguma.

O Diogo disse:

— E aí?

E me engasguei numa resposta que nem dei, saca quando tu gagueja ar porque não rolam palavras? Depois repeti a deixa do cara, num esquema eco vexatório total. Não que eu me importasse.

— E aí?

— Por que você foi embora?

— Sei lá, estava com vontade.

— Por que não me acordou?

— Você estava dormindo.

A geral já sabe das minhas limitações na hora de manter um lero afinado e tal, mas não deixa de surpreender a capacidade que tenho de conseguir ficar a um passo da idiotia. Quer dizer, não é à toa que quando a galera da rua encenava *Os Saltimbancos* eu era o jumento.

O Diogo disse:

— Já estou com saudade.

Tu responde o quê numa hora dessas? Rolaram uns segundos antes de eu mandar a seguinte:

— Diogo, a gente precisa conversar.

Como se a gente já não estivesse conversando.

Mas tem umas paradas que na real não querem dizer o que estão dizendo, e essa é uma delas. Porque o Diogo entendeu meio de cara, o troço ficou evidente, a começar pelo tom de voz dele, que deu uma mudada sinistra.

— O que foi?

Nessa hora, várias frases surgiram na cachola, uma parada surpreendente até, em geral o que rola é o contrário, tipo aquele deserto vocabular medonho. Fiquei baratinado com a enxurrada de possibilidades, acabei não optando por nenhuma delas, o troço saiu meio no susto:

— Não está rolando pra mim.

Aí o Diogo perguntou "Por quê?" numa seriedade que não abria espaço para o sujeito levar a função respiratória no compasso. Não que eu levasse, de qualquer jeito.

— Você é casado.

— O que você quer que eu faça?

Tem umas perguntas que são a morte.

Eu não queria que ele fizesse nada, na real queria que desfizesse. Esse era o tipo do troço que não tem conserto, umas paradas são assim. Tipo tetraplegia, para usar um exemplo megarradical, de um lance que me mete o maior pânico.

Quer dizer, eu tinha lido *Feliz ano velho*.

E não existe nada mais surreal do que esses lances irreversíveis, só a palavra "irreversível" já me deixa meio à beira de uma pitizada medonha, por isso nunca vou ter tatuagem, por exemplo, por mais que ache maneiro.

Quer dizer, às vezes fico com aquela vontade de mandar um desenho no braço, já fiz vários no caderno com a intenção e tal, tipo uns tribais e uns lances marinhos, uns peixes caprichados na coloração, mas depois chega uma hora em que a vontade passa, é só tu esperar.

Como não respondi, o Diogo voltou à carga:

— O que você quer que eu faça?

— Nada.

Aí, se a parada já estava punk, ficou surreal, porque ouvi alguém pegar a extensão do telefone. Começaram a discar, aquela zoeira no meu ouvido, um troço que normalmente me dá uma irritação monstra, mas que agora só aumentava o mal-estar que já estava me engolindo as vísceras. Extensão de telefone é sinistro.

— Tô na linha, tô na linha.

Quase gritei a parada, um nervosismo macabro.

— Ah, desculpa.

A Isabel desligou, o Diogo e eu mergulhamos num silêncio meio bizarro, é foda você ter alguém a fim de um lance contigo quando você também está a fim do lance com a pessoa, terminar a parada porque rolam uns revezes não é simples, chegou uma hora em que vacilei total. Quer dizer, sem o Diogo na boa que eu só via pela frente um vácuo medonho, saca quando tu pensa estudo, vestibular, filme de sacanagem, você desperdiçado no quarto.

PARA A SUA JUKEBOX

Até que lembrei do primeiro vazio de azulejo acompanhado e lembrei dos olhares sorridentes nos porta-retratos e dos bonecos de Playmobil largados no chão e da *esposa* do cara pegando duas latas de atum da mesma marca que eu tinha escolhido e mandei:

— Não é o que eu quero.

O Diogo perguntou:

— O que você quer?

— Não sei.

Aí o cara disse um troço que me deu um bolo sinistro na garganta, porque na real eu vinha pensando nele como vilão total e agora ele parecia megafrágil, como nenhum vilão deveria ser. O Diogo disse:

— Não faz isso comigo.

Só que fiz.

Quer dizer, mandei uma de que precisava desligar, que a minha irmã queria usar o telefone. Duran Duran, Duran Duran e meio. Tem umas paradas que posso não saber fazer e tal, se você me pergunta, mas quando o negócio tem que ser feito o sujeito improvisa. Quer dizer, nem sempre, taí a minha mãe que não me deixa mentir, "Você precisa ter mais expediente, meu filho". Caco, Caco. Dessa vez tive.

Só que, se tu pensa que me senti megabem depois, vai pensando duas vezes. O buraco nunca esteve tão embaixo, mano. Mandei dois soníferos pra dentro, botei um som e me deitei na cama, que deitado é a posição de ouvir música. Mas não aguentei, tive que levantar a agulha, porque só os acordes iniciais já estavam me fazendo querer pitizar para além do quarto. Quer dizer, eu não estava cabendo entre quatro paredes.

Mas uma parada que o sujeito logo aprende é que término de relacionamento não rola num único telefonema.

Só no dia seguinte o Diogo me ligou três vezes, num esquema bizarro de dizer vários troços meio perfeitos e tal, na última ligação rolaram até umas lágrimas, aquela voz sexy ganhando uma gravidade que na real não passa pela pessoa sem dar uma destruída.

Quer dizer, outra parada que o sujeito logo aprende é que, se existia certeza no começo, por mais vacilante que fosse e tal, essa certeza vai enfraquecendo no velho esquema água mole em pedra dura, ainda mais quando você está com uma vontade sinistra de ver o cara e o seu badalo não te deixa esquecer.

Fora a tristeza.

Fora o mundo pesando nos teus ombros.

Fora a cantoria das cigarras.

Fora a sua mãe entrando no teu quarto meio cheia dos olhares fixos e mandando a seguinte:

— Estou carente de filho...

Quer dizer, a minha mãe é desse gênero, volta e meia vem com essa ou coisa pior, aí a gente passa uns dez minutos junto, meio dizendo nada. E a carência passa.

Só que deixa um buraco no teu peito.

Mais um.

Quer dizer, é impressionante como você acha que não vai conseguir se segurar e tal quando a única parada que te impede de voltar para o cara com quem tu terminou são aqueles revezes que com o passar dos dias vão perdendo importância, até parecer quase nada, e quando a certeza inicial já vacilante perde força até também parecer quase nada. Mas a real é que você consegue.

Quer dizer, eu consegui.

E não sou um cara lá cheio das forças interiores.

peixe vivo

O sujeito estar no mundo em 1989 não é uma parada fácil.

Eu tinha visto um filme que se passava na virada do século anterior e, mano, a galera pirava geral, suicídio em massa reorganizando a densidade demográfica do planeta, agora você imagina cem anos depois, quando ainda por cima rola uma previsão sinistra dizendo que "de 1000 passarás, a 2000 não chegarás", não sei se está na Bíblia ou se vem do Nostradamus, que na real se amarrava numas profecias meio cheias das parábolas e generalidades, que também de repente podiam se aplicar a qualquer troço.

Quer dizer, você pensando por esse ângulo "de 1000 passarás, a 2000 não chegarás" não pode ser do cara, porque eta previsão específica.

Não que eu acredite em previsões, superstições, essa tranqueira, mas é aquela história, tu sente um pouco de medo e tal, tipo quando me disseram que não pode apontar para estrela porque dá verruga, uma vez apontei para uma nessa de me sentir meio intrépido, depois passei várias semanas conferindo o corpo atrás do negócio.

PARA A SUA JUKEBOX

Quer dizer, na geral sou um cara cético, não levo fé nas paradas que não estão aí pra ser comprovadas e tal, disco voador, vida em outros planetas, a galera vem meio cheia das atitudes perguntando "Por que a Terra seria tão especial para ser o único planeta com vida?" Mas quem está dizendo que a vida é especial? Pra começo de conversa o troço termina em morte, existe parada mais sinistra do que a morte?

Agora, é aquilo: esses troços metem um pouco de medo. Porque tu não sabe.

Além do mais hoje em dia rola bomba atômica, um lance que cem anos atrás era inimaginável total, quem viu *O dia seguinte* e não se borrou de medo não está com a contagem dos neurônios em dia. Quer dizer, o troço é possível.

Saca *Mad Max 3*? Se tu esquece a Tina Turner e a atuação dela, que na real não sei se convence, sendo fã é difícil dizer porque fico meio torcendo para que esteja convencendo e tal, embora ache que a real seja outra, aquela intensidade meio excessiva, *Battertown, listen to me*, não sei. Mas se tu esquece a Tina Turner e a atuação dela, essa de voltar a um mundo primitivo depois da civilização por causa de bomba atômica é uma parada que o meu cérebro nem consegue alcançar.

Quer dizer, por outro lado é aquilo: se eu for ser totalmente sincero, esses lances me baratinam e tal, mas não chegam a tirar o meu sono. Até porque tem um outro lado que pega.

Tipo, é impressionante a quantidade de coisas que rolaram antes de eu chegar ao mundo, muitas paradas bacanas e tal que eu gostaria de ter presenciado, uns tempos mais tranquilos, imagina o mundo sem a possibilidade de tu pegar aids. Mas na real não me sinto prejudicado e não me sinto atrasado, nem nada parecido. Sinto que a hora é essa.

Sem querer ser arrogante e tal.

Só que uma coisa é certa, mano: se o fim do planeta não me tira o sono, é de lei que o fim das férias tire. Não consigo nem me lembrar de uma véspera de volta às aulas em que eu tenha deitado a cabeça no travesseiro e curtido o sono num esqueminha serenidade.

Quer dizer, a gente sabe que sou um cara tenso. Quando mudei de colégio na virada do primeiro para o segundo grau, passei os três meses de férias na maior batida morcegão, panicando pelo ambiente novo que me esperava, a minha mãe quase surta comigo.

Mas o mais surreal é você chegar ao colégio depois de uma noite em claro bizarra e ver que a galera leva a volta às aulas numa 100% natural, até animada, as meninas numa polvorosa sinistra com a barriga da Nara, que na real já estava num esquema mega-avançado, eu tinha levado um susto quando a gente se encontrou nas férias depois de um tempo sem se ver, na real tu contemplar a parada já naquela forma arredondada é meio de fazer o sujeito pitizar. Quer dizer, enquanto o lance é só notícia tudo bem, mas agora era o negócio em si.

A Nara usava umas roupas meio largas pra disfarçar, mas na boa que não disfarçava neca, a parada era visível a duzentos metros de distância, ela seria convidada ao começo de qualquer fila em que se metesse.

Também, disfarçar pra quê?

Quer dizer, é meio sinistro a pessoa ter que disfarçar um lance no modelito.

Não sei, se eu fosse um cara meio cheio dos excessos de peso, de repente entraria nessa de usar uns artifícios pra dissimular a parada, ou quando ficar mais velho e tal, mas hoje na boa que o troço me mete até pânico. Quer dizer, a geral não liga, está disposta a causar uma impressão e dane-se a verdade. Mas acho meio bizarro tu passar a ideia errada, saca enchimento de bunda, de peito?

Meia na cueca.

E mesmo uns recursos menos radicais, como usar só preto pra parecer mais magro e tal, ou listas verticais, o troço é deprimente pra burro. O sujeito não se permitir umas listas horizontais.

Além do seguinte, mano: uma hora você vai ter que baixar a cueca. Não foi pra isso que botou a meia ali, numa de seduzir?

Olhando o troço por esse ângulo, o indivíduo precisa até ser meio destemido para lançar mão do recurso, haja coragem pra enfrentar o olhar de decepção quando a verdade imperar.

Quer dizer, se eu tiver que esconder algum troço, na boa que prefiro esconder as virtudes, depois tu surpreende a galera pra melhor.

Mas também tem o seguinte: essas paradas são pirações minhas, a Nara não estava nem aí, a gente sabe que pra ela não tem tempo ruim.

E receber atenção da galera é um lance no qual ela se amarra, a Nara não nasceu pra figuração. Nem pra coadjuvante. O lance dela é papel principal, spot em cima full time.

A variedade do ser humano.

Quer dizer, não curto nem me imaginar centro das atenções na situação que for, minha batida é coadjuvante total, tocando o barco no meu canto. Se eu fosse super-herói, na boa que não queria ser nem o Batman

PARA A SUA JUKEBOX

nem o Super-Homem, estou muito mais para Aquaman. Fora que me amarro no mar, imagina morar no fundo do oceano? Se bobear, ainda encontrava o Jean-Marc Barr. E a gente vivia feliz para sempre.

Pra ser totalmente sincero, acho que estou mais pra espectador do que pra elenco escalado, não que tenha sido uma escolha e tal, mas é como se não rolasse papel. E na real contemplar as paradas acaba sendo um lance que curto à beça, sou megavoyeur, às vezes fico olhando para um cara imaginando tanta sacanagem que quando ele olha para mim chega fico sem graça.

O foda é que em geral é o Tadeu.

Quer dizer, além de o Tadeu ser um indivíduo meio cheio das aparências e ter aquele jeito sinistro, ele manda umas que não cansam de espantar a geral, divertindo sem deixar de ser sexy, é aí que tu descobre que o sujeito não precisa ter a estampa do Renato Aragão para ser engraçado, dá para conjugar umas paradas que a princípio podiam parecer contraditórias.

Uma menina da nossa turma vinha desfiando umas lamentações meio na ironia, disse:

— Alguma coisa se rompeu dentro de mim.

O Tadeu não levou cinco segundos pra mandar:

— Foi o Tampax.

E a galera veio abaixo.

A própria garota abriu um sorriso megagenuíno e ainda piscou o olho para o autor da piada. Quer dizer, as pessoas que se tornam alvo acidental do Tadeu também se amarram na dele.

Isso quando o cara não diz umas paradas que só te fazem admirar ainda mais o que vai ali por dentro.

Tipo, entre a terceira e a quarta aula começou a rolar uma conversa meio sinistra de grifes e tal, o Tadeu interveio com uma que na real ando em busca de adotar como estilo de vida:

— Eu curto é Mesbla.

A minha vontade era levantar e bater palma, gritando "Bravo!"

Quer dizer, a verdade é que o Tadeu usando Mesbla fica mais sinistro do que qualquer mané vestindo as maiores marcas do olimpo fashion.

O recheio é que manda, eu como espectador que o diga.

Na real, essa de ser espectador não é uma parada que me deixe bronqueado, o sinistro é quando você está tranquilo na plateia e vê que andam querendo te escalar para o elenco num papel que não rola para você.

Quer dizer, a Carolina volta e meia olhava para mim com um sorriso que eu me via naquela obrigação meio surreal de retribuir, um ar sinistro de menina "gamadinha" que deixava 100% molhada a palma das minhas mãos, saca médium a um passo de receber a entidade?

Deve ficar assim.

A real é que, por pior que tenham sido as suas férias, por mais que você tenha amargado uma dor de cotovelo macabra encarando o teto do quarto num esquema diário, tentando se manter firme enquanto o cara que era meio a salvação dos seus tempos de desperdiçado, um cara que tu aprendeu a curtir e tal, telefona num desespero bizarro querendo te ver, por mais que você tenha se cansado de repetir para si mesmo que a vida é um vale de lágrimas medonho, só lembrando dos momentos mais bizarros dos seus 17 anos, a real é que antes férias do que aulas.

Na boa.

O problema é que férias de julho são aquilo: quando tu viu já foram. Mesmo quando são uma bosta.

Na hora do intervalo, o Sérgio mandou uma que não ouvi, mas a turma caiu em cima dele, cantando "o Sérgio de calcinha é uma gracinha, o Sérgio de cueca é uma boneca, o Sérgio de batom na boca é uma bicha louca, é uma bicha louca", saca essas musiquinhas sinistras do tempo em que tu era moleque? Na real, quando a galera manda uma parada dessas você se dá conta de que todo mundo ali era pirralho na mesma época. Quer dizer, tem gente que não consigo nem imaginar criança, parece que já nasceu meio feita.

Mas todo mundo já sujou fralda, todo mundo já engatinhou pela sala numa de gugu-dadá, o que não deixa de ser bizarro.

Na real, essas musiquinhas me fazem panicar na íntegra, é aquela história: quem deve teme. Só de ouvir as primeiras notas os meus ombros já sobem numa de superar a altura da cabeça, olhei para o Sérgio enquanto a geral entoava "o Sérgio de batom na boca é uma bicha louca, é uma bicha louca", mas ele ria tranquilo.

Deve ser sinistro tu não dever.

Quer dizer, não dava nem para sentir pena do cara, que ainda por cima volta e meia olhava para mim naquela indefinição macabra de ter ou não visto algum lance na Parati do Diogo, a minha vontade era chegar para o cara, "Vem cá, lembra aquele dia", acabar com a porra da dúvida. Mas a camisa de força ainda estava dois números acima do meu.

Talvez um.

Na boa que eu estava precisando de mais férias.

O ponto alto da semana foi o jantar com a Nara e a Stella num restaurante bacaninha, meio afastado do centro e tal, onde rola música ao vivo, a gente se sentou perto da janela, de frente para um verde sinistro, na real eu não me lembrava direito da Stella, devia ter levado mais fé na Nara quando ela disse que a boa notícia era a chegada da prima, a Nara tem uma sensibilidade sinistra pra gente.

Quer dizer, assim que entrei no carro e tal estranhei o corte de cabelo modernoso, a quantidade de brincos na orelha, saca a mania que a galera tem de voltar do exterior com o visual prafrentex, emanando uns ares cosmopolitas? Não quero ser um cara mal-humorado, mas esse é o tipo do troço que às vezes o sujeito não consegue evitar.

Só que eu devia ter tentado com mais empenho e tal.

Porque às vezes um corte de cabelo é só um corte de cabelo.

A Stella e a Nara pediram cerveja, eu pedi uma Coca, que cerveja pra mim é meio a morte e eu não estava com grana para encher os cornos de vodca, fora que não me amarro em misturar álcool e comida.

E eu estava ali para jantar.

Fiquei um tempo decidindo que prato ia pedir, a Nara tirou o sarro de praxe, me desculpei mandando:

— Minha leitura preferida é cardápio.

Quer dizer, às vezes mando umas merdas assim só pelo efeito. Vai por mim, mano: não dá para ir por mim.

Mas a Stella se amarrou, a parada inaugurou uns papos megarrelaxados. Quer dizer, não que a gente não tenha conversado sobre uns troços meio protocolares, tipo faculdade e tal, a Stella contou sobre o curso de psicologia, disse que em várias aulas rolava uma postura dos professores de que cada aluno tem sempre alguma coisa com a qual contribuir e que rolavam muitos seminários, tipo apresentações da galera, uma parada que me fez começar a panicar já no restaurante, o tipo do lance que na certa ferraria com muitas noites de sono minhas.

Fora que essa história de que todo mundo tem alguma coisa com a qual contribuir é papo de aula de religião.

Então levamos uns leros meio protocolares e tal, mas nada assim tão punk como política e economia, o máximo que a Stella mandou nesse sentido foi dizer que se Brasília era um avião ela não queria ouvir o que tinha na caixa-preta.

Mas o que imperou mesmo foram uns papos megarrelaxados, na real uma parada que é meio de lei quando você sai pra jantar, só que eu estava preocupado porque a Stella é bem mais velha do que a gente e tu nunca sabe.

Quer dizer, não bem mais velha a ponto de ser do tempo do phoda-se, mas tipo dez anos mais velha.

Além de ser psicóloga.

Se tem um profissional que me deixa meio à beira de pitizar, tipo megadesconfortável, é psicólogo. Parece que estou sempre me denunciando em algum troço, saca quando você fica com medo de olhar demais para os talheres, achando que vão descobrir que na real tu é cleptomaníaco?

Pedi um prato superarrojado que se ajustava ao meu orçamento, um dia ainda quero ir a um restaurante sem essa de me preocupar com a coluna da direita, essa história de ficar consultando preço é de tirar o apetite do sujeito. Quer dizer, não o meu. Mas deve ter quem perca a fome nessa de ficar com um olho aqui e o outro lá.

Ou pelo menos tonto.

Descobri que a Stella estava casada com um americano, green card em dia, na real se eu tivesse botado a cachola pra funcionar esse era o tipo do lance meio óbvio, ela vindo ao Brasil e tal com a passagem de volta no bolso. Mas também não sou um cara muito ligado no que vai à volta, ainda mais quando rola tanto troço por dentro.

Só que a Nara ficou meio indignada por eu estar surpreso com o estado civil da Stella, tipo ela já tinha me contado a parada, segundo ela a gente tinha levado uma discussão firme a respeito.

Deve ser sinistro ter um amigo como eu.

Mas rolam paradas que na real ficam registradas.

Tipo, eu me lembrava de que a Stella estava trabalhando numa de lavar e maquiar defunto, achei inclusive que ela ficaria meio cheia dos encabulamentos em tocar no assunto, mas ela mandou a seguinte:

— Eu adoro os meus cadáveres, são o melhor cliente que existe, não reclamam.

E o emprego pagava bem.

Pra ser sincero, era como se eu estivesse conhecendo a Stella naquele dia, porque antes de ela se mandar para os Estados Unidos eu era meio pirralho. E a real é que agora ela estava me ganhando meio de cara, tem gente com quem tu clica assim, não sei o que acontece, mas quando você vê a pessoa já é sua amiga de infância.

E com a Stella ainda rolaram dois momentos em que a parada se aprofundou, o primeiro foi quando me dei conta de que ela era uma mulher que tinha megacontrole da própria vida, tipo sabia qual era a sua no mundo, o que queria e tal, um troço que não me parece rolar com frequência, então teve esse primeiro momento em que pensei com uma clareza meio macabra: ela sabe o que está fazendo.

E o segundo momento foi quando a Stella disse que tem vários amigos gays e que o melhor amigo dela era um veado chamado Tyler, que trabalha como guia no Metropolitan Museum e é tipo cheio dos conhecimentos das artes.

Pra ser sincero, rolou um terceiro momento extraoficial em que a minha admiração pela Stella ganhou uns arraigamentos sinistros, mas na real pode ser viagem minha, daí o "extraoficial". E foi quando senti que ela estava a par da minha.

Psicóloga, já viu.

Quer dizer, a Nara foi ao banheiro e pode ser impressão na íntegra, mas me pareceu que a Stella fez meio questão de voltar ao assunto dos amigos gays numa de mostrar que estava tudo bem e tal, só que não preciso nem dizer que não abri o jogo. Até porque não é o tipo do troço que o sujeito declara no tempo de uma mijada.

Quer dizer, se a Nara tivesse ido ao banheiro para enfrentar o número 2, na boa que ela teria avisado, a Nara é desse gênero. Se bobear, ainda perguntava se alguém tinha uma revista pra emprestar.

Mas mesmo que ela tivesse ido ao banheiro de casa, mano. A real é que o *merda de galinha* desviaria o assunto para outras paragens. Que foi o que eu fiz.

— A banda é boa.

O tipo do troço meio vexatório de dizer quando a pessoa está oferecendo os ouvidos para você desentalar a garganta. Mas a Stella só abriu um sorriso e disse:

— Ótima, adoro Beto Guedes.

Na real, o cara não estava cantando Beto Guedes nem tinha mandado nenhuma música dele, mas entendi total o que a Stella queria dizer. Era a batida, aquele clima *Lumiar*.

Só que o que a Stella curtia mesmo era Mutantes.

Quando a Nara voltou do banheiro, antes de se sentar passou a mão no meu cabelo e disse:

— Meu Detlev amado.

Saca essas comunicações diretas que você tem com o seu melhor amigo, quando basta mandar uma palavra que o outro entende que na real o seu cabelo está na hora de ser aparado? Na certa, o tipo de lance que não se diz quando rola uma terceira pessoa, a terceira pessoa vai entrar numa de querer saber qual é, a explicação vai ser maior do que tu pretendia. Mas a Nara não se liga nessa de deixar de fazer o que está a fim. Se ela quer me chamar de Detlev, pode estar o reitor da escola sentado à cabeceira que ela vai me chamar de Detlev.

Na real, a Nara curte o meu cabelo nesse esquema meio à beira do corte, tipo a franja caindo sobre os olhos e tal. Mais do que querer dizer que está na hora da tesoura ela quer é mandar um elogio quando vem com essa de me chamar de Detlev, até porque ele está no Top Ten dos caras que fazem a cabeça dela. E claro que entro no coro.

Quem viu *Christiane F.* sabe que o moleque tem uma estampa que chega a doer.

Quer dizer, Detlev é o personagem.

Thomas Haustein é o ator que faz a plateia entrar numa de querer saber o nome de verdade do personagem.

Aí tu pensa: imagina esse cara com outro cara.

E quase surta quando chega a hora da carcagem com o cliente.

Pelo menos eu quase surtei na cena, embora na real nem desse pra ficar excitado porque o troço era triste à beça, o cara se deixando carcar numa de prostituição para comprar droga. Quer dizer, pra ser totalmente sincero, fiquei de badalo duro e tal, mas não de um jeito 100%, só o fato de você ficar de badalo duro numa cena desse quilate já te faz pensar numas sombras sinistras que na real tu deve ter por dentro.

Não sei.

Por outro lado, acho que é bom a pessoa assumir as sombras.

Talvez.

A real é que a Stella não perguntou "Quem é Detlev?" ou "O que é Detlev?" Sacou uma câmera e chamou o garçom para tirar uma foto nossa, um lance que a bem da verdade me deixa meio cheio dos poréns. Não sou um cara de foto, curto fotografar e tal, mas não me amarro nessa de posar.

Fora que entro numa de imaginar o dono da foto contemplando o troço depois, tipo a Stella folheando o álbum de retratos, mostrando o negócio para o marido e para os amigos gays, aí quero sair bem na foto. E é deprimente pra burro tu querer sair bem em foto.

No fim posei sorrindo meio abestalhado para a posteridade, tem umas paradas que o sujeito se vê na obrigação de fazer, não dá para se safar na explicação do que te vai pela cachola, você corre o risco de te internarem no hospício mais próximo.

O garçom bateu duas fotos, numa de garantir que pelo menos uma prestasse, e pedi mais uma Coca.

— E um copo com *muito* gelo.

Porque o primeiro tinha vindo com uma pedrinha qualquer nota e às vezes é preciso frisar uns lances essenciais.

A Stella entrou numa de arremedo:

— *Muito* gelo, como os americanos.

Quer dizer, eu já tinha deixado meio claro que rola uma birra minha com os americanos, ela quis tirar um sarro, depois admitiu que tem a mesma birra, é difícil gostar de americano. Mas no caso dela essa era uma parada meio contraditória, depois de se mudar para o país e se casar com um carinha da terra.

A Stella contou que tinha conhecido várias cidades dos Estados Unidos, chegou a morar em algumas, tipo passado uns meses e tal, mas eram todas meio estranhas, acho que pela vaibe errada.

— Na verdade, Nova York é uma ilha.

— Pensei que fosse só Manhattan — mandei, numa de fazer graça.

Mas ela respondeu levando a parada a sério, como se eu não tivesse entendido:

— No sentido figurado.

Nem fiquei bolado de a Stella não ter se dado conta de que eu tinha captado o troço de primeira, só achei bizarro ela dar essa resposta, "No sentido figurado", porque é um lance que *eu* costumava dizer e nunca ouvia a geral mandar, ou então não registrava, o tipo de parada possível. De qualquer jeito, é numa dessas que você percebe que singularidade é uma furada absoluta.

Quer dizer, singularidade termina na impressão digital, mano. Nem o nosso nome é único, e olha que o meu foge 100% ao comum, mas sempre vai rolar um Caco Barcellos. Isso pra citar alguém da fama.

A real é que nome é um lance bizarro, se você para pra pensar. A gente ter um nome, um nome que outras pessoas têm igual. Pra ser sincero, às vezes fico revirando o meu na cabeça, tipo procurando alguma coisa de mim nele, ou dele em mim, esvaziando o nome, me esvaziando dele, megapiração.

A Stella agora morava no Brooklyn.

E trabalhava em Manhattan.

Já tinha atendido à Winona Ryder no restaurante onde era garçonete, levou de recordação o guardanapo onde ela tinha rabiscado umas paradas, deixou na gaveta por um tempo. Depois jogou fora.

Fama é bizarro.

Quer dizer, sou um cara que curte na íntegra essa de coadjuvante e até de espectador, mas na real também me amarraria em ser pop star.

Imagina tu voltar famoso para a cidade onde nasceu.

Fora o seguinte: eu tinha lido na *Bizz* uma entrevista do Boy George onde ele mencionava uma conversa que tinha tido com a Diana Ross, de como é fácil o sujeito levar a pessoa que seja para a cama quando é famoso.

Quer dizer, o tipo do troço surreal.

Primeiro tu imaginar o Boy George mandando um lero com a Diana Ross.

Depois o conteúdo da conversa.

Mas não deixa de ser um lance invejável.

Quer dizer, nem sei.

Também é meio doido você pensar que a galera da fama tem esse poder sexual macabro, corre o risco de fantasiar umas bizarrices que nem curto imaginar de pessoas como a Winona Ryder. Ou o Caco Barcellos.

Por outro lado, o sujeito ter o poder não quer dizer que vá fazer uso indiscriminado dele.

Na real, a noite só não foi perfeita porque a certa altura notei duas corujas empalhadas no fundo do restaurante, tipo acima da entrada da cozinha, os dois bichos com aqueles olhos amarelos megavivos, o taxidermista tinha feito um trabalho surreal, merecia um prêmio. Só que não existe nada mais deprimente do que bicho empalhado e não tem profissão mais sinistra do que taxidermista, pior do que lavar cadáver de gringo.

Quer dizer, as corujas deram uma estragada sinistra na noite, espiando do alto com aqueles olhos amarelos cheios das recriminações: a galera capaz de se divertir no mesmo lugar onde dois bichos mortos eram exibidos meio como troféu, essa lembrança medonha da morte empoleirada no caibro de madeira.

O tipo da parada que por si só já elimina a chance de qualquer noite perfeita.

Mas pra ser totalmente sincero teve outro lance que impediu que o jantar fluísse num esquema 100%, na real um troço com o qual eu já estava até me acostumando, saca quando a parada te impregna e começa a fazer parte da sua?

Quer dizer, desde que o Diogo e eu tínhamos terminado a nossa história, ouvir música era um lance quase perigoso, tipo terreno minado, eu tinha que escolher com cuidado o repertório do dia, senão entrava numas erradas meio irreversíveis. Na real, nem era questão de escolher com cuidado o repertório, às vezes ouvia umas músicas do gênero megafolia e acabava num bode sinistro, cheguei a dar uma chorada ouvindo a Xuxa mandar uma ladainha macabra, nem música infantil escapava. Imagina se a galera vem com "o Caco de calcinha é uma gracinha".

Mas, quando você vai a um restaurante onde rola música ao vivo, não tem controle de repertório, tu fica exposto à trilha alheia, a parada podendo chegar a uns limites medonhos, ou passar deles.

Quer dizer, quando eu não estava muito entretido e tal na conversa com a Stella e a Nara, às vezes rolava de me deixar levar pelo som da banda e mergulhava numa saudade monstra do Diogo, o fundo do poço foi *Peixe vivo* com aquele refrão cheio de uns questionamentos que na real rondavam a minha cachola nas horas em que a urgência de ver o cara apertava: "Como poderei viver, como poderei viver, sem a tua, sem a tua, sem a tua companhia?"

Na real eu não sabia a resposta à perguntinha macabra, tinha desaprendido a levar a vida sozinho, e olha que foram 17 anos nesse esquema desperdiçado total, contra alguns poucos meses numa de semiacompanhamento. Mas de algum jeito era como se o Diogo sempre tivesse existido na minha ilha, não sei explicar.

Quer dizer, cheguei em casa com uma vontade bizarra de telefonar para ele, ainda mais porque no dia seguinte já estava certo que rolaria essa de ir à boate, eu tinha garantido à Carolina num papo meio cheio das entrelinhas e dos subentendidos, tem sábado em que tu não escapa. Ou então corre o risco de virar o lava-bunda da turma, se bobear naquele clima de apedrejamento que eu tinha testemunhado depois do show do Sting.

E na boa, mano: não tenho o rebolado do cabeleireiro para encarnar a Linda Evangelista.

Pra piorar a bizarrice de manter o quarto num silêncio medonho, quebrado só megaeventualmente por uma ou duas músicas que eu podia jurar que não aprofundariam a fossa e depois descobria que na real rolavam na letra uns versos meio sinistros que antes tinham passado despercebidos, ou que eu não tinha entendido de um jeito tão barra-pesada, pra piorar a bizarrice de manter o quarto nesse silêncio medonho eu precisava deixar de ouvir som numa de como se continuasse ouvindo.

Quer dizer, a minha mãe me saca de um jeito surreal, não preciso estar supernoiado ou amargando um desalento macabro para ela vir meio cheia dos dedos, perguntando "Tudo bem?", imagina quando estou em via de enlaçar uma corda no lustre do quarto.

Só que quando a minha mãe pergunta "Tudo bem?" na real já sabe que a parada anda longe de estar numa boa. Ela parece que tem olhar de raios X, mano, devassa o sujeito numa espiadela.

Na boa que coabitação com alguém desse gênero vira um troço complicado, é como passar diariamente pela alfândega fazendo cara de paisagem quando tu carrega na mala uma parada ilícita.

Quer dizer, ir à boate acabou sendo meio providencial nesse sentido, como se eu estivesse mais animado do que de praxe, procurando a melhor roupa pra cobrir a carcaça, depois esperando a Nara com uma apreensão que na real também podia passar por ansiedade.

O troço deu uma interrompida nas perguntinhas de "Tudo bem?", a minha mãe se aproximou naquele jeito meio investigativo, querendo ver se o visual estava em ordem.

— Precisamos cortar esse cabelo.

— Amanhã.

Na real, a parada já estava me incomodando nessa de cair sobre os olhos, fica bacana e tal mas não entro numa de abrir mão de conforto por vaidade. Talvez até devesse, mas não rola.

A minha mãe terminou de avaliar o visual, tipo conferindo a gola do casaco, vendo o que rolava por baixo, aí mandou a de sempre:

— Está bonito. — E engatou uma imitação meio sinistra da Carmem Miranda: — *Vestiu uma camisa listrada e saiu por aí, em vez de tomar chá com torrada ele bebeu Paraty.*

Quer dizer, a minha mãe tem o senso de humor dela.

Embora não fosse a primeira vez que entoava a parada.

Pra ser sincero, sempre que eu vestia a minha camisa listrada baixava uma Carmem Miranda meio bizarra na minha mãe, o tipo do troço para o qual tu até abre um sorriso quando está no clima.

Só que eu não estava no clima.

Mas abri um sorriso.

Se rolasse vodca em casa, na boa que eu teria dado uma calibrada antes de ir para a boate, mas o meu pai só curte vinho, a minha mãe não bebe. A sorte é que a Nara tem um sexto sentido macabro, já me recebeu no carro com a garrafa aberta, mesmo sem estar ela mesma bebendo nada que fosse alcoólico, quem conhecia a porra-louquice da Nara não acreditava que ela cuidaria tão bem do filho mesmo antes do nascimento.

Quer dizer, era meio certo que ela seria uma supermãe. O tipo da parada reconfortante de saber, na real superava até a falta dos cigarros que antes eu filava.

Deitei uns goles meio apressados da bebida numa de perseguir um começo de embriaguez, quando chegamos à boate já tinha entornado o suficiente para estar tipo cinco quilos mais leve. A Nara encontrou o Trigo, que tinha fumado um baseado com a galera e estava com os olhos megabrilhantes, se aproximou dela dizendo:

— E aí, Rapunzel?

Ela deu uma bufada e enlaçou o cara no maior esquema riso contido, perguntou:

— Rapunzel ou tia Carla?

É aquela história: quem anda com a Nara já sabe que corre o risco de boiar numas comunicações diretas dela com outra pessoa. Mas a Nara se virou pra mim e explicou:

— Sempre que o Trigo fuma agora acha que me pareço com uma tia dele. Uma tia que tem 55 anos.

Na real, o troço não era lisonjeiro nem pela idade nem pelo grau de parentesco, a menos que rolasse uma tara da parte dele numa batida *Tieta*, a gente sabe que tara tem pra todos os gostos, uns lances que não me amarro nem em pensar.

A Carolina estava no esquema vestida para matar, umas botas pretas que subiam até os joelhos, um vestido preto que acabava antes dos joelhos, um clima 100% luto que na real faz a cabeça das meninas na íntegra, ou então é aquela de disfarçar os dois quilos que elas sempre acham que estão precisando perder, não sei. Ela estava conversando com uma amiga, meio entretida no papo, não me viu. Tive tempo de pegar uma bebida antes de entrar na dancinha da paquera, pra ser sincero uma dança que executo de mal a pior. Quer dizer, eu sou um cara que paquera de costas.

Mas a bebida ajuda, a começar pelo fato de que o troço me dá um tesão surreal.

Quer dizer, a parada rolou.

Quando a Carolina me viu, veio se avizinhando e tal numa batida meio exército adversário, cheia das paradas estratégicas contra a minha trincheira qualquer nota, a gente engatou uma conversa que terminou no carro da amiga dela, o troço acontecendo de um jeito meio bizarro, na real era como se as atitudes que eu tomava estivessem sendo tomadas para mim. Quer dizer, a gente entrou numa ralação sinistra, os peitos dela vieram parar na minha mão, as unhas dela traçavam uns arabescos surreais nas minhas costas, tipo por baixo do tecido da camisa listrada, aquela esfregação surreal do sexo dela contra o meu. Se eu fosse um cara mais ligado, na boa que teria levado o troço a cabo.

Quer dizer, se fosse um cara mais ligado, teria levado camisinha.

Mas nem.

Pra ser totalmente sincero, eu deixava a parada fluir, mas não partia para o contra-ataque, tipo a xana da Carolina veio parar na minha mão, a mão dela esfregava o meu badalo por cima do tecido áspero da calça jeans, mas eu não baixava a calcinha e acho que por isso ela não abria o zíper, era como se esse limite coubesse a mim ultrapassar primeiro e eu não ultrapassava.

A gente ficou nessa roçadura sinistra até ouvir umas batidas na janela, um troço que nem posso dizer que tenha sido tábua de salvação porque na real a parada estava gostosa, apesar da apreensão que rondava a minha cabeça jogando essa urgência meio macabra para avançar o troço.

E eu não avançava.

Quer dizer, pra mim estava bom assim.

A Carolina se ajeitou e tal, tipo guardou os peitos no vestido e sacudiu o cabelo, não dava pra enxergar o entorno porque os vidros estavam megaembaçados. Ela conferiu a minha situação antes de abrir a janela para a amiga, que já estava pronta para dar o fora, embora viesse meio cheia dos dedos, desviando os olhos para o lado e para baixo, envergonhada por interromper a parada, embora o tempo tivesse voado e já fosse tarde. É surreal o respeito que a galera tem pela carcagem alheia.

Vesti o casaco que nem me lembrava de ter tirado, a gente saiu do carro e a Carolina se aconchegou em mim, o frio meio gritando às duas da matina, rolava até neblina, um lance que curto à beça. Aí a gente ficou abraçado nessa onda romance total, conversando com a amiga dela, observando a galera sair aos poucos da boate, a maioria para esperar os pais na entrada, o pessoal conhecido mandando uns cumprimentos.

Fim de noite é bizarro.

Uns caras meio bêbados gritaram:

— Aí, Caco, maior come-quieto.

A minha bola encheu independentemente de mim.

Quando vi já estava inflado, se bobear mandava uns tiques de playboy na maior, saca hang loose? Quer dizer, era sinistra a ideia de que, em vez

de não pegar ninguém porque na real a minha era outra, eu pegava a mulherada num esquema discreto, o tipo do troço possível.

Embora pouco provável.

A gente sabe que a geral se amarra em dar detalhe de qualquer bossa
sexual.

Mas do pouco provável ao impossível rola uma distância, liguei o foda-se e meio que vesti a ideia, me sentindo. Quer dizer, a parada já estava
redonda só de eu ser visto pela galera num clima pós-sarro com a Carolina,
o cabelo naquele comprimento Detlev megaprovidencial, tipo entregando
o crime que eu tinha cometido, despenteado. Mas pra deixar o negócio
perfeito agora um maluco ainda gritava do outro lado do estacionamento
que eu era o "maior come-quieto". Não dá para você não se sentir dois tons
acima do que vinha se sentindo.

Quando a Nara se aproximou da gente numa de me chamar para ir
embora, eu estava falando até com uma voz mais alta do que costumo
usar.

Quer dizer, o meu pai se amarra em reclamar que sou um cara que
fala alto, tipo quando a gente está num restaurante ou noutra paragem
pública. Mas na real isso só rola se a galera que está comigo é megaconhe-
cida, tipo família. Com o pessoal do colégio o volume é outro.

A Nara e eu nos despedimos da Carolina e da amiga dela e fomos
para o carro meio em silêncio, eu curtindo o frio, ela se encolhendo total,
esfregando as mãos nos braços. Nem abri a janela quando entramos, sentir
o vento no rosto teria que ficar para outro dia, que posso não ser um cara
superligado na vontade dos outros, mas às vezes rola.

E olha que o troço na real também seria meio terapêutico, a dor de
virilha já estava chegando ao peito, essa de não terminar o serviço ainda
me matava.

Na boa.

A Nara deu partida no carro, acendeu o farol e ligou o som no automático, nem tive tempo de interromper a parada, quando vi já era tarde,
Inês cremada.

Quer dizer, o problema de o sujeito estar dois tons acima é que voltar
ao tom normal é queda.

Imagina ir quatro abaixo.

Na real, também é aquilo: a Paula Toller mandando *Como eu quero*
te deixa meio ligado nessa de amor mesmo quando você não tem alguém
específico em mente.

Quando tem é a morte.

Quer dizer, afundei numa saudade monstra do Diogo, pior do que na noite anterior, acho que a rebordosa da bebida estava batendo, não sei. Fora que me veio um pensamento macabro e ao mesmo tempo megaverdadeiro, apesar de óbvio para qualquer moleque com QI sofrível: eu tinha curtido mais o fato de a galera me ver abraçado com a Carolina no pós-sarro do que o sarro em si.

O tipo do troço que estava longe de ser novidade.

Mas quando tu vive a parada e se dá conta dela com essa clareza o bicho pega.

Quer dizer, pra ser totalmente sincero, ainda tinha rolado um momento, quando eu estava abraçado com a Carolina nessa de levar um lero com a amiga dela, a galera passando por nós, testemunhando o crime, em que pensei: isso é importante.

Juro, mano, pensei: isso é importante.

Existe parada mais bizarra?

Comecei a me sentir Duran Duran total, a saudade do Diogo me corroendo as ideias, eu já nem sabia por que tinha terminado a história com ele, precisava forçar a memória para lembrar e o troço não vinha. Na real, seria meio oportuno perguntar a alguém que tivesse acompanhado o lance, mas esse alguém não existia.

Cheguei em casa num bode sinistro, mal consegui me despedir da Nara, a dor de virilha me incomodando para além do suportável, mas bater uma era o tipo do negócio que estava fora de cogitação. Quer dizer, rolava um medo macabro de encarar o vazio de azulejo com aquela saudade do Diogo castigando a cachola, me estirei na cama pensando no cara, imaginando que ele bem podia me salvar dessa com a Carolina.

Juro, mano, pensei isso.

E era meio nítida a lembrança da Carolina me curtindo naquela ingenuidade de menina que mal sabe onde o cara que ela está quase carcando andou metendo o badalo, a lembrança dela se amarrando nos troços mais imbecis que eu dizia, tipo rindo cheia das admirações do meu papo nonsense, me desejando e tal com uma entrega assim meio literalmente de pernas abertas. É sinistro tu querer ser salvo de alguém só porque esse alguém está 100% na sua.

Aí peguei no tranco.

Na minha leseira, lembrei a parada que o Diogo tinha dito quando contei a ele que rolava uma possibilidade forte de eu ficar com a Carolina. Ele tinha dito "Vai nessa".

Sem raiva nem indignação, uma resposta sincera.

Quer dizer, por mais bizarro que fosse essa de ficar martelando na cachola a ideia macabra de querer que alguém me salvasse da Carolina, se eu queria mesmo que alguém me salvasse o cara já tinha mostrado que não seria ele.

Na real, bastou entrar em foco o slide dessa lembrança, as outras meio que vieram num esquema efeito dominó, o sinistro é que uma avalanche de recordações desse naipe não destrua no ato qualquer sombra de saudade, tu continua amargando a parada. Mas serve pelo menos para te situar, sem memória o sujeito vai se enfiar na mesma furada e esse é o tipo do troço que me mete o maior pânico, repetir erro.

Quer dizer, não rolava voltar a tocar o barco com o Diogo aceitando o papel de vilão, levando adiante uma história cheia dos delitos com um cara que na real não enxergava as paradas como eu, volta e meia cheio das perguntas recriminatórias, aquela batida acomodada no posto de marido qualquer nota, trepadas clandestinas entre uma e outra incursão ao supermercado para comprar Ana Maria, na real tentando conciliar uns lances megainconciliáveis, não era a minha.

Não que eu soubesse qual era a minha.

Quer dizer, eu sabia que o Diogo era um cara que não enxergava as paradas como eu, mas não sabia como eu enxergava as paradas.

O troço na real era de deixar o sujeito baratinado.

Agora também é aquilo: tem uns lances que você sabe sem saber, ou não sabe sabendo, outro era que o rolo com a Carolina também tinha que chegar ao fim, essa de seguir encarnando o Duran Duran mesmo depois de concluir a história com o Diogo era surreal demais até para a minha ilha.

meia-luz

Tem umas paradas que tu escolhe, tem outras que te escolhem. Tipo quando o sujeito nasce com dom para um troço.

Na real, nesse sentido rolam muito mais paradas que *não* te escolhem, a gente parando pra pensar. Não é todo mundo que nasce cheio das aptidões, se você não veio ao mundo afinado não adianta espernear numa de querer virar cantor lírico, se tem um metro e meio de altura vai se conformando em desfilar no corredor de casa porque passarela não é a tua, o que também não deixa de ser melhor do que ser escolhido por um troço que seja meio o oposto de dom, tipo vício.

Ou doença congênita.

Quer dizer, é de deixar o cara meio paralisado essa de embarcar pensando em todos os lances que independem da nossa vontade, a começar pela estampa. Quer dizer, quem não gostaria de ser escolhido pela porra da beleza?

Na real também é sinistro quando duas paradas contraditórias te escolhem, tipo a Nadia Comadeci com aquele talento bizarro para ginástica olímpica, ao mesmo tempo lutando contra a compulsão por comida, um troço que na real faz 100% a minha, a gente sabe que sou magro de ruim.

Quer dizer, às vezes tenho umas sortes desse gênero.

Fora que também não sou ginasta.

Mas foi bizarro pensar esse lance um dia, depois de andar já megacansado de me perguntar o que eu queria da vida, num esquema meio urgente e tal, tipo respondendo mentalmente aos interrogatórios que o Diogo me fazia, tem umas verdades que estão na nossa frente e a gente custa a alcançar.

Ou então é só comigo.

Mas alcançar finalmente o troço foi megarrevelador, pensar que de repente não cabia essa de perguntar o que eu queria, porque o que eu queria não era o caso. O caso era o que eu podia.

E o que não podia.

E não podia encarnar o Duran Duran.

Na boa que pra mim essa seria meio a morte, tocar o barco numa de enganar alguém como a Carolina, que na real tinha o direito de se casar com um cara 100% na dela, um cara que não quisesse se meter na calça de mais ninguém, você conviver com umas mentiras do tamanho da sua sexualidade é um lance que não rola comigo, ainda mais quando essas mentiras englobam mais gente.

Quer dizer, uma coisa é ser padre.

Mas quando o sacerdócio não é a tua e enganar as pessoas também está longe de fazer parte do que te vai por dentro, o caminho que resta é um só, mano.

E gosto de pensar que não é o apedrejamento do cabeleireiro no Maracanã.

Quer dizer, pode ser o casal da adaga de gelo.

Pode ser *Minha adorável lavanderia*.

PARA A SUA JUKEBOX

O sujeito às vezes precisa acreditar no melhor, abraçar uns otimismos e tal, por mais que seja complicado tu ser otimista quando nasceu brasileiro, na real outra parada macabra que te escolheu.

Você vai espernear?

Pra ser sincero, foi mega-apropriado que a minha mãe tivesse cortado o meu cabelo naquele domingo, evitar a tentação de andar com o troço em desalinho, numa de que estou sempre saindo de alguma bossa sexual, pelo menos essa de ter a juba despenteada contribuindo para confirmar a batida de come-quieto não rolaria mais.

Só que nem tudo é tão fácil quanto sentar de costas para a tua mãe enrolado numa toalha, vendo as madeixas caírem no chão da área, a tua mãe desfiando umas ansiedades em relação ao casamento da filha enquanto tesoureia o mais próximo a que tu chegaria do Detlev.

Quer dizer, se eu for ser totalmente sincero, sinto uma certa melancolia nessa de ver o cabelo flutuar até o chão, depois ser varrido para cima da pá, é um troço que me tira um pouco do eixo.

E na real a minha mãe não se limitou a desfiar umas ansiedades em relação ao casamento da Isabel, a certa altura também entrou numa de contar que tinha dispensado a faxineira que limpava a nossa casa uma vez por semana, porque a moça tinha roubado dez contos da carteira dela e isso era meio o fim. Quer dizer, a minha mãe narrou a parada meio cheia das indignações, naquele esquema ora-você-veja, ainda derramando uns lamentos venenosos de que a faxina da mulher sempre tinha deixado a desejar e tal, vou fazer o quê? Concordei no ato, que não queria parecer mais pirado do que o dia a dia já dava conta de mostrar, mas pra ser sincero aquele papo me encheu de uma tristeza macabra, fiquei com pena da moça, é deprimente pra burro a pessoa precisar roubar dez contos, você parando pra pensar.

Na boa que não vou querer nunca ter empregada.

Até porque não sou um cara que saiba dar ordens.

Mas naquele momento, ali na área, nem esse relato megapunk parecia ser tão bizarro quanto a ideia de que eu teria que resolver a história com a Carolina.

Quer dizer, eu não podia me justificar com ela numa de entregar a real e também não rolava nenhum lance fora a real que fosse empecilho para a gente continuar tocando a nossa onda de ralação entre os vidros embaçados de um carro.

O remédio era um só: eu teria que agir num esquema 100% mistério, uma parada que pode até parecer fácil à primeira vista, mas na real te dá uma destruída medonha por dentro, pelo menos comigo foi punk de um jeito inédito. Quer dizer, eu sei que essa de dizer que doeu mais no executor do que no executado parece conversa, e na real eu seria o primeiro a cair num riso meio incontrolável se alguém chegasse para mim numa de se desculpar usando essa. Mas não estou mentindo, mano: o troço doeu mais em mim do que nela.

Quer dizer, no dia seguinte à sacada desse lance, quando a Carolina se aproximou meio cheia dos afetos, contando umas paradas com a animação sinistra de quem finalmente encontra o cara que estava esperando, fui frio de um jeito que nem sabia que podia ser, saca quando você se surpreende consigo mesmo? Só que não me surpreendi numa de admiração e tal, me surpreendi decepcionado.

Ela dizia as paradas e eu só mandava:

— Sei.

Com um tom sinistro de monotonia, meio John Malkovich encarnando o Valmont: *It's beyond my control, it's beyond my control.*

Parecia um sonâmbulo.

Isso enquanto testemunhava a mudança bizarra nos olhos dela, primeiro aquele estranhamento, depois uma batida meio desorientada, até a situação ficar clara e eu enxergar ali a mesma decepção que estava sentindo. Só que acho que a minha decepção era mais macabra porque nem extravasar nos olhos podia, o troço precisava ficar soterrado embaixo daquela frieza cheia dos monocórdios.

Mas na real não tinha jeito: a única maneira de não ser escroto com a Carolina em longo prazo, de um modo meio inconcebível, era ser escroto em curto prazo. Quer dizer, eu seria menos escroto sendo escroto do que não sendo.

Mas se tu pensa que o pior do dia tinha passado, mano, se enganou no redondo. Porque o dia estava apenas começando.

Quer dizer, à tarde entrei numa de lutar contra o livro de história, a barra-pesada do golpe de 64 e tal, um assunto que na real me superinteressa embora me deixe megabronqueado, a gente imaginar o poder do Estado, seja em 64, quando levaram o pai do Marcelo Rubens Paiva para nunca mais, seja em 37, quando um tio do meu pai foi parar na mesma cela do Graciliano Ramos. A minha mãe tinha lido *Olga* e me contado meio nas entrelinhas uns troços tão sinistros que nem tive coragem, só a capa já me metia o maior pânico.

Quer dizer, preconceito é bizarro, mas se eu for ser totalmente sincero, sou um cara que tem uns preconceitos, tipo militar. E polícia.

O aparato da repressão.

Fora quando você pensa o caminho que o país podia ter tomado se não fossem os caras.

Quer dizer, não dá para o sujeito deixar de ficar bolado.

Agora, também é aquilo: eu podia ter escolhido outra matéria para estudar, a manhã já tendo sido bizarra. Pelo menos outro período histórico.

Mas não.

Talvez quisesse afundar no lamaçal, a gente sabe que tenho piração suficiente para justificar essa. Se bobear, botava pra tocar *Torneró* ou qualquer parada do gênero num esquema música ambiente, o disco só estava esperando na sala, a capa quase tão sinistra quanto o conteúdo, na real um troço 100% vexatório de o sujeito ter em casa, mas fazer o quê se a minha mãe se amarra.

Quer dizer, também não sei se estudar outro período histórico evitaria essa de afundar no lamaçal, você pensando que tudo deu no golpe de 64. E depois de 64 é o que a gente conhece, vai servir de consolo a quem?

Além disso, na real quando o sujeito está se sentindo meio pela metade é difícil achar salvação numa parada como estudo, e eu estava me sentindo pela metade total, ruminando a lembrança da surpresa da Carolina, aquela transformação sinistra nos olhos dela, a ficha caindo de um jeito que se eu pudesse apagava da memória.

Só que a gente sabe que a minha memória pode ser turbinada.

E outra: se a parada é do mal a eficiência da memória dobra.

Quando o telefone tocou eu queria que fosse engano, ou que fosse para outra pessoa da casa, na boa que nem com a Nara queria trocar ideia, estava mais para o silêncio do escritório do que para qualquer conversa, você pensando por esse ângulo a luta solitária contra o livro de história nem era tão sinistra.

Só que não era engano e não era para outra pessoa da casa.

Era o Diogo e eu não sabia mais o que dizer.

Na real, já tinha dito tudo que era possível dizer, repetido a parada num esquema agulha enguiçada, o que pra ser sincero tinha até sido meio providencial no começo, para o troço entrar não só na cabeça dele mas na minha, eu precisando ser convencido de que essa era a certa. Mas agora o troço só me enchia de tristeza.

Acabei respondendo ao cara com silêncio, tu substitui por reticências o "Sei" que mandei com a Carolina naquela batida John Malkovich e tem a minha parte do diálogo com ele.

Quer dizer, o Diogo inaugurou a parada mandando:

— Estou com saudade, cara.

— ...

— Não paro de pensar em você.

— ...

— Outro dia, fui à casa onde a gente fazia amor, fiquei deitado na cama, lembrando.

— ...

— Você mexeu muito comigo.

— ...

— Queria te ver.

— ...

— Só uma vez.

— ...

— Pode ser?

Na real, a essa altura precisei verbalizar uma resposta, está longe de ser a minha deixar pergunta no vácuo, por mais que o silêncio também não deixe de ser uma resposta e por mais que a pessoa tenha usado uma expressão como "fazer amor".

— Melhor não, Diogo.

— Por favor.

— ...

— Só uma vez.

— ...

— Juro que é só uma vez.

— Melhor não.

— ...

— ...

Aí numa voz meio abissal, tipo saída do fundo da garganta num esquema megagrávido de choro, o cara disse:

— Tudo bem.

Pior do que a insistência, mano, era a hora em que ele desistia.

Quando a gente desligou eu não tinha ânimo nem pra sair do lugar, fiquei parado de frente para o telefone, o Cristo de gesso acomodado na parede me encarando com aquela mão meio erguida numa batida solidária, o coração exposto de um jeito que se não fosse o ar de tranquilidade do cara tu achava que era caso de UTI. Quer dizer, na boa que eu bem podia ser um sujeito de fé, desembuchar meia dúzia de pedidos e achar que estava tudo certo, mas não rolava.

Pra ser sincero, achava sinistro que a minha mãe, sendo uma mulher inteligente, embarcasse nessa de acreditar.

Então só fiz o sinal da cruz, naquela de repetir três vezes e tal, que também a gente nunca sabe, e voltei ao escritório para pegar o livro e o despertador.

Se alguém perguntasse o que eu mais precisava naquele momento a resposta era o meu quarto.

Quer dizer, na real é meio pirado pensar que você tem uma cidade, um bairro, uma rua, uma casa, um quarto, o troço diminuindo em tamanho e aumentando em exclusividade, tipo no que te cabe e tal, sendo o quarto o primeiro da sequência, ou o último, dependendo da direção em que a gente está indo.

Nesse sentido você estar no quarto é uma parada extrema, o oposto de estar em outro planeta, ou outra galáxia, o que também não deixa de ser meio irônico, porque quando deitei na cama e fiquei olhando o teto, a cachola rodava no maior baratino à *Space Oddity*, saca *Though I'm past one hundred thousand miles, I'm feeling very still*, só que ao contrário: parado mas me sentindo em movimento.

Quer dizer, era bizarro descartar duas pessoas ligadas total na minha, se fosse outro se sentia um verdadeiro pop star, em pé de igualdade com o Boy George e a Diana Ross.

Eu sou um cara que não tem medida para as paradas.

Sei lá, música, por exemplo, sou capaz de passar um mês inteiro ouvindo o mesmo troço.

Ou comida, que mando pra dentro como se eu não tivesse fundo. E fico bolado na íntegra só de ver neguinho brincando com a parada, até em *9 semanas e ½ de amor* essa de misturar comida com a bossa sexual no chão da cozinha sempre me deixa meio à beira da revolta.

Quer dizer, a batida é outra em *Minha adorável lavanderia*, quando o Daniel Day Lewis manda vinho da própria boca para a boca do paquistanês. Até porque o paquistanês não vai cuspir.

Que não é doido.

A vontade de ouvir música era zero, aquele medo surreal de afundar ainda mais no poço, tu acaba aprendendo a se precaver das furadas mais bizarras. Mas no dia seguinte eu me despediria da Stella na casa da Nara e já tinha botado na cachola que gravaria uma fita só de música brasileira pra ela, que a vontade de influenciar a jukebox alheia é mais forte até do que o instinto de sobrevivência.

Quer dizer, na real também rolava uma necessidade de presentear a Stella, eu tinha ido com a dela total, não é sempre que isso rola. E Nova York não fica aqui do lado, sei lá quando veria ela de novo.

Inaugurei o lado A com o Lobão mandando logo uma de matar, que se continuasse vivo depois dessa o resto eu tirava de letra. Aí botei Legião, Marina, Kid Abelha, Titãs, Capital, Nenhum de Nós, Hojerizah, às vezes perdia o rumo nas letras e quase não voltava a tempo de mandar o Pause na gravação, deitado na cama, que é a posição certa de ouvir um som, ou errada, se o sujeito está como eu meio se segurando na lateral do poço. Quer dizer, na boa que é mais fácil afundar quando você está na horizontal, parece que a música entra sem deixar vírgula de fora. Pelo menos comigo é assim, que devo ter tímpano na planta dos pés.

Às vezes me levantava e tirava umas espinhas de frente para o espelho da porta do armário, ficava me olhando ali numa de querer sacar a minha, espelho é sinistro. Tem dia em que a parada te dá várias respostas, tem dia em que tu pode ficar olhando até cansar que vai sair na incerteza.

Mas se eu tiver que dar uma opinião meio definitiva acho o troço importante, tipo quando a minha bola está muito cheia e ando me achando o máximo, nada como um espelho para me devolver à real, ou o contrário, quando estou me sentindo meio Quasímodo e só vejo Esmeraldas à minha volta. Na real não existe nada tão perfeito nem tão imperfeito que o espelho não ajude numa de situar o indivíduo.

Mas nesse dia as perguntas eram outras e não tinha resposta ali para mim.

Quando a tarde avançou para o crepúsculo, na boa que acho "crepúsculo" uma das palavras mais sinistras da língua portuguesa, o troço sempre me remete no ato àquela cena clássica de *E o vento levou*, a Scarlet O'Hara mandando "Nunca mais passarei fome". Quer dizer, o filme está longe total de fazer parte de qualquer lista minha, pra começo de conversa é longo demais e sou contra essas durações bizarras. Se tu tem muita história pra contar faz uma minissérie.

Mas na real sempre que ouço a palavra "crepúsculo" me vem à mente essa cena.

Apesar de isso não ter nada a ver com o que eu estava dizendo. Quer dizer, não é novidade que sou um cara que se dispersa. Quando a tarde avançou para o crepúsculo, não acendi nenhuma lâmpada do quarto, saca quando está bom como está? Deixei imperar a meia-luz que vinha da janela e fiquei curtindo a fossa ao som de Beto Guedes, que na real não podia faltar na fita para a Stella; eu só não mandaria Mutantes porque era meio óbvio que ela tinha todos os discos dos caras, sendo fissurada e tal. Mas às vezes vale mandar um troço que seja notório que a pessoa curte pra mostrar que tu anda atento.

Se eu não estava no fundo do poço, o troço não parecia estar longe, a cada música eu tateava mais com os pés à procura da mola e só sentia vácuo.

Ainda bem que o troço recompensou, a Stella se amarrou no presente, me abraçou meio cheia das emoções, tipo não estava esperando o troço, leu o nome das músicas que eu tinha escrito no verso, com os respectivos intérpretes e tal, ainda comentou meio cheia das exclamações:

— Que letra linda!

Quer dizer, eu tinha caprichado, queria deixar o negócio redondo. Mas respondi:

— Que nada.

Que não sou um cara de aceitar elogio fácil, na real uma arapuca sinistra, porque falsa modéstia é um lance que execro na íntegra. Mas às vezes é necessário.

A Stella não conhecia uma galera que eu tinha gravado, ficou ansiosa para ouvir e tal, mas mandou a seguinte:

— Tem artistas demais no mundo, não é? Às vezes acho que devia ser como cargo público, ter que esperar alguém morrer para abrir vaga, aí fazer prova. Quer ver, quantos amigos seus são músicos?

Quando guardou a fita na bolsa, a Stella pediu o meu endereço para a gente embarcar nessa de trocar correspondência e tal, peguei o dela, até o número de telefone, o tipo da parada que tu aceita sabendo que não vai usar porque a tua mãe te mata se você começar a fazer ligação internacional.

Mas era sinistro ter aquele número comprido na letra também caprichada da Stella.

A novidade do dia era que a Nara tinha decidido saber o sexo do bebê, depois de relutar à beça numa de que queria surpresa na hora do nascimento. O bebê era menino.

A Nara estava feliz, mas na boa que também estaria feliz se fosse menina, acho que a felicidade é a mesma, só que agora você vai viajar numa de imaginar camisa polo e aula de judô em vez de brinco de ouro e boneca Susi, por isso deve ser tão bizarro para os pais quando o filho entra numa de fazer aula de balé e a filha se amarra em colecionar carrinho de ferro, porque antes de o sujeito chegar ao mundo o circo já está 100% armado para ele.

Uma sorte que balé nunca tenha feito a minha cabeça.

Perguntei:

— E o nome, qual vai ser?

A Nara afastou o cabelo do rosto com as duas mãos, num esquema teatral que até a Fernanda Montenegro invejaria, e respondeu numa seriedade monstra:

— Ah, isso só quando eu vir o rostinho dele.

Tu acreditou, mano? É porque ainda não conhece a Nara direito, depois de passar o maior tempão relutando em saber o sexo do bebê, era meio de lei que ela agora passasse o maior tempão relutando em definir o nome. Mas antes do dia D o troço estaria decidido e divulgado para a geral, pode escrever.

É sinistro a gente conhecer alguém tão bem assim, a primeira vontade é tirar um sarro, mas se torna meio fundamental você sacar que a recíproca provavelmente é verdadeira e a pessoa conhece as tuas pirações como tu conhece as dela.

De qualquer jeito, acho importante o sujeito relutar por umas paradas em que acredita e tal, mesmo que acabe não resistindo.

A mesinha de cabeceira estava cheia de uns baratos da Disney que a Stella tinha trazido para o bebê, ursinho Puff, mamadeira da Sininho, tudo amontoado em volta do abajur em forma de gorila da Nara, que estava num esquema sério pra cacete, custei a entender que era por causa da partida da prima. Quando o clima de despedida começou a pesar demais inventei uma dor de cabeça e dei o fora numa de poucos abraços, que despedida não é comigo.

Fora a dor de cabeça que inventei, mas comecei a sentir.

No caminho para casa, fiquei pensando nas paradas que não tinha conversado com a Stella e gostaria de ter conversado, tipo se ela chegou a ir ao Studio 54. Se curtia inverno com neve. Se conhecia *Todo Cambia*. Se conhecia *A Whiter Shade of Pale*, que me emociona de um jeito que parece que não tem volta. Se tinha assistido a *Imensidão azul*. Se curtia o jogo Detetive. Se gostava de ver televisão à tarde, um troço que eu costumava fazer direto e hoje acho deprimente pra burro. Se tinha notado o cheiro

PARA A SUA JUKEBOX

sinistro de formiguinha, quando a gente mata. Se os gays de Nova York ainda usavam bigodinho.

Dormi levando um papo mental com ela.

Acordei no meio de um sonho bizarro com o John Malkovich, em que ele se deitava sobre mim com um peso macabro, eu curtindo o lance numa batida física e descurtindo 100% numa batida cerebral, não precisava nem de analista para explicar por quê.

Na real, essa de análise não daria certo comigo, na boa que eu entraria numa de não dizer tudo da minha vida, até porque tudo é coisa à beça, e acabaria escondendo os troços mais bizarros para não ficar mal na fita do analista.

E também não sei se acredito nessa de divã.

Fora que custa o olho da cara.

Mas o meu sonho não era difícil de interpretar. Quer dizer, acordei limpando a barriga, mas com a cachola meio em baratino, a real é que essa de *It's beyond my control, it's beyond my control* teria que ser levada num esquema diário com a Carolina, e você conviver com alguém nessa batida está longe de ser fácil, quem aguenta encarnar o Valmont semana após semana, o tom sinistro de monotonia para não mostrar o menor interesse?

Tu fazer o mal pra fazer o bem é um troço que só não me escapa quando estou muito concentrado.

E pra ser totalmente sincero é raro eu não me distrair.

Quer dizer, tem uma hora em que o sujeito realmente precisa se chamar na xinxa e levar um lero consigo mesmo ligado ao que vai por dentro, nessa batida eu tinha alcançado a verdade megarreveladora de que não cabia me perguntar o que eu queria porque o que eu queria não era o caso. O caso era o que eu podia e não podia.

E não podia encarnar o Duran Duran.

Então sobrava aquele caminho meio tortuoso que na real podia dar num apedrejamento sinistro, ou num barato como o do casal da adaga de gelo e de *Minha adorável lavanderia*, a gente fazendo uma aposta mais otimista.

Na real a conclusão seguinte seria meio imediata para um cara esperto, tipo uma ideia puxando a outra, mas para mim o troço levou uns dias para ficar claro na íntegra, apesar de também ser um lance que na real sempre tivesse estado meio presente num canto da cachola. Quer dizer, pra deixar de encarnar o Duran Duran e seguir esse caminho em que tu

205

acaba se vendo obrigado a apostar as fichas, a real era que eu não podia morar na minha cidade.

Ir para o Rio era meio de lei.

Agora imagina o medo de não passar no vestibular, ainda mais quando você não anda com a cabeça ligada em estudo.

Quer dizer, a real é que sou bom aluno mais por obediência do que por curtir estudar.

Mas até aí nada.

À noite, estava encarando a descoberta de que o Rio era meio de lei numa batida às avessas, tipo, em vez de curtir o fato de que o troço me daria uma baita liberdade, amarguei um bode surreal pensando que era bizarro tu ser obrigado a não morar na tua cidade. Quer dizer, vai que o meu sonho fosse herdar a farmácia do meu pai.

Só que é aquela história: quanto menor a cidade, maior o número de janeleiros.

E janeleiros do mal.

Quer dizer, deve rolar a galera que curte amarrar o burro na janela para curtir a vista, se tu mora de frente para um horizonte sinistro tem mais é que contemplar. Ou então se está de castigo.

Mas janeleiro do mal fica ali para vuduzar a vida alheia. Quer dizer, longe de mim entrar numa de cultivar mais preconceito do que já rola na involuntariedade, mas o troço é meio inevitável.

Sei lá.

Também, pra ser sincero, em cidade pequena tu não precisa ficar na janela pra saber o que rola, essa de todo mundo se conhecer funciona como uma superagência de notícias, você dá um escorregão aqui, quando chega em casa a tua mãe já está esperando com mercúrio e gaze na bancada da cozinha.

No sábado, voltei a percorrer o quartinho inglório dos filmes de sacanagem, é até sinistro dizer isso mas a real é que estava com saudade do troço, não que chegasse a substituir uma carcagem de fato, mas todo o ritual da parada era megabom, de tu escolher o filme avaliando as fotos na traseira da capa a se esparramar no sofá para contemplar as cenas, se bobear dava para curtir até a espera de que a galera de casa fosse se deitar.

Quer dizer, pra ser sincero, essa de me esparramar no sofá não é um lance que role só quando estou prestes a assistir a uma fita de sacanagem, qualquer *Casal 20* vejo do mesmo jeito, acho que não chega a ser falta de educação quando o sujeito está na casa dele, mas a Isabel, por exemplo, por mais que deite no sofá, não se esparrama como eu, e também não é só essa de deitar: eu sento me esparramando, a Isabel senta economizando poltrona, no cinema meto o cotovelo no descanso de braço e dane-se quem estiver ladeando, a Isabel se encolhe na cadeira, fico até meio com pena, sei lá, a gente teve a mesma criação e tal, mas ela aprendeu a mandar essa bossa contida, na boa que às vezes sinto vontade de dizer qualquer troço tipo se esparrama, mete o cotovelo.

Como tinha rolado um intervalo grande desde a minha última incursão ao quartinho inglório dos "eróticos" e rolava uma grana extra, aluguei três fitas: duas novas e *Garganta profunda*, que na real eu nunca tinha visto, nem sei por quê, a sorte foi que não tive que esperar muito para dar início à maratona, os meus pais foram se deitar cedo, às vezes rola de as paradas marcharem como você quer, senão seria aquela de ir dormir quando o dia já está nascendo, só a ideia já me dá pânico.

Na real, me amarro em filme de sacanagem com enredo, às vezes.

E uma parada que *Garganta profunda* tem é enredo.

Quer dizer, enredo de filme de sacanagem.

A mulher não consegue chegar ao orgasmo e anda meio desanimada da vida, até que vai ao psiquiatra e descobre que o clitóris dela fica na garganta, tu parando pra pensar o tipo de licença da realidade que só um filme do gênero consegue tirar, que psiquiatra descobriria um troço assim, ainda mais na primeira sessão?

O caso é que a dona precisa aprender uma técnica de engolir badalo e, mano, ela engole — o troço fugindo 100% ao oral de costume, sei lá, parecendo carcagem de vanguarda.

Quer dizer, a parada entrou meio no ato para o Top Ten das curiosidades mais bizarras que já vi, se bobear rola até um clima meio circo, tipo, não seria surpresa descobrir que a Linda Lovelace aposentou a carreira de atriz e fugiu no mesmo trailer que a mulher barbada e o Homem-Elefante.

É impressionante a pessoa ser escolhida por um dom desse gênero, fora tu imaginar como ela descobriu que tem o dom.

Na real, só não curti o filme na íntegra por causa de umas objeções meio pessoais, tipo rola humor na parada e sou um cara que leva a bossa sexual num esquema meio a sério, não entra essa de abrir espaço para riso.

E o seguinte: tem uma cena que me deixou meio bronqueado com a galera da produção, a Linda Lovelace lá entretida em executar o dom dela, tipo megaconcentrada no troço, quando o nariz começa a escorrer. Na boa que faltou alguém de bom senso mandar um "Corta!" e pedir à pessoa encarregada da maquiagem para dar um jeito naquilo. Quer dizer, não sei se rolava uma pessoa exclusivamente encarregada da maquiagem, mas qualquer alma boa com um lenço já faria diferença. Quer dizer, a gente não está vendo Fedra, onde coriza é um lance bem-vindo.

E outra: pra ser totalmente sincero, a técnica de garganta profunda é um troço que dá uma certa agonia de ver, na real é meio claustrofóbico.

Os outros dois filmes não tinham enredo e rolava a galera já conhecida, o que tem uma vantagem sinistra sobre a fita com elenco inédito: você poder mandar o FF assim que entra em cena um sujeito que você sabe de antemão que não te agrada, como o Ron Jeremy. Ou um sujeito que já te cansou, como o Jerry Butler. A não ser que a mulher in loco seja uma Tori Welles e tu esteja no clima de conferir o desempenho. Mas nesse dia não era o caso.

Pra ser sincero, raramente é o caso.

A melhor cena foi uma com o TT Boy, que tem aquele chassi sinistro e desempenha o troço num esquema meio digno de Oscar.

Foi para essa cena que voltei depois de ver as três fitas, numa de terminar o serviço, antes pegando papel no banheiro e tal, que o sujeito prevenido vale por dois e essa de sair pela casa com a camisa levantada e a calça aberta rezando pra não ser pego no caminho do banheiro, mano, faz parte do passado.

Na real, terminar o serviço não demora nada, a essa altura faz três horas que estou a ponto de bala, levo mais tempo limpando a barriga do que executando o ato.

Aí encarei o já esperado vazio de azulejo enquanto rebobinava fita atrás de fita, a tela da televisão naquele chuvisco medonho porque depois da aliviada é melhor nem saber o que rola nos canais, saca essa de que o badalo fica sensível depois do gozo? Na real, acho que rola o mesmo no que vai por dentro, dependendo do que tu testemunhar nessa hora, é fundo de poço na certa, música então nem pensar.

Mas uma parada audiovisual não fica atrás.

E nem precisa ser um lance obviamente sinistro, tipo Jornal Nacional, uma vez pitizei vendo comercial de desodorante, sem brincadeira, o cara soltava um pombo numa montanha e isso me encheu de uma tristeza surreal.

Você vai correr o risco?

O sujeito acaba aprendendo a se defender.

O bizarro é saber que a sessão masturbatória sempre termina num vácuo macabro e continuar incorrendo no troço.

Eram 2h37 quando guardei a última fita na caixa e fui para o quarto me sentindo um cara qualquer nota total, sei lá, tipo gastando tempo com essa de fita de sacanagem quando não queria gastar tempo visitando o meu avô no dia seguinte. Já era certo que não acompanharia os meus pais e a Isabel, ficaria em casa estudando, depois de provavelmente acordar ao meio-dia.

Quer dizer, eu tentava me convencer de que o troço também era meio de lei, se eu não estivesse em casa batendo uma de frente para o TT Boy estaria na boate driblando a noite com vodca, afinal o sujeito precisa relaxar, aquela antiga de que até Deus no sétimo dia, mas quem disse que me convencia?

E olha que sou um cara persuasivo.

A minha mãe que o diga.

Se não tivesse acordado pelo avesso no dia seguinte, na boa que estava me chamando de Cédric até hoje.

Antes de cair no sono pensei no Diogo, imaginando se ele estaria dormindo ou assistindo à televisão com a mulher, ou ainda levando uma bossa sexual com ela, o tipo do troço possível, mas a imagem que me vinha à cachola na insistência era a mulher dele dormindo com a camisola branca que eu tinha visto pendurada no cabide perto da porta do banheiro do quarto, e o Diogo assistindo sozinho à televisão naquela sala de set de filme americano.

por terra

Verdade é uma parada surreal, você parando pra pensar.

Quer dizer, tem verdades e verdades.

Por exemplo, a minha mãe se amarra em mandar uma sinistra: que não tem nada melhor do que satisfação de necessidade, você tomar um copo de água quando está com sede ou liberar a bexiga quando o troço está no aperto, essas verdades do corpo e tal. Que na real tem muitas.

As unhas que crescem e precisam ser cortadas.

O nariz que escorre e alguém da produção de repente precisa te alertar.

O coração que bate, mas você nem se dá conta.

Quer dizer, na real essa do coração que bate não é uma verdade óbvia, tipo não é visível nem nada, a gente só sente quando está no agito, que na calmaria nem tchum, em certo sentido precisa levar fé em que aquela batida é do coração.

Agora, seguinte: quando um cara com tendência pra piração entra numa de começar a pensar nas verdades do corpo, o buraco corre o risco de ficar imediatamente mais embaixo. Quer dizer, às vezes rola comigo essa de pensar num troço que é natural, tipo os olhos que piscam, por exemplo, e me ligar naquilo de um jeito que acaba fazendo a parada perder a naturalidade, aí começo a piscar os olhos com mais força ou com maior frequência e tenho que me cuidar pra não pegar cacoete, que na real é vocação minha.

Tive uns que nem conto, megabizarros.

Quer dizer, cacoete é igual micose: fácil de pegar, mas vai se livrar do troço.

Até que agora ando sem.

Mas é bom não tocar no assunto, que comigo é entrar na vanglória para o negócio desandar.

Na real, o corpo tem umas verdades macabras, você pensar no envelhecimento, em alguém que já foi lindo e tal e está num esquema meio soterrado de rugas, na boa que envelhecer deve ser mais difícil pra quem tinha um rosto sinistro na juventude. Ou o chassi, que com o tempo vai perdendo os contornos do bem e ganhando uns do mal.

Fora que é meio crime, não canso de mandar essa de que tem uma galera que podia ser poupada.

Mas, você pensando por outro lado, seria uma injustiça a mais.

Quer dizer, de repente é a hora de vingança da turma que nunca conheceu essa de posar de Cinderela, perder pouco vendo uma galera perder muito deve ser um troço que sirva meio de consolo, apesar de estar longe de fazer a minha, não curto nem imaginar o Jean-Marc Barr num esquema ancião.

Ou a Jane Fonda.

O Tadeu.

Quer dizer, também envelhecer não é só ver o corpo perder os contornos do bem e ganhar uns do mal, é toda a droga que vem junto e aponta para a morte, existe troço mais macabro?

Quer dizer, na real, a pior verdade do corpo é a pior de todas as verdades, uma parada que o meu cérebro nem alcança, tu deixar de existir de uma hora para outra, tudo que rolava por dentro de repente nunca mais, você entregue a um desconhecido que vai te lavar e maquiar para aquela comparecida sinistra a um evento onde a contragosto tu é o anfitrião. Não curto nem pensar.

Por outro lado, não sei se no Brasil rola essa de contratar alguém para te lavar e maquiar, acho que aqui quem faz a parada deve ser a família, o que não deixa de ser um pensamento meio reconfortante. Embora nem tanto.

Quer dizer, é o nunca mais.

Tudo que rolava por dentro.

Aí tu pensa na galera que chama a morte de "passagem" ou leva fé nessa de paraíso, saca a turma que procura encarar o troço num esquema sereno quando a parada está longe de ser serena? Na boa que fico até bronqueado.

Mas é aquilo, opinião cada um tem a sua, o que não deixa de ser sinistro.

O sujeito parando pra pensar, mais surreal do que verdade é a ideia de que a maioria das verdades talvez seja relativa, até umas que o cara médio diria que de jeito nenhum, como as do corpo.

A morte, mano, que vira "passagem".

E, pra ser sincero, não sei se não existe nada melhor do que satisfação de necessidade, você tomar um copo de água quando está com sede e tal, a minha mãe manda essa frisando *água* para fazer contraponto com a Coca que volta e meia ela entra numa de querer limar da casa. Quer dizer, na boa que eu trocaria a água por um copo de Coca com duas pedras de gelo.

E mesmo essa de que opinião cada um tem a sua, não sei, às vezes acho que sou um cara que não tem opinião das coisas, se você me pergunta o que achei de um filme e tal, mesmo quando entendi a parada de cara, que nem sempre é o caso, às vezes rola de entender o troço só três dias depois.

Ou se você me pergunta o que acho dessa de relatividade das verdades, não sei se prefiro que ela reine ou se preferiria que existissem mais verdades incontestáveis, que na real a gente esmiuçando parecem existir cada vez menos. Mas existem.

O envelhecimento.

Os olhos que piscam.

As unhas que crescem.

O coração que bate até parar de bater e debandar o troço para a relatividade.

Na real também rolam umas verdades incontestáveis que são difíceis de acreditar, tipo que todo mundo foi jovem um dia. É aquilo: tem gente que tu olha e não consegue levar fé.

Mas é uma parada incontestável.

Quer ver outra?

A vida guarda umas surpresas macabras para o sujeito.

Exemplo?

Na semana seguinte a Nara e eu fomos à doceria, ela pediu um quindim e um guaraná, eu pedi a bomba e a Coca de praxe, que sou um cara meio fiel a umas paradas.

Também, entre tantos doces sinistros tu pedir quindim é o tipo do troço que me deixa até bolado.

A Nara tinha me chamado para comer o doce e tal num esquema meio sério, saca "Preciso falar com você depois da aula", a voz rouca naquela batida Demi Moore com direito a biquinho, cheguei a achar graça do troço e mandei *You break my heart* no mesmo tom choroso meio digno de riso em que a Demi Moore larga o desabafo em *O primeiro ano do resto de nossas vidas*, quando está precisando de um ombro amigo e tal e o Rob Lowe só quer saber de uma rapidinha no carro. Mas a Nara não riu, só baixou a cabeça num silêncio meio bizarro e me esperou confirmar a conversa pós-aula.

Na real, não entrei numa de baratinar com o silêncio bizarro nem com a baixada de cabeça porque conheço a Nara e sei do teatro em que ela se amarra, fora que o Hamilton tinha entrado na sala para falar sobre as inscrições do vestibular, a galera toda meio em polvorosa, inclusive eu, um troço que parecia que não chegaria nunca de repente tinha ficado mais palpável.

O Hamilton com aquela cara de susto dele, o protótipo do sujeito que é difícil tu levar fé que foi jovem um dia. Na real a vida está cheia desses caras, é só você prestar atenção.

No caminho da doceria, senti que a conversa que a Nara queria levar comigo era mesmo uma parada séria e tal, porque silêncio é uma que não rola por muito tempo na representação dela, nem que o troço seja pré-requisito para levar o Oscar. Ela perde a estatueta mas não perde o direito de fala.

E continuava naquele silêncio bizarro.

Eu já estava sentindo um medo bizarro de perguntar o que estaria incomodando as ideias dela, na certa algum entrave com o Trigo, a história da maconha andava numa batida meio fora de controle, estava claro que o cara não tinha domínio sobre a parada.

Na real, é sinistro você pensar que existe uma galera que faz uso do negócio num esquema esporádico, aquela batida social, quando encontra os amigos, e a galera que ingressa numa de querer o troço todo dia, o Trigo já acordava acendendo a bagana que na noite anterior era um baseado inteiro.

Quer dizer, de repente era até sorte eu sentir medo desse lance de droga, se alguém acendia um na roda logo surgia a imagem da minha mãe ao meu lado, os olhos cravados em mim, vai que eu fosse do grupo meio condenado a querer a parada num esquema diário, saca quando não é um troço que você esteja disposto a pagar pra ver qual é?

Na insistência a minha mãe às vezes sabe dar o recado.

Ou eu sei escutar.

Só que, pra ser totalmente sincero, volta e meia também entrava numa de querer vencer o medo e tal para experimentar, que sou um cara que cultiva uns desejos meio contraditórios. Mas era só até pensar no troço a sério.

Quer dizer, o Trigo estava avançando para uma 100% errada, a parada nítida, não era de admirar que a Nara quisesse levar um lero a respeito, se fosse o caso.

Na real, o mais bizarro dessa verdade de que a vida guarda umas surpresas macabras para o indivíduo é você se lembrar de que nem imaginava o troço antes de ele desabar na tua cabeça, até porque se imaginasse não seria surpresa. Mas saca não fazer ideia?

Foi assim.

Nós pedimos ao balconista da doceria para levar os copos de vidro para a praça, sentamos no primeiro banco livre, a Nara deixou de lado o quindim e o guaraná e deu uma respirada funda, tipo suficiente para ficar debaixo d'água por um tempo sinistro, o Jean-Marc Barr nessa aguentava uma tarde inteira.

— Caco, você sabe que eu sou louca para fazer jornalismo.

Quer dizer, primeiro rolou essa de inaugurar o discurso pelo meu nome, que ela só usava em casos muito extremos, se eu for ser totalmente sincero não me lembrava de nenhum, mas ao meu nome se seguia essa história de jornalismo, na boa que fiquei meio aliviado de a conversa séria não ser nada punk em relação ao Trigo, nem algum lance com o filho, que na real era um medo que eu vinha sentindo sem querer nem imaginar.

Pensei que de repente ela tinha chegado à conclusão de que queria mudar de curso, na real essa seria uma notícia que eu entraria até numa de comemorar, não é segredo o que acho de jornalismo. Falei:

— Sei.

— Bom, o caso é que.

Só que a frase ficou no vácuo, mano, interrompida por um soluço que na real estava longe de ser a manifestação de tristeza meio sexy que a Nara costuma mandar.

Ela começou a chorar de um jeito megabrutal, saca uns solavancos do peito e nariz escorrendo à Linda Lovelace?

Na boa que se aquilo fosse representação não tinha nem para a cena final de Glenn Close em *Ligações perigosas*.

Mas não era.

Porque nos intervalos desse choro meio alucinado a real veio à tona, mostrando que o troço era para tanto: a Nara não prestaria vestibular.

Saca o tipo da parada que a gente também já podia ter manjado fazia tempo?

Quer dizer, numa dessas você descobre que não é o único que leva a vida meio sem noção do teu barco.

Deixei a bomba ao lado do quindim e fiquei segurando o copo de Coca, escrevendo com a ponta do dedo da outra mão *merda merda merda merda merda merda merda*, naquela minha incompetência habitual de não reagir, um cara com mais expediente tinha de repente passado a mão no cabelo da Nara ou sei lá, tentado reconfortar ela com umas palavras alegres. Mas eu não conseguia nem lembrar que existiam palavras alegres.

Só ficava escrevendo *merda merda merda merda merda*, segurando o copo de Coca, enquanto ela desfiava nos intervalos do choro alucinado os seus lamentos, ponto por ponto, explicando que por causa da gravidez e tal não prestaria vestibular aquele ano, por mais que quisesse e por mais que isso fosse a sua vida e ela estivesse mais do que pronta para dar o fora da cidade, porque na real ir para o Rio em 1990 era certo desde que ela ainda era menina, que por causa do filho que nasceria no fim do ano os pais tinham chegado à conclusão de que era melhor ela adiar a faculdade por um ou dois anos, talvez mais, porque seria complicado ela viver sozinha, longe de casa, com o filho, e naquele momento eles não podiam se mudar para o Rio com ela.

Eu queria achar o que responder mas neca, queria encontrar um jeito de acabar com o choro alucinado mas só ouvia os lamentos da Nara naquele meu silêncio qualquer nota, um bolo sinistro se formando na garganta, é bizarro ver os planos do seu melhor amigo indo por terra.

Quer dizer, eu ainda não tinha entendido tudo.

A minha ficha.

Por enquanto era só eu de fora, contemplando o choro da Nara.

E já estava macabro.

A Nara enxugou as lágrimas, tomou um gole do guaraná e ficou olhando para um ponto que não era eu nem era o resto da praça, os olhos num vermelhaço monstro, pouca gente passava por nós, mas quem passava dava aquela conferida na situação macabra, a infelicidade meio declarada pairando sobre o quindim e a bomba.

A Nara disse:

— É uma merda.

— É.

A gente ficou em silêncio por algum tempo, você olhava em volta e era como se a praça tivesse parado de respirar, não numa de tomar fôlego e tal. Mas numa de batimento fraco.

Dava pena do mundo, mano.

Tu reparar nos bancos lascados, no chão de pedras gasto, nos canteiros largados à própria sorte, nas árvores que talvez estivessem meio secas, não sei, de repente aquele era o estado natural delas, mas me pareceu que andavam megacarentes de chuva. A Nara me encarou com aqueles olhos vermelhos.

— Sinto muito.

Na boa que acho "sinto muito" uma parada meio esdrúxula de o sujeito mandar, era surpreendente que a Nara estivesse dizendo isso, o troço não cabia nela, era quase como se de repente ela entrasse numa de se referir ao Trigo como "meu esposo".

Mas estranhei ainda mais a parada porque o troço não só não cabia nela como não cabia nas circunstâncias, era a Nara que estava com o futuro próximo meio comprometido e tal, ela se desculpar me pareceu um lance 100% despropositado, pelo menos a princípio, só quando eu já estava sentindo na boca o gosto de "Por quê?" a ficha caiu num esquema efeito bigorna total, na boa que por uns instantes as vistas escureceram e não tinha mais nada na minha frente, bancos lascados nem árvores secas, uma sensação sinistra de queda por dentro que na real também parecia ser por fora, quase me estatelei no chão, ainda procurei uma parada na qual me segurar, só via a bomba.

Quer dizer, o troço me incluía.

O não vestibular da Nara era o meu não vestibular, a minha não ida para o Rio, com seus casais de adaga de gelo, onde as minhas fichas já estavam todas apostadas, até por falta de escolha.

Sem apartamento, eu podia passar para a federal que fosse, podia passar em primeiro lugar para a particular que fosse, que não rolava, eu precisava de um lugar para ficar onde não tivesse que pagar aluguel, só dividir as contas básicas e tal, você depender dos outros é bizarro.

Aí rolou uma parada macabra, que na real ultrapassa qualquer outra, tipo nem o sujeito bater uma pensando no namorado da irmã se compara, que foi o seguinte: eu senti raiva da Nara.

Não ali na hora, quando só mandei:

— Tranquilo.

E a gente continuou naquela onda de testemunhar o batimento fraco da praça, depois nos levantamos meio em câmera lenta, a Nara na frente e tal, acho que o troço já estava mais elaborado na cabeça dela, aquele choro alucinado na certa não era o primeiro que rolava por essa história, mas eu ainda nem tinha marejado os olhos, que na real estavam secos como as árvores, os olhos de quem levou um susto. Segui no encalço da Nara e joguei a bomba na lata de lixo onde ela tinha jogado o quindim, o tipo da parada inédita na minha vida, nem guardar o troço para depois guardei.

Foi só quando estava em casa, no meu quarto, encarando o teto, sem coragem nem vontade de lançar a nova para os meus pais nem para a Isabel, que senti raiva.

Na real não sei explicar como o negócio começou, de repente estava me parabenizando por ter mandado *You break my heart* encarnando a Demi Moore em *O primeiro ano do resto de nossas vidas* quando a Nara veio com aquele papo choroso de "Preciso falar com você depois da aula" e senti o maior prazer sinistro pensando em como a resposta que na hora parecia meio xexelenta tinha na real sido megaprovidencial, me lembrando da baixada de cabeça e do silêncio bizarro dela, saca quando tu fere sem querer ferir?

Agora eu queria ferir.

Ficava repassando a parada na memória.

Em detalhe.

Me concentrava em tudo que era negativo na Nara, transformava o que era positivo em negativo, dando alimento para o ódio, saca umas garfadas bem servidas, a menina inconsequente que ela era, a menina rica que ela era.

"Não consigo fazer nada, só consigo ser bonita", imaginei a Nara dizendo, na real o tipo do troço injusto com ela.

Mas eu estava odiando.

Os planos dela por terra levando junto os meus.

Meus pensamentos dando volta em torno do mesmo ponto: eu não merecia isso.

Quer dizer, um mês antes eu não tinha nem consciência da importância de ir para o Rio, não de uma forma clara e tal, mas bastou chegar à conclusão de que o troço era imprescindível para receber a notícia do mal, uma vez cagado de urubu, mano, pra sempre.

Quando o telefone tocou, me levantei depressa da cama e saí do quarto meio num pulo, alcancei a minha mãe antes de ela atender.

— Se for a Nara, estou dormindo.

— Por quê?

Mas ela não esperou a resposta, pegou o aparelho e mandou o "Alô" meio cantado dela, eu esperando ali do lado, olhando o Cristo de coração exposto, ainda pensei: bem podia ser o Diogo, a gente levava uma bossa sexual, depois eu encostava a cabeça no ombro dele e derramava o meu veneno, a mulher dele que se danasse, não era isso que o destino queria, a permanência do Duran Duran?

Não que eu acreditasse em destino.

Mas se era para ficar preso na cidade, obrigado a encarnar o vilão, que o troço começasse logo.

Só que não era o Diogo.

Quando a minha mãe desligou, achei que de repente insistiria no "Por quê?", ela costuma deixar quieto o que não é da sua alçada, mas às vezes te surpreende, a sorte é que não foi o caso. Só se virou para mim e esclareceu o que na real já estava óbvio:

— Era a Nara.

Rolaram uns segundos antes de eu mandar:

— Amanhã não vou à aula.

— Por quê?

— Porque não estou a fim.

— Caco, Caco.

O tom sinistro de repreensão, ao qual na real nem dei trela, aquela zoeira infernal na cachola me deixando quase surdo, a repreensão parecendo vir de longe, voltei para o quarto e continuei ruminando o meu ódio até mandar pra dentro um sonífero, que o cérebro estava baratinado quase a ponto de fundir, e apagar nessas horas é sempre uma, aquela antiga de que amanhã é um novo dia, mesmo quando você sabe que a real é outra.

Porque não vou te enganar, mano, amanhã é o mesmo dia.

E tem mais: se tu pensou que o troço não podia piorar, vai se acostumando com o redondo do engano, porque no dia seguinte a casa do vizinho entrou em obra, existe parada mais capaz de enlouquecer o sujeito?

Eu queria me desligar da megabateção, mas como? Pensei: isso devia ser proibido ou só rolar em caso extremo, se a casa do indivíduo estivesse numa de desmoronar a qualquer momento e precisasse de uns remendos urgentes, nunca por estética e tal, não curto nem admitir, mas cheguei a vuduzar o vizinho desejando uns troços bizarros para ele, pensando não mereço isso, não mereço isso só para o cara ter um azulejo mais bonito na parede da cozinha, é impressionante como às vezes sou capaz de perder a noção.

Fora que talvez merecesse sim, vai saber.

Se existia uma sorte, era que a obra não atrapalharia os meus estudos.

Quer dizer, passei o dia estirado na cama com o som ligado para abafar as marretadas na casa do vizinho, um bode sinistro me corroendo as ideias, cheguei a cogitar ligar para o Diogo, o sujeito precisa buscar alívio em alguma parada, imagina se eu tivesse entrado nessa de fumar maconha, agora era a hora de acender um charo do tamanho da minha frustração, mas para telefonar para o Diogo acho que precisava estar com mais tesão e tal.

Quer dizer, nessa de passar o dia estirado na cama rolava de às vezes ficar de badalo duro pensando merda, mas não chegava a ser tesão, só onda fantasiando uns lances e folheando umas revistas de sacanagem. Eu encarava o teto, ruminava a minha raiva, ouvi um disco do Bowie atrás do outro, inventei uma história em quadrinhos na qual o personagem megatarado enfiava no rabo umas cenouras e uns pepinos, depois se martirizava de culpa pela fome mundial. Quase ri, na boa.

Mas não deu pra tanto.

Quer dizer, essa de lançar mão de cenouras e pepinos é o tipo de troço que existe e tal, fico imaginando se a galera já entra no supermercado num esquema meio excitado, rondando o setor de hortaliças na fissura para escolher a mercadoria.

PARA A SUA JUKEBOX

Encarava o teto, ruminava a minha raiva, peguei o caderno e os lápis de cera e fiz um desenho do meu rosto pela metade, tipo só o lado direito completo, o esquerdo meio vazio e tal, achei que aquilo podia carregar um significado sinistro. Mas na real nem sabia que significado seria.

Pra ser sincero, me amarro em mandar um troço que não entendo 100%, se fosse botar epígrafe num livro na boa que escolheria uma parada que não manjasse na íntegra.

Pensei em ler um livro ou ver um filme, mas vontade mesmo era zero, é bizarro que quando você mais precisa se distrair a tua cachola não deixe, pelo menos comigo rola essa direto, fora que eu olhava a prateleira de livros que esperavam leitura mas nada me animava o suficiente para encarar a vertical. Filme então eu teria que ver na sala, e sair do quarto era a última coisa que eu queria, na real rolava uma necessidade bizarra do extremo do quarto.

Se eu fosse uma tartaruga desaparecia no casco.

Até porque aí talvez não ouvisse a megabateção que na real só não atrapalharia os meus estudos.

Quer dizer, era meio pirado que de repente não rolasse mais a pressão de estudar, quase libertador se não fosse a prisão em que no fim o troço desembocaria, já dava até para avistar as grades, você parando pra pensar a liberdade com arma na cabeça de antes nem era tão ruim. Quer dizer, era e tal.

Mas existem paradas mais bizarras.

Tipo cursar administração ou odontologia, as faculdades que rolam na cidade, nem pensar.

Pra ser totalmente sincero, eu não estava preocupado em lançar a nova para os meus pais, a certa altura me passou pela cabeça que as consequências do troço também não deixavam de ser culpa deles, botar filho no mundo sem grana, eu não pedi para nascer, na minha cachola martelavam essas paradas que na real só mostram o cara qualquer nota que posso ser.

Mas eu estava odiando.

Os meus pais com sua falta de ouro.

O vizinho com sua vontade de um azulejo bonito.

A Nara com seu "Sinto muito" megabarra-pesada.

O telefone tocou várias vezes, mas nem que eu tivesse pernas pra atender, mano.

De vez em quando me vinha à cachola aquela frase do filme espanhol que eu tinha visto nas férias, o troço parecia ecoar no quarto, *me sentí fatal*, na real entrei numa de encarnar o personagem para rir da situação, caprichando na pronúncia numa de mandar o troço redondo, quando comecei a sentir um bolo bizarro na garganta, que na real pareceu travar para além da possibilidade de manter a respiração na normalidade, aí fiquei dizendo a parada — *me sentí fatal, me sentí fatal* — sem nem sombra de ironia e ingressei num choro medonho, uns solavancos brutais do peito que no ato me fizeram lembrar o choro alucinado da Nara, a tristeza dela naquela manifestação macabra em plena praça carente de batimento.

E comecei a sentir tristeza pela tristeza dela, pela minha tristeza, o mundo é um lugar bem triste, você parando pra pensar, na real era quase absurdo o tempo verbal da frase, aquele passado que não cabia, e meti o presente que era como devia ser pra sempre: *Me siento fatal.*

Quer dizer, presente ou gerúndio.

Pra ser sincero, já nem enxergava graça no negócio, apesar de rolar essa de eu curtir à beça quando a tradução de um troço te surpreende, uma parada como *me sentí fatal* querer dizer "me senti péssimo".

O bom de derramar um choro é que traz uma aliviada e te transforma um pouco. Quer dizer, nem sempre.

Na real, raramente.

Mas nesse dia foi o caso, não numa de diminuir a minha frustração e tal, que também seria o tipo do troço meio impossível, mas numa de liquidar a raiva, a Nara voltando a ser o que era, os meus pais, na boa que o melhor da raiva é a hora em que passa. Apesar da culpa que você corre o risco de amargar depois.

Na noite do dia seguinte, quando a gente se sentou para jantar, a minha mãe ainda trazia estampada no rosto aquela expressão de censura bizarra, passou o arroz para o meu pai mandando:

— O Caco não foi à aula hoje.

O meu pai olhou para mim, tipo esperando uma justificativa e tal, mas a parada entalou na minha garganta, ele perguntou:

— O que foi, filho?

Aí contei o troço.

Desfiei a ladainha da Nara meio tintim por tintim, a decisão dos pais dela, o adiamento da faculdade por um ou dois anos, talvez mais, um lance que na certa não me incluía, porque os pais deviam se mudar com a filha para o Rio, numa de cuidar do neto, e terminei o discurso informando que nem pensar em cursar odontologia ou administração, que na real não sabia o que faria no ano seguinte e também não queria pensar nisso agora, que a comida parecia apetitosa e tal mas eu não estava com fome e preferia jantar mais tarde.

Imaginei que os meus pais entrariam numa de mandar uns contra-argumentos, mas eles afundaram num silêncio meio inusitado. Em algum momento do meu discurso a Isabel tinha botado a mão na minha mão, em cima da mesa, acho que ouvi ela murmurando "Ah, guri", e a gente ficou nessa postura meio oração pré-refeição, ela também num silêncio inusitado, porque era meio certo que tentaria me convencer de que eu me amarraria no curso de odontologia.

Quer dizer, de repente essa é a vantagem de tu mandar um discurso carregado no pranto.

É o silêncio do pós.

Não que o pranto tivesse sido planejado e tal, pra ser totalmente sincero tentei segurar a parada o máximo que pude, mas quanto mais eu segurava, mais o troço exigia saída. Porque também existe uma desvantagem em mandar discurso carregado nessa, que é você encarar o olhar vazio de quem ouve.

Quer dizer, se eu ainda estivesse com raiva tudo bem, mas não estava, senti quase pena dos meus pais sem o ouro que com certeza eles gastariam para me mandar para o Rio. Antes de me levantar da mesa revirei a cachola à procura de um troço que pudesse servir de consolo para eles, numa de tranquilizar e tal, mas não achava. Na minha inabilidade congênita mandei a seguinte:

— Ainda vou pensar em alguma parada.

Te tranquilizou, mano?

Fui para o quarto me sentindo até culpado pelo olhar vazio dos três, principalmente da minha mãe. E do meu pai. Mas também da Isabel, que na real tem esse dom de reagir depressa com um gesto que depois fica preso na memória te fazendo querer abraçar ela, mesmo você sabendo que nunca entraria numa de abraçar do nada a tua irmã, que a galera de casa na certa desconfiaria de que a camisa de força está finalmente o seu número. Na real, a Isabel tinha segurado a minha mão numa hora em que talvez sem isso eu não tivesse dado prosseguimento ao palavrório, porque foi quando emperrei num engasgo sinistro, mas a mão dela me salvou.

Às vezes tu espera que a saída venha de dentro e ela vem de fora.

No quarto, tranquei a porta, peguei no armário a manta azul que a minha mãe tinha me dado de presente, uma manta que na real era meio sacrilégio usar com lençol, porque a onda era o barato tátil que o lençol cortava. Não liguei o som, só deitei na cama e fiquei encarando o teto sem raiva da Nara, sem raiva dos meus pais, nem do destino no qual não acredito, na real estava calmo, saca a respiração no compasso, nenhum bolo macabro na garganta para te sufocar, estava calmo embora fosse uma calmaria meio sofrida, não sei explicar, acho que depois de manjar que um lance não tem jeito tu para de brigar com o troço.

Ou então era exaustão.

Peguei o caderno pra desenhar, mas neca, só os losangos de praxe que na real têm a serventia meio única de passatempo, tipo não chegam a lugar nenhum e tal. Pra ser totalmente sincero eu sentia um bode sinistro pelo fato de que essa de fazer capa de disco tinha entrado para o rol das Incertezas Monstras, mas o bode que me enterrava no poço era outro: a ideia de que eu não daria o fora da cidade.

Fui até o espelho do armário e encarei a imagem numa de me narcisar um pouco, aquele esquema olhos nos olhos comigo mesmo, na real acho que nunca vou olhar nos olhos de ninguém tanto quanto nos meus, o tipo de troço que também talvez seja meio de lei na vida de qualquer um, tirei a camisa e dei uma contemplada no corpo e tal, o peito, a barriga, mas era uma contemplação melancólica.

Quando o telefone tocou, não saí correndo do quarto para avisar à minha mãe que, se fosse a Nara, eu estava dormindo, só fiquei esperando ela bater na porta daquele jeito dela, os dois toques e:

— Caco, telefone.

Abri uma fresta, ela me olhou meio procurando nos meus olhos sinal de choro, aquele ar preocupado que substituía a expressão de censura e me fez diminuir de tamanho até eu quase deixar de existir.

Ela disse:

— É a Nara.

Na real com uma voz meio cúmplice que sugeria que, se eu quisesse, ela mandaria essa de que eu estava dormindo.

Mas eu não queria.

Antes de atender, encostei a porta, a minha mãe ainda vasculhando os meus olhos à procura de algum troço que de repente não era sinal de choro, já tinha dado tempo de sobra de ela ver que a parada estava em ordem.

A Nara e eu conversamos meio a um passo da normalidade, na real senti pena dela, que além de tristeza sentia uma culpa bizarra por ter lançado por terra os meus planos, deve ser sinistro tu se sentir responsável por um lance dessa ordem, tive que entrar numa de tentar persuadir ela de que o buraco era mais embaixo, que ela desencanasse e tal, mas não foi simples, porque a Nara não se deixava convencer e eu também não sabia se estava de todo convencido. Só que chegou uma hora em que o cansaço do assunto venceu, é sinistro como quinze minutos falando de uma parada desse gênero valham por uma hora e meia mandando um papo leve. Fora que era tarde.

A gente se despediu numa boa e tal sabendo que no dia seguinte re-engataria o lero no colégio.

entojo[2]

Quer dizer, outra pessoa passando pela experiência de saber que o caminho não é aquele mas não saber qual é o caminho de repente interrompia aquele que não é e ingressava numa de procurar qual fosse, mas acho que sou um cara que avança meio por inércia, tipo você deixando eu vou.

E talvez não à toa a minha melhor amiga seja a Nara.

Tipo, a Nara se amarra num teatro, curte umas bizarrices que deixa a média no escândalo e fala o tempo todo dela, sempre ela, ela, ela, a gente tem muito em comum.

Se eu pudesse falar de mim e tal.

Então não era surpresa que a Nara e eu seguíssemos frequentando o colégio mesmo cientes de que podíamos interromper o troço sem consequências, porque as consequências tinham se antecipado.

E não é segredo que eu nem curtia o colégio.

Ainda mais agora que as inscrições para alguns vestibulares estavam abertas e a geral tinha esquecido a existência de qualquer outra parada que não aquilo, eu ficava bodeado ouvindo o lero da turma, quer ver um negócio que talvez esteja no meu Top Ten dos lances mais deprimentes pra burro é papo de mercado de trabalho.

Na boa que senti até alívio quando as meninas que estavam tocando a conversa mudaram de assunto para entrar numa de escrotizar algumas atitudes masculinas, tipo o jeito como uns caras se amarram em olhar para as mulheres num esquema babão e tal, ou virar a cabeça para conferir o que vai por trás, as meninas mandando umas afirmações megafarpeadas de que o lance é machista, na real um lero sinistro, para eu me aliviar com essa dá pra você ter uma ideia do que acho do papo de mercado de trabalho.

Quer dizer, na boa que admirar está longe de ser um troço machista, se pudesse eu mesmo entortava a cabeça pra conferir o que vai por trás de uns caras. E às vezes entorto.

Que sou um sujeito que prima pela discrição e tal, mas discrição é um troço que só vai até onde tu é vencido pela vontade.

E o meu olhar, se não é babão, é de peixe morto, a gente sabe.

Quer dizer, pra ser totalmente sincero a parada comigo vai além, porque se existe um troço que me deixa de badalo duro num esquema 100% imediato é ver olhar de tesão, tu testemunhar o cara se sobressaltando com um chassi perfeito que desfila na calçada.

Quer dizer, uma coisa é o sujeito mandar um gracejo sinistro naquela batida *tits and ass*, outra é curtir o que a paisagem oferece.

E, mano, a paisagem oferece.

Fora que tem uns caras que sabem até mandar gracejo sinistro, vide o Tadeu. Que nesse dia na real não mandou nenhum. Mas andava entre a galera com aquele jeito dançado dele, soltando umas de outra ordem que te fariam dizer sim mesmo sem ouvir a pergunta.

Quer dizer, a certa altura duas meninas estavam levando um lero naquele esquema meio cantado para a geral, umas lamentações de que andavam numa ansiedade monstra por causa do vestibular e tal, que almoçavam pensando na sobremesa, comiam a sobremesa pensando em estudo, estudavam uma matéria pensando na seguinte, o Tadeu se vira para elas e solta:

— Vocês são mulheres que vivem à frente do seu tempo.

Na moral, o cara meio que nasceu pra enfeitar de pérolas o cotidiano alheio, fora o sorriso que abre para acompanhar o troço.

Quase me animo.

Mas não dava pra tanto.

Quer dizer, o meu bode parecia ter se instaurado numa de para sempre, eu olhava o entorno e não enxergava salvação, a tabuinha que fosse.

E na real sempre rola aquele humor meio diametralmente oposto ao do Tadeu, um humor no qual a galera se amarra e volta e meia inclui uma piadinha infame de veado, alguns dias depois dessa quase instilada de ânimo do Tadeu, o Sérgio veio com a seguinte: "Na roça, o pai com muito esforço consegue mandar o filho para o Rio de Janeiro, para estudar. Mas depois de um tempo um amigo dele diz: 'Compadre, se eu fosse você, trazia o seu filho de volta. Fiquei sabendo que ele está numa veadagem só, com orelha furada, roupa apertada, afinando a voz, não sei não'. O pai diz: 'Não pode ser. O meu filho saiu daqui macho. Mas ele vem passar o fim de semana e vou ver o que eu faço'. No sábado, chega o filho, andando rebolado, o cabelo arrepiado, com luzes, brinco. Vê o pai capinando e

PARA A SUA JUKEBOX

diz: 'Aí, papi, arrastando cobra com os pés?' E o pai: 'Melhor do que com a bunda'".

A geral se escangalhou de rir, mas até aí nada, se tu dá a entonação certa eles riem até da notícia de que a mãe morreu. Quer dizer, ninguém ali era da roça e na real foi preciso que depois o Sérgio esclarecesse que "arrastar cobra com os pés" é o mesmo que "capinar", sem a explicação na boa que o troço parecia uma forçação de barra macabra. Mas a galera estava rindo antes da explicação.

Eu, mesmo depois, com os meus botões pensava de quê. E pensava que na real parecia doido que aquela piada fosse contada ao alcance dos meus ouvidos quando eu tinha chegado à conclusão de que precisava dar o fora da cidade e ter deparado com o obstáculo megaintransponível da falta de lugar para ficar no Rio, o acaso tem uns caminhos sinistros de acontecer. Quer dizer, a piada era xexelenta e tal, mas tinha umas entrelinhas pra mim que nem sei se podem ser chamadas de entrelinhas, faltava sutileza pra isso, saca umas correspondências evidentes?

Fiquei matutando aquilo que um dia já tinha me ocorrido, de achar que o Rio não oferece tanta segurança assim para o sujeito sair abrindo sua adorável lavanderia, tem sempre uma Maria Lúcia pra te ver passeando no calçadão, de repente era até providencial que agora rolasse o entrave da falta de apartamento e que a parada não viesse a acontecer, porque mais cedo ou mais tarde a nova de que o filho está "numa veadagem só" podia chegar aos ouvidos do meu pai, o que seria a morte.

Quer dizer, nem preciso repetir que não acredito nessa bossa profética e tal.

Mas sou um cara que curte repisar uns lances.

A real é que no fim o troço não me serviu de consolo, acho que não serviria nem que eu acreditasse na bossa profética, numa hora de emergência acho que mesmo o sujeito mais crédulo na parada faz vista grossa para o que imagina ser um sinal, não sei.

Quer dizer, você parando pra pensar era triste à beça que eu quisesse a qualquer custo ir para longe dos meus pais. Ainda mais quando os dois estavam amargando um bode sinistro nessa de saber que por causa da falta de ouro deles eu deixaria de fazer a faculdade que tinha escolhido, porque a faculdade ficava longe de casa. E ainda mais quando os dois descurtiam na íntegra a ideia de ver o filho embarcando para longe de casa.

Eu por minha vez dei pra sonhar várias noites com a mesma parada, ainda que rolassem umas variações de locação e estado de espírito, às vezes tinha umas filas medonhas, às vezes o troço parecia acontecer no deserto, eu ora entrava numa ansiedade macabra, ora sentia um medo bizarro. Quer dizer, pra ser totalmente sincero, medo era uma constante no meio das outras alterações, mas fosse como fosse eu estava sempre tomando um ônibus.

Você precisa de analista pra interpretar o troço?

Quer dizer, sou um cara que tem uns lances meio cheios das complicações e tal, umas paradas nevoentas que nem eu mesmo entendo, mas às vezes sou óbvio.

No caderno volta e meia agora desenhava esta:

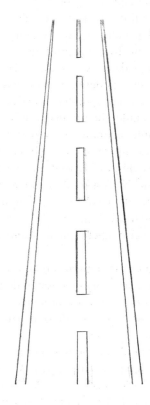

Que também é o seguinte: existe parada mais cheia de promessa do que estrada?

Comecei a cogitar me mudar para o Rio numa de tentar ganhar a vida, tipo arranjar emprego para me bancar, saca um lance provisório? Quer di-

zer, se eu pudesse escolher na boa que gostaria de ser salva-vidas, imagina
tu viver na praia, sol o dia inteiro, exercendo uma profissão do bem total, o
sujeito a postos para evitar tragédia, rebocando a galera que se extraviou,
fora o uniforme megassexy que ainda podia render uns olhares meio cobi-
çosos na minha direção. Mas a real é que mal nado para me livrar do pior.

E o troço exige especialização.

Quer dizer, que emprego me daria grana suficiente para bancar um
apartamento sem exigir especialização?

Eu não sabia, mas o único que me ocorria — e ainda assim num esquema incerto, a gente sabe que até a galera megaespecializada anda botando diploma debaixo do braço para encarar o Paraguai — era vendedor
de shopping, o tipo do troço deprimente pra burro, tu enxergar as pessoas
como possibilidade de lucro, sei lá, na real a parada está longe de fazer a
minha, se bobear eu preferia um trabalho braçal. Se trabalho braçal ren-
desse o suficiente para bancar apartamento.

Esfregar chão. Lavar prato. Arrastar cobra com os pés.

Deve ter um matagal precisado de capinação mesmo em cidade
grande.

Mas pra ser totalmente sincero eu pensava nessa história de arranjar
emprego e tal, só que ao mesmo tempo o negócio era distante à beça, beirava a fantasia. Não rolava essa de traçar planos, até porque não sou um
cara que costume traçar planos, muito menos sozinho.

A droga do medo.

Na real, eu gastava tempo numa nebulosa sinistra que me prendia à
cama com um peso bizarro, contra o qual eu tinha que lutar para encarar
a vertical, sem êxito. Às vezes ainda pegava um livro naquela mesma inércia
que me mantinha no colégio e tal, mas se antes era difícil imagina agora que o entojo dominava, eu logo deixava o troço de lado e voltava a contar
os tacos do chão. Ou dormia, quando a obra da casa ao lado deixava.

Pior do que a megabateção era o gemido de uma serra que nem sei a
que vinha.

Mas é aquilo: se tu nasceu pra levar umas de urubu não adianta espernear.

Eu segurava as pontas nessa batida calada, no máximo aumentava o
som para abafar o troço, mas às vezes nem isso, a horizontal imposta que
não me dava ânimo nem para pegar uma arma e dar um tiro no vizinho
com a sua vontade egoísta de um azulejo bonito.

Quer dizer, a gente sabe que a real é outra.

A real é que entre a fantasia e a realidade vai uma distância bizarra.

A real é que eu estava criando calo nos dedos de tanto coçar o saco. E andava ligando o foda-se de um jeito que seria até intrépido se não fosse pura falta de paciência com os cuidados de praxe, ouvia Culture Club em volume normal e ainda fazia backing para o Boy George.

Quando o entojo não vinha acompanhado do peso que me prendia total à cama, eu assistia à televisão na sala. Mas em geral a parada exigia a minha emburacada no casco, meio cuidando para que o troço não desandasse, sei lá, eu organizava os discos na prateleira sabendo que já estavam todos organizados, endireitava o porta-lápis, o descanso de copo e a luminária na escrivaninha, procurava sarna e me coçava de onda até abrir ferida. Entojo, mano, é ter certeza de que dormindo tu ganha mais.

A vantagem é que os lances que normalmente te deixam de farol baixo param de deixar, porque na real você já está na frequência, da qual pra ser totalmente sincero nem uma parada muito sinistra de repente te arranca, a tudo eu respondia com a mesma cara de trolha que na certa me acompanharia até o fim da vida, o tipo do troço que também parecia distante para além da espera, é impressionante a galera que reclama que o tempo passa rápido, a minha ampulheta deve ter o vértice mais estreito da humanidade, tipo:

Quer dizer, antes fosse assim:

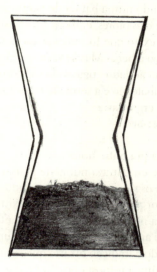

Nem brinca, mano.

Mas era aquilo: nessa de andar dois tons abaixo, quando a minha mãe me chamava para ir à casa do meu avô no domingo, por exemplo, eu recebia a convocação do mesmo jeito que receberia um convite para tirar sangue no laboratório ou assistir ao show do Bowie, com farol baixo é tudo sombra, tanto faz, eu vestia o uniforme de visita e quase me distraía vendo o meu avô com o seu casaco marrom de lã e sua calça de moletom cinza desfiando o pout-pourri de lamentações que começava no instante em que a minha mãe perguntava:

— Como está a vida?

E ele respondia:

— Vida de velho, né, filha?

Às vezes rolavam uns silêncios e tal entre uma queixa e outra, ele olhava para o meu pai, olhava para a Isabel, olhava para a minha mãe. Quando olhava para mim numa insistência meio bizarra eu entrava numa de conferir as tapeçarias que enchiam as paredes.

Aí de repente ele se virava para a mulher dele e perguntava:

— Não está na hora de você me dar o meu remédio?

E o dia seguinte era segunda-feira, mano.

Mas saca quando isso nem faz diferença?

Quer dizer, pra ser totalmente sincero, mesmo amargando aquele bode que parecia ter vindo numa batida de para sempre, a real é que rolavam dias menos piores e dias piores, embora estes fossem maioria até quando não existia um motivo exato que tu pudesse apontar, além da vida pesando, que na real já é troço à beça. Mas às vezes surgiam uns motivos exatos, tipo os pedreiros da casa ao lado engatando um assobio medonho, na boa que pior do que a megabateção e a serra era o assobio da galera. Ou os dias em que a minha mãe perguntava:

— Podemos conversar?

E eu respondia:

— Podemos deixar pra outra hora?

Ou os dias em que eu entrava numa de pensar uns lances mais sinistros, tipo aquela de que os rios continuam correndo, fazendo barulho e tal, quando não estamos por perto e as coisas estão existindo agora.

Ou o dia em que a nossa turma foi para a frente do colégio tirar o retrato de fim do terceiro ano que depois seria pendurado num dos corredores da escola, cumprindo a tradição bizarra que às vezes eu me perguntava por que começou e a única resposta possível é que alguém um dia teve a ideia e achou que a parada seria genial. Quando não é.

Quer dizer, vai andar por esses corredores vendo os retratos antigos na parede, acompanhando os anos decrescentes em que foram tirados e tal numa de imaginar o que rolou na vida de cada uma das pessoas sentadas ali na escadaria, o tipo do lance que na real não curto nem pensar. Mas tu acaba pensando.

Quer dizer, pra começo de conversa a maioria daquela galera está agora amargando uma idade que na certa nem imaginava alcançar, se tem uma verdade incontestável na qual é ainda mais difícil levar fé do que nessa de que todo mundo foi jovem um dia é a de que todo jovem vai envelhecer, se a segunda opção não chegar de surpresa pra interromper a parada, custa repetir que não existe lance mais sinistro do que a morte?

E agora era a gente ali na escadaria.

O pessoal numa animação meio alvoroçada que por si só já me deixava meio em pânico, os meninos zoando as meninas, as meninas desandando num riso histérico, um grupo sintonizando música de avacalhar uns infelizes, tem sempre uma Sílvia para a galera mandar a clássica do Camisa de Vênus.

A Nara quis sentar no meio da escadaria mas acabou vindo para o canto comigo, que não curto posição de destaque nem quando estou numa 100%, que dirá no bode sinistro em que me encontrava. Quer dizer, na real não era nem uma de me sentir o Aquaman. Pra ser totalmente sincero, se tivesse que fazer parte da Liga da Justiça naquele instante, acho que eu estava mais para o Gleek, saca o macaco dos Supergêmeos?

Os professores e o Hamilton se ajeitaram atrás da galera do melhor jeito que podiam, abrindo aquele sorriso meio canastra na direção do fotógrafo, que tentava coordenar a geral e, pelo ar de cansaço, tirava aqueles retratos desde que alguém tinha parido a bendita de que o troço podia ser genial. Quando não era.

Procurei me concentrar na expressão de cansaço do fotógrafo, na fisionomia de tédio que ele buscava reprimir meio sem eficácia, enquanto regulava a máquina e dava coordenadas com a voz gritada e sem fôlego, uma combinação que você pensando parece inviável, mas no dia a dia rola a três por dois, na real o tipo do lance deprimente pra burro tu constatar que o cara estava ali cumprindo a profissão sem saco para a parada, se eu andasse em outra batida de repente ingressava numa de imaginar se ele nunca tinha curtido o troço ou se foi o tempo que desgastou a curtição. Quer dizer, também o sujeito podia simplesmente estar num dia ruim, brigou com a mulher, perdeu a guarda dos filhos. Mas na real eu não me concentrava na fisionomia de cansaço dele numa de pensar esses lances de profissão nem nada do gênero, me concentrava numa de reconhecimento de estado de espírito. Como se o cara fosse meu irmão de miséria.

Na hora do vamos ver entrei numa de que deveria sorrir como todo mundo, mas o meu rosto vetou a possibilidade quando ensaiei o troço e achei que se forçasse podia chorar. Aí entrei para a posteridade dos corredores do colégio com aquela cara que tu imagina, o ar de entojo ao quadrado dominando. Quer dizer, pelo jeito que a Nara estava enlaçada em mim, se bobear ainda sairia na foto parecendo que estava sufocando, você vai perder o sono por isso?

Nem eu.

jato de luz

Tem umas paradas que as pessoas dizem pra você, de repente numa de desabafo para um troço que andam ruminando faz tempo e imaginam ter chegado a uma conclusão e tal, ou de repente até numa de terem começado a pensar no lance aquela semana mesmo e andarem nessa de querer debater para chegar a uma conclusão que na real talvez mude dali a alguns dias, ou no próprio dia, talvez naquela antiga do diametralmente oposto. Mas nesse momento em que elas dizem o troço para você ficou tarde, porque a parada se crava no teu cérebro num esquema de para sempre, comigo pelo menos rola isso direto. E tinha sido assim com a filosofia da tia Yeda.

Quer dizer, a gente pensando por esse ângulo talvez o troço nem seja uma filosofia, a tia Yeda podia estar nessa de debater pra decidir, mas desde o dia em que ela largou a ideia numa das aulas de história que dava para a gente na sexta série o troço virou uma filosofia na qual volta e meia arrisco uns pensamentos meio sinistros numa de comprovar, mesmo que na real adote o troço pela metade — a metade pior.

Em linhas megagerais a filosofia da tia Yeda manda que quando o sujeito está numa felicidade meio bizarra pode esperar que vai rolar um tropeço ali na frente, e quando anda numa ruína sinistra pode esperar que dali a pouco vem um lance redentor. Como se rolasse uma ordem no caos e tal, aquela de acreditar em mola no fundo do poço, só que também às avessas, porque na filosofia da tia Yeda rola um teto bizarro para quem está voando por aí de alegria. E na real acho que é por causa desse teto que a filosofia dela vira e mexe me visita a cachola, mesmo eu achando a parada nonsense total.

Quer dizer, o surreal desses lances que dizem para você e se cravam no teu cérebro numa de para sempre é que eles nem precisam ser razoáveis, você parando pra pensar. A parada gruda porque gruda.

E de vez em quando te chama a atenção para o entorno de uma maneira sinistra, como tinha rolado comigo um ano antes, quando sofri a minha crise de apêndice, na real tinha sido antes da crise de apêndice, quando as paradas estavam acontecendo numa boa para mim, saca uma onda de lances maneiros vindo em sequência, pra ser sincero nem lembro quais eram esses lances, mas o troço vinha andando redondo de um jeito tal que comentei com a Nara a filosofia da tia Yeda, porque estava achando que a qualquer momento esbarraria no teto medonho que me faria voltar vinte casas, não deu uma semana e eu estava deitado na cama do hospital com o talho de sete centímetros grampeado de uma maneira que não me amarro nem em lembrar, a cabeça numa nebulosa bizarra, a Nara segurando a minha mão e chorando como se aquele fosse o meu fim, a Fernanda Montenegro perdendo.

PARA A SUA JUKEBOX

Quer dizer, pra ser totalmente sincero eu levo essa bossa de meio acreditar no teto sem levar fé na mola. E a real é que nenhum dos dois deve existir, nessa de organizar o universo e dar medida às paradas, tem lance que não tem fim. Vai e vai. Os números, por exemplo. Por mais que também seja louco a gente pensar no infinito.

Mas o certo é que agora eu andava nessa batida quatro tons abaixo, aquele esquema ruína total, empurrando os dias com a barriga só numa de não ser atropelado por eles, e às vezes sendo, na real quase sempre, estava nesse bode sinistro amargando um breu sem brecha para enxergar um fiapo que fosse de luz e chega uma hora em que a obra do vizinho acaba.

E a Nara surge com uma nova que pode parecer um troço impossível mas na real aponta uma saída e às vezes tudo que o sujeito precisa é levar fé na existência de saídas, mesmo que aquela talvez não se concretize. Acreditar que além das paredes que te encerram no breu existe luz.

Saca loteria, você passa a vida inteira jogando e de repente não ganha um centavo, mas e o barato da possibilidade?

Na real, a Nara e eu já estávamos conversando há uma hora pelo telefone sobre uns lances do dia a dia, tipo a baixa de sexo na vida dela desde que a barriga tinha começado a se projetar de maneira meio incomensurável e a compra de uns brincos que ela tinha achado na feirinha aquela tarde. E estávamos há uma hora conversando também sobre uns lances nada a ver total, como imaginar se o sujeito que pira manja o momento em que está a um passo do troço, se só existe "perfeito desconhecido" porque quando é conhecido a gente sabe que não é perfeito, se essa de comer batata frita com molho inglês era invenção nossa, se a trilha de *Garotos perdidos* bate a de *9 semanas e ½*, se "Seja você mesmo" é a parada mais idiota que se pode dizer a alguém. Contei a ela sobre o fim da obra na casa do vizinho aquela semana, ela me contou que o maior sonho da vizinha dela era assistir a um show da Gal Costa, esse papo qualquer nota onde vale tudo, ainda mais se já passa das onze.

E passava.

Até que a Nara disse:

— Ah.

E quem conhece a Nara sabe que com ela o melhor fica para o fim, depois do "Ah" ou do "Aliás", no maior esquema Jornal da Noite, em que a notícia que tu vem se rasgando para ver só vai ser mostrada no último bloco. E o pior não é isso. O pior é a pausa que rola depois do "Ah" e te obriga a perguntar:

— O quê?

— Falei com a Stella.

Aí rolou mais uma pausa, meio breve e tal, um lance também meio de praxe para fazer o sujeito ganhar curiosidade, se já não fosse o caso, e começar a roer a corda do telefone, se fosse. E a Nara disse finalmente que a Stella tinha telefonado de Nova York numa de saber como andavam as paradas aqui e contar como andavam as paradas por lá, o marido vinha tocando numa banda megaboa que fazia shows quase toda noite num lugar do Village, os dois tinham se mudado do antigo apartamento no Brooklyn para um apartamento maior também no Brooklyn, a gata de sete anos dela tinha morrido e ela estava sofrendo à beça. A Nara, por sua vez, contou que estava sofrendo à beça porque os planos dela de entrar para a faculdade tinham ido por terra levando junto os meus, que a vida sexual dela tinha levado uma baixa medonha desde que a barriga começou a se projetar de maneira meio incomensurável e que ela andava panicando com a ideia de que o seu corpo nunca voltaria a ser o que era.

Aí a Stella encarnou a prima mais velha, sensata, e procurou dar uma tranquilizada na Nara, discursando que essa baixa sexual durante a gravidez não era um troço incomum e mandando uma afirmação meio cheia das certezas de que o corpo voltaria ao normal, sim, que uma amiga dela tinha ficado melhor do que antes depois de dar à luz, ganhou uns peitos que não tinha, umas curvas. Então a Stella quis saber mais sobre a história dos planos da Nara terem ido por terra levando junto os meus, e a Nara explicou o troço entrando inclusive nuns detalhes meio sórdidos, tipo dizendo que a minha família não tem condições de me manter no Rio e tal, numa de bancar aluguel, uma parada que pra ser sincero fiquei bolado de ouvir, embora sem razão porque é a real. E a Stella disse que tinha se amarrado 100% na minha, que eu era um cara para quem ela só desejava lances bacanas acontecendo, que ela achava meio de lei que eu desse o fora da cidade o mais rápido possível, para levar a minha vida como ela acreditava que eu deveria levar. E verbalizou essa de imaginar se eu não gostaria de ir para Nova York. Que lá rolava a possibilidade de acumular grana e viver umas paradas maneiras.

A Nara fez outra pausa, como se desse uma tragada no cigarro que tinha abandonado fazia tempo. E do qual na real nunca reclamou sentir falta. E mandou:

— Ela disse que te empresta a grana da passagem. Se você se animar.

O tipo de oferta que pega o sujeito desprevenido total, eu nem sabia o que responder, mandei:

— A Stella é sinistra. Mas não curto americano.

— Eu sei, cheguei a comentar com ela. Só que a minha prima é mais teimosa do que eu e você juntos. Aliás...

A pausa que se tu não imaginou é porque não anda ligado.

— O quê?

— Ela vai telefonar pra você no sábado.

Quer dizer, quando a gente se despediu eu estava baratinado na íntegra, não é sempre que uma quantidade bizarra de informações é lançada em cima de você, primeiro pensei que era meio certa a minha desconfiança de que a Stella tinha me sacado num esquema 100%, depois ruminei que Nova York era uma cidade na qual eu jamais cogitaria morar porque jamais cogitaria morar em qualquer cidade de um país que acho bizarro, ainda mais numa de trabalhar para a gringada. Depois pensei outras paradas mas sem muita ordem porque na real os motivos para recusar a oferta se acotovelavam numa de se fazer ouvir. Quer dizer, quem optaria por morar numa cidade de ruas numeradas?

Fora que não sei se eu ficaria bem de bigodinho, saca o código Morse da batida homo local?

E na boa que eu não saberia viver tão longe da minha família.

Mas como abertura de brecha no breu o troço funcionou total, só de ouvir uma nova que na real podia ser uma saída na qual eu jamais pensaria, senti entrar um jato de luz sinistro entre as quatro paredes que me encerravam naquela de não enxergar nada além da fachada da faculdade de odontologia e da fachada da faculdade de administração da cidade. E por um momento lembrei da tia Yeda e pensei que seria bom se a metade melhor da filosofia dela fosse um lance digno de fé.

Na real, a nova me deixou numa pilha meio surtada, como se eu tivesse enfiado o dedo na tomada e recebido uma descarga macabra de eletricidade, aquele horizonte se abrindo para mostrar que era possível essa de horizontes se abrindo, desci da cama e comecei a andar de um lado para outro, escancarei a porta do armário numa de conferir o espelho, na real pensando que era estranho querer conferir o espelho e ao mesmo tempo sabendo que não é novidade que sou um cara estranho.

Fui pegar água na cozinha três vezes, liguei o som e desliguei porque não conseguia entrar na batida da música, estava com tanta energia que queria uma corda pra pular.

Mas era a cachola que saltava.

Pensei que não necessariamente era certa a minha desconfiança de que a Stella tinha me sacado num esquema 100%, de repente ela podia achar que era de lei eu dar o fora da cidade o mais depressa possível só numa de entender que a cidade não oferece possibilidades para um cara jovem e tal.

Mas, de um jeito ou de outro, manja quando tu sabe?

Eu sabia.

Aí pensei que seria sinistro ela me telefonar no sábado, a gente se falar nessa distância surreal, mesmo ciente de que eu não saberia o que dizer em relação à gata dela de sete anos que tinha morrido, na boa que "Meus pêsames" não rola e não sou um cara que saque a social a ponto de me sair bem numa circunstância macabra assim.

Olhei para a parede, de onde o Bowie me olhava, e pensei: pelo menos se fosse Londres.

Ou Paris, que rolava uma vontade bizarra de conhecer.

Mas a real é que eu não saberia viver tão longe da minha família.

Quer dizer, nos meus sonhos eu pegava um ônibus, não um avião.

Fui mais uma vez à cozinha e me servi um megacopo de Coca com gelo, o silêncio da casa num contraste meio bizarro com a zoeira da cachola, que em baratino deu uma guinada nessa de continuar enfrentando a corda, e esbarrei no Sérgio.

Quer dizer, na real esbarrei na piada que o Sérgio tinha contado para a galera, a nova de que o filho andava "numa veadagem só" chegando aos ouvidos do pai porque o Rio não ficava tão longe assim da roça deles, e a gente sabe que tem sempre uma Maria Lúcia para te ver andando no calçadão de Copacabana. Aí pensei que talvez esse fosse o paradoxo mais escroto que podia surgir na vida de alguém, porque eu não queria morar a uma distância medonha da galera de casa mas talvez o troço fosse meio imprescindível, eu querendo abrir a minha própria adorável lavanderia e não querendo que eles soubessem do troço.

E pensei que era foda.

E pensei em São Paulo, que fica mais longe da nossa cidade, mas não tanto quanto Nova York.

E pensei que era foda.

Porque os Estados Unidos são esse país bizarro onde na real é possível tu ganhar fácil a vida numa de exercer uns trabalhos sem especialização e até mesmo num esquema braçal, esfregar chão, lavar prato, arrastar cobra com os pés, e o Brasil não é.

E pensei que o Brasil não é porque para os Estados Unidos serem tem que rolar país que não é, o que tornava tudo ainda mais sinistro.

Voltei para o quarto e me deitei na cama ao contrário, os pés na cabeceira, deixando o copo de Coca sobre o tapete, ao alcance da mão, encarei a parede, de onde o Bowie ainda me olhava com aquele ar sinistro de pop star, e pensei que pra piorar sou um *merda de galinha* que jamais se mudaria para uma cidade na qual não conhece ninguém, como Londres.

Ou São Paulo.

Mas nem esse pensamento meio atroz me arrancou do estado superagitado em que eu me encontrava, no qual essa de arriscar a horizontal na real era 100% fadada ao insucesso e por isso logo eu estava de pé outra vez, o sujeito não caber em si é um troço que está longe de fazer a minha, fora que comigo rola direto essa de ficar de badalo duro quando estou meio energizado para além da conta, tu vai fazer o quê senão tomar o rumo do banheiro pra bater uma?

Só que também sou um cara que num esquema cotidiano e tal já topo numas paradas meio desastrosas, imagina quando a cachola anda pulando corda. Meti o pé no copo de Coca, tive que correr até a área para pegar o pano de chão e fazer o melhor que podia no tapete, onde as pedras de gelo ainda dominavam, o tipo do troço capaz de tirar o tesão de qualquer sujeito. Mas depois de lavar o pano de chão no tanque bati a desejada.

E nem tive tempo de encarar o vazio de azulejo, já estava de novo ruminando aquele baratino que só não me acompanhou até a hora de levantar porque em algum momento da madruga o sono imperou, mas quando acordei a parada voltou a toda, não de uma vez só, para também não me fulminar no ato, mas numas ondas que aos poucos acabam te tirando do eixo, eu passava as aulas naquela ginástica mental a serviço do baratino, nem o Tadeu com o jeito dançado dele de andar me arrancava da batida neurônica alucinada. Quer dizer, pra ser totalmente sincero me arrancava e tal, mas logo eu voltava para o troço, uma ansiedade macabra de levar o lero internacional com a Stella, eu nem sabia por quê.

Ainda mais quando a gata dela de sete anos tinha morrido.

Mas se tem uma parada meio de lei em relação à minha ansiedade é que ela não se liga em detalhe, eu queria porque queria e dane-se o resto no maior esquema expectativa de Natal, quando eu queria porque queria que a data chegasse rápido mesmo sabendo que a minha mãe sempre entrava numa deprê meio sinistra nessa de que os pais dela já tinham morrido e as pessoas solitárias não tinham com quem passar a noite e as crianças pobres não ganhavam presente. A minha ansiedade, mano, não se liga em nada que não seja o alvo. E por si só mostra o sujeito qualquer nota que posso ser.

Mas daí tu imagina a penosa, tinha hora em que eu queria me livrar de mim mesmo, tirar férias da cachola, saca partir para uma Ibiza virtual? Quer dizer, de repente é num momento desses que o sujeito ingressa na antiga de procurar um barato ilícito, mas eu tinha a imagem da minha mãe ao meu lado, aqueles olhos meio do tamanho do mundo cravados em mim, para não me deixar encontrar nem uma Jericoacoara virtual.

Então aguentava o lance na firmeza, até porque, para quem tinha aguentado tocar o barco estando quatro tons abaixo, aguentar a cachola num baratino desse gênero era quase brincadeira, alguém duvida?

Quer dizer, também o tipo de real óbvia numa batida megabásica, saca quando tu não precisa ligar os números pra manjar o desenho?

Na sexta-feira fiquei sabendo que a Carolina estava namorando um cara do segundo ano chamado Wesley que tem um chassi da porra e um rosto meio à beira da perfeição, apesar do nome barra-pesada, aquela antiga de que não se pode ter tudo e tal, passei cinco minutos com uma inveja corrosiva e cinco minutos com um ciúme meio alucinado que na real não era ciúme mas uma parada similar que depois a Nara batizou de orgulho ferido, saca resquícios do Duran Duran?

O lance diário com a Carolina continuava bizarro, aquela convivência forçada meio punk pra mim e na certa insana para ela, que ainda estava no esquema de me evitar e só dizer o indispensável, na real se limitando a um cumprimento de duas letras, quando não tinha outro jeito.

Depois dos cinco minutos nonsense total de inveja e dos cinco minutos nonsense total de ciúme vieram mais cinco minutos de um bodeamento sinistro em que mergulhei 100% no pensamento suicida de que sou mesmo um cara qualquer nota para além do corrigível, sentir umas paradas nada a ver desse quilate. A sorte foi que o baratino me salvou e logo eu relegava o troço para a seção da cachola onde ficam os assuntos arquiváveis e voltei a pular a corda da espera do sábado, que na real deve ter demorado uns três anos pra chegar.

E por pouco não chega.

Quer dizer, acordei meio sem querer às seis da matina, olhei pela janela e parecia que o dia estava de má vontade para nascer.

Eu já tinha meio decidido que passaria o sábado lendo e tal, mas não conseguia me segurar num lugar só. Acho que nem se arriscasse ler umas paradas sacanas. Quer dizer, a real é que tenho meia dúzia de uns livros xexelentos que só se sustentam na base da leitura de mão única, tu usa a esquerda para segurar o troço e a direita fica livre para bater aquela. Num clima confissão total que na certa o sujeito médio evitaria, tenho por exemplo a autobiografia da Cicciolina e de vez em quando me amarrava em voltar a uns trechos para ilustrar a desejada. E o mais bizarro nem é isso. O mais bizarro é que rolam umas circunstâncias em que recorro a trecho de livro sério, que não foi escrito nessa de intencionar leitura de mão única, e recorro à parada numa de impulsionar um troço que na real a gente sabe faz tempo que não precisa de impulso. Quer dizer, tem páginas de *Feliz ano velho* que já estão amarelas.

Mas na real acho que nem se arriscasse essa.

Até porque leitura de mão única não é um troço ao qual tu possa ficar se dedicando por muito tempo, chega uma hora em que o badalo pede alívio.

E por isso foi meio providencial quando a minha mãe veio meio cheia de dedos bater na porta do meu quarto para perguntar se eu não podia ajudar com uns moldes que precisavam ser feitos, era meio de lei que eu estava precisando de um lance físico e tal, de preferência acompanhado, para tentar enganar o tempo, que na real a gente também sabe que não dá folga pra engano e naquele dia vertia segundo após segundo no maior esquema conta-gotas. Eu desenhava, desenhava, desenhava e tinham se passado cinco minutos, desenhava, desenhava, desenhava e tinham se passado cinco minutos, uma parada de encurtar a respiração do sujeito.

A minha mãe ficou sentada ao meu lado, passando as coordenadas e tal, como de praxe, e, como de praxe, elogiando os desenhos numa órbita que se tu não está ligado de que bossa de mãe é sempre essa, acaba levando fé em que a tua é seguir a trilha do Calvin Klein.

Três batidas na madeira, mano.

Quando o telefone tocou durante a meia hora que passamos na mesa da cozinha não cheguei a entrar numa de que seria a Stella do outro lado da linha, porque era meio certo que ela só ligaria à noite, mas a real é que toda vez que o aparelho gritava o trim-trim dele, e já devia ser a décima do dia, meu alvoroço aumentava num esquema gradativo que acaba deixando o sujeito meio à beira de pitizar, nem preciso dizer que as minhas visitas ao banheiro tinham quadruplicado desde cedo.

Na real o meu alvoroço já andava a tal ponto que, depois que a minha mãe atendeu o telefone e veio se sentar novamente, soltei a seguinte:

— A prima da Nara que mora em Nova York deve me ligar hoje.

A minha mãe me encarou com aquele olhar de raios X dela capaz de localizar trouxa de cocaína no meu estômago.

— Pra quê?

Que com a minha mãe também rola essa batida prática às vezes num grau exagerado, tu espera "Que bacana" e lá vem "Pra quê?" Mas não sou eu que vou bradar protesto, até porque a gente não sabe o que ela enxergou com a visão privilegiada que na certa renderia uma grana séria em aeroporto, mas num contexto doméstico e tal só rende aporrinhação.

— Pra me convencer a ir pra lá.

Ela continuou me olhando, agora sem aquele ar de quem está emitindo raios X num esquema esquadrinhativo total, era só um olhar de curiosidade. Mas também enxerguei ali um troço que na real conheço meio naquela antiga de palma da mão, que era medo.

E se existe uma parada sinistra é tu ver medo nos olhos de alguém, ainda mais quando você é responsável pelo troço. E ainda mais quando esse alguém é a tua mãe. Me senti megamal, até porque era certo que eu não me deixaria convencer pela Stella, não rolava essa de morar num lugar onde neva no inverno. E só a ideia de tocar o barco num esquema extra-oficial, o cu sempre na mão com terror da galera da imigração, já me deixava panicando.

Fora que não curto hambúrguer.

Não muito.

Tipo, não é o meu prato preferido.

Quer dizer, você parando pra pensar não dava nem para alcançar o motivo da pilha meio alucinada à espera do telefonema, por mais que a Stella fosse uma pessoa pra lá de bacana e por mais que eu nunca tivesse falado com ninguém numa ligação internacional.

A minha mãe cravou os olhos em mim e, na base do queima-roupa, mandou:

— E você quer?

— O quê?

Eu me fazendo de besta, uma parada na qual sou meio Ph.D.

— Ir para lá.

— Não, nem pensar, de jeito nenhum, aloprou?

Aí rolou uma parada nonsense na íntegra, pra minha surpresa a minha mãe me enquadrou com os olhos a um passo de derramar pranto, como se eu tivesse mandado a resposta mais afirmativa da História, uma resposta que ia além do "Claro", e ainda tivesse apontado para as malas já prontas esperando ao lado da porta, numa de ficou-tarde-pra-argumento. Juntou os moldes e se levantou, lançando num murmúrio sinistro:

— Um-hum.

Mas no meu baratino não tinha espaço pra encarar disparate alheio, fora que o gás que me fazia querer liberar o triatleta que existe em algum canto megainexplorado meu não tinha diminuído nessa de passar meia horinha desenhando, se eu tivesse grana de sobra seguia para o flíper, mas "grana de sobra" é uma expressão que os membros da minha família não colocam em frase onde role "eu" ou "nós". Você parando pra pensar, é metido num pensamento desse gênero que o sujeito embarca nessa de virar as costas para um país de merda que é seu para se aventurar num país de merda que não é seu.

Bati algumas sem tempo de encarar vazio de azulejo.

Dancei de frente para o espelho incorrendo numa de me achar sexy.

Gastei meio lápis desenhando nada.

À noite, ouvindo os Mutantes meio nonstop no extremo do meu quarto, só abaixava o som quando escutava a lamúria do trim-trim conhecido, o que na real quer dizer que mal ouvi uma música inteira, parecia que todo mundo tinha decidido telefonar para a nossa casa naquele sábado, na boa que acho que não temos tantos conhecidos quanto rolaram telefonemas, se eu levasse fé em mandinga corria o risco de pensar que tinha uma galera vuduzando a minha onda. A sorte é que ninguém demorava na linha, e isso eu sei porque não dava cinco minutos depois dos toques eu saía do quarto numa de conferir a extensão.

Quando finalmente a Isabel veio bater na porta do meu quarto, depois de o telefone tocar pela centésima vez, parecia que o troço era irreal, o meu corpo formigava, pra ser sincero chega fiquei de badalo duro. Mas ainda pensei: pode ser a Nara. Pensei: pode ser engano, alguém procurando outro Caco, o tipo do troço improvável, mas possível, ainda mais se tu leva fé nessa de mandinga.

Só que era a Stella.

Não que eu tenha manjado de cara, depois do meu "Alô" a voz do outro lado da linha mandou "Keiko?" e eu com meus botões pensei que porra é essa, a única pessoa chamada Keiko que eu conhecia era uma amiga japa da minha irmã, saca quando a cachola já baratinada dá meio um nó, quase chamei a Isabel de volta numa de dizer que a ligação era para ela. Mas depois do "Keiko?" a Stella soltou o riso inconfundível dela — na real rolou uma pausa antes do riso inconfundível, um troço que deve ser de família, o teatro meio genético —, então ela mandou:

— Que saudade, cara!

O tipo do troço bom de ouvir.

Senti no ato os ombros baixarem, e a gente inaugurou o lero numa de mergulhar de cabeça no assunto que na real era ordem do dia como se rolasse um enxame sinistro de marimbondos na nossa cola, ela me dizendo meio a toque de caixa que tinha conversado com a Nara, aquela história que a gente já sabe num esquema até cheio das minúcias, depois lançando a proposta de me emprestar o dinheiro da passagem, que eu pagaria quando arranjasse emprego, "E não precisa ser lavando cadáver, embora eu aconselhe, rá", na real o restaurante onde ela também trabalhava estava sempre precisando de novos funcionários e ela tinha muitos conhecidos, emprego não seria problema, então veio o convite surreal de que eu poderia ficar no apartamento dela no Brooklyn, que agora tinha dois quartos e eu poderia ocupar o segundo quarto até arranjar um canto próprio, o marido era gente boa e ela tinha vários amigos para me botar no eixo do barato nova-iorquino, inclusive o cara mais incrível da cidade, que era seu melhor amigo e trabalhava como guia no Metropolitan Museum.

Quer dizer, pra ser totalmente sincero eu me lembrava do que ela tinha dito sobre esse melhor amigo naquele nosso primeiro encontro, lembrava que ele se chamava Tyler e que era veado. E lembrava porque cheguei a bater duas ou três fantasiando com ele, mesmo sem nunca ter visto nem fotografia do sujeito, vai entender.

Por outro lado, era aquilo: alguma dúvida de que a Stella tinha me sacado na íntegra?

No meu tranco de praxe, só consegui mandar:

— Estou ligado.

E ela voltando à carga:

— Você vem, Keiko?

Juntei um punhado de neurônios e manjei que Keiko era o meu nome com uma pronúncia meio xexelenta em inglês, depois fiquei me perguntando quanto tempo um sujeito de expediente levaria para descobrir o troço. E na real devo ter ficado meio entretido nessa além da conta, porque quando dei por mim já estava respondendo:

— Seria dez.

E pior: acreditando no troço.

Quando a gente desligou, depois de acertar uns possíveis planos de comunicação via Nara, a primeira parada que me veio à cachola foi a real de que eu não tinha comentado nada sobre a gata de sete anos dela que tinha morrido, nenhuma manifestação de solidariedade e tal, o tipo do troço que qualquer mané cumpriria, mesmo no esquema 100% ineficácia, aquela gagueira recheada de "meus pêsames" e "sinto muito", o que só mostra mais uma vez o cara qualquer nota que posso ser.

Mas depois esqueci o papo que não tinha rolado e pensei no papo que tinha rolado e pensei: Nova York.

Quer dizer, tudo bem que estamos falando de uma cidade de ruas numeradas, mas tu enquadrando o troço por outro ângulo foi ali que rolou o Studio 54, meio segundo lar do Warhol, com quem agora você só não corria o risco de esbarrar numa esquina qualquer porque o cara tinha morrido.

Mas você podia esbarrar com o cara que é O Cara, não rolava segredo para a geral que o Bowie na real tinha deixado Londres e morava na Big Apple, lance que serve meio de garantia: um sujeito desse quilate não viveria numa cidade que não fosse sinistra, tu vai ficar olhando o pôster do indivíduo e sonhando com a terra natal dele ou aceitar que ele se mudou faz tempo? Fora que eu tinha lido em algum lugar o comentário meio venenoso de que na real ninguém nunca viu de fato Londres porque quando rola névoa não dá pra enxergar a cidade e quando não rola névoa não é Londres.

Rá.

Quer dizer, eu pensava essas paradas e tal, a cachola saltando corda numa de preparação para as Olimpíadas, mas pra ser totalmente sincero não me convencia na íntegra e o entrave maior eram os americanos, fazer o quê?

Preconceito é foda.

Quer dizer, eu sabia que deviam rolar americanos do bem, o meu pai mesmo, que curte o Che num esquema idolatria total e descurte ianque numa batida meio rancor cego, se amarra na Jane Fonda. E no Frank Sinatra, que ninguém é perfeito.

Fora o seguinte: com tanto estrangeiro trabalhando na ilegalidade, com tanto turista povoando a paisagem e gastando os tubos, se tu é um cara de sorte mal esbarra em americano. Quer dizer, se tu é um cara de sorte, tropeça no Bowie e cai no colo de uma ianque como a Jane Fonda. E ainda pede autógrafo pra você e pro teu pai.

Só que não sou um cara de sorte, tropeçando no que for é testa no meio-fio.

Uma real que se infiltrou na cachola durante um salto mais alucinado era que falo inglês e não falo nenhuma outra língua, daí que volta e meia eu dava uma suspirada por dentro pensando ah se fosse Paris, nessa de rolar uma vontade bizarra de conhecer a França e tal, mas o meu entendimento de francês fica por conta do je t'aime. Quer dizer, tu já tem que descer no país se apaixonando, o que também não chega a ser uma parada impossível, a gente sabe que o mundo é meio terreno minado de amores à primeira vista.

E tinha o medo.

E tinha a distância sinistra de casa, pra ser totalmente sincero um entrave que conseguia superar todos os outros.

Porque ao mesmo tempo que sou um cara que cresceu com pânico da Cuca e entra numa de visitar banheiro em frequência máxima se é época de mudança, agora estava rolando de uma parte minha meio sem uso botar em jogo uma pressão sinistra que na real era como a ansiedade, saca aquela de só se ligar no alvo e não abrir espaço pra detalhe, rolava essa pressão de uma parte minha que de repente até sempre tinha estado presente e tal mas numa bossa meio sonho e agora queria alcançar a realidade, não sei.

Manja a vontade de viver umas paradas?

Manja aquela batida que não chegou a me fazer avançar para a cadeira ao lado do Diogo no cinema, quando a gente via *Lili, a estrela do crime*, mas também não me fez dar o fora quando ele veio para a cadeira ao lado da minha? Era essa batida, um impulso que não diminui o medo mas te deixa maior do que ele. Quer dizer, na real em jogo estava a possibilidade de abrir a minha adorável lavanderia, e deve existir um calçadão em Nova York onde eu possa andar de mãos dadas com um cara mandando aquela de que algum troço é pura ice dagger. Levou fé nessa de mãos dadas, mano?

Bobeou.

De repente num futuro em que nem me enxergo.

Mas a real foi que entrei numa onda megaobsessiva de ruminar o entrave maior, a distância sinistra de casa me assombrando num esquema vida ou morte. E pensei na Isabel. Pensei no meu pai. Pensei na minha mãe. E me lembrei do rosto da minha mãe durante o lero da tarde, quando respondi na sinceridade que não queria ir para Nova York e ela me encarou com os olhos a um passo de derramar pranto, como se estivesse prevendo a resposta megaimprevista que soltei para a Stella à noite, aquele "Seria dez" surreal, uma resposta que na boa só aos poucos eu agora começava a manjar que vinha crescendo num esquema gestação involuntária desde que a Nara tinha largado a sugestão, é bizarro que a minha mãe saque as minhas paradas antes de mim. Mas a real não é outra.

E pela cara de pré-pranto dava pra qualquer sujeito castigado pela catarata ver o que ela achava do troço.

O mesmo que eu.

Que agora nessa onda obsessiva não parava de ruminar o entrave maior da distância sinistra de casa, assombrado num esquema vida ou morte, mastigando o troço numa de tentar engolir a seco e não conseguindo, até que pensei: mas se é necessário. Porque na real eu já tinha chegado à conclusão de que para abrir a adorável lavanderia era meio de lei morar longe da família e tal, o paradoxo medonho que te deixa sem alternativa senão seguir o teu rumo numa de para longe, por mais bizarra e incompreensível que a parada seja para um cara como eu, cuja compreensão das paradas também não chega a ser lá essas coisas.

Quer dizer, no futuro talvez eu acordasse um dia e sacasse que o lance era diferente, que a história podia ter sido diferente, mas agora rolava a batida que me deixava maior do que o medo e rolava a conclusão de que morar longe da família era de lei. E encarando a parada desse jeito o convite da Stella era um aceno sinistro da Deusa da Oportunidade, um aceno meio gritante ao qual eu precisava reagir levantando a mão e agarrando a diaba pela franja, que senão já viu.

Aí passei a madrugada naquele esquema 100% roedura interna amargando a diligência dos neurônios numa de descobrir uma maneira de lançar a nova para a geral de casa e acordei só ao meio-dia com uma ressaca cerebral medonha e sede de Coca.

Quando entrei meio cheio dos bocejos na cozinha, a Isabel me encarou por cima do jornal que estava lendo na mesa, sozinha na claridade meio intensa que entrava pela janela, e disparou:

— Que história é essa de você ir para Nova York?

Pra ser sincero, nem cheguei a captar se a pergunta vinha num tom meio repreensão ou se era simples curiosidade, o troço me desceu mal à beça, fazendo subir outra parada que na real era um muro de trás do qual eu só poderia lançar uma resposta-granada. E mandei:

— Me erra, Dinorá.

Quer dizer, eu tinha meio prometido não abrir para a geral o apelido da minha irmã, o tipo do troço que pode render uns tiros de verdade. Se ela tivesse uma arma. Mas quando o sujeito pisa nos meus calos, o desatino meio toma conta e acabo encarnando mais uma vez o John Malkovich, agora naquela de *It's beyond my control*. Fora a real de que segredo comigo tem vida curta.

Agora o seguinte: quer culpar alguém culpa a minha mãe, que ela é a responsável pelos nossos apelidos bizarros, o sujeito de memória turbinada de repente lembra que o meu é Pício, o tipo da parada da qual também não dá para se orgulhar. Mas a certa é que Dinorá bate.

E o apelido tem história.

E a história passa pelo Jô Soares, mano.

Quer dizer, o Jô Soares tinha um quadro no programa dele onde entrava numa de falar pelo telefone com uma Dinorá, volta e meia mandando "Não chora, Dinorá, não me apoquente, Dinorá", a minha mãe se ligou no personagem e, bolada com a frequência monstra de pirraças da Isabel, que na real quando pequena tinha meio por hobby se jogar no chão abrindo lamúria, adotou de onda o bordão para conter a parada, ou quem sabe fazer troça da filha. Você parando pra pensar, vai ver era pura vingança, a choradeira da Isabel um dia parou e o apelido continua.

Quer dizer, na real hoje sou eu que me amarro numa lamúria, mais do que a minha irmã. Mas você vai se candidatar ao apelido?

Nem o otário aqui.

Segui direto para a geladeira, servi a Coca com três pedras de gelo e saí da cozinha arrastando o chinelo, tudo numa batida azedume total, pensando: não vou queimar cartucho argumentando com uma pessoa que na nossa ilha está em pé de igualdade comigo, saca soldado raso? Mas logo manjei que a postura carranca era na real 100% dispensável, porque repassando a pergunta da Isabel na cachola a parada me parecia cada vez mais clara numa de que o tom era curiosidade e não repreensão. Só que aí era tarde, Inês a sete palmos, se tem um lance que me define na íntegra é a desgraça da teimosia, então mantive a linha cinema mudo evitando o olhar na certa meio carregado de estupefação da minha irmã, que nem verteu resposta.

Quer dizer, por outro lado eu estava bronqueado.

O tipo da justificativa xexelenta que qualquer oficial da SS de repente alegaria por balear judeu.

Mas eu sou esse cara qualquer nota que a gente conhece e não vou a essa altura entrar numa de tentar enganar a geral, que o troço ficaria fake para além do imaginável.

Quer dizer, por outro lado é aquilo: posso meio jurar no esquema pé junto que nunca balearia ninguém.

Nem o oficial da SS. Que na certa mereceria, não sei.

Mas estava bronqueado porque essa da entrega de novas num esquema sedex é o tipo do troço que deixa o sujeito meio furioso quando rola numa batida cotidiana e tal, tu solta um espirro no quarto e cinco minutos depois o teu pai está telefonando para casa numa de perguntar se você quer que ele traga remédio. Fora que eu não tinha soltado espirro nenhum. Tinha soltado o avesso de um espirro. Tinha entregado o hemograma completo e mostrado que a saúde andava em dia.

Eu estava bronqueado pelo olhar de raios X da minha mãe.

Estava bronqueado porque parada íntima é o tipo do troço que não consta no dicionário da família.

Estava bronqueado porque na real para eu bronquear não precisa muito, basta estar acordado.

E às vezes na boa que até dormindo.

Mas antes não tivesse ficado.

Quer dizer, às vezes rola essa de no fim uma parada que tu achava funesta se mostrar meio providencial, aquela antiga de Deus e as linhas tortas, deixei o copo de Coca no tapete, sobre a mancha do copo de Coca anterior, antenado nessa de ter mais cuidado e tal, liguei o som com a agulha já embalada nos Mutantes, peguei o bloco de praxe e fiquei desenhando merda, os losangos que costumo lançar quando não tenho nada para fazer, depois uns corpos masculinos entrelaçados numa batida que logo me deixou de badalo duro. Quer dizer, pra ser totalmente sincero eu já estava de badalo duro quando desenhava os losangos, mas agora a parada começava a perigar desassossego, saca quando tu desata a roçar colchão, corri para o banheiro e bati mais uma ilustrada pelo Tyler, a carcagem rolando no próprio Metropolitan Museum, o sujeito mandando "Fuck me, Keiko, fuck me, Keiko" numa voz meio cheia dos arquejos, por aí tu vê que normalidade é um troço que passa batido por mim.

A real é que a cachola agora não tinha espaço para ficar inventando jeito de lançar a nova para a galera de casa, o baratino dominando, eu tentando me acostumar à ideia de que aceitar a oferta da Stella era uma parada que na real vinha crescendo naquele esquema gestação involuntária desde que a Nara tinha lançado a sugestão, é numa hora dessas que você pergunta se de fato conhece a si mesmo, ou se na real embarcou num distúrbio bizarro de personalidade múltipla e quem está mandando "Seria dez" à possível mudança para um país que tu sempre achou macabro é outro sujeito que faz morada no teu chassi. Fora que só a ideia de mudança já era suficiente para encher duas cacholas e ainda castigar de leve uma terceira, se eu fosse um cara com três cérebros. O que a essa altura talvez fosse o caso, na certa em breve me meteriam no mesmo circo do Homem-Elefante.

A real é que eu sabia que de repente era indispensável eu me dedicar a essa de procurar uma maneira de lançar a nova para a família num futuro próximo e tal, mas só conseguia acompanhar a Rita Lee, desenhar merda e embarcar numas fantasias bizarras.

Daí as linhas tortas de Deus.

Porque na real a entrega de novas em esquema sedex acabou sendo providencial numa batida pra lá de 100%, dispensando a necessidade de anúncio. Quando os meus pais chegaram da casa do meu avô e rolou aquele esbarro inevitável na sala era como se a nova já tivesse sido lançada, a minha mãe puxou assunto, perguntando pela prima da Nara que tinha telefonado na véspera, e só precisei responder ao interrogatório e entrar nos detalhes da proposta da Stella, na real com a voz dois tons acima porque quando não estou cabendo em mim essa é meio de lei, aí saca quando uma parada te surpreende de um jeito radical? A minha mãe mandou:

— Se você quiser mesmo ir, quem vai dar o dinheiro da passagem somos nós.

E senti um bode sinistro apertar a minha garganta, na real outra parada megasurpreendente, você parando pra pensar que o troço parecia já estar mais do que meio caminho andado e não rolaria pressão contra nem argumentação, o meu pai acompanhando a conversa com o livro da vez deitado no colo, num clima bizarro de tranquilidade que sugeria que ele e a minha mãe já tinham levado o lero correspondente. Quer dizer, era meio inexplicável o bode apertando a minha garganta quando o lance rolava tão redondo, mas acho que foi a maneira como a minha mãe mandou o troço, não como quem dá um presente, mas como quem entrega os pontos.

Aí me peguei dizendo:

— Que isso, nem sei se.

O tipo da parada que te faz querer levar bala do primeiro pelotão de fuzilamento, mesmo quando você teve o bom senso de pelo menos deixar a frase pela metade, até porque a metade já pode ser um megapasso atrás quando você sabe que a certa é para frente. Quer dizer, por outro lado rolavam aquelas dúvidas sinistras que me faziam panicar cada vez que a cachola era assaltada por umas palavras sinistras como "neve" ou "bigodinho" e na real esses assaltos aconteciam num ritmo meio alucinado, eu podia estar ligado total na dos Mutantes, recostado no veludo da voz da Rita Lee, e lá vinha "ianque" ou "numeradas", vai lidar com essa encarando ainda por cima o jeito da tua mãe de quem entrega os pontos, eu realmente não sabia. Pra ser sincero, não sabia nem que não sabia.

Mas a minha mãe me enquadrou com os olhos de raios X dela e mandou outro:

— Um-hum.

Um "Um-hum" que informava com todos os pingos nos is que *ela* sabia.

Aquela noite fiquei de abajur aceso até altas horas com os olhos pregados no teto, mas na real não era insônia, que depois de tanto baratino a cachola estava naquele esquema anestesiado pré-dormida, nem era ansiedade, que pra ser totalmente sincero o chassi não tinha mais energia pra errada, na real era aquela antiga de eu estar me sentindo bem e não querer dormir para não perder a sensação boa, tipo numa de aproveitar o troço, que o dia seguinte a gente nunca sabe. Então a onda é travar disputa com o sono mesmo que você tenha que acordar antes das sete. Pra mim vale total até porque se tem um lance que eu curto é a noite.

Se bem que também me amarro no dia.

E o dia seguinte ainda estava meio perfeito nessa de que não rolava sol mas tinha uma claridade sinistra que quando abri a porta me cegou no ato, saca aquele ofuscamento que primeiro te faz franzir a fuça e depois parece que todas as coisas ganham uma aura? Na real, tu parando pra pensar, talvez seja uma parada com correspondência no breu: assim como, depois que a pessoa se habitua com o escuro, rola essa de enxergar umas paradas que de repente o negrume tenta encobrir, depois que passa o momento de ofuscação com a claridade tu enxerga as coisas além do que o claro é capaz de mostrar. Quer dizer, o sujeito ouvindo essa de aura de repente entra numa de levar fé que sou um cara meio cheio das convicções místicas e tal quando a gente sabe que a minha batida é outra, mas a real é que naquela manhã de uma luminosidade meio pra lá de intensa rolava essa de enxergar além, como se as paradas tivessem mais contorno, não sei.

a quem interessar possa

Quer dizer, tem troço que não sei mesmo, você levando em conta as surpresas que a trilha te reserva, essa de "boa notícia", "má notícia", rola dia em que acordo e penso: sabe o que eu queria, uma boa notícia, mas a real é que o mundo não funciona assim, ele tem um jeito de operar meio próprio nessa bossa de causar uns assombros, e a gente nunca sabe.

Por mais que todos os indícios levem a crer numa que de repente parece 100% certa, a real é que a gente nunca sabe.

Cachola alheia, gabarito de prova, às vezes o olhar de quem te olha, as lengas com que de repente tu vai cismar, as cores da próxima estação, o clima do dia seguinte não no outro lado do mundo, Jacarta, Macau, mas aqui onde dá para ver as nuvens chegando, tudo incógnita, a doença que vai estourar no teu colo, o dois mais dois mental que vai levar o oficial da SS a atirar ou não, tu nunca sabe se vai encontrar um calçadão para andar de mãos dadas discorrendo sobre uma adaga de gelo, se vai ficar bem na foto, sabe qual é?

Quer dizer, quando o Hamilton entrou na sala com aquela carranca de susto dele para entregar a cada aluno o retrato que a gente tinha tirado na escadaria do colégio, só não paniquei na íntegra porque não estava ligado nessa de ambicionar sair bonito para enfeitar corredor, manja quando tu está cagando para um lance, a Nara veio sentar do meu lado com aquela barriga que na real parecia não caber numa menina de 17 anos e abrimos juntos a fotografia, ela naquela animação surreal que acompanhava a vaibe da turma, eu fingindo ânimo meio ciente de que não convenceria nem um moleque de 10 anos, a sorte é que ninguém estava ligado na minha, até porque depois que a Nara e eu abrimos de fato a parada e nos enquadramos sentados naquele esquema lado a lado na escadaria devo ter ficado com uma cara bizarra de trolha total porque o entojo[2] que tinha imaginado estampando a posteridade na real não era um lance que alguém que não soubesse do troço podia enxergar. Pra ser sincero, a parada podia passar por ar blasé e não estava ruim.

Pra ser totalmente sincero, estava megaboa.

Aí tu pensa: chegou por hoje, uma dessas só daqui a dez anos e se engana no redondo, porque a Carolina, que há tempos não mandava cumprimento com mais de duas letras na minha direção, avançou para o nosso lado numa de socializar comentando o retrato e lançou a seguinte:

— Você ficou sexy todo sério.

O tipo do troço que de repente deixa o sujeito meio cheio das vaidades.

Mas fui salvo dessa pela segunda parada que senti, um alívio sinistro de ver que ela me encarava sem desviar os olhos como se eu fosse uma visão medonha, o lero vingando na moral a ponto de depois rolarem uns risos meio no tom.

E eu me amarro no riso da Carolina.

Para mim, o sinistro de ver foto é que primeiro sempre entro numa de conferir o meu próprio esquema, a pose bizarra, os olhos fechados ou vermelhos nessa de refletir flash, a mão que eu podia ter guardado, e só depois dou uma passeada de olhos pelo resto da galera, pra ser sincero quando a Carolina mandou essa de que rolava uma bossa sexy na minha seriedade eu ainda nem tinha saído do esquema autocontemplativo, isso de um cara que não curte ser fotografado, vai entender.

Na real foi a Nara que me chamou a atenção para as outras pessoas, em tom meio abaixo da média quando o troço era mofa e em tom normal quando era elogio, tipo:

— Olha como o Sérgio está forte.

Quer dizer, não era segredo que o Sérgio andava com os bíceps em dia, o tipo da parada que na real deixa um cara como eu 100% ligado e pra ser totalmente sincero eu já tinha batido algumas ilustradas por ele, mas daí a me amarrar nessa de exibição de atributo vai uma distância, na boa que aquelas mangas megaarregaçadas numa de entrar para a posteridade apresentando à geral os músculos me deixavam meio bolado.

E me deixa ainda mais bolado a real de que a parada renda elogios.

O cara ouviu o comentário, inchou o peito numa pilha meio cheia dos arroubos, na real um troço deprimente pra burro, e sentenciou:

— Espera só eu fazer as minhas tatoos. São Jorge num braço, São Sebastião no outro.

— E Iemanjá no lombo — mandou o Tadeu, que por sorte estava nos arredores pra botar a turma no escangalho, tu não vai cultuar um cara desses?

Na boa que desandei num riso sinistro, embalado pelo riso da Carolina, no qual me amarro de um jeito que independe de mim. Ainda mais quando o riso dela está a um palmo do meu e ela voltou a me enquadrar sem desviar os olhos como se eu fosse uma visão medonha, as paradas que a gente nunca sabe.

Depois daquela esquina, mano, pode vir uma carreta bizarra na contramão ou, de bicicleta, o cara com quem tu vai administrar pra sempre uma lavanderia.

A gente nunca sabe.

Quer dizer, naquele momento eu ria até mais do que a Carolina, porque rir junto de novo já era motivo suficiente, imagina quando o Tadeu está à vista largando pérolas no chão naquele jeito dançado dele.

Aí tu pensa: chegou por hoje — e de fato.

Mas uma semana depois esbarrei em outra assombrosa de peso quando voltava do colégio para casa arrastando o pé só de onda, na real ruminando 100% o baratino de praxe, ainda mais agora que estava tudo mega-acertado para a travessia, as aulas chegando ao fim sem essa de prova, visto estampado no passaporte depois de andar com o cu na mão por uma semana, passagem reservada, a minha mãe já tinha até me entregado uns dólares que deviam segurar a minha durante as primeiras semanas, num esquema garantia provisória até que eu arrumasse um bico, e que aceitei na boa mesmo sabendo da situação da família no quesito finanças. Quer dizer, aceitei meio de cabeça baixa e tal, mas aceitei. A antiga do cara qualquer nota.

Por outro lado, entrei numa de levantar ressalva afirmando que o troço era empréstimo, o que na real não era conversa, uma das paradas que me serviam meio de incentivo total nessa de me manter firme na decisão do embarque era a ideia de que eu poderia mandar grana pra casa, não só nessa de pagar empréstimo, mas de ajudar os meus pais, já pensou, eu que sempre abracei uns costumes meio parasitários?

Vai por mim, mano, não tem nada mais sinistro do que amargar culpa.

Então eu voltava do colégio para casa nessa bossa quando senti a imperiosa de olhar para o lado, na real um lance que rola comigo direto, tu sente que é meio de lei olhar numa direção e de repente manja que não era à toa.

Quer dizer, às vezes é à toa, você olha e nada.

Mas nesse dia não foi à toa porque quem estava naquela direção era o Diogo.

Quer dizer, você pensando por outro lado, o surreal era que a gente já não tivesse se topado antes, a cidade não é nenhuma metrópole onde dê para o sujeito sumir, mas só agora o troço rolava e a sensação foi estranha para além do que pode caber num indivíduo, meio reavivando uns lances internos, desde uns rancores bizarros até uma parada afetiva, e pior foi que o troço rolou num esquema câmera lenta total, primeiro vi a Parati conhecida parada no sinal vermelho, aí enquadrei a janela e lá estava o Diogo, bonito naquela batida mais velha dele, com uma camisa polo branca, os óculos marrons que o cara não tira nem para trepar, na real não dava para ver se ele estava mandando o sorriso de canto de boca, mas era meio provável que estivesse porque ao lado dele tinha um sujeito que podia ser colega de trabalho, cliente do consultório, cunhado, amigo do tempo de faculdade, mas manja quando tu sabe?

Quer dizer, tropecei total na visão dos dois sentados no conforto da Parati, o Diogo olhando pra frente, o outro cara olhando pra frente, ninguém dizendo nada, talvez tivessem acabado de se conhecer numa sessão do filme mais recente da Betty Faria, talvez já tivessem passado da fase em que silêncio é um lance vexatório, talvez estivessem só curtindo um som, quem sabe a fita que eu tinha gravado para o Diogo, senti meio de pronto o mix de praxe envolvendo ciúme e inveja, parado no meu tropeço com uma cara na certa risível, a sorte foi que o carro arrancou sem que o Diogo me visse, mas continuei ali parado na calçada por um tempo alucinado quando a Parati se afastou, imaginando os dois carcando na casinha em ruína no fim do mundo, depois de o Diogo forrar a cama com o lençol guardado no armário, imaginei os dois refogando aquela sopa de ervilha meio rápida, os telefonemas da tarde, a fissura megaindevida da noite, imaginei o carinha aos poucos se sentindo cada vez mais um vilão bizarro até o dia em que o Diogo levaria ele para casa e rolariam uns bonecos de Playmobil no chão ou uma camisola branca pendurada no cabide perto do banheiro e seria demais. E senti uma parada que descurto total sentir, mas às vezes é inevitável, você sendo um cara sem domínio de si próprio, por mais que eu tentasse conter o troço a real é que a visão daquela Parati se afastando na certa para a casinha em ruína no fim do mundo tinha me enchido de uma pena do cacete.

Pena do carinha que eu nem conhecia.

Pena do Diogo, que eu conhecia.

Pena do sujeito que eu podia ter me tornado, a gente sabe que essa de não querer encarnar vilão é uma parada que periga total quando o tesão vem com exigências, e no meu caso o tesão vem com exigências numa batida meio alucinada, mais cedo ou mais tarde eu podia incorrer no crime de novo, você vai tacar pedra?

Quando cheguei em casa, o primeiro troço que fiz foi pegar o passaporte na gaveta da escrivaninha e me deitar na cama com a parada aberta na página do retrato, que pra ser sincero tinha ficado meio bizarro, mas nada que superasse a bizarrice da foto do visto, que por sorte era em preto e branco e menos nítida, mas nítida o bastante pra tu ver a cara de enjoo que na real eu nem sentia quando posei para o sujeito qualquer nota que também não me alertou para a errada que eu estava avizinhando com aquele ar meio castigado de presunção. É aquela antiga, mano, da qual às vezes me esqueço: se não é a tua nem tenta.

A minha mãe tinha marcado presença ali do lado, testemunhou o fotógrafo mexendo palha nenhuma pra me deixar no esquema, se eu já não conhecesse ela podia até entrar numa de levantar queixa, você pensando que ela devia ter intercedido na hora do vamos ver. Mas não é segredo para a geral que a minha mãe se amarra até na minha cara de enjoo, depois só disse "Ficou meio taciturno, mas está bonito" pra um lance que na real podia figurar fácil no Top Ten das piores fotos do século.

Quer dizer, é bom ter alguém que se amarre na sua numa incondicional, mas você precisa estar ligado no seguinte: não é alguém a quem dê pra pedir opinião sobre si próprio.

Embora às vezes eu peça.

A minha mãe tinha ido comigo ao consulado americano, segurado a minha penosa com aquela paciência sinistra que só desanda quando ela acorda pelo avesso, senão é relevar minha ladainha atroz e até se divertir com o troço. Quer dizer, eu sou um cara que num esquema cotidiano e tal escorrego numas chatices monstras, mas quando rola nervosismo a parada passa da conta num esquema vida ou morte, pra ser sincero nem eu me aguento. E aquele medo bizarro de levar *Não* da galera do consulado estava me deixando megassurtado, vai viver uma semana com o cu na mão assim, a data se aproximando, tu comprando as passagens para o Rio, pegando o ônibus sem ar condicionado num calor macabro para depois enfrentar aquela fila surreal de gente querendo ir para um país de merda que nos obriga àquela fila surreal, aí é encarar a gringada por trás do vidro blindado, que na real não está ali por acaso, o *Não* desferido na caradura faz qualquer sujeito pacífico levantar a arma e mandar bala até que o troço esteja descarregado. Quer dizer, eu vi rolar, mano, o *Não* desferido na caradura para um senhor já de idade e tal que estava na minha frente, imagina como cheguei ao guichê.

E a minha mãe segurando a penosa do meu lado, minha ladainha amarga em batida de vociferação sussurrada vertendo sem piedade, à tarde fomos ao shopping para fazer um troço que ela curte e tal, meio numa de recompensa, e, meio numa de recompensa, comprei o disco da Mercedes Sosa que tinha ficado na pilha de encontrar desde a última viagem ao Rio, nem acreditei quando vi a parada, uma capa na real meio xexelenta, a Mercedes Sosa olhando para o alto com uma luz prateada caindo sobre ela num clima natalino bizarro, mas estava lá: *Todo Cambia*.

Comprei no ato também numa de comemoração, que depois de amargar aquele nervosismo surreal a parada tinha acabado rolando no redondo, às vezes tenho essas sortes, o visto estampado no passaporte cheio de páginas em branco que eu agora folheava com vontade de sair desenhando enquanto pensava no Diogo, no novo carinha dele e no sujeito que eu podia ter me tornado, aquelas páginas em branco que de repente também entrei numa de imaginar preenchidas com carimbo de vários países, desde aqueles de praxe até os mais insólitos, uma parada que o sujeito também deve acabar se amarrando em exibir na vaidade, pensando duas vezes talvez fosse melhor não. Mas a real era que a data do primeiro carimbo estava se aproximando num ritmo meio fora de controle, a passagem reservada para dois dias depois do nascimento do filho da Nara, uma urgência meio macabra porque a Stella tinha arrumado um trampo para mim em dezembro.

Quando fui à casa da Nara uma semana antes de ela encarar a faca, imperou a antiga de ela acabar trilhando o esperado. Depois de insistir naquela de que só escolheria o nome do filho quando visse o "rostinho" dele e depois de levar a parada até meio o último instante, ela tinha decidido chamar o garoto de Caíque, que na cachola dela é uma mistura de Caco com Henrique, o nome do Trigo, o tipo do lance que me castigou em cheio na lisonja, eu nem sabia o que dizer, só mandei:

— Putz!

Uma resposta para lá de qualquer nota, ainda mais quando putz quer dizer "pênis" em iídiche. E ainda mais quando foi a Nara que me ensinou isso.

Quer dizer, na real a Nara já tinha me castigado em cheio na lisonja quando entrou numa de querer que eu fosse o padrinho do filho dela, um lance que nem sei, a minha mãe explicando que padrinho é o sujeito que cuida da criança em caso de falta dos pais, saca uma parada que foge à tua capacidade, qualquer mané vê de longe que sou um cara que não sabe cuidar de si próprio, imagina de uma criança, a sorte foi que o pai da Nara levantou protesto em relação a essa de batizado, a família dele sendo judia e tal.

Na real daí o putz e daí essa história de bubala, que em iídiche quer dizer "meu amor", o jeito como a avó da Nara costumava chamar ela.

Fora que a ideia de jogar água na testa de um moleque mal chegado ao mundo me desagrada na íntegra.

A Nara estava bodeada com o Trigo, que tinha estourado os joelhos fazendo mountain bike e na certa receberia o filho naquele esquema meio pela metade, uma sorte se essa de primeira impressão sendo a que fica não se aplicar a recém-nascido.

Ela passou a mão na lateral da megabarriga e mandou:

— Se ele quer gastar energia, gaste comigo, que com esse corpo estou mais acidentada do que qualquer trilha de bike.

A gente meio despencou no riso, aquela parceria que na real fica 100% à beira da indecência para quem está de fora, ainda bem que não rolava mais ninguém no quarto e todos os nossos encontros de personalidade podiam ser curtidos sem essa de medida. Pra ser sincero, a Nara e eu não somos ligados em esporte, que dirá radical.

Esporte radical pra mim, mano, é pingue-pongue.

A Nara meteu Bowie no ambiente e perguntou:

— Posso pintar os seus olhos?

O tipo do troço que pega o cara total de surpresa, na boa que eu achava que essa não rolaria mais desde que ela tinha embarcado na prévia da maternidade, mas a Nara nem esperou pela resposta já estava com o lápis preto à espera de que eu ficasse parado, na real um lance complicado quando o Bowie está enchendo o quarto com o som sinistro dele, a sorte era que pelo menos rolava cantar enquanto ela fazia o serviço, a gente mandando junto *But we're absolute beginners* naquele esquema backing, a Nara concentrada nos meus olhos como se a parada fosse séria, depois pegou um New Wave bizarro com purpurina colorida e desarrumou o meu cabelo numa batida meio vertical para o paralelo com o Robert Smith chegar ao apuro, aí suspendeu o Bowie e mandou The Cure, me puxou para a frente do espelho e a gente ficou dançando a toda como se a real não fosse essa de que em uma semana ela teria a barriga cortada para liberar a chegada do filho e dois dias depois disso eu iria para um país de merda que fica longe como o inferno — na real talvez o inferno não ficasse tão longe — e a gente demoraria não sei quanto tempo para se rever, como se a Nara não estivesse bodeada porque os planos dela de estudar no Rio tinham ido por terra levando junto os meus e eu não estivesse bodeado por andar me sentindo O Desertor depois que a minha mãe ficou sabendo do trampo que a Stella tinha arrumado para mim ainda em dezembro e perguntou "Mas e o Natal?" num tom de voz que trazia uma derrota que sujeito nenhum deve nunca ver na própria mãe, ainda mais quando ele é o responsável pela parada, a gente dançava como se a real não fosse essa de que a história da Nara com o Trigo andava num fio que a qualquer momento era meio certo que romperia, o cara abusando da errada de acender um baseado atrás do outro, se bobear tinha fumado antes de subir na bicicleta e estourar os joelhos na trilha, e como se a real também não fosse essa de que eu tinha desaguado total no choro poucos dias antes quando a Isabel me abraçou numa tristeza macabra de pranto contido porque era megaincerto que eu comparecesse ao casamento dela, e não fosse essa de que eu andava num nervosismo bizarro que me fazia correr para o banheiro cada vez que a minha mãe chegava em casa com um cachecol, uma luva ou uma ceroula medonha para eu botar na mala, na real nada disso entrava em cena agora para atrapalhar a nossa dança, a Nara levantando os braços naquela bossa manifesta de não ter tempo ruim pra ela e eu parecendo incorporar o troço pela primeira vez na íntegra, a gente dançava leve de um jeito que parecia que era para sempre, trocando olhares pelo espelho e rindo enquanto mandava aquele backing escorregado no falsete.

Quando saí da casa da Nara ainda estava nessa batida meio foda-se, mas dezembro é aquilo: queira ou não tu sai tropeçando em presépios, a manjedoura sinistra que se o sujeito já anda perigando acaba na entrega dos pontos e bodeia total, o menino Jesus nascendo naquelas circunstâncias meio macabras enquanto a galera ao redor gasta os tubos para encher a árvore de Natal. Fora as músicas que tu tem que amargar naquele repique medonho de sino e os papais noéis de porta de loja que na real exigem uma imaginação turbinada das crianças nessa de completar o que falta e relevar o que sobra.

E se você não é surdo ainda corre o risco de também escutar a que ouvi pelo caminho, dois sujeitos zoando um terceiro, o primeiro mandou:

— Você parece aquele bicho do papai noel, qual é mesmo?

E o segundo:

— Hiena.

Cheguei em casa num clima que era outro, na real também mais adequado ao lero que a minha mãe estava disposta a levar, me chamando para o sofá da sala com aquela quantidade meio excedente de dedos para repisar que o dinheiro da passagem e das primeiras semanas de estadia em Nova York não era empréstimo, um troço que foi explanado com os olhos cada vez mais no brilho.

— Se você quiser voltar na primeira semana, volte na primeira semana.

Aí saca quando tu vê na clareza que a parada pode até passar por um troço, mas na real é outro? Quer dizer, a história podia passar por preocupação da parte dela numa de que eu me obrigaria a continuar numa cidade de ruas numeradas, onde neva no inverno, só para juntar a grana de reembolso para as economias gastas com a viagem, mas na real mais do que preocupação a parada era um desejo. O desejo de que eu quisesse voltar na primeira semana.

Quando o palavrório terminou, só não abracei a minha mãe porque não é um lance que eu saiba fazer assim do nada, apesar de estar meio claro que um abraço viria a calhar, só consegui mandar:

— Certo.

Naquela minha bossa xexelenta a um passo do retardo.

Quer dizer, pra ser totalmente sincero a repisada no troço também me encheu de tranquilidade numa de organizar a cachola para a travessia não parecer muito apavorante, você saber que a viagem da tua vida pode virar passeio dá no mínimo um alívio sinistro. Mas na real era o alívio da criança que pede ao pai para que ele fique na parte da piscina onde desemboca o escorrega, não para te salvar de afogamento, mas como garantia. Porque o que você quer mesmo é cair na água e seguir nadando.

A minha mãe me enquadrou, abriu metade de um sorriso e mandou:

— Você está bonito, filho.

— Sei.

— Não. Eu na sua idade também não sabia.

Você responde o quê a uma parada dessas? A sorte foi que me veio um espirro que só não ficou no vácuo porque a minha mãe mandou o "Deus te crie" dela, que ao desavisado até podia parecer uma parada de delegação de encargo, ainda mais agora que eu estava prestes a debandar e se não rolasse Deus pra me criar eu próprio teria que dar conta do troço. Mas na real era hábito.

Aí manja quando a curiosidade impera, mesmo tu sabendo que o espirro que te caiu do céu de repente se encarregou de deixar quieto um lance que na certa ficava melhor assim? Quer dizer, às vezes incorro nessa de repisar umas paradas que o sujeito médio deixa passar batido por simples cautela. Perguntei:

— Você não se achava bonita?

— Na sua idade, beleza pra mim era cabelo liso.

Uma resposta que vindo de alguém de cabelo crespo é o tipo do troço que diz à beça, fiquei com um dó meio sinistro da adolescente que a minha mãe tinha sido, um lance ainda mais macabro de sentir quando o sujeito anda fazendo a linha Desertor, entrei meio no ato numa de querer mandar algum consolo, o que no meu caso é uma parada que na real devia fazer começar a piscar uma luz vermelha de PERIGO, acabei lançando na minha ineficiência congênita:

— Eu me amarro no seu cabelo.

Até porque era verdade e pra ser totalmente sincero eu nunca tinha me ligado nessa de que uma parada desse gênero poderia ser determinante de beleza na cachola de alguém, de repente porque o meu cabelo é liso, na real mais uma parada que puxei ao meu pai, fora os paradoxos que nós dois cultivamos e na real por si só já deixam meio sem chance ter rolado troca na maternidade.

E ainda por cima eu sou a fuça dele.

A minha mãe abriu o que faltava para um sorriso inteiro e disse:

— Obrigada, Cédric.

Agora, o seguinte: na boa que essa de filho ser a cara do pai ou da mãe não é uma parada que role desde o início, quando a criança chega ao mundo naquele esquema lambuzado meio brutal, abrindo o berreiro para quem estiver ao alcance, por mais que a geral insista em mandar o contrário.

Quer dizer, não que eu soubesse disso naquela noite, em que a certeza de que eu me parecia com o meu pai na real nunca tinha sido um troço que tivesse me feito parar pra pensar, tipo a partir de que momento o lance tinha se dado e tal.

Mas uma semana depois a parada ficou clara para mim no instante em que aqueles três quilos de Caíque me foram apresentados no quarto do hospital, o embrião de gente careca total não se parecendo com ninguém além dele mesmo, embora a galera in loco garantisse que era a cara da mãe, uma parada até ofensiva você enxergando o troço por outro ângulo. Embora a Nara ouvisse o comentário 100% satisfeita.

Quer dizer, não é segredo para a geral que sou um cara sem imaginação na íntegra, pelo menos quando a parada não envolve ilustrar as desejadas, que na hora de bater uma acabo enveredando para umas circunstâncias escorregadas até em ficção científica. Mas mesmo não tendo a imaginação turbinada numa batida cotidiana e tal a certa é que acho megaforçação de barra essa de estabelecer semelhança entre pai, mãe e o filho recém-nascido.

Só que não foi a insistência da galera na semelhança do filho com a mãe o que mais me incomodou no dia do nascimento do Caíque, na real antes fosse.

O que mais me incomodou foi que aquele era um dia especial à beça para a Nara, que estava feliz de um jeito que parecia que era para sempre, mesmo com aquela aura meio pesada de mãe que parecia ter surgido da noite para o dia e na real eu não sabia se caía bem nela. Ou se era um troço com o qual o sujeito precisava se acostumar. Saca aquele cheiro meio azedo no entorno e um excesso de panos cor-de-rosa que surgem não sei de onde? Enfim, era um dia especial para a Nara e eu estava ali numa de presenciar a parada e dar uma força, mas na real a cachola não estava.

Ou estava pela metade.

Um terço.

Menos, se eu for ser totalmente sincero.

Na real a cachola vagava por aquela cidade de ruas numeradas onde na certa já estava nevando e onde eu já tinha um trampo agendado para breve, eu que nunca tinha trabalhado na minha história de cidadão encostado volta e meia pensava: meu Deus. Que na hora do aperto não é que tu acredite, mas deixa de não acreditar. Ou então era força de expressão, não sei.

A certa é que eu me perguntava se aguentaria o tranco de morar longe da família e se ficaria bem de bigodinho e se encontraria alguém com quem andar de mãos dadas num calçadão qualquer. Apesar do cu na mão, estava nessa batida de lançar a garrafa a quem interessar pudesse, ao léu total na Big Apple, e esperava que alguém bacana a encontrasse, alguém que também meio viesse procurando por ela.

Eu me perguntava se conseguiria viver entre os ianques e se viria a curtir neve um dia, o tipo da parada que não é impossível, a gente levando em conta que me amarro quando a pessoa vence um preconceito.

A Nara apertou a minha mão, olhou para o sujeitinho amarrotado no seu colo e mandou:

— Ele não é lindo?

— É lindo, sim.

Tu daria alguma resposta diferente?

Fora que ao seu modo o moleque tinha lá uns encantos, aninhado no colo da Nara, que continuava apertando a minha mão quando disse:

— Dá vontade de ser uma mamãe canguru, pra botar ele na minha bolsa marsupial.

Ela abriu um sorriso cansado, que retribuí no automático, sentindo meio o ápice da culpa por não estar com a cachola 100% naquele quarto de hospital, curtindo o momento na íntegra com ela em vez de mastigar preocupação imaginando quem encontraria a minha garrafa naquela cidade de ruas numeradas, imaginando a possibilidade de uma lavanderia em sociedade com esse sujeito sem rosto que na certa me chamaria de Keiko ou baby, mas não necessariamente, você parando pra pensar na quantidade monstra de latinos que moram na cidade de repente um deles podia me chamar de cariño, ou quem sabe um judeu me chamaria de bubala, mantendo assim na minha vida um troço que, do contrário, faria uma falta medonha que não curto nem imaginar, um judeu que me chamaria de bubala e de repente não largaria o meu putz, já pensou?

A Nara me enquadrou com aquele sorriso cansado dela e mandou a seguinte:

— Vai dar tudo certo. Pra nós.

— Vai, sim.

Tu daria alguma resposta diferente?

Fora que, pra ser totalmente sincero, eu levava fé no troço e naquele momento senti que rolava uma nova certeza bizarra da parte dela.

Quer dizer, a Nara podia ter mandado essa porque me saca na íntegra e manjou o meu baratino megaprecisado de alívio, mas na boa que também me pareceu um troço superespontâneo, tipo saído de uma constatação interna que tinha acabado de rolar, ela naquele estado meio pela metade depois de dar à luz, com aquela aura pesada de mãe castigando o visual, estaria na real mandando uma nova que tinha ficado clara para ela, de repente depois de finalmente ver o filho, sei lá, como se ela precisasse ter olhado nos olhos do Caíque para se certificar da parada.

Vai saber.

Mas daí que entrei numa de achar que na certa quando eu enquadrasse Nova York pela primeira vez rolaria também essa constatação meio cheia das certezas, jogando pra escanteio o que era só uma esperança mal fundamentada, eu olharia a cidade e bingo, não sei se os meus medos desapareceriam no ato, uma parada que na real estava mais para as circunstâncias de ficção científica das desejadas do que para a vida de fato, mas digamos que eles se encolheriam diante da certeza. Só que eu estava enganado.

A constatação meio cheia das certezas não rolou quando enquadrei Nova York pela primeira vez.

Rolou antes, quando a gente avançava pela estrada no Corcel branco, o meu pai ao volante, a minha mãe ao lado dele, a Isabel e eu dividindo o banco traseiro, as janelas meio arregaçadas para deixar entrar o vento, a serra se descortinando naquele jeito que só ela sabe se descortinar.

Rolou na estrada, mano, quando a gente seguia em meio àquele verde sinistro que eu não sabia quando reveria, a minha mala carregada de luvas, meias e ceroulas numa batida quase vexatória, passagem e passaporte na mão, a cachola no baratino de praxe que permitia a entrada dos troços mais disparatados, inclusive a resposta do meu avô à notícia de que eu estava prestes a fazer a travessia, uma aprovação sinistra que deixou a geral na surpresa: "Melhor pra ele que é jovem, pior para nós que já estamos roendo a corda".

Olhando a estrada, num primeiro momento pensei: o que estou fazendo aqui? Saca aquela suposta tomada de atitude que nem parecia ter sido minha desembocando numa viagem de fato, o troço acontecendo ali, naquele momento, dentro de muito pouco seria o Galeão, check-in, corrida para o portão de embarque e espera pela entrada da galera da primeira classe, na real o tipo do troço deprimente pra burro, enquadrei a estrada e pensei: o que estou fazendo aqui? Mas a resposta foi meio imediata, antes que tomasse conta alguma parte minha mais chegada a uma pitizada geral pensei: existindo.

Quer dizer, a constatação rolou inteira de uma só vez naquele jeito próprio das constatações, uma parada que me fez no ato pensar na Nara e meio abrir um sorriso por dentro, o cumprimento da expectativa de que o troço fosse rolar comigo como tinha rolado com ela, a gente sendo tão parecido e tal, embora no meu caso a constatação tenha sido não a certeza de que tudo daria certo, mas de que o certo era estar ali, naquela estrada, existindo no caminho.

Estendi o braço e toquei o ombro da minha mãe, que virou o rosto meio para trás, não o suficiente para me olhar com aqueles olhos de raios X dela, mas para encostar a boca de lado na minha mão, numa imitação de beijo. E se ela não estava sorrindo pelo menos também não estava chorando, o que para os padrões da minha mãe já é troço à beça.

Aí pensei duas paradas megaespecíficas. Pensei primeiro em qual seria a trilha daquele momento no Corcel tomado de vento e decidi meio sem demora que seria *Heroes*, naquela mesma batida da galera de *Christiane F.*

correndo pela estação de metrô em Berlim, depois pensei na frase de *Pé na estrada*, do Jack Kerouac, com a qual eu queria um dia inaugurar um livro, se viesse um dia a escrever um livro e tal, o tipo da frase que na real é meio perfeita para iniciar uma história.

IMPRESSO NA
sumago gráfica editorial ltda
rua itauna, 789 vila maria
02111-031 são paulo sp
tel e fax 11 **2955 5636**
sumago@sumago.com.br